Knaur

Über den Autor:

Bill Fitzhugh, geboren 1957, arbeitet als Journalist und Drehbuchautor beim Radio, Film und Fernsehen. 1997 veröffentlichte er seinen ersten Roman, »Der Kammerjäger«, für den sich Warner Brothers sofort für eine Million Dollar die Filmrechte sicherte. Der Autor lebt in Los Angeles.

Bill Fitzhugh

Der Kammerjäger

Roman

Aus dem Amerikanischen
von Matthias Müller

Knaur

Die Originalausgabe erschien 1997 unter dem Titel
»Pest Control« bei Avon Books, New York.

Besuchen Sie uns im Internet:
www.droemer-knaur.de

Vollständige Taschenbuchausgabe 2003
Droemersche Verlagsanstalt Th. Knaur Nachf., München
Lizenzausgabe mit Genehmigung des Scherz Verlages,
Bern, München, Wien.

Umschlaggestaltung: ZERO Werbeagentur, München
Umschlagillustration: Tom Messavilla
Satz: Ventura Publisher im Verlag
Druck und Bindung: Clausen & Bosse, Leck
Printed in Germany
ISBN 3-426-61930-X
2 4 5 3 1

Ich möchte Matt Hansen danken, meinem Schreibpartner der letzten dreizehn Jahre, für seine Mithilfe an der Schaffung dieser Geschichte, dieser Figuren und manchem, was diese Figuren zu sagen haben. Ohne ihn gäbe es den vorliegenden Roman nicht.
In diesem Buch borgte ich Stellen einiger Songschreiber, von denen die meisten im Text genannt werden. Der eine Fall, wo dies unpraktisch war, bezieht sich auf eine Stelle von Leroy P. Marinell, Waddy Wachtel und Warren Zevon aus ihrem Song »Werewolves of London«,

Und schließlich meinen Dank an Bob Dylan für alle seine Songs.

Für Kendall, Eleanor und Granny –
danke für eure Liebe.
Und für Jimmy Vines,
der von Beginn an daran glaubte.

Mordwanzen

»Diese große Familie räuberischer Wanzen umfasst einige Blutsaugende Spezies, die den Menschen und andere Tiere angreifen. Sie sind mittelgroß bis groß und haben einen langen, schmalen Kopf und lange, vier- oder fünfteilige Fühler, das letzte Segment fadenförmig. In Ruhestellung liegt die Spitze ihres starken, gekrümmten, dreiteiligen Rüssels in einer gerieften Längsfurche auf der Unterseite des Prothorax. Diese Furche enthält Stridulationsorgane, mit welchen sie quiekende Geräusche erzeugen.«
Lester A. Swan und Charles S. Papp,
»The Common Insects of North America«

New York City

»Dieser Dreck wogt und wabert. Er ist mehrdirektional und hat einen Bürgermeister.«
Donald Barthelme

»Es ist Bagdad-in-der-U-Bahn.«
O. Henry

1

Seine Augen waren metallic-blaue Juwelenkäfer, die unter einem Paar haariger schwarzer Raupen hervorlugten. Für seine fünfunddreißig Jahre war er gut in Form, mit breiten Schultern und muskulösen Armen. Seine Einsachtzig wurden von einem Schopf dunkler gewellter Haare gekrönt, und er hatte ein sanftes Lächeln, das ihm etwas Umgängliches verlieh, eine kernige Freundlichkeit. Wenn man ihn so sah, wäre man nie darauf gekommen, dass er ein professioneller Killer war.

Er lebte in New York, einer Stadt, wo im Durchschnitt alle achtundachtzig Minuten jemand durch Schüsse verletzt oder getötet wird. Das störte ihn gewaltig, weil es schwer war, in so einer Umgebung aufzufallen. Und wenn er als bezahlter Killer Erfolg haben wollte, dann würde er einen guten Ruf brauchen. So war er nun dabei, sich einen Namen zu machen – einen anderen Namen als den, den er hatte.

Als er im Oktober 1957 geboren wurde, konnten seine Eltern – Curtis und Edna Dillon aus Newark, New Jersey – nicht wissen, dass sechs Jahre später Robert Allen Zimmerman aus Duluth, Minnesota, unter dem Pseudonym Bob Dylan eine Platte machen und damit in der Welt des Rock'n'Roll wie eine Bombe einschlagen würde. Rückblickend war es also bloß schlechtes Timing, dass Curtis und Edna ihren Sohn Bob nannten.

Bob Dillon.

Der Name wurde zwar anders geschrieben, aber er klang genau gleich, und das war das Entscheidende. Bob Dillon machte eine lange und oft demütigende Kindheit durch, denn nur allzu oft wurde er von den Kids aus der Nachbarschaft tyrannisiert und gezwungen, den Dylan-Klassiker »Rainy Day Women # 12 & 35« zu singen.

Bob hasste das, nicht nur, weil er nicht singen konnte und seine Darbietung unvermeidlich Spott und Hohngelächter hervorrief, sondern auch, weil er das Lied nicht ausstehen konnte und aus dem Titel nicht schlau wurde. Kein Wort kam da vor von Frauen, regnerischen Tagen oder sonst was, geschweige denn eine Erklärung, wer die Nummern zwölf und fünfunddreißig waren.

Und wie es auf Platz zwei der Charts von 1966 kommen konnte, war Bob auch schleierhaft geblieben. Für ihn war es eine endlose Folge von fantasielosen Variationen über *»They'll stone you when you're riding in your car. / They'll stone you when you're playing your guitar …* – Sie steinigen dich, wenn du mit deinem Auto fahren willst. / Sie steinigen dich, wenn du auf deiner Gitarre spielst …« Das ging endlos so weiter, bis der bescheuerte Refrain einsetzte: »*Everybody must get stoned!* – Stoned müssen wir doch alle mal sein!«

Bob stellte sich immer vor, seine Kindheit wäre nicht ganz so schlimm gewesen, hätte man ihn gezwungen, »Like a Rolling Stone« oder »Mr. Tambourine Man« zu singen, Lieder, die er tatsächlich mochte. Glücklicherweise hatte er ein widerstandsfähiges und verständnisvolles Wesen, sodass er nie seinen Eltern die Schuld für die Misshandlungen gab, die er von den Kids aus seinem Viertel erdulden musste. Abgesehen von dem mörderischen Beruf, den er schließlich ergriff, war bei Bob tatsächlich keinerlei negative Auswirkung durch den Namen festzustellen, mit dem ihn seine Eltern gutgläubig bedacht hatten.

Also, wie gesagt, Bob wollte sich jetzt ernsthaft einen Namen machen, aber zuerst galt es noch einen Auftrag auszuführen.

Er öffnete die Tür und blickte die Treppe hinunter, die in die Dunkelheit führte. Er knipste das Licht an, das auf seinen kha-

kifarbenen Overall und den Kasten fiel, den er bei sich trug und der zerdellt und zerkratzt war – ein Zeichen, dass er schon viele Jobs hinter sich hatte. Eine beachtliche Tötungsbilanz.
Spinnweben ausweichend, schlich Bob die knarrende Holztreppe in den muffigen Keller hinunter. Er durchquerte den Raum, stellte seinen Kasten auf dem feuchten Betonboden ab und klappte die rostenden Messingriegel hoch.
Er warf einen Blick auf den Casio-Chronometer aus massivem Plastik an seinem Handgelenk: 14.00 Uhr. »Pünktlich auf die Minute«, murmelte er zu einer vorbeihuschenden Kakerlake.
Geübt, fast mechanisch ergriff Bob einen langen dünnen Schlauch und schraubte ihn in einen exotisch aussehenden gebogenen Holzgriff. Er befestigte einen Ventilkopf an die Apparatur, verband dann das eine Ende eines Rohres mit dem Schlauch und das andere mit einer kleinen Druckflasche. Nach diesen Handgriffen öffnete er vorsichtig ein Ventil und betätigte den Kolben, der sich auf der Flasche befand.
»Ich bin gekommen, Tod zu verbreiten«, sinnierte Bob laut. Er kicherte über den melodramatischen Ton in seiner Stimme. Dann zog er einen Bohraufsatz aus seinem Kasten und setzte ihn in den Kopf einer akkubetriebenen Black and Decker ein. Er prüfte sie – UARRRRRRSSSSSSSSSS.
Zufrieden mit seinem Werkzeug, kniete sich Bob hin und bohrte knapp über der Fußleiste ein Loch. Er zog eine Stift-Taschenlampe hervor, spähte in das Loch und entdeckte, was zu töten er gekommen war: *Periplaneta americana,* besser bekannt als Amerikanische Schabe. Dutzende.
»Wenn es nach mir ginge«, sagte Bob versonnen, »würdet ihr alle anders sterben.«
Das war kein leeres Geschwätz.
Ganz und gar nicht.
Bob hatte nämlich eine Idee für eine vollbiologische Methode der Schädlingsvernichtung, eine, die die Umwelt nicht vergiftet

wie die herkömmlichen Methoden und die, bei optimaler Umsetzung, Bob sogar reich machen könnte.
Seine Idee drehte sich um Insekten, die gemeinhin als Raub- oder Mordwanzen bekannt sind (Reich: Tier; Stamm: *Arthropoda;* Klasse: *Insecta;* Ordnung: *Hemiptera;* Familie: *Reduviidae*). Diese bedrohlichen Kerbtiere jagen und töten mit grausiger Effizienz andere ihrer Klasse, indem sie mit ihrem kräftigen Mundwerkzeug den Schutzpanzer ihrer Beute durchstoßen und einen lähmenden Speichel hineinpumpen. Mordwanzen spritzen ihren Opfern Amylase und Pektinase ein, Enzyme, die das innere Gewebe vorverdauen und verflüssigen, welches sie dann durch ihren Rüssel aufsaugen wie einen Milchshake.
Bob arbeitete mit acht Arten dieser Insekten. Grob gesprochen, hatte er vor, diese acht Arten miteinander zu kreuzen, in der Hoffnung, die vollendete Mordwanze zu erschaffen – eine robuste, hybride Rasse räuberischer Insekten, die die optimale Kombination von Jagd- und Tötungseigenschaften in sich vereinigte.
Eine Mordwanzen-Art, mit der Bob experimentierte, war die Amerikanische Radwanze *(Arilus cristatus),* ein gefräßiger Räuber, der Insekten, die doppelt so groß sind wie er selbst, einschließlich der größten Schabenarten, ohne Zögern angreift und furchtlos leersaugt.
Die Radwanze ist ein stämmiger grauschwarzer Kerl; ihr Prothorax fächert sich in ein Halbrad bedrohlicher Zahnradzähne entlang der Coxa auf, daher ihr landläufiger Name. Der auffällige Abdomen trägt so etwas wie die Heckflossen eines 1959er Cadillac. Diese dunklen Rückenkämme stehen in einem Winkel von fünfundvierzig Grad ab und unterstreichen noch das bedrohliche Erscheinungsbild der Wanze.
Bob arbeitete auch mit Kotwanzen *(Reduvius personatus),* unerbittlichen Jägern, die dreist in menschliche Behausungen ein-

dringen, um sich an Bettwanzen, Termiten und anderen Insekten satt zu fressen. Diese verstohlenen und kräftigen rostbraunen Wanzen haben einen vergrößerten, muskulös wirkenden Thorax, der aussieht, als hätte der Schnabelkerf ein Muskelaufbauprogramm mit Beta-Blockern absolviert. Kotwanzen sind dafür bekannt, dass sie ihre Beute mit einer unnachgiebigen Zielstrebigkeit verfolgen.

Bob stellte sich vor, dass die erfolgreiche Kreuzung dieser Arten zu einem willkommenen neuen Ansatz in der Schädlingsvernichtung führen würde, von einem regelmäßigen Einkommen ganz zu schweigen. Doch da sein Kreuzungsverfahren noch nicht ausgereift war, arbeitete Bob immer noch für eines jener lizenzierten Schädlingsvernichtungsunternehmen, die die Umwelt mit Giften überfluteten und von ihren Angestellten verlangten, dass sie lächerliche, entwürdigende Uniformen trugen.

Über der linken Brusttasche von Bobs Uniform war ein Aufnäher mit einem großen, grinsenden Comic-Insekt und dem Firmennamen KÄFER-EX. Darunter verkündete ein kleinerer Aufnäher, dass dieser Angestellte Bob hieß. Derselbe fand das alles geschmacklos, aber er hatte eine Familie zu ernähren und nahm diese Verantwortung sehr ernst, und so schluckte er jeden Tag seinen Stolz, zog die Uniform an und ging zur Arbeit. Und heute hatte seine Arbeit ihn in den Keller des Hauses 536, 8th Street, geführt, in der Park-Slope-Gegend von Brooklyn.

Bob zog sich so weit von der Wand zurück, dass er seinen Tötungsapparat ergreifen konnte. Er führte das Ende des Schlauchs in das Loch ein, und dann, fast verschämt, zog er sich eine weiße Atemschutzmaske über Nase und Mund und legte seinen zitternden Zeigefinger um den Abzug. Der Finger krümmte sich, als wollte er abdrücken, aber bevor er seine tödliche Waffe aktivierte, hielt er inne und entspannte den Finger wieder.

In dem Moment näherte sich ein anderer Mann, dessen Aufnäher ihn als RICK und SUPERVISOR auswiesen. Er sprach so, wie es ein Supervisor oft tut.

»Verdammt noch mal, Dillon, was ist denn jetzt das Scheißproblem?«

Bob zog die Maske herunter.

»Kann's nicht machen, Rick«, erwiderte er. »Ich kann's nicht mehr verantworten, das Parathion dreimal zu hoch zu dosieren. Das ist gefährlich. Es gelangt in die Nahrungskette.«

»Scheiß auf dich und die Nahrungskette, Mr. Greenpeace, du hast hier einen verdammten Job zu erledigen!«

Das brachte das Fass zum Überlaufen. Bobs Geduld mit Rick und überhaupt mit Käfer-EX war erschöpft. Familie hin oder her, er beschloss, dass es Zeit war, es mit seiner eigenen Idee zu versuchen. Sein lebenslanger Traum würde endlich in die Praxis umgesetzt. Aber zuerst musste er etwas loswerden.

Mit kaltem Blick fixierte er Rick.

»Hey! Was gibt's da zu starren, Doofkopp? An die Arbeit!«

Rick wollte sich abwenden, aber die ungewöhnliche Bedrohung in Bobs Blick hypnotisierte ihn derart, dass er hilflos dastand, während Bob seinen Sprühstab Rick in die Nase rammte.

Er schob den Stab vorwärts, drückte Ricks fleischiges Nasenloch nach oben und drängte ihn an die Wand. Sein Finger zuckte nervös am Abzug.

Ricks Nasenflügel wichen angsterfüllt zurück. Er wusste, was eine dreifache Dosis Parathion anrichten konnte, selbst bei so einem fettarschigen Scheißkerl wie ihm.

»Weißt du, Rick, du hast Recht«, meinte Bob. »Ich habe wirklich eine Arbeit zu erledigen. Zunächst einmal muss ich einen ausführlichen Brief an die Umweltschutzbehörde schreiben, mit Durchschriften an die Lebensmittelkontrolle, Gewerbeaufsicht, Verbraucherschutzkommission und, was soll's, vielleicht

sogar ans Justizministerium. Ich glaube, die werden sich für einige der esoterischeren Gesetzesverstöße interessieren, die ihr uns jeden Tag begehen lasst.«
Mit dem Schlauch in der Nase redete Rick mit einem komischen Akzent: »Hey, Vov, wes dur udde Gehaltserheung geht, raust du dur ded Staf aus meider Dase ziehng, ud vir ködd drüber hedn.«
»Zu spät zum Drüberreden, Rick. Bei mir läuft nichts mehr«, sagte Bob entschlossen.
Für Rick hörte sich das gar nicht gut an, und so kniff er die Augen zusammen in Erwartung seiner umgehenden Vertilgung. Doch in einer bemerkenswerten Geste der Mäßigung ließ Bob den Sprühstab fallen und riss den Aufnäher mit dem grinsenden Käfer von seinem Overall.
»Ich kündige«, fügte er dramatisch hinzu.
Als Bob sich entfernte, fand Rick seine Großspurigkeit wieder. Er hob den Sprühstab auf und fuchtelte damit in der Luft herum, während er brüllte: »Das reicht! Ich hab die Nase voll von deiner Scheiße, Dillon! Du bist gefeuert, du Arschloch!«
Bob winkte zum Abschied mit dem Mittelfinger seiner rechten Hand und ging die 8th Avenue hoch zur Union Street, um den Broadway Express zu nehmen oder vielleicht sogar den Local. Das wäre der längere Weg nach Hause, aber wenigstens würde er nicht umsteigen müssen. Und was Bob am dringendsten brauchte, bevor er Mary mit der guten Nachricht konfrontierte, war etwas ungestörte Zeit zum Nachdenken.

Die Parade war im Anmarsch, und so achteten die aufgeregten schwarzen Kinder in ihren farbenfrohen traditionellen Gewändern nicht auf den weißen Mann, der bedächtig mit seinem kleinen Koffer den verwahrlosten Bürgersteig entlangging. Außerdem sahen sie täglich eine Menge Männer, die genau wie er aussahen – aber eine Parade, na ja, das war schon was Besonderes. Wenn sie überhaupt einen Gedanken auf ihn verschwendeten, dann nahmen sie wahrscheinlich an, dass er ein Geschäftsmann war – und in einem gewissen Sinne war er das auch. Aber Klaus war nicht irgendein Exporteur, der mit den Rohstoffen und handgefertigten Gütern ihres Landes handelte; sein Geschäft war der Tod. Klaus war ein professioneller Killer. Er half, Seelen zu exportieren.

Obwohl sie es anstandshalber bestreiten, unterhält jeder Staat, der auch nur einen Heller wert ist, mindestens eine Abteilung, die interne Auftragsmörder beschäftigt. Die frühere Sowjetunion hatte den KGB, Großbritannien hat den MI5 und Israel den Mossad. In den USA beschäftigen die CIA, das FBI sowie das Justizministerium alle ihre eigenen »Ausputzer«.

In weniger entwickelten Ländern wird derartige Arbeit von kleinen, inoffiziellen Polizeitrupps erledigt. Aber die meisten dieser Killer sind relativ derbe Söldner verglichen mit den auswärtigen Profis, die ihre Dienste anbieten.

Klaus beispielsweise galt unter Fachleuten als weltbester Killer. Es gab natürlich noch andere, aber unter Kennern herrschte allgemeine Übereinstimmung darüber, wer die besten fünf oder sechs waren, und Klaus war im Moment die Nummer eins.

Der zweite Platz war von einem ungeheuer großen Nigerianer belegt, dessen Name nicht bekannt war. Der Ferne Osten konnte sich rühmen, den drittbesten Killer der Welt zu stellen, einen Mann namens Ch'ing. Aus Europa, auf Platz vier und fünf, kamen die faszinierende und elegante Chantalle und der britische Transvestit und Zwerg Reginald. Die USA steuerten einen Newcomer zu der Liste bei – mit einer Kugel seit der letzten Umfrage um acht Plätze auf Rang sechs aufgerückt. Er kam aus Oklahoma und wurde »Cowboy« genannt.

Diese Leute arbeiteten für Regierungen und gelegentlich für absurd wohlhabende Mitglieder des privaten Sektors. Sie leb-

ten in einer kleinen Welt und waren sich ihrer Klassierung in den Killercharts wohl bewusst. Das Honorar wurde oft auf Grundlage des aktuellen Ranglistenplatzes ausgehandelt.
Viele Jahre lang war Klaus als die Nummer eins gewertet worden, da er selbst die schwierigsten Aufträge mit großer Gelassenheit erledigte. Er hatte in siebenundzwanzig Ländern getötet und dabei mit minimalem Aufwand selbst die aufwendigsten Sicherheitsmaßnahmen umgangen.
Aber Klaus war keineswegs ein Söldner im eigentlichen Sinne des Wortes. Er nahm nicht jeden Auftrag an. Wählerisch unterzog er jedes Angebot rigoros demselben anspruchsvollen Prüfkriterium. Nichts konnte ihn davon abbringen, mochte auch noch so viel Geld winken.
Seine Gesichtszüge hatten etwas Mediterranes. Er sah blendend aus und war irgendwo Mitte fünfzig. Seine taubengrauen Augen waren warm und traurig, überhaupt nicht so, wie man sich die Augen eines Killers vorstellen würde, weder kalt noch erbarmungslos. Sein dunkles Haar war mit Grau durchsetzt und sorgfältig frisiert.
Im Augenblick befand sich Klaus in einem jener unbeständigen afrikanischen Staaten, die den Kartographen Kopfschmerzen bereiten, indem sie alle paar Jahre ihren Namen ändern. Er war im Begriff, einen weiteren Auftrag auszuführen.
Den nigerianischen Hünen hatte man für diese Angelegenheit gar nicht in Betracht gezogen, aus zwei Gründen – erstens, weil Killer nicht gerne auf dem gleichen Kontinent töten, auf dem sie leben. Der zweite und praktischere Grund war, dass die Auftraggeber in diesem besonderen Fall sich einfach nicht mit dem Zweitbesten zufrieden geben wollten.
Unbemerkt ging Klaus durch einen Eingang in ein hohes Gebäude, das sich an einer Straße knapp abseits von der Route der Parade befand. Drinnen schlüpfte er durch eine weitere Tür, die zu einer Treppe führte. Schnell erklomm er die Stufen des küh-

len, dunklen Treppenhauses, in seiner Rechten den kleinen abgewetzten Koffer, der mit einem unscheinbaren braunen Stoff bespannt war. Oben im Treppenhaus schien die Sonne durch die Ritzen eines Durchgangs, der auf das Dach führte. Klaus blieb vor der sonnenumrandeten Tür stehen, zog eine Pistole mit aufgeschraubtem Schalldämpfer aus dem Hosenbund, überprüfte sie, machte dann ruhig die Tür auf und schlüpfte in die schädlichen UV-Strahlen hinaus.

Er ließ den Blick über das Dach schweifen und entdeckte einen einsamen Angehörigen der Militärpolizei, der, eine Zigarette rauchend und ein altes Gewehr sowjetischer Herkunft über die Schulter geschlungen, in der Nähe des Dachrandes postiert war. Lästig, dachte Klaus, aber kein Problem. Er schlüpfte hinter einen sperrigen importierten Ostblock-Belüftungsschacht, wobei er absichtlich mit seinem Koffer gegen das stumpfe Metall schlug, um die Aufmerksamkeit des Polizisten zu erregen.

Der Posten drehte sich zu dem Geräusch um und machte halbherzig seine alte Knarre schussbereit. Er vermutete, irgendwelche Kinder seien auf das Dach gestiegen, um einen besseren Blick auf die Parade unten zu bekommen. Trotzdem, er sah lieber mal nach.

Als er um die Ecke zu Klaus' Versteck kam, trafen ihn von hinten – FUMP! FUMP! – zwei schallgedämpfte Schüsse, einer in den Kopf, der andere zwischen die Schulterblätter. Tödliche Schüsse. Äußerst professionell.

Der Posten wankte ein bisschen, mit einem Blick in den Augen, als wollte er sagen: »Scheiße, ich hätte hinter mich schauen sollen.« Noch während er wankte, riss Klaus ihm die braune Mütze vom Kopf und trat dann zur Seite, als der Posten schlaff zu Boden sank, die brennende Zigarette noch zwischen seine Lippen geklemmt.

»Tut mir Leid«, sagte Klaus und meinte es auch. Klaus tötete

nicht gern jemanden, der es seiner Einschätzung nach nicht verdiente zu sterben. Aber wenn es um Selbsterhaltung ging, war er bereit, eine Ausnahme zu machen. So einer war der Klaus.
»Und außerdem«, räsonierte er laut, »hätten dich die Zigaretten sowieso irgendwann umgebracht.«
Er setzte sich das entwendete Barett auf den Kopf, sah dann auf die massivgoldene Piaget an seinem Handgelenk. »Drei Minuten«, bemerkte er zu dem dahingeschiedenen Posten. »Wenigstens sind die Paraden pünktlich.«
An der Stelle, wo der Polizist postiert gewesen war, hockte sich Klaus hinter die niedrige Mauer am Dachrand. Er öffnete den kleinen braunen Koffer, und zum Vorschein kamen die Komponenten einer Steyr AUG .223, die wie angegossen in das spezialangefertigte schwarze Schaumgummi passten.
Geübt, fast mechanisch schob Klaus den schlanken Lauf in die Mechanik des exotischen Gewehrs, schraubte dann einen Schalldämpfer auf den Lauf und brachte ein Laserzielfernrohr an. Als Nächstes ließ er den Kolben einrasten und knallte einen Ladestreifen rein.
Dann, ohne Vorwarnung, fiel er erneut in ein tiefes Loch. Diese Anfälle von Verzweiflung suchten ihn in letzter Zeit immer häufiger heim, und kürzlich hatte Klaus sogar erwogen, die Waffe gegen sich selbst zu richten. Und wieso nicht? Sein Leben war zu wenig mehr als einer Endlosschleife von abgedroschenen Attentatsszenen verkommen. Worte vermochten nicht zu beschreiben, wie sehr Klaus hasste, was aus seinem Leben geworden war.
Er kniff die Augen zusammen und fluchte. Manchmal wünschte er sich, er wäre einfach Anwalt oder Buchhalter geworden.
Dann, genauso wie alle vorhergehenden, ging der Augenblick so schnell vorüber, wie er gekommen war. Klaus seufzte und konzentrierte sich auf seine Aufgabe.
Unten auf den Straßen säumten Tausende Einheimische die Pa-

raderoute, skandierten, schwenkten Fotos ihres despotischen Führers und Plakate, auf denen höchstwahrscheinlich zündende Bantu-Parolen standen, die aus der PR-Abteilung des Tyrannen stammten.
Er hieß Ooganda Namidii, und es ging das Gerücht, dass er an einer Luxusvariante von Syphilis leide, nämlich der tertiären – die früher einmal als der Rolls-Royce der Geschlechtskrankheiten gegolten hatte. Die Infektion nagte an seinem Hirnstamm und führte zu häufigen Anfällen von Reizbarkeit. So hatte Namidii kürzlich eine ethnische Säuberungspolitik angeordnet, die besonders pauschal war – höchstwahrscheinlich weil er gar nicht genau wusste, was »ethnische Säuberung« bedeutete. Er hatte den Ausdruck in einer CNN-Sendung über die bosnischen Serben gehört und gedacht, dass es sich gut anhörte. Am nächsten Tag, in einem Wutanfall, der auf einen brennenden Schmerz in seiner Harnröhre zurückzuführen war, hatte Namidii mehrere hundert seiner bedauernswerten Landsleute hinrichten lassen.
Die Mehrheit der Bevölkerung lebte in tiefster Armut; schuld daran war Namidiis Finanzpolitik, die in den achtziger Jahren im Wesentlichen darin bestanden hatte, die Staatskasse zu plündern und all das schöne Geld bei amerikanischen Finanzgenies zu investieren. Die meisten, die sich zu dieser Parade versammelt hatten, verfügten über ein Jahreseinkommen von umgerechnet etwa dreiundsechzig US-Dollar, und damit kam man leider nicht sehr weit in einem Land, dessen jährliche Inflationsrate kürzlich zweiundachtzig Prozent erreicht hatte. Die Bürger waren genötigt, Heuschrecken, Käfermaden und Termiten zu essen, um ihren Proteinbedarf zu decken.
Ein uninformierter Beobachter könnte sich gefragt haben, wieso diese Menschen vierreihig aufgereiht standen, um diesem korrupten Verrückten zuzujubeln. Die Antwort ist einfach: Sie waren hier, weil – obwohl sie, bei Gott, diesen Tyrannen verab-

scheuten – er *ihr* Tyrann war und so ziemlich das einzige, was sie ihr Eigen nennen konnten.

Das und weil kostenlos Falafel verteilt wurde.

Aber all dem war ein abruptes Ende bestimmt, denn Namidii, träge winkend, saß nicht nur behaglich und vollgefressen im Fond des glänzenden schwarzen Lincoln-Continental-Kabrios, sondern auch mitten in Klaus' Fadenkreuz.

Für Klaus bestand keinerlei Zweifel, dass dieser geldgierige Psychopath den Tod verdient hatte. Und das war sein einziges Kriterium – dass er fand, jemand habe den Tod verdient.

Sein Finger spannte sich um den Abzug, wartete auf den idealen Moment. Der rote Punkt des Laserfernrohrs fand eine Heimstatt auf Namidiis Ohr. Und dann, getarnt von dem Lärm der jubelnden Menge, wurde das Gewehr abgefeuert, und die Herrschaft des Tyrannen endete in Blut und Verwirrung.

Während er auf dem Union-Street-Bahnsteig wartete, wechselte Bobs Stimmung zwischen Euphorie und Grauen. Einerseits verspürte er ein überschwängliches Hochgefühl, seit er beschlossen hatte, seinen Traum endlich wahr zu machen, oder – genauer gesagt – seit er seiner Entscheidung Taten hatte folgen lassen. Gleichzeitig machte er sich Sorgen darüber, wie Mary die Nachricht aufnehmen würde, vor allem angesichts ihrer finanziellen Situation.

Der verschmutzte silberne Zug kam in den Bahnhof hereingezockelt, warf seine Türen wie ein riesiger sabbernder Idiot auf und schüttete zerkaute New Yorker über den Bahnsteig. Bob stieg ein und ließ sich auf einen freien Platz im Vorderteil des Wagens fallen.

Er warf einen Blick nach oben auf die verschiedenen Reklametafeln, die sich stets an die weniger glücklichen Bewohner der Stadt zu richten schienen. Die Werbung für eine Multikulturelle Klinik zur Reparatur von gerissenen Ohrläppchen erregte seine

Aufmerksamkeit. Aber gerade als sich in seiner Vorstellung ein düsteres Bild von deren Warteraum bilden wollte, raste der Zug in die vor ihm liegende Dunkelheit und zerrte Bobs Gedanken wieder zurück zu seinem aktuellen Dilemma.

Mary hatte vor kurzem ihren Job als leitende Sachbearbeiterin für Darlehensanträge verloren, nachdem die Sparkasse, wo sie drei Jahre lang gearbeitet hatte, mit dem Bauch nach oben am verseuchten Ufer des Hudson River gefunden worden war. Bei der gegenwärtigen Arbeitsmarktlage war sie gezwungen gewesen, als Bedienung in einem Coffee Shop zu arbeiten, und hatte deswegen, vielleicht verständlicherweise, nicht immer gute Laune. Dass sie mit der Miete im Rückstand waren und auch mit den Strom- und Gasrechnungen, machte es kaum besser. Angesichts all dessen würde Bob jede Minute seiner langen Zugfahrt nach Hause brauchen, um herauszukriegen, wie er Mary dazu bringen könnte, einzusehen, dass das Timing für seine Arbeitsplatzveränderung geradezu perfekt war.

In Court Street strömten Umsteiger von den Linien 3, 5 und M in den Wagen für die Fahrt nach Manhattan. In der Menge waren fünf identische dunkle Anzüge, offensichtlich unterwegs zu einem vergnügungsvollen Nachmittag von Arbitrage und Selbstaktualisierung in den fröhlichen Straßen des Finanzviertels.

Dann war da die junge Frau, die sich Bob genau gegenüber setzte und ihre durchstochene Nase in ein Biologie-Lehrbuch steckte. Er nahm an, sie war auf dem Weg zur Uni. Bis auf die durchstochene Nase, die Tätowierung und die kecken Brüste erinnerte die Studentin Bob an seine Zeit am Brooklyn College, wo er Mary kennen gelernt hatte.

Damals studierte Bob im Hauptfach Entomologie und versuchte immer noch, eine Frisur zu finden, die bei ihm funktionierte. Mary studierte Betriebswirtschaft, mit einem hoffnungsfrohen Blick auf eine Karriere in der Finanzwelt. Lange rotbraune

Haare umrahmten das rundwangige Gesicht der ehemaligen High-School-Cheerleaderin.
An dem Tag, als sie sich kennen lernten, hatte Bob eine Vorlesung von Bernice Lifton über die Geschichte der Pestizide besucht. So wie Mrs. Lifton es darstellte, begann die moderne Verwendung von Pestiziden im Jahr 1867, als man mit einer Mischung aus Kupfer und Arsen versuchte, die Zerstörung der amerikanischen Kartoffelernte durch den Kartoffelkäfer *(Leptinotarsa decemlineata)* zu stoppen.
Bob hing ihr an den Lippen, als Mrs. Lifton mit nicht geringem Ausdruck des Grauens bemerkte, dass bereits 1912 Wissenschaftler festgestellt hatten, dass Insekten eine Resistenz gegen chemische Pestizide entwickeln. Mit einem ernsten Nicken bestätigte Bob eine Tatsache, die ihm bereits bekannt war, eine Tatsache, die einen der Ecksteine seiner Idee bilden sollte.
Seiner Ansicht nach war der Rest von Mrs. Liftons Vortrag ein einziges brillantes Argument, eine Chronik der Wahrheit, die da lautete, dass seit 1912 die Menschheit in heillosem Durcheinander bergab raste, ihrem eigenen gruseligen, unorganischen Tod entgegen, in dem sinnlosen Versuch, Insekten chemisch zu bekämpfen.
Nach der Vorlesung überquerte Bob gerade den Hof, als er die Schreie hörte.
»Cortland Street!« Die körperlose Stimme des Zuges drang in Bobs Erinnerungen ein. Er sah sich um und stellte fest, dass die fünf Anzüge durch Typen aus SoHo und dem Village ersetzt worden waren, unterwegs zu ihrer täglichen Wanderung den Broadway hoch, die immer um diese Zeit stattfand.
Als der Zug anfuhr, kehrte Bob zu diesem Augenblick vor vielen Jahren zurück, als er den Campus überquerte, nicht ahnend, dass er im Begriff war, seiner zukünftigen Frau zu begegnen.
Ungefähr zur gleichen Zeit, als Bob aus Mrs. Liftons Vorlesung kam, hatte Mary das Betriebswirtschaftsgebäude verlassen. Sie

trug einen konservativen, marineblauen Anzug, womit sie versuchte, wie viele Frauen in den achtziger Jahren, männlicher auszusehen.

Mary hatte gerade ein Referat vor ihrer Marketing-Klasse gehalten, und ihre Arme waren mit Diagrammen, Schaubildern, Tabellen und einem Werbedisplay für das Abführmittel beladen, mit dem zu arbeiten sie den Auftrag hatte.

Sie beeilte sich, um noch den Lexington Avenue Express zu erwischen, als mehrere Honigbienen *(Apis mellifera)* ihr Parfüm offensichtlich mit einem Sexualpheromon verwechselten und auszuschwärmen begannen. Da ihre beiden Arme mit Marketingmarterial beladen waren, das, wie sie fand, zu kostbar war, um es fallen zu lassen, hatte Mary nichts zur Verfügung, womit sie nach den liebestollen Insekten schlagen konnte, und so begann sie, beinahe panisch zu schreien und in einem ziemlich unregelmäßigen Kreis herumzurennen.

Als er das Geschrei hörte und die Dame in Not sah, stürzte Bob zur Rettung herbei und erwischte zwei Bienen mitten in der Luft, wonach sie unter seinen Schuhen eines schnellen Todes starben. Die anderen flohen, um Bobs unnatürlich flinken Händen zu entkommen. Ungestochen und dankbar für die heroische Tat, nahm Mary seine Einladung zu einer Tasse Kaffee an.

Sie war verheiratet, als sie sich kennen lernten, stand aber kurz vor der Scheidung; das behauptete sie jedenfalls, während sie ihren Espresso schlürfte. Nichts davon war jedoch wahr; Mary erzählte die Geschichte bloß, damit die Typen beim Anbaggern nicht zu übermütig wurden. Gleichzeitig gab sie sich damit das Prädikat »Nicht zu haben«, was sie paradoxerweise für männliche Interessenten noch anziehender machte. Später sollte Bob dieses seltsame Prinzip menschlichen Werbeverhaltens mit einigen der bizarreren Paarungsrituale der Insekten vergleichen.

Vom ersten Moment an, da er Mary begegnet war, hatte es Bob voll erwischt – vielleicht hatte ihr Parfüm bei ihm die gleiche Wirkung gehabt wie bei den Bienen. Egal, Bob glaubte, dass es mehr als ein Zufall war, dass er zur richtigen Zeit am richtigen Ort war, um diese wunderschöne Frau von den bösen stachelbewehrten Insekten zu erretten. Und obwohl er nichts von Vorahnung hielt, fand Bob, dass diese wunderschöne Frau dazu bestimmt war, seine Frau zu werden – oder wenigstens mit ihm ins Bett zu gehen.
Monatelang verfolgte er Mary unentwegt, ging mit ihr aus, rief regelmäßig an und schrieb ihr manchmal lange sehnsuchtsvolle Briefe, in denen er seine Liebe wortgewaltig beteuerte. Er verfasste sogar hin und wieder ein Gedicht für sie, womit er sie endgültig rumkriegte.
Mary konnte sich noch an das allererste Gedicht erinnern, das Bob ihr geschickt hatte. Er hatte es auf die Rückseite eines Prüfungsbogens geschrieben. Bob hatte den Test brillant bestanden und nur eine Frage nicht beantwortet, daher das Gedicht:

Es war bloß ein Test, ein Test war's, sei's drum,
Für den ich büffelte wie selten zuvor.
Aber es ging nicht um Bienen, die machen Summsumm,
Und so war ich wirklich der letzte Tor.
Ich verwechselte 'n Falter mit einem Flügelpaar
Mit einem, der hat zwei. Doch wichtig
Ist das nicht, sondern nur – und das ist wahr –
Dass ich Dich liebe, und zwar richtig!

Später gab Bob zu, dass er sich einen Teil der Struktur aus einem Gedicht über Kamele ausgeliehen hatte, das sein Lieblingsdichter Ogden Nash geschrieben hatte.
Mary hatte jeden Brief und jedes Gedicht, die Bob ihr geschrieben hatte, aufbewahrt. Sie waren in einer Truhe verschlossen,

die auf dem Dachboden des Hauses ihrer Mutter stand, die im Norden des Staates New York lebte.
Bei all ihren darauf folgenden Rendezvous schaffte Bob es immer, das Gespräch auf das Thema Insekten zu lenken. Er redete mit großer Begeisterung und Überzeugung über sein Vorhaben, eine neue, umweltfreundliche Methode zu entwickeln, Schädlinge zu bekämpfen. Mary war von diesem Typen mit der Frisur à la »verrückter Professor« und dem dazu passenden Traum verzaubert, selbst wenn er seine Gedichtstruktur plagiiert hatte. Während ihres letzten Jahres im College verabredeten sie sich regelmäßig, bevor sie heirateten. Ein Jahr später kam Katy.
In Canal Street zwängten sich noch Umsteiger von den Linien 4, 6 und J in Bobs Wagen. Mehrere chinesische Immigranten warfen argwöhnische Blicke auf zwei pakistanische Geschäftsleute mit Turban, während ein iranisches Paar widerwillig die Bank mit einem Schwarzen, seiner weißen Freundin und einem vietnamesischen Jungen teilte. Nachdem die Vereinten Nationen auf diese Weise Platz genommen hatten, ging es weiter den Broadway hoch und zurück in Erinnerungsschwelgerei.
Während der zehn Jahre nach Katys Geburt begann Mary, sich die Leiter Richtung Glasdach hochzuarbeiten, und Bob schuftete sporadisch als Biologielehrer an einer High-School sowie für mehrere Schädlingsvernichtungsbetriebe, wobei er stets seinen Traum verfolgte, eine vollbiologische Methode der Schädlingsvernichtung zu entwickeln.
Das, was für Mary einem Traum am nächsten kam, war der Wunsch, eine gute Kreditwürdigkeit zu behalten. Das hieß nicht, dass sie die Schönheit und Intensität von Bobs Plänen nicht schätzte, aber sie war praktisch veranlagt.
An der 8th Street sprang die Studentin aus dem Zug und wurde durch einen der vielen Gründe ersetzt, warum Bob und Mary New York verlassen wollten: ein bärtiger Verrückter in einer

Armeejacke. Es war ein offenes Geheimnis, dass dieser Typ so verdreht war wie ein Türknauf.

Der Mann fixierte Bob und brüllte: »Bloß nix Henry erzählen! Ich fahr nach Acapulco!« Dann stürzte er in den nächsten Wagen. Das Furcht erregende Starren des Irren machte Bob nervös, und so behielt er die Tür im Auge, während sich der Zug Richtung Innenstadt schlängelte, am Union Square vorbei, 23rd, 28th, 34th Street. Bob war erleichtert, als der Spinner schließlich am Times Square ausstieg und jemanden auf dem Bahnsteig bedrohte.

Noch fünf Stationen und Bob war zu Hause. Fünf Stationen, um sich zu überlegen, wie er Mary überzeugen konnte, dass jetzt der ideale Zeitpunkt war, sein Unternehmen zu starten, obwohl das Gegenteil der Fall zu sein schien. Vielleicht würde er sie rumkriegen, wenn er ihr von seiner neu erworbenen Ladung von Fadenbeinwanzen *(Emesa brevicosa)* erzählte.

Die Körperform der Fadenbeinwanzen unterschied sich vollkommen von der der anderen Mordwanzen, die Teil von Bobs Experiment waren. Sie hatten lange schlanke Körper, mit einem Prothorax, der vom Mesothorax nicht erkennbar getrennt war. Für das ungeübte Auge sahen sie genau wie harmlose Stabheuschrecken aus, tatsächlich waren sie aber genauso tödlich wie alles andere, womit Bob arbeitete.

Die Fadenbeinwanze kroch wie der Sensenmann herum, und mit ihren langen, knochigen, aber erstaunlich kräftigen Beinen zog sie ihre sich windenden Opfer aus den Spalten, in denen sie sich versteckten. Mit ihrer extrem verlängerten Coxa und ihrem makabren dornigen dritten Beinglied griff die Fadenbeinwanze furchtlos andere Insekten sowie verschiedene Spinnenarten an und verspeiste sie.

Bob hoffte, das würde Mary beeindrucken. Aber selbst dann schien es eher unwahrscheinlich, dass sie darin das entscheidende Argument für den sofortigen Start von Bobs Vollbiologischem Schädlingsvernichtungsunternehmen sehen würde. Doch was konnte er ihr erzählen, was sie nicht schon wusste?

»Lexington Avenue!«

Sie hatte erkannt, dass Bobs Idee ungeheures Potenzial hatte, das sprach also zu seinen Gunsten. Eins zu null für Bob.

Aber Mary wusste auch, dass Bob seine Methode noch nicht perfektioniert hatte, das sprach also dagegen. Eins zu eins unentschieden.

»Queensboro Plaza, umsteigen zur Linie 7!«

Immerhin, sie hatte ewige Unterstützung geschworen, in guten wie in schlechten Tagen, in Gesundheit und in Krankheit, solange ich lebe und das ganze Zeugs. Zwei zu eins für Bob.

»Beebe Avenue!«

Doch ihm war klar, es war leichter, eine abstrakte Idee zu unterstützen, als sich hinter die Sache zu stellen, wenn die Zeit gekommen war, sie in die Tat umzusetzen, vor allem wenn die Zeit jetzt war. Zwei zu zwei unentschieden.

»Broadway!«

Bob befürchtete, Mary würde eher die finanziellen Auswirkungen der Arbeitslosigkeit betonen als die Tatsache, dass er jetzt frei war, seinen Traum zu verfolgen. Drei zu zwei für Mary.

»30th Avenue!«

»Was soll's«, dachte er. »Ich sag ihr einfach die Wahrheit und hoffe, dass sie Verständnis hat.«

»Astoria Boulevard!« Bobs Station.

Mehr als es versuchen konnte er nicht. Und so riss er sich zusammen und trat in die Nachmittagssonne hinaus, arbeitslos, aber von seinem Traum beflügelt.

2

In einer luxuriösen Bürosuite an den Champs-Élysées unweit des Triumphbogens saß ein großer Mann, der es irgendwie schaffte, kryptisch dreinzuschauen, auf einem weichen italienischen Ledersofa. Er trug einen kohlegrauen Fünftausend-Dollar-Anzug und eine teure Krawatte, die den Schluss nahe legten, dass sich Dummköpfe in Frankreich ebenso leicht von ihrem Geld trennen lassen wie überall sonst auch.

Sein Name war Marcel, und die Tatsache ließ sich nicht übersehen, dass er eine Schwäche für Sahnesoßen hatte. Er war ein wuchtiger Mann mit ausgeprägt birnenförmigem Körper und hatte etwas Altmodisches an sich.

Marcel war ein Mittelsmann, das Verbindungsglied zwischen Leuten mit einem nicht ganz gesetzeskonformen Wunsch auf der einen Seite und den Personen mit der erforderlichen Expertise, solche Wünsche zu erfüllen, auf der anderen Seite.

Sein junger Assistent, Jean, stand stumm neben Monets »Terrasse bei Le Havre«, das die hintere Wand schmückte. In seinem einreihigen klassischen Shetland-Sportmantel aus feiner Woll-Lammwoll-Mischung mit Klapptaschen sah er wirklich eindrucksvoll aus. Die glatten Linien des Mantels wurden nur leicht durch die zarte Wölbung gestört, die seine kleine Handfeuerwaffe verursachte.

Die restlichen Wände des Büros waren mit Manets und Jerry-Lewis-Postern geschmückt. Vom Fenster hatte man einen schönen Blick auf den stramm erigierten Eiffelturm.

Sein beträchtliches Gewicht nach vorn bewegend, legte Marcel einen großen Koffer auf den Glas-und-Chrom-Couchtisch vor seinen Gast, der gerade eben aus einem bestimmten chaotischen afrikanischen Staat eingeflogen war. Klaus öffnete den Koffer und ließ den Anblick von Reihen über Reihen von gebündelten Hundert-Dollar-Scheinen auf sich wirken.

»Von den dankbaren Menschen der neu gebildeten Afrikanischen Demokratischen Republik«, sagte Marcel.

Klaus ließ den Kofferdeckel zuschnappen.

»Wollen Sie es nicht zählen?«, fragte Marcel.

»Das würde nur dazu dienen, Sie zu beleidigen«, erwiderte Klaus.

»Ganz und gar nicht, ich wäre nicht im Geringsten beleidigt.«

»Sollten Sie aber, weil es implizieren würde, dass ich glaube, Sie wären dumm genug, mich übers Ohr zu hauen.«

Jean zog eine Augenbraue hoch und glättete die Falten in seiner Hose, wobei er die etwas vollere Silhouette begutachtete, die der gerade Schnitt der Hosenbeine bewirkte.

Marcel grinste. »Natürlich, Sie haben Recht. Es ist alles da.« Er lehnte sich in die Tiefen des Sofas zurück.

»Dann sind wir fertig.« Abrupt erhob sich Klaus und steuerte auf die Tür zu. Auf ihn wartete eine Chartermaschine, die ihn nach Monte Carlo fliegen sollte.

»Warten Sie«, sagte Marcel. »Ich habe noch einen Job für Sie.«

Klaus hielt inne, drehte sich dann um, nicht ahnend, dass Jean mit seinem Schneider zufrieden war.

Marcel warf eine Aktenmappe auf den Tisch. Klaus überlegte kurz, ging dann zum Tisch und nahm die Mappe, was Marcel zu einem selbstzufriedenen Lächeln veranlasste.

Die Mappe enthielt detaillierte biografische Informationen und die Fotografie eines sonnengebräunten, silberhaarigen Mannes in den Fünfzigern.

»Hans Huweiler«, erklärte Marcel. »Ihm gehören die Amaron Laboratories. Seine liebevolle Familie möchte gerne, dass er …

›in den Ruhestand geht‹, wodurch sie die Kontrolle über das Unternehmen und sein Vermögen von fünfhundert Millionen Dollar bekäme.«

Ohne einen weiteren Blick darauf warf Klaus die Mappe auf den Tisch zurück, wobei der Inhalt wie ein Kartenspiel auseinander fächerte.

»Ich passe«, meinte er brüsk.

»Monsieur«, konterte Marcel, während er die Papiere wieder in die Mappe stopfte, »das Honorar von zweihundertundfünfzigtausend Dollar würde weitgehend dazu beitragen, Ihre beträchtlichen Spielschulden zu begleichen.«

»Suchen Sie sich jemand anderen. Eine gierige Familie ist kein Grund zum Töten«, sagte Klaus und meinte es auch.

Jean spielte mit dem Gedanken, an dem losen Faden zu ziehen, den er an seinem Seidenhemd bemerkte, entschied sich dann aber dafür, zu warten, bis er eine Schere zur Hand hatte.

Klaus nahm seinen Koffer mit dem Bargeld und ging zur Tür. Noch einmal drehte er sich zu Marcel um und unterkühlte ihn mit einem eisigen Blick. »Und Sie, mein rundlicher Freund, werden viel länger leben, wenn Sie daran denken, dass meine Schulden Sie nichts angehen.«

Drehte sich um und ging.

Nach einer kurzen Pause schluckte Marcel trocken. »Na, das ist ja großartig. Jetzt haben wir nur noch zwei Wochen, jemand für diesen Job zu finden.«

Erregt nahm er die Mappe in die Hand. »Wie können diese Leute erwarten, dass wir so kurzfristig jemand auftreiben? Jean, ich sag dir, manchmal wünsche ich mir, ich hätte einfach etwas Geld geerbt, anstatt so hart dafür arbeiten zu müssen.«

»Soll ich Chantalle anrufen?«, fragte Jean, wobei er sich schwelgerisch vorstellte, was sie zu einem Treffen tragen könnte.

Marcel ging zum Fenster hinüber. »Ja, ist wohl besser.«

Bob und Mary und ihre Tochter Katy wohnten in 2439, 30th Street, in der Astoria-Gegend von Queens. Ihr schmales einstöckiges Backsteinhaus hatte eine niedrige Veranda, die mit mehreren hastig aufgetragenen Schichten von dunkelgrüner Farbe überwältigt worden war.

Dieser Abschnitt der 30th Street, unweit vom Astoria Boulevard, befand sich in einem verblichenen, aber insgesamt sicheren Viertel in der Nähe der Endstation der RR-Linie, die auf erhöhten Gleisen über der 31st Street verlief. Es war ein ruhiges Viertel, das von anständigen Bürgern der unteren Mittelschicht bevölkert war, die arbeiten mussten, um ihren Lebensunterhalt zu verdienen – Leute, die erst nach einem Lotteriegewinn Hausbesitzer sein konnten.

Die Innenausstattung von 2439, 30th Street, war gemütlich und gab einem nie dieses grässliche Gefühl, dass man im nächsten Moment einem hochnäsigen Fotografen von *Architectural Digest* über den Weg laufen könnte. Im Wohnzimmer war eine Art unbeabsichtigter Minimalismus am Werk, wobei das Familienbild auf dem Kaminsims offenbar als Zentrum fungierte.

Das Foto zeigte Bob, die Arme um Mary und Katy gelegt, alle drei überglücklich lächelnd. Sie waren einen Hund und ein halbes Kind davon entfernt, die vorbildliche amerikanische Durchschnittsfamilie zu sein.

Hervorstechendes Merkmal der beengten Küche war ein müder, olivgrüner elektrischer Herd und ein dazu passender Kühlschrank, der sichtlich bebte, wenn der Kompressor eine Ruhepause brauchte.

Die restlichen Zimmer des Hauses waren gleichermaßen uninteressant, bis auf eines. Mit Marys Erlaubnis und Hilfe hatte Bob das untere Schlafzimmer zu seinem Arbeitszimmer umgebaut. Dieser Raum war dem Studium mehrerer Spezies wirbelloser Tiere gewidmet, die der Klasse *Insecta* angehörten – Bobs »Wanzsaal«, wie er ihn scherzhaft nannte, nachdem ihm eines

Abends – vertieft in die Arbeit mit seinen Krabbeltierchen – aus heiterem Himmel ein kleiner verrückter Satz durch den Kopf geschossen war: *Wenn Killerwanzen Tango tanzen …*

Der wenige Platz war mit grauen Regaleinheiten voll gestellt, auf dem Trödel erworbenen Tischen, einem Arbeitstisch mit einem uralten PC und einem ramponierten Drehstuhl auf Rädern. Auf dem vorderen Rand des PC hockten mehrere Plastikinsekten – Weihnachtsgeschenke von Katy – neben einigen mumifizierten Insektenhülsen, die aus dem Garten stammten und die Bob als seine Maskottchen adoptiert hatte. Es waren eine Maulwurfsgrille *(Gryllotalpa hexadactyla)*, ein Hain-Laufkäfer *(Carabus nemoralis)* und eine Gespenstheuschrecke *(Diapheromera femorata)*. Sie hießen Jiminy, Ringo beziehungsweise Slim.

Der Raum enthielt auch Dutzende von Insektarien, jedes mit einer anderen Spezies von Kerbtieren bevölkert. Die Behälter waren mit feinem Maschendraht überspannt und mit besonderen blauvioletten Lampen ausgestattet, die den Raum in ein unheimliches, wissenschaftliches Licht tauchten, das die Viecher irgendwie zu beruhigen schien.

Neben den acht Spezies von Mordwanzen, die Bestandteil von Bobs Experiment waren, beherbergte das ehemalige Schlafzimmer auch noch andere Insekten, die er über die Jahre gesammelt hatte.

In das einzige Fenster war ein großer weißer, wie eine Belüftungsanlage aussehender Kasten geklemmt, dessen geschlossene Hälfte in den Raum hineinragte und dessen andere der Außenwelt offen stand. Der Kasten gab ein elektrisches Summen von sich, das von den *abelhas assassinas* erzeugt wurde, wie die Portugiesen sie nannten. Die amerikanischen Medien bezeichneten sie lieber als »Killerbienen«.

Bob hatte sie im College für ein Experiment mit Honigherstellung erworben und sie wegen des Honigs behalten, nachdem er ein B+ für sein Projekt bekommen hatte. Es waren im Allgemeinen friedliche, fleißige Tiere, die einen nicht belästigten, wenn man sie nicht belästigte.

Wann immer Bob den Honig einsammelte (was die Bienen als Belästigung empfanden), benutzte er seinen selbst gemachten Smoker – ein Gerät, mit dem man den Rauch von verbranntem Sackleinen verteilt, um das Bienenvolk zu beruhigen. Stets wirtschaftlich denkend, hatte er seinen eigenen Smoker konstruiert, anstatt einen zu kaufen. Das aus ein paar Stahlabfällen zusammengebaute Gerät sah zwar aus wie der misslungene Prototyp einer extraterrestrischen Waffe, aber es funktionierte.

Auf der gegenüberliegenden Seite des Raums, so weit wie möglich von Bobs Honigquelle entfernt, waren die Bienenmörder *(Apiomerus crassipes)* untergebracht. Bob hielt sie deswegen so auf Distanz, weil er vermeiden wollte, dass sich die Insekten gegenseitig provozierten.

Die Bienenmörder, ein wichtiger Teil von Bobs Experiment, sind wieselflinke und schlaue Killer, die sich von jedem Insekt ernähren, das arglos genug ist, sich in ihre Reichweite zu wagen. Rubinrot mit hübschen schwarzen Zeichnungen, wartet der Bienenmörder geduldig, bis sich ein Opfer nähert. Dann stürzt er sich mit alarmierender Schnelligkeit auf seine Beute, stößt seinen spitzen Rüssel in den Rücken des Opfers und spritzt ihm eine lähmende Speichelflüssigkeit ein. Während die Einzel- und Netzaugen mit kaltem Blick ins Leere starren, saugt der Bienenmörder schließlich seinem Opfer langsam die Körpersäfte aus und lässt nur noch einen vertrockneten Kadaver zurück.

Bob hoffte, die Bienenmörder und ihre Schnelligkeit mit einem seiner Schaben tötenden Hybriden kreuzen zu können.

Neben ihnen wohnten die Gezackten Raubwanzen *(Phymata erosa)*, wilde, mordwütige Insekten, die andere Käfer ab-

schlachteten, selbst wenn sie sie nicht fressen wollten. Es machte ihnen einfach Spaß zu töten.
Die Gezackte Raubwanze, blassgrüngelb mit kolbenförmigen Fühlern, wird so genannt wegen den gezackten Stacheln, die die Seiten ihres Prothorax säumen. Ihre muskelbepackten Vorderbeine sind ideal dafür ausgestattet, die Beute zu packen und beim Fressen festzuhalten. Diese Mordwanze würde ein Silberfischchen buchstäblich in Stücke reißen, nur um sich zu amüsieren. Ihre orangeroten Augen haben große, schwarze, pupillenähnliche Flecken und rotieren widerlich wie die eines Chamäleons, was ein beunruhigendes, mörderisches Starren ergibt.
Kürzlich hatte Bob mit seinem Plan Fortschritte erzielt, die verschiedenen Mordwanzen zu kreuzen, um einen hoch frisierten Hybriden zu bekommen. Aber diese Fortschritte waren nicht ohne Mühe errungen worden. Zuerst hatte Bob gehofft, die verschiedenen Arten würden sich so leicht kreuzen lassen wie Hunderassen. Natürlich stellte es sich als schwieriger heraus.
Bei seinen ersten Kreuzungsversuchen hatte er einfach Männchen und Weibchen verschiedener Arten zusammen in ein Insektarium getan. Er schaffte es aber nicht ganz, bestimmte Arten dazu zu überreden, miteinander zu kopulieren, und so hatte er einmal aus Frust einen mit Aprikosenwein gefüllten Glasdeckel in das Insektarium gestellt und das Licht gedämpft. Das verhalf ihm zwar zu einigen interessanten Beobachtungen über alkoholbedingte Verhaltensstörungen bei Insekten, löste jedoch nicht sein Problem.
Schließlich ließ sich Bob von einem seiner früheren College-Professoren helfen, der ihm zeigte, wie man die Eier kreuzweise befruchtet, um die gewünschten hybriden Lebensformen zu erzeugen. Die relative Unkompliziertheit des Züchtungsverfahrens war auf die Tatsache zurückzuführen, dass die Insekten gene-

tisch nah genug miteinander verwandt waren für eine direkte Kreuzung.
Drei der Insektarien waren für Käfer, Termiten und Kakerlaken reserviert – schmackhafte Leckerbissen für Bobs räuberische Insekten, und eines bevölkerte Bob mit gewöhnlichen Heimchen *(Acheta domestica),* weil es wenige Dinge in seinem Leben gab, die Bob mehr genoss als die Laute, die die Grillen mit ihren Zirpapparaten erzeugten. Der Klang erinnerte ihn an die Zeltausflüge mit seinem Dad.
Bobs Vater war jeden Sommer mit ihm zum Big Moose Lake in den Adirondacks gefahren. Tagsüber machten sie lange Wanderungen und angelten stundenlang, und nachts saßen sie am Campfeuer, brieten sich Würstchen und Marshmallows, und die Hitze der orangeroten und blauen Flammen machte Bobs Augen ganz träge, sodass er hypnotisiert ins Feuer starrte, bis sein Vater plötzlich »Glühwürmchen« rief und Bob aus seinen Träumereien aufschreckte und aufsprang, um dem blinkenden geflügelten Licht durch die Dunkelheit hinterherzujagen.
Bob erinnerte sich gerne an diese Ausflüge, und sie waren einer der Gründe, warum es ihn aus New York wegzog. Er wollte an einem Ort leben, wo das Leuchten der Sterne nicht in künstlichem Licht ertränkt wurde, wo man angeln und Glühwürmchen jagen konnte.
Aber vorläufig blieb es bei ein paar Grillen, um sich dieses Ziel lautstark in Erinnerung zu behalten.
Manchmal, wenn Bob sich spätabends in irgendeinen Aspekt der Insektengenetik vertiefte, war er wie verzaubert von den Lauten, die die Käfer im Konzert veranstalteten.
Aus Gründen, die sich Bob nie erklären konnte, wurde es im Wanzsaal plötzlich still. Dann setzte eine Art leises weißes Rauschen ein – der Gesamtton, der durch das Wedeln von Kiefertastern und Rüsseln erzeugt wurde, dazu das Gekratze der Kakerlaken, das dadurch entstand, dass ihre steifen, borstenähn-

lichen Sporen an den Beinen leicht gegen das Metall schabten, wenn sie über die feinen Maschendrahtabdeckungen ihrer Käfige huschten.

Das Geklacke schmatzender Mandibeln steuerte ein lebhaftes Perkussionselement bei, während das Geschlürfe und Gesauge von Lippentastern die rauen dissonanten Kanten glättete.

Dann stimmten die Bienen von ihrem weißen Kasten aus ein, und das Summen ihrer Flügel vibrierte wie die Celli von der Streicherabteilung dieser Insektensinfonie. Das Ganze wurde schließlich von dem beruhigenden Klang des Grillengezirps unterlegt.

Neben den Geräuschen hatte der Raum aber auch einen ganz eigenen Geruch.

Einzeln schienen die Mordwanzen nicht zu riechen, doch zu mehreren (und womöglich befürchtend, dass sie Bestandteil irgendeines grausigen Experiments waren) gaben sie ein Aroma von sich, das süßlich, aber nicht unangenehm war.

Der leichte Duft des Bienenstocks kam von den Pheromonen, die sie absonderten, um untereinander bestimmte Verhaltensweisen auszulösen.

Die Kakerlaken und Termiten waren eine andere Sache. Ihr penetranter Geruch wurde erheblich verstärkt, wenn so große Zahlen in beengtem Raum zusammenlebten. Zum Glück wurde ihr Gestank durch andere Gerüche im Raum abgemildert. Die verschiedenen Insektendüfte vermischten sich mit dem sachten Muffen der alten Bücher auf den Regalen.

Die grauen Stahl-Regalelemente beherbergten eine eindrucksvolle Bibliothek von Nachschlagewerken über Bobs Kerbtierfreunde, einschließlich einiger Klassiker wie *Das ABC allgemeiner Insektenanatomie; Sexuallockstoffe und Fortpflanzungspraktiken der Hymenoptera;* und *Diptera – Eigene Ordnung oder Unterklasse?*

Mehrere Regale waren Werken über die chemischen Stoffe

vorbehalten, die zur Insektenvernichtung und -bekämpfung eingesetzt wurden, darunter die Standardwerke *Tod aus der Dose – Eine Geschichte der chlorierten Kohlenwasserstoffe; DDT – Kürzel für die Katastrophe;* und *Meditationen über Pyrethrin.*

Aber die Werke, die für Bob von größtem Interesse waren – die Werke, die als Blaupause für seinen Traum dienen sollten –, waren solche wie *Biologische Bekämpfungsmittel* und *Wirkungsvoller Einsatz von räuberischen Insekten.* Diese und ähnliche Bücher predigten, dass es natürliche, nicht toxische Mittel gab, mit den Insekten, die die Menschheit zahlenmäßig derart in den Schatten stellten, fertig zu werden.

Das, so sagte Bob sein Instinkt, war seine Bestimmung: die Welt der Schädlinge auf natürliche Weise zu bekämpfen. Und das einzige Hindernis, das Bob jetzt noch davon abhielt, seiner Bestimmung zu folgen, war eine überarbeitete Kellnerin mit einem ungenutzten Diplom in Betriebswirtschaft.

»Es tut mir leid, Marcel«, sagte sie, »aber ich bin bis zum Ende des Jahres ausgebucht. Nächste Woche muss ich geschäftlich nach Haiti. Danach geht's nach Ruanda, und dann muss ich einen Beraterauftrag in Mogadischu wahrnehmen.«

Die Frau war so schön, dass es hieß, sie könne mit ihrem Aussehen töten, aber gewöhnlich benutzte sie ein spezialangefertigtes Scharfschützengewehr und teflonbeschichtete Explosivgeschosse. Sie hieß Chantalle und befand sich gerade in Marcels Büro, wie schon so oft, um potenzielle Einsatzmöglichkeiten zu besprechen.

»Ich verstehe«, sagte Marcel mit einer Andeutung von Enttäuschung. »Es ist ein Last-Minute-Auftrag. Ich weiß wirklich nicht, wie diese Leute erwarten können, dass ich so kurzfristig arbeite.« Er seufzte. »Ich hab schon Reginald probiert, aber er ist in Singapur und steht erst nächsten Monat wieder zur Verfügung, und meine Klienten wollen, dass diese Angelegenheit vorher erledigt wird.«

Jean saß auf dem Sofa neben Chantalle, schenkte dem Gespräch aber keine besondere Aufmerksamkeit. Er steckte mit den Gedanken irgendwo in Chantalles kuschelweichem Angorapulli.

»Und Ch'ing?«, fragte sie.

»Hat bis zum Monatsende seine Kinder bei sich, und er will sie für einen Auftrag von dieser Größenordnung einfach nicht allein lassen. Wer hätte geahnt, dass er seine Kinder so abgöttisch lieben würde?«

»Und ich nehme an, unser Freund Klaus ist zu skrupelhaft, um sich mit Monsieur Huweiler zu beschäftigen?« Chantalle spuckte die Frage voller Verachtung aus.

»Ohhhh, aber natürlich. Eine gierige Familie sei kein Grund zum Töten, sagt er. Also wirklich! Was spielt das denn schon für eine Rolle?«

Chantalle schüttelte den Kopf, peinlich berührt von Klaus' Berufsethik.

»Nun«, sagte Marcel keuchend, als er sich erhob, um Chantalle zur Tür zu bringen, »ich möchte Ihre Zeit nicht noch länger beanspruchen. Das hier ist mein Problem, und ich werde irgendwie damit fertig werden müssen.«

»Nun, viel Glück, *mon ami.* Kommen Sie doch wieder mal auf mich zurück.« Sie küsste Marcel auf die Wangen und verschwand mit einem »Ciao!«.

»Was ist mit diesem neuen Amerikaner, dem Cowboy?«, fragte Jean vom Sofa aus. Er stellte sich einen rauen, sonnengegerbten Grobian vor, in verblichenen Jeans und handvernähten, ölgegerbten Stiefeln aus Rindboxleder mit leichter Karreespitze.

»Nein. Nach dem, was ich über ihn höre, fehlt ihm die Raffinesse, die wir hier benötigen. Und ich wäre dir dankbar, wenn du den Nigerianer gar nicht erst erwähnst. Zwei Meter groß und schwarz wie Kohle, würde er in der Schweiz wohl etwas auffallen. Nein, ich befürchte, wir werden einige Angebote einholen müssen.« Sein Tonfall verriet tiefe Abneigung gegen Werbung jeglicher Art.

»Ich weiß wirklich nicht, wieso du so entsetzt tust«, meinte Jean. »Das letzte Mal hat es doch hervorragend funktioniert.« Er ging zu einem großen Aktenschrank hinüber.

»Es gefällt mir deswegen nicht«, sagte Marcel verärgert, »weil es eigentlich so gedacht ist, dass die Leute zu mir kommen, weil ich über so hervorragende Kontakte verfüge, nicht weil ich nicht weiß, wie man Stellenanzeigen benutzt.«

»Aber es funktioniert trotzdem«, entgegnete Jean und zog eine Schublade heraus, die mit Akten voll gestopft war. »Wo soll ich sie reinsetzen? In die *Daily Mail?* Wir könnten nach London gehen und …«

»Nein«, unterbrach Marcel, »die *New York Times* ist viel preiswerter pro Tausend, vor allem die Sonntagsausgabe.«

Jean fand die Mappe mit den Anzeigen. »Und welche wollen wir verwenden? ›Suche erfahrenen Sterbebegleiter‹?«

»Nein. Man darf nie dieselbe zweimal hintereinander benutzen.« Marcel watschelte zu Jean hinüber.

»Na gut«, sagte Jean und blätterte weiter. »Wie wär's mit der ›Suche Totengräber‹?«

»Die mag ich nicht«, erschauerte Marcel. »Die ist mir zu makaber.«

»Bestattungsunternehmer?«

»Nein.«

»Trauerberater?«

»Nein, die gefallen mir alle nicht.« Marcel sah aus, als könnte er gleich anfangen zu schmollen. »Ich fürchte, wir werden eine neue schreiben müssen.«

Einen Augenblick standen sie schweigend da und überlegten. Jeans Gedanken wanderten zu einem Sakko, einreihig, modisch

etwas höher geknöpft, aus solider Schurwolle, den er an diesem Morgen in einem Katalog gesehen hatte.
Plötzlich kam sich Marcel, die Stirn gerunzelt, ganz schlau vor. Er wandte sich zu Jean und verkündete selbstgefällig: »Ich hab's!«

Bobs Selbstsicherheit nahm dramatisch ab, als er an diesem Nachmittag das Haus betrat, und so steuerte er erst seinen Wanzsaal an, um sich dort etwas Inspiration zu holen.
An einem Nagel auf der Innenseite der Tür hing Bobs spezialangefertigte Baseballmütze, ein Geschenk von Mary zu seinem letzten Geburtstag. Der größte Teil der Mütze war tintenschwarz, nur der Knopf auf der Spitze und der kurze, abgerundete Schirm waren dunkelrot. Aber das Wesentliche war das, was über die Vorderseite in fetten, dunkelroten Buchstaben gestickt war: TERMINATOR. Dieses Wort und die bedrohliche schwarz-rote Farbgebung verliehen Bob ein Gefühl von Macht, und so drückte er sich die Mütze auf den Kopf, während er zu seinem Schreibtisch eilte.
Er nahm seine Lupe und ging zu dem Insektarium mit der Blutsaugenden Kegelnase *(Triatoma sanguisuga)* hinüber, manchmal auch Mexikanische Bettwanze genannt. Eingehend betrachtete er eine der Wanzen, die neben der Glaswand hockte.
Die Blutsaugende Kegelnase hatte eine Figur wie ein Miniaturtennisschläger, mit Augen, Beinen und winzigen Antennen an der Spitze eines sich verjüngenden Griffs. Ihr rechteckiger Hinterleib war braun und mit orangeroten Streifen versehen, die bis zu den Seiten verliefen. Der Thorax war stämmig und besaß einen leichten Kamm, der die Seiten horizontal überspannte. Der schmale Kopf endete in einem bedrohlichen, sich verjüngenden Rüssel, anders als der typische gebogene Rüssel, der bei den anderen Mitgliedern der *Reduviidae*-Familie anzu-

treffen war. Es war ein elegantes Tötungswerkzeug, erbarmungslos und endgültig in seiner Anwendung.
Bob legte die Lupe auf den Tisch und bereitete sich darauf vor, seiner Mary gegenüberzutreten. Er nahm an, dass Mary gerade dabei wäre, sich für einen weiteren Abend im Coffee Shop fertig zu machen. Das würde kein leichtes Verkaufsgespräch werden.
Er betrat das Schlafzimmer und verkündete mit einer großartigen Geste: »Schatz, ich hab eine tolle Neuigkeit!«
»Ahhh!«, schrie Mary. Sie hatte Bob nicht so früh zurückerwartet, sodass sein plötzliches Erscheinen und seine begeisterte Verkündung sie veranlassten, auf das Bett zu fallen, während sie sich abstrampelte, in eine Strumpfhose hineinzukommen, die eine unanständige Laufmasche am Oberschenkel hatte.
Bob sprang aufs Bett und begann Marys Nacken zu küssen.
»Was machst du hier? Ich dachte, du bist in Brooklyn.«
»Wie gesagt, ich habe super Neuigkeiten!«
»Hast du eine Gehaltserhöhung bekommen?«, fragte Mary zwischen den Küssen.
»Besser«, sagte Bob.
»Hat man dich etwa zum Supervisor ernannt?«
»Besser«, erwiderte er.
»Nun sag's schon …« Mary war nicht in der Stimmung für Ratespiele, aber Bobs spielerisches Wesen brachte sie immer zum Lächeln.
»Ich bin gefeuert worden!«
Ihr Lächeln verschwand. Sie schob Bob auf den Boden. Das war nicht gerade das, woran sie gedacht hatte, als Bob verkündete, er hätte eine tolle Neuigkeit.
»Du bist was?!«, fragte sie.
»Na ja, genau genommen habe ich gekündigt, aber eine Sekunde später hat Rick mich gefeuert, es kommt also drauf an, wie man es betrachtet. Ich hab so meine Zweifel, ob ich

Anspruch auf Arbeitslosengeld habe, weil ich ihm meinen Sprühstab in die Nase gestoßen habe, aber er hat mich provoziert. Er hat mir die übliche Scheiße erzählt, weißt du, dass ich wieder mein Parathion verdreifachen soll. Und so hab ich …«

»Bob, auch wenn er dir gesagt hätte, du sollst die verdammten Viecher essen! Du weißt genau, dass wir uns das nicht leisten können!«

Die untypische Verwendung von lasterhaftem Wortschatz betonte Marys Aufregung, fand Bob.

»Na komm, sei nicht so negativ. Das ist toll! Wenn du mal drüber nachdenkst. Es könnte auch nicht besser sein, wenn wir es geplant hätten. Das Timing ist ideal«, sagte Bob, wobei er der Wahrheit mehr als nur einen kleinen Drall gab.

»Bob, nein, das können wir nicht machen«, stellte sich Mary stur. »Wir können uns das im Moment absolut nicht leisten, also fang gar nicht erst an.«

Die finanzielle Situation der Dillons ähnelte der vieler amerikanischer Familien. Selbst als Mary bei der Sparkasse gearbeitet hatte und Bob ganztags bei Käfer-EX, erlaubte ihr gemeinsames Einkommen ihnen nur, das Allernötigste zu bezahlen und so viel zu sparen, dass sie die nächste größere Autoreparatur bezahlen konnten oder den gelegentlichen Wochenendausflug an die Küste von New Jersey.

Auf dem Höhepunkt hatten ihre Ersparnisse ganze tausendsechshundertneunundachtzig Dollar erreicht, aber dann musste Katy sich einer kleinen Operation unterziehen. Da das Programm mit den abzugsfähigen zweitausend Dollar der einzige Weg war, sich vollständige medizinische Betreuung zu leisten, und da der Kongress beschlossen hatte, dass es wirklich keine Krise des Gesundheitssystems gab, mit der man fertig werden musste, waren die Dillon-Ersparnisse schon längst aufgebraucht. Und nachdem Mary so weit abgestiegen war, dass sie nur noch Trinkgeld verdiente, und Bobs Gehaltsschecks bestenfalls mager waren, hatten sich die unbezahlten Rechnungen schnell angesammelt. Tatsächlich trennten sie nur noch wenige Monate von dem Zustand, obdachlos zu werden oder Freunde und Verwandte um Bargeld anpumpen zu müssen.

»Na komm, Schatz, denk mal drüber nach«, drängte Bob, »jeder macht sich Sorgen um die Umwelt, stimmt's? Und niemand mag Kakerlaken und Termiten. Addier diese Tatsachen zusammen, und was erscheint sofort vor deinem geistigen Auge?«

»Visionen von Bankrott«, sagte Mary.

»Nein, Dummerchen, Bobs Vollbiologische Schädlingsvernichtung!«

»O nein, nicht schon wieder.«

»Ich sag dir, Liebes, es gibt keinen besseren Zeitpunkt als jetzt, um damit anzufangen.«

»Womit?!«, wollte Mary wissen. »Hast du in letzter Zeit mal unseren Kontoauszug gesehen? Ohne Geld kannst du kein Geschäft gründen, so einfach ist das. Und wenn du dich mal gut umsiehst, Mr. Risikokapital, wirst du bemerken, dass wir nicht nur kein richtiges Geld haben, sondern nicht einmal etwas, das wir verkaufen könnten, um welches zu kriegen.«

Zur Veranschaulichung ihres Arguments nahm Mary ein Stück Goldschmuck von ihrem Frisiertisch und hielt es Bob unter die Nase.

»Tatsächlich ist der Anhänger deiner Großmutter der einzige Wertgegenstand, den wir noch haben, und du wirst ihn aus meinen toten Fingern herausbrechen müssen, bevor du ihn verkaufst, um dieses Projekt von dir zu finanzieren! Wenn ich hier auch nur noch ein einziges Wörtchen mitzureden habe, dann wird Katy dies eines Tages ihrer Tochter geben und –«

Bob unterbrach sie, seinen Optimismus wie einen stumpfen Gegenstand schwingend. »Schatz, versuch es doch mal so zu sehen: Wenn ich nichts unternehme, dass Leute dreifache Dosen von Parathion versprühen, dann wird Katys Gebärmutter wie eine Pflaume einschrumpfen, sodass sie gar keine Tochter bekommen kann.«

Na gut, dachte Mary, da hat Bob Recht. Aber trotzdem.

»Pratt war heute schon zweimal hier, um die restliche Miete zu kassieren«, sagte Mary in einem Versuch, den Traumexpress zum Entgleisen zu bringen. »Was werden wir dagegen unternehmen?«

Sie stieg in ihre billige und fleckige Polyester-Kellnerin-Uniform und drehte sich um, damit Bob ihr den Reißverschluss zumachen konnte.

»Weißt du, dass du hier hinten etwas hast, das wie Ketchup aussieht?«, fragte Bob.

»Lenk nicht ab«, erwiderte Mary. »Es ist Erdbeersirup.«

»Wie viel schulden wir Pratt?«

»Dreihundertzwanzig Dollar.« Sie drehte sich um und steckte Bob einen Finger ins Gesicht. »Ich will nicht, dass das hier meine Kreditwürdigkeit versaut. Wir müssen die Miete bezahlen!«

Er küsste Marys Fingerspitze. »Du machst dir immer so viel Sorgen«, sagte er. »Ich werd mir irgendwas einfallen lassen, oder wer weiß, vielleicht kriegst du heute Abend ein paar großzügige Trinkgelder. Außerdem juckt es uns überhaupt nicht, wenn wir gerade ein bisschen knapp mit dem Betriebskapital sind.«

»Und wie kommt das, Mr. Rockefeller?«, fragte Mary mit ungezügeltem Zynismus.

»Weil«, erwiderte Bob weise, »einer der Vorteile eines vollbiologischen Schädlingsvernichtungsunternehmens niedrige Startkosten sind.«

Bei dem Gedanken an überhaupt irgendwas Niedriges beruhigte sich Mary, und wie immer gefiel ihr Bobs Entschlossenheit, seinen Traum zu verwirklichen.

»Wie lange?«, fragte sie, schon nachgebend.
»Schwer zu sagen. Ich brauch noch ein paar hundert Radwanzen für das Kreuzen, und dann, wenn ich einen bereitwilligen Hauseigentümer finde, der ein paar verseuchte Gebäude hat, und … Oh! Da fällt mir ein, ein Freund eines Freundes hat Sy Silverstein von meiner Idee erzählt.«
»Sy ›Mir-gehört-die-halbe-Stadt‹ Silverstein? Der Bauunternehmer? *Der* Sy Silverstein?« Mary war beeindruckt.
»Genau der«, sagte Bob. »Er hockt auf einer Menge Ruinen, ich versuche also, einen Termin bei ihm zu bekommen. Wenn er mich ein paar von seinen Gebäuden benutzen lässt, dann brauche ich nur ein paar Wochen, um die verschiedenen Kreuzungen zu testen, und dann sind wir im Geschäft.«
»Vorausgesetzt, die Viecher funktionieren«, sagte Mary.
»Ja, das stimmt natürlich«, gab Bob zu. »Aber das ist ja gerade das, was diese ganze Sache so aufregend macht, findest du nicht?«
»Ich find es erst aufregend, wenn du deinen ersten Scheck einlöst.«
Inzwischen war sie für einen weiteren Abend an der Fütter-und-Fress-Front bereit. Sie grapschte sich ihre Handtasche und ging nach unten. Bob folgte ihr, in der Hoffnung, die Sache unter Dach und Fach zu bringen.
Sie kamen in die Küche, wo Katy, ihre zehnjährige Tochter, am Tisch saß. Ihre Aufmerksamkeit sprang zwischen einer Schale Cornflakes, einer Wrestling-Zeitschrift und einem alten Fernseher hin und her, wo gerade MTV lief.
Katys Spitzname war »Doodlebug«, der landläufige Name für die Larve des räuberischen Ameisenlöwen *(Hesperoleon abdominalis).*
In ihrem »Doodlebug«-Stadium haben Ameisenlöwen einen ovalen, plumpen Abdomen und einen übergroßen Kopf mit langen dornigen Kiefern, kurzen Beinen und Borsten am ganzen

Körper. Aber während der plumpe Abdomen und die übergroße Kopfpartie eine treffende Beschreibung für Katys eigenes Larvenstadium waren, hatte Katy den Spitznamen eigentlich deswegen bekommen, weil sie, als sie klein war, ebenso gefräßig war wie ein Ameisenlöwe.

Jetzt war Katy endlich in ihren Kopf hineingewachsen. Ihr einstmals plumper und ovaler Abdomen verteilte sich nun über eine Gestalt, die groß für ihr Alter war.

Katy war eine ideale Kandidatin für jene Untersuchungen, die gerne eine Kausalbeziehung zwischen im Fernsehen gezeigter Gewalt und der Gewalt von Fernsehzuschauern gegenüber ihren Mitmenschen nachweisen möchten.

In New York aufgewachsen, hatte sie von den zahllosen Gräueltaten gehört, gelesen oder sie sogar selbst erlebt, die die Bürger dieser Stadt aneinander verübten. Und seit sie Kabel und CNN hatten, konnte sie sich überzeugen, dass auf der ganzen Welt ein ähnliches Verhalten an der Tagesordnung war.

Katy war dankbar für die neuen Warnsymbole der Fernsehsender. Das erleichterte ihr die Arbeit, diejenigen Fernsehprogramme zu finden, die sie nicht sehen sollte.

Wenn die Vordenker solcher Organisationen wie »Amerikaner für verantwortungsvolles Fernsehen« mit ihren Theorien richtig lägen, hätte Katy als Folge der ungeheuerlichen Gewalt, die sie über die Medien miterlebt hatte, schon längst ihre beiden Eltern, mehrere Nachbarn und einige Haustiere aus der Nachbarschaft umgebracht haben müssen. Tatsächlich war aber das Gewalttätigste, in das Katy jemals direkt verwickelt gewesen war, eine Tracht Prügel, die sie bezogen hatte, als sie die Nacht mit Ann verbrachte, einer molligen Freundin von ihrer Pfadfinderinnentruppe.

Anns Mutter Lillian war selbst nach Maßstäben der politischen Korrektheit ein überängstlicher Bottich Schmalz, der oft bei Elternabenden gesichtet wurde, wo sie einen verblichenen geblümten Rock trug und versuchte, den *Fänger im Roggen* aus der Schulbibliothek entfernen zu lassen.

Am fraglichen Abend lieh Lillian zwei ihrer Lieblingsfilme aus, die sich die Mädchen ansehen konnten: *Im Zirkus der drei Manegen,* ein typisch dröges Schlockfest mit Zsa Zsa Gabor in der Hauptrolle, und *Polly of the Circus,* ein schlechtes Vehikel für Marion Davies als libidinöse Trapezkünstlerin und mit Clark Gable als dem Priester, dem sie hinterherlibidinierte.

Lillian teilte rote Schaumstoff-Clownnasen und Tüten mit Erdnüssen an die Mädchen aus, und dann ließen sie sich zu ihrem Zirkus-Doppelschlag nieder. Während Lillian über den ganzen grässlichen Klamauk des Ersteren wieherte und bei der entsetzlichen Melodramatik des Letzteren dahinschmolz, steckten sich Katy und Ann die Zeigefinger in den Mund, die internationale Geste für »Ich kann gar nicht so viel in mich stopfen, wie ich kotzen möchte«.

Nachdem Lillian den Raum verlassen hatte, um sich ihre fünfte Tüte Erdnüsse zu holen, überredete Katy ihre Freundin, trotz des mütterlichen Verbots auf »Cops« umzuschalten.

Als Lillian wiederkam, drohte ihr Zartgefühl bleibenden Schaden zu nehmen, da sie Zeugin der Festnahme eines Mannes werden musste, dem vorsätzliche Körperverletzung zur Last gelegt wurde. Das Letzte, was der Beschuldigte sagte, bevor Lillian zu der libidinösen Trapezkünstlerin zurückschaltete, war: »Wenn einer meine Schwester verprügeln will, dann muss er sie zuerst heiraten.«

Sowohl Katy als auch Ann bekamen eine Tracht Prügel und wurden sofort ins Bett geschickt. Einzig und allein Katy erkannte die Paradoxie, die in dieser erzieherischen Maßnahme lag.

Jedenfalls, wenn man den Fachleuten zum Thema Gewalt im Fernsehen glauben wollte, dann war Katy eine Zeitbombe, die darauf wartete zu explodieren, aber im Moment schlürfte sie ganz harmlos einen weiteren Löffel Cornflakes auf und lauschte der lebhaften Unterhaltung ihrer Eltern.

Mary, die sich hektisch für die Arbeit fertig machte, hatte noch ein paar Fragen, bevor sie bereit war, Bob zu geben, was er haben wollte.

»Was meinst du, wie lange du brauchen wirst?«

»Sechs Monate?«, bot Bob.

»Ich geb dir zwei«, lautete Marys Gegenangebot.

Bob hatte das Gefühl, dass er durchkam. »Na gut. Die Kreuzungen sind fast fertig, und ich habe bei diesem Geschäft mit Mr. Silverstein ein gutes Gefühl. Ich brauche nur einen Auftrag, Mundpropaganda besorgt den Rest.«

»Okay, zwei Monate, aber es muss Teilzeit sein. In der Zwischenzeit musst du ein bisschen Geld ranschaffen, sonst ist d.K.a.D.«

Katy sah zu ihrem Vater, um seine Interpretation der kryptischen Abkürzung zu erfahren.

»Frei übersetzt heißt das, äh, sonst ist ›das Konto arg danieder‹«, log er.

»Abgemacht?« Mary brauchte sein Versprechen.

Bob hob die Hand. »Bewerbungstexte gehen morgen raus.«

»Und wenn du ein Jobangebot bekommst?«, fragte Mary.

»Ich nehme jeden Job, der mir angeboten wird. Ich geb dir mein Wort.«

»Also gut. Zwei Monate. Mehr nicht. Aber Bob, hör zu.« An der Kürze ihrer Sätze wusste Bob, dass Mary es ernst meinte. »Du hast ein Diplom in Entomologie. Nutze es. Sieh zu, ob du eine Dozentenstelle finden kannst, irgendwas mit einem regelmäßigen Einkommen. Katy und ich haben es satt, von der Hand in den Mund zu leben.«

»Tatsächlich?«, fragte Katy.

Begeistert umarmte Bob seine Frau.

»Du wirst es nicht bereuen.« Bob konnte riechen, dass sein Traum vor der Verwirklichung stand. »Ich liebe dich.«
»Das möchte ich dir auch raten«, sagte Mary, als sie Bob tief in die Augen sah.
Das arme, aber glückliche Paar küsste sich. Als sie sich aus ihrer Umarmung lösten, schnappte Mary ihre Handtasche und steuerte auf die Tür zu.
»Ich komm heute Abend später«, sagte sie. »Ich werde versuchen, eine Doppelschicht zu bekommen.«
Sie küsste Katy, und in einer einzigen routinierten Bewegung warf sie die Wrestling-Zeitschrift in den Mülleimer, schaltete den Fernseher zu »Sesamstraße« um und verschwand durch die Hintertür.
»Was ist los, Dad?«, fragte Katy, während sie sich einen weiteren Löffel Cornflakes in den Mund schaufelte.
»Wir gründen unseren eigenen Betrieb.«
»Kann ich irgendwie helfen?«, fragte Katy.
»Na ja, viel kann ich nicht bezahlen.«
»Das ist schon in Ordnung, ich werd auch nicht viel arbeiten.«
Bob lächelte und stülpte Katy seine TERMINATOR-Mütze auf den Kopf.
Er legte den Arm um Katy. »Weißt du, Doodlebug, ich hab diesen Traum schon lange. Und wenn du und deine Mama mithelfen, bin ich mir einfach sicher, dass wir ihn verwirklichen werden.«
Katy sah ihren Dad an, während Milch ihr Kinn herunterwanderte. »Das will ich hoffen«, sagte sie, »sonst ist ›die Kacke am Dampfen‹, ha?«
Während Bob erwog, welche Disziplinarmaßnahmen ihm zur Verfügung standen, klingelte es an der Haustür.
Als Bob hinging, schaltete Katy wieder zu MTV um.
Angesichts dessen, was Mary ihm erzählt hatte, hatte Bob eine ziemlich genaue Vorstellung, wer um diese Tageszeit an der

Haustür klingeln könnte. Er spähte durch das Guckloch und sah den grotesk konvexen Kopf von Dick Pratt. Er war ein untersetzter kleiner Unmensch, der eine Veranlagung zur Bösartigkeit hatte und an Haarausfall in fortgeschrittenem Stadium litt. Bezeichnend für das Niveau seines Einfallsreichtums war die, wie Pratt meinte, innovative Lösung, die er für letzteres Problem ersonnen hatte. Auf der rechten Schädelseite hatte er eine Matte außergewöhnlich langer, dicker Haare kultiviert, die er mit Pomade geglättet und sich dann ganz über den Schädel geklappt hatte. Das Gesamtergebnis sah so aus, als würde er niemandem etwas vormachen außer sich selbst. Durch die Fischaugenlinse des Gucklochs konnte Bob außerdem eine glimmende Parodi sehen, die aus Pratts konvexem Gesicht herausragte.

Bob holte noch ein letztes Mal saubere Luft, bevor er die Tür aufmachte und auf den Treppenabsatz trat.

»Hi, Dick«, meinte er. »Wie geht's so?«

Pratt saugte an seiner Zigarre und sagte nichts.

»Hören Sie«, fuhr Bob fort, »ich wollte eigentlich demnächst bei Ihnen –«

»Hey, Mr. gottverdammter Tambourine Man«, kreischte Pratt. »Spiel ein Lied für mich – irgendwas zu einer Melodie von dreihundert'n'zwanzig Möpse!«

Etwas Spucke landete auf Bob, als Pratt »Möpse!«, sagte.

Bob schloss die Tür hinter sich. »Hören Sie, Dick –«

»Yo! Sie sind überfällig, Sie Wichser!«, sagte Pratt in seinem kantigen Bronx-Akzent. »Und jetzt sag ich Ihnen mal, was passiert, wenn Sie nicht ganz schnell etwas Kohle rüberschieben.«

Während Pratt mit seiner beleidigenden Tirade fortfuhr, bemerkte Bob einen Lieferwagen des Elektrizitätswerks, der vor dem Haus vorfuhr.

Eine kompetent aussehende Frau mit langen braunen Haaren, die unter ihrem Helm hervorquollen, stieg aus und sah auf ihr

Klemmbrett, um sich zu vergewissern, dass dies auch die richtige Adresse war. Sie kam den Gehweg hinauf, wo Pratt immer noch stand und Bob beschimpfte.

»Hey, yo, Wichser!«, brüllte Pratt, ohne die Frau zu bemerken, die jetzt direkt hinter ihm stand. »Hören Sie mir zu oder was? Ich hab gesagt, ich will mein verficktes Geld haben!«

»Können Sie mir noch ein paar Tage Zeit geben? Ich habe gerade meine Stelle verloren.«

»Das ist mir kotzegal«, fluchte Pratt. »Zahlen Sie Ihre Miete oder suchen Sie sich eine Tiefkühltruhe für drei. Kapiert?«

»Verzeihung«, sagte die Frau und erschreckte Pratt so sehr, dass er seine stummelige Zigarre auf den Gehweg spuckte.

»Yo! Wer zum Teufel sind Sie denn?«, fragte Pratt, wobei sein lüsterner Blick auf der spitzen Partie ihres Dienst-Overalls verweilte.

»Ich bin von der Con-Ed«, entgegnete sie und sah auf Pratt hinunter. »Ich suche einen Mr. Bob Dillon.«

»Yeah, ich bin's jedenfalls nicht, Babe«, sagte Pratt, als er sich vorbeugte, um seine widerliche kleine Parodi aufzuheben. »Der hier ist der Schlappschwanz, aber ich bin noch nicht mit ihm fertig, also müssen Sie Ihr Höschen und Ihr Helmchen noch so lange anlassen, bis ich mit ihm durch bin.«

Umgehend bellte sie zurück: »Und wer zum Teufel sind Sie?«

Pratt kniff die Augen zusammen. »Yo, ich bin sein Scheiß-Vermieter, wenn Sie's wissen wollen.« Er drehte sich wieder zu Bob um.

Die Frau warf einen schiefen Blick auf Pratts Haare und wandte sich ihrerseits an Bob. »Heißen Sie wirklich Bob Dillon?«

»Leider«, sagte Bob.

Sie lächelte. »Mann, ich wette, das war eine lustige Kindheit.«

»Yo! Wer hat Sie denn was gefragt?!«, platzte Pratt heraus.

Niemandem fiel auf, wie sich die Tür hinter Bob leicht öffnete. Katy spähte durch den Spalt und hörte zu.

»Hey, was ist Ihr Problem, Stummel?«, fragte die Frau. »Ich mach nur ein bisschen freundliche Konversation mit Mr. Dillon hier.«

»Hey, yo, das ist hier nicht irgendein verfickter Kaffeeklatsch«, spuckte Pratt. »Ich will wissen, was Sie auf meinem gottverdammten Eigentum zu suchen haben.«

»Na ja, das geht Sie zwar einen Scheißdreck an, aber Ihr Mieter ist ein bisschen im Rückstand mit seinen Stromrechnungen, und ich bin gekommen, um ihm den Saft abzudrehen.«

»Uups«, sagte Bob.

Es war Katy peinlich, das zu hören.

»Hey, yo, ist das nicht großartig?«, meinte Pratt. »Dann stellen Sie sich mal hinten an, Süße, weil Mr. Schlappschwanz hier mir etwas Miete schuldet, und Sie kriegen keinen Cent zu sehen, solange er nicht bezahlt hat. Angekommen?«

In dem Moment roch Katy irgendwas anderes außer Pratts Zigarre. Es war die Essenz der günstigen Gelegenheit, was in ihre winzigen kleinen Nasenlöcher hochstieg, und so öffnete sie die Tür und trat auf die Veranda.

»Hey, Mr. Pratt«, sagte Katy. »Wollen Sie ein paar Pfadfinderkekse kaufen?«

»Verpiss dich, Kleine«, knurrte er. »Ich versuch grade, aus deinem Schlappschwanz von Dad hier etwas Knete rauszudrücken.«

»Hey, drücken Sie sich gefälligst anders aus«, wies ihn die Frau von Con-Ed zurecht. »Das ist keine Art, vor dem Kind zu reden.«

»Geht schon in Ordnung«, meinte Katy. »Ich hab nichts dagegen.«

»Hören Sie, Dick«, sagte Bob. »Ich brauch einfach noch etwas Zeit.«

»Passen Sie auf, Sie schmarotzender Arschwischer –« fuhr Pratt fort.

»Hey«, tadelte Bob, »kein Grund, so eine Sprache zu benutzen.«
»Yeah, was hab ich Ihnen grade gesagt?«, fügte die Frau hinzu.
»Yo, konnte nicht ahnen, dass ihr alle so empfindlich seid«, sagte Pratt. »Ich will's mal so formulieren ... zahlen Sie endlich, oder ich schmeiß euch raus. Ich komm morgen wieder.«
Pratt drehte sich um und zog eingeschnappt ab zurück zu seinem Haus, das sich, Pech für Bob, gegenüber auf der anderen Straßenseite befand.
»Und Sie, Lady? Wollen Sie ein paar Pfadfinderkekse kaufen?«
Katy lächelte zu dem Helm und den Haaren hoch.
»Klar, wieso nicht?«, lächelte der Helm zurück. »Wie wär's mit einer Schachtel von denen mit Pfefferminzgeschmack?«
»Wird gemacht!« Katy verschwand, um die Kekse zu holen.
»Danke, das war nett«, sagte Bob. »Hören Sie, ich weiß, ich bin im Rückstand, aber ...«
»Hey, machen Sie sich keine Sorgen«, beruhigte die Frau. »Ich hab ein bisschen Spielraum. Ich will Ihnen nicht den Strom abstellen.«
»Das rechne ich Ihnen hoch an.«
»Aber ich sag Ihnen, was Sie machen müssen«, sagte sie, während sie etwas auf ihr Klemmbrett schrieb. »Kommen Sie bei der Zahlstelle vorbei und zahlen Sie, was Sie können. Wir stellen Sie nicht ab, wenn Sie etwas guten Willen zeigen.«
»Toll. Danke«, sagte Bob. »Das mach ich.«
Katy kam mit einer Schachtel Pfefferminzkekse wieder und hielt sie der Frau hin. »Das macht fünf Dollar bitte.«
»Fünf?«, fragte die Frau. »Drüben beim Waldbaum-Laden kosten sie nur zwei fünfzig.«
»Schon«, sagte Katy mit einer sanften Geste zu ihrem Vater, »aber ich hab höhere Unkosten als die.«

3

Mit leerem Blick starrte Bob durch das Schaufenster, jedes Mal angestrahlt von dem warmen rollenden Licht des Kopierers, wenn das Gerät seinen Handzettel klonte.

Statt des traditionellen Bewerbungstextes, den Mary mit Sicherheit vor Augen gehabt hatte, hatte Bob einen Text kreiert, in dem er für seine Idee der vollbiologischen Schädlingsvernichtung warb. Mit so einem Handzettel war garantiert, dass er nicht durch seriöse Jobangebote belästigt wurde, und außerdem, so dachte er, bestand immer die Chance, dass sich jemand bei ihm meldete, der sich für sein Konzept interessierte. Schließlich hatten Amerikaner zu verschiedenen Zeitpunkten geglaubt, Polyester, Käseersatz/Ersatzkäse und Richard Nixon seien alles tolle Ideen, wieso sollten sie sich da nicht mal auf eine wirklich gute Idee einlassen?

Die erste Fassung von Bobs Text war mit zu viel wissenschaftlicher Terminologie überfrachtet, und er fand, dass das Ganze viel zu sachlich war und nicht genug Pep hatte, wie die Werbefachleute so was nannten. Also änderte er den Entwurf, wählte jetzt eine knappe, markige Schreibe und einen packenden Blickfang, um die Aufmerksamkeit des Lesers zu erregen. Zu diesem Zweck hatte er den Handzettel als Piratenflagge entworfen – weißer Totenschädel mit gekreuzten Knochen auf schwarzem Hintergrund. Der Text, der über denTotenschädel gedruckt war, lautete folgendermaßen:

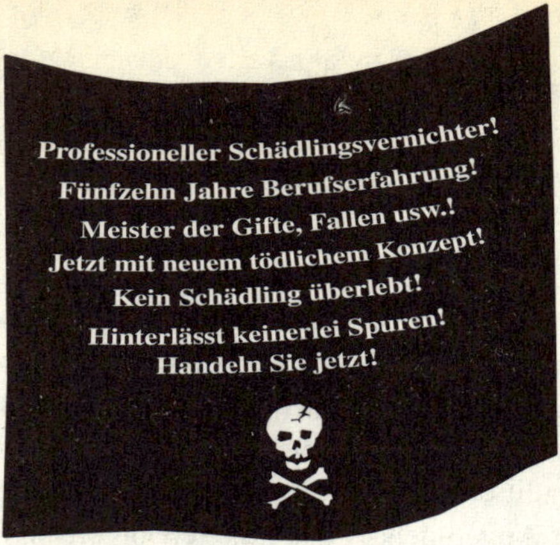

Zufrieden mit seinem neuen Design, wartete Bob geduldig darauf, dass die Maschine ihm die fünfzig Kopien für seine begrenzte Direktversand-Kampagne lieferte. Während das Gerät vor sich hin summte, starrte Bob durch das Schaufenster und dachte über seine Zukunft nach.

Trotz seines unbeirrbaren Optimismus war Bob Realist genug, um zu wissen, dass es nicht leicht sein würde, sein Ziel zu erreichen. Mary hatte was erwähnt, dass an die siebzig Prozent aller Geschäftsneugründungen innerhalb der ersten sechs Monate scheiterten. Weitere zwanzig Prozent gingen innerhalb eines Jahres den Bach runter. Blieben noch zehn Prozent, um mit harter Arbeit, ein bisschen Glück und der Wahl der richtigen Gelben Seiten Erfolg zu haben. Das Schlimmste war, dass Bob sich nicht einmal für dieses knallharte Rennen qualifizieren konnte, wenn es ihm nicht gelang, die perfekte Mordwanze herbeizukreuzen.

Und selbst wenn Bob mit einem Frankensteinkäfer aufwarten konnte, der wirklich funktionierte, brauchte er trotzdem noch zwei Dinge: verseuchte Gebäude und einen kooperativen Immobilieneigentümer. Ersteres wäre in dieser Stadt leicht genug

zu finden, Letzteres – na ja, er arbeitete daran. Wenn er nur diesen Termin bei Mr. Silverstein bekommen könnte.
Es gab eine Menge »wenns« zwischen hier und Bobs Traum, etwa so viele wie Schlaglöcher auf der West 54th Street.
Bob war von dem Gesumme und dem Rhythmus des Kopiergeräts so fasziniert, dass er den Typen mit der KÄFER-EX-Baseballmütze gar nicht bemerkte, der die Bedford Avenue überquerte und dann auf dem Bürgersteig stand und Bob zuwinkte. Schließlich klopfte der Mann gegen die Scheibe und riss Bob wieder in die Wirklichkeit zurück. Bob grüßte ihn mit einem Lächeln.
Es war Johnny Meehl, ein einfacher Typ aus Brooklyn, der mit Bob zusammengearbeitet hatte. Johnny stapfte in den Kopierladen.
»Yo, Bobby-Boy, wie läuft's so? Siehst ein bisschen bedusselt und verwirrt aus.«
»Hey, Johnny, kopier grade meinen Bewerbungstext.«
»Wieso das denn?«, fragte Johnny. »Ich dachte, du machst dich selbstständig, nachdem du Rick gesagt hast, er soll sich verpissen.«
»Ja, ich arbeite dran. Diese Dinge brauchen Zeit, verstehst du?«
»Das hab ich gehört«, sagte Johnny, als er einen der Handzettel las. »Hör mal, bist du hier bald fertig? Wie wär's, wenn wir danach auf ein kaltes Bier zu ›Freddie's‹ rübergehen?«
»Liebend gerne, Johnny, aber ich bin völlig abgebrannt.«
»Hey, ich will keine Ausreden hören. Geht auf meine Rechnung.«
Bob dachte, ein Bier, das er nicht bezahlen musste, wäre genau das Richtige für ihn, und so stapelte er voller Vorfreude die warmen Kopien seines Flugblatts zusammen mit ein paar Umschlägen und Briefmarken und verließ mit Johnny den Laden.
Neben dem Kopierladen befand sich »Freddie's Tavern«, das

nicht gerade eine Schickimicki-Bar war. Die Kundschaft bestand aus Meistern der Verdrängung. Hier gab's keine Ehefrauen oder Freundinnen; Ko-Abhängigkeit war das unbenutzte geheime Passwort und billiges Bier vom Fass die einzige Hilfe zur Selbsthilfe.

Das Dekor war Standardausrüstung: Poster von verschiedenen New Yorker Sporthelden, die üblichen Neon-Bierschilder und elektrisches Brimborium mit Bierwerbung. Und hinter der Theke klebten Hunderte von Polaroid-Schnappschüssen von Gästen in verschiedenen Stadien der Trunkenheit.

Bob und Johnny saßen an der Theke hinter zwei leeren Krügen, während sie sich gerade durch einen dritten durcharbeiteten. Johnny ergriff den Krug und saugte geräuschvoll dran. Einen Moment später gab er ein ungeheures AAARRRRRRRRRRRRRRUP! von sich.

»Jeder Schuss ein Treffer!«, kommentierte Bob.

Das fanden die beiden Schädlingsvernichter zum Schießen, und sie lachten und klopften sich gegenseitig auf die Schulter und benahmen sich insgesamt so, wie Männer es in solchen Kneipen zu tun pflegen.

Als eine kleine Kakerlake über den Boden der Bar huschte, kam Bob ein bierseliger geschäftlicher Vorschlag in den Sinn. Er wandte sich zum Barkeeper: »Yo, Freddie, weißt du, dass du Kakerlaken hast? Du solltest mich engagieren. Ich mach mich selbstständig.«

»Hey, das gehört zur Atmo«, erklärte Freddie. »Ich misch mich da nicht ein. Wollt ihr Typen noch eins?«

In dem Moment fiel Bob auf, dass das Leben schön war. Er hatte eine wunderschöne Frau und ein Kind, einen Freund, der das Bier bezahlte, und – am allerwichtigsten – er hatte einen Traum. Natürlich, nach drei Krügen Budweiser hat das Leben die Tendenz, schön auszusehen, egal wie die Dinge wirklich sind, das ist schließlich der Sinn des Biertrinkens.

Als Krug Nummer fünf zur Hälfte geleert war, begannen Bob und Johnny die philosophischen Implikationen zu diskutieren. Johnny, der keinen akademischen Abschluss in Philosophie besaß, wartete trotzdem mit einer Analyse auf: »Issalb leer …«
Bob, der einmal eine Vorlesung über den Existenzialismus besucht hatte und daher qualifizierter war, sich mit derartigen gewichtigen Konzepten zu befassen, konterte mit: »Issalb voll …«
Die Debatte wütete weiter.
»Du bis' bloß son Opmotis … son Otpomis … son Op … Du siehs' die Dinge immer vonner guten Seite.«
»Der Optimist«, nuschelte Bob, »sieht den Krapfen, und die Brezel sieht das … Moment, das stimmt nicht.« Bob hielt einen Augenblick inne und versuchte, seine Gedanken zu sammeln. »Der Optimist sieht die Brezel, und der Pessimist sieht – das Loch. Ich weiß nicht, wieso ich auf Krapfen gekommen bin.«
»Ich weiß, wo's Super-Krapfen gibt!«, sagte Johnny.
»Neinneinnein. Krapfen haben nichts damit zu tun. Wovon haben wir grade gesprochen?«, fragte Bob. »Ach ja, jetzt weiß ich's wieder … Ich will dich mal was fragen, Johnny … Was willst du eigentlich vom Leben?«
Das war so eine Frage, um die sich Johnny gewöhnlich nie kümmerte, also ließ er sich jetzt etwas Zeit, um mal ernsthaft drüber nachzudenken. Nach einigen Sekunden war ihm die Antwort klar.
»Weiß nich, alles, was ich so hab, schätz ich. Job, Familie, Kabel. 'ne Satellitenschüssel wär schön, ab und zu mal 'n paar gute Hockey-Karten. Und du?«
»Alles, was ich vom Leben haben will, ist mein eigener Kombi mit einer von diesen großen Glasfaserwanzen obendrauf. Verstehst du, was ich meine?«
Bestätigend nickte Johnny. »Ich weiß genau, was du meinst,

Mann, wär das super. Aber wie zum Teufel willst 'n den kriegen? Die verschenken die nich einfach so.«
»Hab ich dir doch schon gesagt, ich mach mich selbstständig. Eine brandneue Idee, Bobs Vollbiologische Schädlingsvernichtung. Viecher ohne Chemie töten.«
Johnny, der in den vergangenen zehn Jahren für ein Dutzend Schädlingsvernichtungsbetriebe gearbeitet hatte, wies darauf hin, dass das nicht gerade eine neue Idee sei: »Für so was is' da draußen 'ne Riesenkonkurrenz.«
Während der nächsten zwanzig Minuten diskutierten sie über die Vorzüge anderer nicht chemischer Methoden, Haushaltsschädlinge zu eliminieren.
Es gab ein altes elektronisches Gerät, das Ultraschalltöne abgab und die Wirkung haben sollte, dass Haushaltsschädlinge das Gelände fluchtartig verlassen. Aber nachdem man entdeckt hatte, dass Mäuse in den Geräten nisteten, zog der Staatsanwalt den Hersteller aus dem Verkehr.
Es gab andere, technologisch solidere Methoden der Schädlingsvernichtung, einschließlich Mikrowellen, supererhitzter Luft, flüssigen Stickstoffs und Elektroschocks. Aber Bob kannte ihre Nachteile.
Die Probleme wurden in einer von der Uni Berkeley durchgeführten Studie enthüllt. Diese ergab, dass bei Mikrowellenbehandlung acht Prozent der Termiten noch am Leben waren, während die Holzverkleidung akut verbrannt war. Bei dem Elektrogewehr, einem Gerät, das erhebliche Stromstöße abgab, blieben sogar zwanzig Prozent der Termiten am Leben.
Einige Schädlingsvernichter arbeiteten mit extremer Hitze oder Kälte, um Insekten zu vertilgen. Flüssiger Stickstoff funktionierte, indem man die Schädlinge auf eisige zweihundertneunzig Grad unter Null abkühlte, aber man musste dafür Löcher durch sein Haus bohren, und es neigte dazu, Trockenmauern zu wellen. Supererhitzte Luft erhöhte die Innentemperatur von tra-

gendem Holz bis auf fast hundertneunzig Grad. Das tötete die Insekten, die der Hitzequelle am nächsten waren, aber andere überlebten. Außerdem verzog sich das Holz.
Das Problem war, dass diese Methoden in erster Linie termitenspezifisch waren, und bei einigen blieben genug Viecher übrig, die sich vermehren konnten, sodass das Ganze wieder von vorne anfangen konnte. Ein anderes Problem war – und für Bob war das das Wichtige –, dass jemand anders sie schon erfunden hatte.
Bob gab sich große Mühe, seinem Freund die vollbiologische Idee zu erläutern, aber Johnnys begrenztes Wissen über Insekten war ein Hindernis.
»Wie heißen die Viecher noch mal?«, fragte Johnny.
»Mordwanzen. Die sind von der Familie *Reduviidae.*«
»Nie gehört«, meinte Johnny. »Sicher, dass du das nicht alles erfindest? Ich meine, ich arbeite mit so Viechern, man könnte annehmen, ich hätte von denen schon mal gehört.«
»Wenn du mir nicht glaubst«, sagte Bob, »solltest du mal meine Werkstatt besuchen, die ist voll mit denen. Das sind ganz gemeine Dreckskerle!«
»Und du kreuzt die? Mann! Pass lieber auf, du fummelst mit Mutter Natur rum«, warnte Johnny.
»Hey, das ist alles natürlich«, wehrte Bob ab. »Na ja, okay, ich geb zu, ich muss eine Wanze schaffen, die es noch nicht gibt, aber ansonsten ist alles ganz natürlich. Keine chlorierten Kohlenwasserstoffe oder organische Phosphate, die das Grundwasser vergiften oder dein Nervensystem versauen.«
»Hey! Was hast'n gegen chlorierte Kohlenwasserstoffe?« Johnny zeigte auf das Zucken an seinem rechten Auge. »Machst du dich darüber lustig?«
»'türlich nich!«, sagte Bob. »Fällt kaum auf.«
»Ja, dann will ich dir mal was erzählen, Kumpel. Dieses Zucken hat zwei Kinder durch die staatliche Schule gebracht!«,

sagte Johnny. »Und ich würde noch mal zwei durchbringen, wenn ich noch welche haben könnte.«
Johnny hielt inne, als ihm beinahe klar wurde, was er da sagte. »Was bist du überhaupt für einer, einer von diesen Umweltspinnern?«
»Von wegen. Ich versuch nur, 'n eigenen Laden aufzuziehen, weiter nichts. Is' 'ne verdammt gute Idee, weißt du das? Wenn sie funktioniert, bin ich reich.« Bob schlürfte sein Bier. »Aber wie du gesagt hast, die verschenken diese Wagen nicht gerade, mit den großen Wanzen drauf«
»Also«, kombinierte Johnny, »schätze, die Frage is', wo kriegste genuch Geld her für dein Kombi?«
»Ich schätze, ich brauch 'n Job«, sinnierte Bob.
»Du hattest doch ein'.«
»Nein, ich brauch einen, der mehr Kohle bringt.« Er sah zu Freddie, der am anderen Ende der Theke hockte und Zeitung las. »Hey, Freddie, is' das 'ne Sonntagszeitung? Gib mir mal den Anzeigenteil.«
Freddie schob den dicken Anzeigenteil die Theke hinunter, wobei er unterwegs eine Schale Erdnüsse umstieß.
Johnny schlug die Zeitung aufs Geratewohl auf und fokussierte seinen Blick dergestalt, dass er lesen konnte. Bald benahm er sich so, als wäre er auf eine Goldmine gestoßen.
»Hey«, rief er, »wie hört sich das an: sechshundertfünfzig die Woche, Teilzeit?«
»Verdammt gut«, sagte Bob. »Was ist das für ein Job?«
»Ähh, das ist … ähh, oh. Nichts für dich. Bauchtanz.«
»Hey«, meinte Bob. »Würde mich interessieren, ob Käfer-EX versucht, einen Ersatz für mich zu finden.« Er suchte die Stellenangebote und blätterte zu »S«.
»Mal sehen«, murmelte er. »Ähhh … Sachverständige für Bäume, Sanitäter, Saunabetreuer …«
Bob hörte auf zu lesen, und seine Augen weiteten sich. »Ich

fress ’n Besen! Sieh dir das an!« Bob deutete mit einem Finger auf die Zeitung, wobei er das Blatt fast zerriss. Er begann, fröhlich auf seinem Barhocker herumzuwirbeln.
Johnny versuchte zu erkennen, wo Bob hinzeigte, aber die Kreisbewegung machte das schwierig. »Hör mit der Dreherei auf und lass mich sehen!«
Bob hielt an und las laut vor: »Professioneller Schädlingsvernichter umgehend gesucht. $50K an einem Wochenende! Akutes Schädlingsproblem. Bewerbungen an: Kavkastraße 251, 8000 Zürich. Nur Profis.«
»Fünfzigtausend Dollar?!«, sagte Johnny ungläubig. »Das muss ein Druckfehler sein! Zeig mal.« Er griff nach der Zeitung, aber Bob wirbelte wieder herum, sodass Johnny mit dem Kopf gegen die Theke krachte.
Bob war ganz schwindlig, nicht nur von dem Bier und dem ganzen Herumgewirbel auf seinem Hocker, sondern von dem Gedanken, um wie viel fünfzigtausend Dollar ihn der Verwirklichung seines Traumes näher bringen könnten. Mit *dem* Geld könnte er zwei Wanzen auf seinem Kombi haben!
Einen Augenblick lang wankte er: »Ich glaube, ich muss mich übergeben.«
Johnny rieb sich den schmerzenden Schädel und schnappte sich die Zeitung, damit er es mit eigenen Augen sehen konnte. »Fünfzigtausend Dollar! Was meinst du, was das für ein Job ist? Ratten? Muss Ratten sein, meinst du nicht?«
»Das müssen aber ein paar verdammt große Ratten sein, bei dem Geld«, meinte Bob.
»Zürich …« grübelte Johnny. »Das ist in Schweden, oder?«
»Nein, du Schnapsnase, das ist in der Schweiz.«
»Wer hätte gedacht, dass die Schweiz ’n großes Rattenproblem hat?«
»Wahrscheinlich dieser ganze Schweizer Käse«, mutmaßte Bob. »Wahrscheinlich liegt er einfach tonnenweise herum, und

die Ratten fressen ihn, und deswegen werden sie wahrscheinlich so verdammt groß.«
»Du hast bestimmt Recht. Scheiße! Ein Haufen riesiger, Schweizer Käse fressender Ratten. Kein Wunder, dass die so viel bezahlen. Aber wieso inserieren die ausgerechnet hier?«
»Wo sonst sollen die jemanden finden, der Erfahrung mit solchen Riesenratten hat? Nur in New York, Babe!« Bob war so aufgeregt, dass er wie ein zweitklassiger Schauspieler klang. »Und wer sitzt hier mit einem Riesenhaufen Bewerbungen?!«
»Scheiße!« Johnny wedelte mit seiner Rechten zu Freddie und mit seiner Linken zu der Polaroid-Kamera. »Yo, Freddie, gib mir mal die Kamera.«
Freddie ließ die Kamera die Theke entlangschlittern und beförderte diesmal die Schale mit den Nüssen über den Rand.
»Ist eine gute Idee, zusammen mit deiner Bewerbung gleich ein Foto mitzuschicken«, erläuterte Johnny und zielte umständlich mit der Polaroid. »Die möchten gerne sehen, mit wem sie es zu tun haben.«
»Ja, das ist eine gute Idee«, sagte Bob, als er auf seinem Hocker wankte und seine rot-schwarze TERMINATOR-Mütze zurechtrückte.
»Hör auf zu schielen«, schlug Johnny vor.
Bob war gerade dabei, seine Glotzer zu begradigen, als die Kamera schon ein sich entwickelndes Bild von Bob ausspuckte. Bei dem Versuch, scharf zu sehen, waren seine besoffenen Augen zu bedrohlichen Schlitzen verengt. Er sah entweder sehr betrunken oder sehr gefährlich aus, je nachdem, wie man es interpretierte.
Dann, trotz Johnnys Hilfe, gelang es Bob, das Foto und einen seiner Zettel in einen Umschlag zu stecken. Er tunkte seine Zunge ins Bier, beleckte den Umschlag und klebte ihn zu. »So. Diese fünfzig Riesen sind so gut wie verdient.«
Dann rollten Bobs Augen in seinen Kopf zurück, und stockbe-

soffen fiel er von seinem Hocker und träumte von einer großen Glasfaserwanze, die triumphierend auf seinem eigenen Kombi hockte.

Louis, der unterwürfige Gastgeber des Casinos von Monte Carlo, begrüßte Klaus mit einer schwungvollen Verbeugung. Ein befrackter Kellner erschien mit einem Bombay-Martini, den er auf einem Silbertablett balancierte.

Klaus schlürfte den eisgekühlten Begrüßungstrunk. »Perfekt, wie immer. Danke, Louis.«

Er trug einen glänzenden neuen Aktenkoffer, was, wie Louis wusste, bedeutete, dass Klaus vor kurzem bezahlt worden war und hier war, um sich zu »entspannen«. Das war eine gute Nachricht für das Casino, und Louis sorgte dafür, dass sein Gast fürstlich behandelt wurde.

Klaus hatte nicht immer gezockt. Aber in den letzten Jahren, als die Depressionsanfälle immer öfter kamen, hatte er etwas entdeckt, das zumindest die Symptome kaschierte. Er stellte fest, dass seine Aufmerksamkeit am Spieltisch derart konzentriert war, dass er nicht in der Lage war, an irgendetwas anderes zu denken. Solange er zockte, konnte er nicht über das nachgrübeln, was er allmählich als sein völliges Scheitern im Leben betrachtete.

Nachdem Klaus diese Verbindung erkannt hatte, verbrachte er immer mehr Zeit in den berühmten Casinos der Welt. Er sagte, es entspanne ihn und es sei ihm egal, wie viel Geld er verlor.

Anfangs gewann er mehr, als er verlor, aber dann spielte er immer gewagter, und bald überstiegen die Verluste die Gewinne.

Er begann auch bei Sportveranstaltungen zu wetten, setzte immer auf den Underdog, den Außenseiter, den sicheren Verlierer: Tampa Bay in der Super Bowl, Vietnam bei der Weltmeisterschaft, weiße Schwergewichtsboxer, so in dem Stil.

Unter jenen, die Klaus kannten und über die Gründe für seine

Zockerei spekulierten, kursierten mancherlei Theorien. Die erste war ziemlich prosaisch und verworren und lautete folgendermaßen: Klaus' Arbeit war so gefährlich und stimulierend, dass er für normale Freizeitaufregung desensibilisiert war, und um große Geldbeträge zu wetten befriedigte seine Sehnsucht nach solchem Nervenkitzel. Diese Theorie gründete ferner auf dem Glauben, dass Menschen von Natur aus den Adrenalinschub des Risikos brauchten, und da Klaus es sich nicht leisten konnte, bei seiner Arbeit Risiken einzugehen, musste er einen anderen Weg finden, dieses Bedürfnis zu befriedigen.

Die zweite Theorie, die eher von Anhängern Freuds vertreten wurde, lautete, dass die zerstörerischen Aspekte seines Es die konstruktiven Triebe überwältigt hätten, was in einem konkreten Todeswunsch resultierte.

Er hatte weder Frau noch Familie. Er hatte nichts, was einem Hobby ähnelte, und er hasste seine Arbeit. Kurz, er hatte wenig Grund zu leben.

Andere spekulierten, dass Klaus allmählich Schuldgefühle bekam wegen all den Menschen, die er auf dem Gewissen hatte, und dass sein eigener Tod die einzige Möglichkeit war, diese Vergehen zu sühnen. Aber während kein Zweifel bestand, dass Klaus den Mumm hatte, andere zu beseitigen, hatte er ebenso sicher nicht den Mut, sich selbst zu töten. Nach dieser Theorie hoffte Klaus unbewusst, dass er durch seine Zockerei, vor allem indem er riesige Summen auf Außenseiter setzte, so viel Geld verlieren würde, dass er eines Tages jene nicht mehr bezahlen könnte, bei denen er Schulden hatte, und dass sie schließlich kommen und ihn von seinen Qualen erlösen würden.

Klaus selbst verwarf alle diese Theorien mit der üblichen Antwort: »Manchmal ist eine Zigarre nur eine Zigarre.«

Was immer seine Gründe sein mochten, er schlürfte einfach seinen Martini und steuerte auf den Baccarat-Tisch zu.

Die Frau von *Time* war gebührend beeindruckt von Bobs fantastischer Insektensammlung und seiner entomologischen Bibliothek. Der Fotograf hielt den Wanzsaal für die Nachwelt fest und möglicherweise für einen Bildband-Bestseller. Es gab sogar die Chance, dass Bob, mit seinem noch nie da gewesenen Konzept der vollbiologischen Schädlingsvernichtung, der von diesem Nachrichtenmagazin erkorene Mann des Jahres werden könnte – das waren zumindest die Möglichkeiten in dieser speziellen Fantasie.

Bob war in seinem Wanzsaal, werkelte mit seinen Kreuzungen herum und träumte von dem Interview mit der Frau von *Time.* Sicher würde sie ihn fragen, wie sein Interesse für Insekten überhaupt geweckt worden war.

Darauf würde er ihr erklären, dass er, wie die meisten Jungs, von Spinnen, Schlangen, Skorpionen und anderen bedrohlichen Wesen der Tierwelt fasziniert gewesen war. Er liebte diese Geschichten – die urbanen Legenden, die Jungs endlos wiederholen und die nie ihre Fähigkeit verlieren zu entsetzen. Wie jene von der Frau mit der toupierten Hochfrisur, die ihre Frisur ständig mit Haarspray behandelte, anstatt sie zu waschen. Erst als die Frau eines Tages ohne erkennbaren Grund tot umfiel und der Gerichtsmediziner einen Blick in ihre Haare warf, entdeckte man ein Spinnennest der Spezies Schwarze Witwe.

Bob entsann sich auch der Ohrwurmlegende – dabei ging es wahrscheinlich um den Gemeinen Ohrwurm *(Forficula auricularia),* da er an der Ostküste verbreiteter war als *Euborellia annulipes:* Spät eines Abends kroch ein Ohrwurm-Weibchen in das Ohr eines bedauernswerten Mannes, während er schlief. Mit seinen dämonisch gebogenen pinzettenartigen Afterraifen arbeitete es sich durch das bittere orangerote Ohrenschmalz, knabberte sich um das Trommelfell herum, vorbei am Ohrlabyrinth und der Schnecke und schließlich ins Gehirn, wo es seine

dreißig Eier ablegte. Auf dem Weg nach draußen blieb es in dem Morast von Ohrenschmalz stecken und starb.
Am nächsten Tag ging der Mann zu einem Arzt – vermutlich ein Hals-, Nasen- und Ohrenspezialist – und klagte über Schmerzen im Ohr. Der Arzt spähte hinein, entdeckte das Insekt und entfernte es. Er verschrieb dem Patienten etwas gegen Ohrenschmalzbildung und verkündete, dass alles bestens sei.
Doch vierzehn Tage später, als der Mann gerade schlief, schlüpften die dreißig Nachkommen aus und begannen sich durch den Hypothalamus des Mannes zu fressen, wodurch er erwachte, vor Entsetzen und Qualen aufschrie und schließlich nur noch sterben konnte, während Blut und Gehirnmasse aus seinen Ohren sickerten.
Natürlich war nichts Wahres an dieser Legende. Es gab keinerlei Hinweise in der Literatur, dass Ohrwürmer sich in das menschliche Gehirn graben, um dort ihre Eier abzulegen, aber es ergab eine gute Geschichte.
Bobs wissenschaftliches Interesse für Insekten begann in der achten Klasse, als er gerade in der Bibliothek war, wo er eigentlich eine Zusammenfassung von Jack Londons *Ruf der Wildnis* verfassen sollte, weil er frech zu seiner Englischlehrerin gewesen war. Aber anstatt Londons primitivistische Hundeparabel zu lesen, blätterte Bob *Die Insekten Nordamerikas* durch und sah sich Bilder von Wespen an. Dort fiel sein Blick auf die so genannte Tarantel-Jagdwespe *(Pepsis mildei)*.
Sofort stellte sich Bob eine riesige Spinne vor, von der Größe einer Hafenratte und mit einer Flügelspanne von zwei Metern, über und über mit räudigem Fell und Gefieder bedeckt. Zu seiner Enttäuschung erfuhr er, dass die Tarantel-Jagdwespe nicht größer als drei Zentimeter wurde. Trotzdem zeigte die Abbildung ein wildes blauschwarzes Ungeheuer mit roten Flügeln und Antennen und einem langen gebogenen Stachel. Außer-

dem beschrieb das Buch in blutrünstigen Einzelheiten, wie die weibliche Tarantel-Jagdwespe sich langsam einer viel größeren Spinne näherte. Diese verhielt sich wie hypnotisiert, selbst als das bösartige Insekt seinen Stachel tief in die verzauberte Beute versenkte und sie mit Gift vollspritzte. Dann wurde die riesige gelähmte Spinne in ein Nest geschleppt und bekam dort ein Ei implantiert. Nun diente sie als Nahrung für die sich entwickelnde Wespenlarve und wurde von innen nach außen verspeist.

Mann, dachte der junge Bob, das ist besser als die Ohrwurm-Story! Nie hätte er sich träumen lassen, dass Insekten so aufregend sein könnten.

An diesem Tag blieb Bob lange in der Bibliothek und stellte einen faszinierenden, wenn auch teilweise frei erfundenen Bericht über die Tarantel-Jagdwespe von Nordmexiko fertig. Er bekam ein A+ und so viel Lob von seiner Lehrerin, dass eine lebenslange Leidenschaft für jegliches Insektenleben geweckt wurde.

Diese Hingabe führte schließlich zu einem Abschluss in Entomologie, und eine Zeit lang spielte Bob mit dem Gedanken, seinen Doktor zu machen und College-Professor oder Forscher zu werden, der der Rolle der Insekten als Vektoren viraler, bakterieller und protozoaler Krankheiten nachspürt. Aber irgendwo unterwegs ließ die Begeisterung dafür nach.

Dann, eines Tages, nachdem er William Burroughs' *Naked Lunch* gelesen (wenn auch nicht ganz verstanden) hatte, kam Bob diese Idee.

Die Idee führte zu seinem Traum, und der Traum führte zu seinem Wanzsaal, wo er jetzt auf seinem heruntergekommenen Drehstuhl herumrutschte und eine Schale Lucky Charms kaute, während er etwas auf dem Tisch vor sich betrachtete. Bob war bequem gekleidet, fleckiges Unterhemd, seine schwarz-rote TERMINATOR-Mütze und mit roten und schwarzen Ameisen ge-

schmückte Boxershorts, die Mary ihm letzte Weihnachten geschenkt hatte.
Auf dem Tisch war ein Kasten mit winzigen, maschendrahtüberzogenen Luftlöchern, die kreisförmig in den Deckel gestanzt waren. In hellroten Buchstaben verkündete der Kasten kühn: ARILUS CRISTATUS *(Reduviidae).* Es war eine Gruppe von Radwanzen. Sie ließen sich gut mit anderen Mordwanzen kreuzen, und ihre Eigenschaft als gefräßige Räuber wurde stets an die nächste Hybridgeneration weitervererbt.
Bob hatte auch immer die Tatsache gefallen, dass die Radwanzen aussahen, als wären sie von denselben Ingenieuren entworfen worden, die den Stealth-Bomber geschaffen hatten, denn ihr Chitinpanzer war hart und eckig mit überlappenden Platten, die aussahen, als wären sie aus irgendeinem exotischen radarabsorbierenden Kohlenstofffaser-Material. Das war nun wahrlich eine Wanze, mit der nicht zu spaßen war.
Zwischen zwei Löffeln von Marshmallow-Getreideflocken wanderte Bobs Blick zwischen den Wanzen und einem geöffneten Fachbuch hin und her.
Nicht weit von Bobs Haus fuhr langsam eine Mercedes-Limousine mit getönten Scheiben die 48th Street hoch, am Friedhof New Calvary vorbei. Im Fond der Limousine saßen Marcel und Jean, die gerade aus Paris eingetroffen waren. Marcel trug einen weiteren Fünftausend-Dollar-Anzug und eine fragwürdige Krawatte. Jean, sein modischer Assistent, war weniger teuer gekleidet, aber wenigstens griff seine Krawatte etwas von der Farbe seines Hemdes auf.
Der Mercedes rollte an den Bordstein, und die Männer blickten durch die getönten Scheiben auf Bobs Haus. Marcel ließ den Anblick auf sich wirken. »Das ist es. Zweifellos ein geheimer Unterschlupf.«
»Was sollte es sonst sein?«, fragte Jean verächtlich.
Marcel öffnete die Tür, um auszusteigen.

»Sei vorsichtig«, mahnte Jean, während er einen Fussel von Marcels Bundfaltenhose in dezent strukturierter Wollmischung zupfte. »Vergiss nicht, wir wissen nichts über diesen Mann. Er könnte ebenso gut einer von diesen psychotischen Vietnam-Veteranen sein, von denen es in diesem Land offenbar nur so wimmelt.«

Bob schlürfte gerade aus der Schale mit den schwammigen Lucky Charms, als es an der Tür klingelte und er sich etwas Milch über die Backen goss. In der Annahme, es sei Pratt, der vorbeigekommen war, um ihm das Blut aus der Rübe zu pressen, verdoppelte sich Bobs Irritationspegel. Aber Bob war kein Typ, der sich vor dem Vermieter versteckte, und so ging er, den Mund voll grünen Klees und gelber Monde, um aufzumachen.

Nervös rückte Marcel hin und her, während er vor der Tür stand, wobei das Holz unter seinem beträchtlichen Gewicht knarrte. Er erschrak, als die Tür aufging und Bob erschien, der immer noch seine Lucky Charms kaute. Irgendwie sah Bob bedrohlich aus, nur in seinen Boxershorts, seiner TERMINATOR-Mütze, einem Milchbärtchen und einem rosafarbenen herzförmigen Marshmallow an der Wange.

Erschrocken wich Marcel zurück. Sie beäugten sich einen Moment lang stumm.

Im Mercedes krümmte sich Jean vor Entsetzen, als er die Polyester-Baumwoll-Mischung von Bobs Boxershorts erblickte.

Schließlich zog Marcels zitternde Hand etwas aus dem braunen Umschlag, den er in der Hand hielt. Er sah Bob an. »Robert Dillon?«, erkundigte er sich auf unnachahmlich französische Art. Bob kniff die Augen vor der grellen Sonne zusammen, was eine Art Clint-Eastwood-Effekt ergab. Vorsichtig antwortete er: »Äh, ja.« Ein milchweißer Rülpser entwischte ihm.

»Der professionelle … Schädlingsvernichter?«

»Richtig.« Bob wischte sich mit dem Handrücken das Milchbärtchen ab.
»Darf ich eintreten?«, fragte Marcel. Er war argwöhnisch und leicht angewidert.
Bob betrachtete den dicken Mann in dem glänzenden Anzug. »Äh, wollen Sie irgendwelche Rechnungen kassieren?«
Marcel wiegte sich hin und her, während er sich umsah. »Nein, wir haben vor kurzem Ihre, wie soll ich sagen … Bewerbung erhalten.«
Bob sah, dass der Fremde den Handzettel mit dem Totenschädel und den gekreuzten Knochen in der Hand hielt, den er entworfen hatte.
»Ha?« Bob war verwirrt. Er hatte sein Flugblatt an verschiedene Immobilienfirmen geschickt, in der Hoffnung, eine von ihnen für seine Idee begeistern zu können. Auch wollte er sein Versprechen, Arbeit zu suchen, erfüllen, das er Mary gegeben hatte. Bob war verwirrt, weil er dachte, alle diese Firmen hätten ihm gesagt, er solle sich verpissen mit seiner idiotischen Schnapsidee, oder etwas in diesem Sinne. Aber trotzdem, hier war jemand auf seiner Türschwelle und wedelte mit einem seiner Handzettel.
»Sie interessieren sich also für meine, äh, neue Methode?«, fragte Bob.
Marcel blickte sich nervös um. »Ja, genau. Darf ich reinkommen?«
»Ja, bitte.« Bob trat zur Seite und winkte Marcel herein. Als er die Tür schloss, bemerkte er den großen Mercedes, der am Bordstein stand. Es war ein ungewöhnlicher Anblick. Das einzige andere deutsche Auto, das Bob jemals in seinem Viertel gesehen hatte, war ein zerdellter VW-Käfer, Baujahr ’69.
Bob gesellte sich zu Marcel ins Wohnzimmer. »Verzeihen Sie, ich hab Ihren Namen nicht mitgekriegt.«

»Nennen Sie mich Marcel.« Er ließ den Blick durch den Raum schweifen. Das Innere sah für ihn so aus, wie er sich ein amerikanisches Heim der unteren Mittelschicht vorstellte, und er verspürte den professionellen Drang, einen Kommentar abzugeben. »Das ist eine sehr gründliche Tarnung«, sagte er, auf das Zimmer deutend.

Bob hatte keine Ahnung, was Marcel meinte, aber da er es sich mit einem potenziellen Klienten nicht gleich verderben wollte, bedankte er sich und bot Marcel einen Platz an. Jemand hatte tatsächlich auf seinen Handzettel reagiert! Von wegen völlige Überraschung. Das war fantastisch! Wenn das so weiterging, dass solche Sachen aus heiterem Himmel fielen, würde Bob im Nu diesen Kombi mit der Wanze drauf haben.

Marcel ließ sich in dem tiefen Sofa nieder und stocherte in den abgegriffenen Zeitschriften auf dem Couchtisch herum, während er beiläufig sagte: »Wir haben natürlich Ihre Antwort auf unsere Anzeige erhalten.« Er hielt inne, um zu sehen, ob Bob das Stichwort aufgreifen und mitgehen würde. Dies war eine extrem heikle Situation, da Marcel keine Ahnung hatte, was für ein Killer Bob sein könnte.

Während sich Marcel Sorgen machte, dachte Bob fieberhaft nach, von welcher Anzeige Marcel wohl redete.

Dann fiel es ihm wieder ein. Dieser betrunkene Abend bei »Freddie's« und die Anzeige in der *New York Times*.

»Oh!«, platzte er heraus. »Dann sind Sie wohl dieser Schweizer Typ mit dem Rattenproblem!«

»Mit dem Rattenproblem?«

»Nicht? Ach ja, ich hatte nur angenommen, dass es Ratten sind. Es könnten ja genauso gut Schaben sein, nicht? Schädlinge ganz allgemein, egal, ich werd damit fertig.«

»Ja«, meinte Marcel, »es ist tatsächlich ein Schädling, bei dem ich Ihre Hilfe brauche.«

»Ja, komisch. Wissen Sie, ich weiß nicht mal, wieso ich annahm, dass es Ratten sind. Tatsache ist, dass ich mich an diesen Abend nicht mehr so gut erinnere, aber das ist egal. Jedenfalls erinnere ich mich an Ihre Anzeige. Ich schätze, der französische Akzent hat mich etwas verwirrt, aber ich nehme an, es macht Sinn, dass Sie einen haben, ich meine, Frankreich ist doch ziemlich nah an der Schweiz, nicht?«

Marcel hatte erwartet, dass Bob vorsichtig sein würde. Schließlich war Bob ein Profikiller und musste sichergehen, dass er es nicht mit den Behörden zu tun hatte. Deswegen redete er so verschlüsselt.

»Ja, die beiden Länder sind Nachbarn«, sagte Marcel gewieft.

»Nun, Sie sind bei der richtigen Adresse gelandet. Meine Methode ist gründlich erprobt«, log Bob. »Ich glaube, Sie werden sehr beeindruckt sein. Ich möchte Ihnen etwas zeigen.«

Er sprang auf und rannte in den Wanzsaal, durchsuchte die Unterlagen, die sich auf seinem Schreibtisch stapelten, schnappte sich dann ein einziges Blatt Papier und kehrte ins Wohnzimmer zurück.

»Das ist das Einzige, das ich für Sie finden konnte, da hinten ist ein ziemliches Chaos, aber es wird Ihnen eine Vorstellung davon geben, was ich meine«, sagte Bob.

Marcel las:

> Die Dornen-Mordwanze *(Sinea diadema)*. Einer der erbarmungslosesten und hinterhältigsten Räuber der Insektenwelt. Ihr glänzender Chitinpanzer ist mit acht starren, nadelspitzen Dornen bedeckt, von denen jeder einen hellgelben Ring am Stamm hat. Ursprünglich zur Verteidigung gedacht, werden die Dornen nun als Waffen benutzt, wobei die Dornen-Mordwanze ihre Beute so gegen einen festen Gegenstand drückt, dass sie nicht entkommen kann, und dann wie ein unbemannter Bulldozer loswalzt, bis die Beute durchlöchert ist wie ein

Nadelkissen. Die Dornen-Mordwanze ernährt sich von den Körpersäften verschiedener großer Insekten.

Damit war die Sache für Marcel klar. Das Wort »Mord« stand schwarz auf weiß auf dem Blatt, doch war es so eingebettet, dass es Bob nicht eindeutig als einen käuflichen Killer auswies. »Ja, das ist brillant«, meinte er und legte das Blatt auf den Couchtisch. »Aber jetzt muss ich Sie doch mal was fragen, jetzt wo wir uns gewissermaßen verstehen.«

»Machen Sie ruhig. Glauben Sie, ich habe Verständnis dafür. Ich stelle mir vor, Sie wollen ein paar Dinge erklärt bekommen.«

»Ja, äh, genau.« Marcel schob sich zur Kante des Sofas vor und lehnte sich zu Bob hinüber. »Nachdem wir Ihre … Anfrage erhalten hatten, haben wir, ich und meine Partner, uns gefragt, wieso wir bisher noch nichts von Ihnen gehört haben?«

»Na ja, in den letzten Jahren habe ich ausschließlich für diese Firma gearbeitet …«

Marcel verstand. »Ahhh. Die Firma. Sehr gut. Das erklärt es natürlich.« Marcel war erfreut darüber, jemanden mit CIA-Ausbildung zu bekommen. »Und Sie haben die Firma verlassen, weil …«

»Wir hatten eine Meinungsverschiedenheit bezüglich der Firmenstrategie. Deswegen bin ich jetzt allein.«

»Draußen in der Kälte, wie es so schön heißt.«

»Na ja, so könnte man es vielleicht ausdrücken. Und was kann ich für Sie tun?«

Marcel reichte Bob eine Mappe. »Nun, wie Sie sich vorstellen können, haben wir etwas, um das sich jemand kümmern muss.« Bob schlug die Mappe auf, in der Erwartung, Blaupausen oder Fotos des Gebäudes zu sehen, das zu desinfizieren Marcel ihn beauftragen wollte. Stattdessen fand er ein Foto und ein paar biografische Informationen über einen Mann namens Hans Hu-

weiler. Er fand auch das Polaroidbild, das an jenem bierseligen Abend bei »Freddie's« aufgenommen worden war. Irgendetwas stimmte nicht, dachte Bob, aber im Moment war ihm noch nicht klar was.
Marcel räusperte sich. »Ich muss sagen, unter all den Anfragen, die wir bekamen, waren wir am allermeisten von Ihrem, wie würden Sie sagen, Flugblatt amüsiert.«
»Oh, mein Handzettel. Der hat Ihnen gefallen, ha?«
»Allerdings.« Marcel kicherte nervös. »Professioneller Schädlingsvernichter. Das war – wie würden Sie sagen? – recht fantasievoll. Von dem Totenkopf mit den Knochen waren wir besonders angetan. Ein hübscher Einfall.«
»Danke. Hab ich selbst entworfen.« Mit einem Kopfnicken wies Bob auf die Mappe und das Bild von Mr. Huweiler. »Äh, was ist das? Ist das der Typ mit dem Schädlingsproblem?«
»Äh, nein. Er ist das Problem«, sagte Marcel.
Bob dachte, ihm sei im Verlauf des Gesprächs irgendetwas entgangen. »Ich verstehe Sie nicht.«
»Mr. Huweiler ist Ihr … ah, Ihr Schädling.«
Bob zögerte, bevor er sprach. »Der Schädling, der vertilgt werden soll?«
»C'est-ça!« Marcel lächelte.
Bob starrte ihn an, während er versuchte zu begreifen, was zum Teufel hier los war. Er ließ alle Indizien Revue passieren: die Mercedes-Limousine, ein Mann mit einem extrem teuren Anzug, die indirekten Fragen und Kommentare, die Anzeige in der *New York Times,* in der fünfzigtausend Dollar für einen Wochenendjob als Schädlingsvernichter geboten wurden.
Plötzlich wurde ihm klar, dass jemand mit einem französischen Akzent einen großen Fehler machte. Und Bob bekam allmählich eine grobe Ahnung, was das für ein Fehler war. Dieser Mann wollte jemanden tot sehen. Und er wollte, dass Bob ihn in diesen Zustand beförderte.

Schnell klappte Bob die Mappe zu und schob sie Marcel zurück, der die plötzliche, heftige Bewegung als aggressiv interpretierte.
Bob hatte aufrichtig Angst.
Marcel war gründlich entsetzt.
»Übernehmen Sie den Job?«, fragte er nervös.
»Was?! Äh, nein, nein danke, ich glaube nicht«, sagte Bob nervös und stand auf. Marcel stand ebenfalls auf.
»Die Bezahlung ist fünfzigtausend amerikanische«, bot er an, um sein Leben fürchtend.
Einige Papiere rutschten aus der Mappe und flatterten zu Boden. Bob machte eine erstaunlich schnelle Bewegung, um sie zu fangen.
Marcel sprang zurück und betete, dass er nicht an Ort und Stelle umgebracht würde.
Bob musste diese Sache im Keim ersticken. »Nein, Sie verstehen nicht. Ich bin nicht daran interessiert. Das ist nicht meine Richtung.«
Einen Moment lang war Marcel verwirrt, bis er begriff, dass Bob verhandelte. »Ahhh. Ich verstehe«, sagte Marcel. »Sehr gut. Ich bin berechtigt, bis hunderttausend zu gehen. Aber es muss wie ein Unfall wirken.«
Abrupt ging Bob zur Diele. Marcel folgte ihm, in der Annahme, die Verhandlungen würden bald abgeschlossen sein.
»Hören Sie, wenn es sich nicht mit Malathion, Diazonon oder Combat töten lässt, töte ich es nicht.«
»Ich verstehe«, meinte Marcel mit einem Handwedeln. »Sie können jede Methode wählen, die Sie wünschen, solange es wie ein Unfall aussieht.«
»Nein. Hören Sie, was ich Ihnen sage, ich töte bloß Viecher«, beharrte Bob. »Das hier interessiert mich nicht. Verstehen Sie?«
»Natürlich, Viecher. Wir würden natürlich nie erwarten, dass

Sie so was wie das hier machen. Sehr gut.« Marcel hatte es allmählich raus.
»Nein, Sie hören mir nicht zu. Kommen Sie her.« Bob ergriff Marcels Arm und führte ihn den Flur hinunter zum Wanzsaal. Marcels Blick fiel sofort auf die Bücherregale, wo er Bände mit Titeln wie *Organischer Tod* oder *Die Kunst des Gifts* sah. Er bemerkte auch Bobs glänzenden selbst gemachten Bienen-Smoker, den er für eine effiziente und tödliche Waffe hielt, die Nicht-Profis selten zu Gesicht bekamen.
Marcel wich vor Bob zurück, überzeugt, dass er den richtigen Mann für den Job hatte. Er steuerte zur Haustür zurück, blieb stehen und hielt Bob die Mappe hin. »Werden Sie das hier brauchen?«
»Nein, wirklich. Ich glaube, Sie sollten jetzt lieber gehen.« Bob öffnete die Tür.
Natürlich, dachte Marcel, ein fotografisches Gedächtnis.
»Ich bin nicht interessiert, okay? Und es tut mir Leid, wenn ich Ihnen irgendwelche Unannehmlichkeiten bereitet habe.«
»Ja, ja, natürlich, ganz wie Sie wollen. Das ist in Ordnung. Aber früher wäre besser als später, wenn es in Ihren Terminplan passt.«
Bob drängte Marcel zur Tür hinaus und machte sie zu. Marcel zog sich in Windeseile zu dem Mercedes zurück und schlüpfte in den Fond.
»Du bist ja weiß wie ein Laken«, flüsterte Jean besorgt. »Hat er angenommen?«
Marcel nickte. »Ja, aber er hat den höheren Preis erzwungen.«
»Bist du dir seiner sicher?«
Marcel tupfte sich den Schweiß von der Stirn und sah Jean an, Todesangst in den Augen. »Ich kann von Glück reden, dass ich noch lebe.« Er zog Bobs Foto aus der Mappe und sah es sich an. »Er ist sogar noch gefährlicher, als er aussieht.«

4

Der weiße Ferrari Testarossa schoss aus dem Tunnel mit Ziel Chamonix. Der Mann am Steuer dieser schönen, schnittigen Maschine hatte eine Verabredung zu einem Tête-à-Tête mit einer Person, die etwas jünger war als seine Frau.

Es war ein guter Tag zum Fahren, und Mr. Huweiler raste mit sehr stolzen hundertvierzig Sachen eine gewundene Straße durch die Schweizer Alpen entlang.

Zwischen dem Schalten trank Hans aus einer Flasche Rémy Martin, während er Mozarts »Kleine Nachtmusik« dirigierte, die aus der teuren Stereoanlage dröhnte. Als er den Celli mehr Gefühl zu entlocken versuchte, kreischte der Testarossa in eine hässliche und nicht besonders gut angelegte Kurve hinein, wodurch Hans gezwungen war, für einen kurzen Moment seine Flasche wegzulegen und das Lenkrad mit beiden Händen zu ergreifen.

Kurz vor der Spitze der Kurve griff er wieder nach dem edlen Getränk. Den Bruchteil einer Sekunde später trennten Hans und sein Ferrari sich in einem weißen Wirbel von der Straße und schossen, in perfektem Takt mit Herrn Mozart, Rad schlagend den Berghang hinunter, eine schreckliche Verschwendung von Spitzentechnik und Cognac.

Marcel und Jean befanden sich gerade im Lear-Jet und flogen in zwölftausend Meter Höhe durch deutschen Luftraum, als das Faxgerät zu sirren begann.

Jean, der elegant, doch irgendwie leger aussah in seinem wa-

choldergrünen mongolischen Kaschmir mit Polokragen, holte die Zeitungsmeldung, die ihnen eben übermittelt worden war. Die Überschrift lautete: »Huweiler auf Alpenstraße tödlich verunglückt.« Er reichte Marcel das Blatt mit einem Lächeln.
Nachdem er die Einzelheiten des ersten Absatzes geprüft hatte, legte Marcel die Meldung beiseite. »Unser ›Schädlingsproblem‹ ist aus der Welt geräumt. Bring mir das Päckchen.«
Während Jean aus einem Abteil im hinteren Teil des Jet einen großen Umschlag holte, schrieb Marcel auf die Rückseite einer Visitenkarte: »Merci, Monsieur Schädlingsvernichter.«
Jean gab Marcel den Umschlag, der hunderttausend Dollar in amerikanischer Währung enthielt. Marcel steckte die Visitenkarte hinein und verschloss ihn. »Sorg dafür, dass unser Freund das hier erhält.«

Der Küchenschrank war leer bis auf ein paar Packungen Pasta, eine Dose Tomatensoße und die rapide zur Neige gehende Schachtel Lucky Charms. Da Bob seine Familie nicht einer nahrhaften Spaghetti-Mahlzeit berauben wollte, optierte er für die Lucky Charms.
Er kippte die Schachtel um und schüttelte die letzten paar Flocken heraus. Eine tote Kakerlake purzelte in die halb volle, oder halb leere, Schale – je nachdem, wie man es betrachtete.
Bob fischte die Kakerlake aus den klee- und mondförmigen Marshmallows heraus. Wahrscheinlich war sie an einer Überdosis Konservierungsstoffe verendet. Beinahe zärtlich betrachtete Bob das rötlich braune Tier. Im Paläozoikum waren sie weit verbreitet gewesen, und in den letzten vierhundert Millionen Jahren hatten sie sich nicht wesentlich verändert. Ihre fossilen Reste waren in einer bestimmten geologischen Schicht derart zahlreich gewesen, dass manche jene Periode als die Zeit der Schaben bezeichneten. Heute gab es etwa fünfundfünfzig bekannte Arten in den Vereinigten Staaten, von denen die meis-

ten im Freien lebten. Nur fünf Arten lebten gewohnheitsmäßig in Gebäuden. Und obwohl Bob wusste, dass es nicht die saubersten Insekten waren, hatten Schaben ihn nie gestört, sicherlich nicht so wie die gewöhnliche Stubenfliege *(Musca domestica).* Schließlich verbreiteten Schaben, anders als allgemein angenommen, keine menschlichen Krankheiten.

Die Stubenfliege dagegen trieb sich auf feuchter Scheiße herum, bevor sie auf menschlichem Essen landete und Fäkalmaterie hochwürgte, wodurch sie Typhus, Ruhr, Durchfall sowie Maden-, Haken- und Bandwürmer übertrug. Bob fand die Stubenfliege einfach widerlich.

Eines Samstagnachmittags hatte Mary überrascht zugesehen, wie Bob, die Hände mit Gummi-Arbeitshandschuhen geschützt, eine geschlagene Dreiviertelstunde lang eine Fliege quer durch das Haus verfolgte, bis er sie schließlich an einer Wand zur Strecke brachte.

Mit einer gelegentlichen Schabe konnte Bob jedoch leben. Er entfernte das Tier mit den spröden Flügeln aus seinem Essen und trug es an den Fühlern zum Mülleimer.

Der Milchkarton im Kühlschrank war fast leer, enthielt vielleicht nur noch sechs Esslöffel. Bob ging zur Spüle und fügte etwas Leitungswasser hinzu. Null Komma null null zwei Prozent Milch, dachte er. Weniger Fett und kein Geschmack. Er goss die dünne weiße Flüssigkeit auf seine Lucky Charms.

Einsam und verlassen auf seine Mahlzeit starrend, saß Bob da und versuchte, sich nicht von seiner Situation unterkriegen zu lassen. Er seufzte.

Als er den Löffel an den Mund führte, fiel sein Blick auf seine Uhr. »O Scheiße!«, platzte er heraus und blies in einem dünnen Schauer von Null Komma null null zwei Prozent Milch einen grünen Klee-Marshmallow durch den Raum. Beinahe hatte es Bob vergessen: Er hatte einen Termin mit dem Besitzer von »Maison Henri«, einem französischen Bistro an der Upper

West Side, das zur Zeit en vogue war und ein kleines Schabenproblem hatte.
Bob würde dem großen Henri persönlich seine Methode der vollbiologischen Schädlingsvernichtung auftischen. Wenn Henri die Idee kaufte, hätte Bob die Gelegenheit, die erste seiner Kreuzungen auszuprobieren – »Rasse Null«, wie er sie nannte –, und dazu noch in einem größeren Maßstab als in seinen Insektarien.
Sein Nummerierungssystem begann Bob mit Null statt mit Eins, weil – so ähnlich wie »Bodennullpunkt« bei einer Atomexplosion oder »Nullpatient« bei der Aids-Seuche – »Rasse Null« schön unheildräuend klang und sich nach Tod und Zerstörung anhörte, genau was er sich bei seinen gekreuzten Viechern erhoffte.
Er stellte die Schale mit den Lucky Charms in den Kühlschrank, damit sie nicht verdarben. Dann stürzte er zur Hintertür hinaus zu seinem Auto, einem rapide abbauenden Ford Pinto mit dem berüchtigten Heckbenzintank. Eigentlich hatte Bob ein AMC Hornet haben wollen, aber da er ihn sich nicht leisten konnte, hatte er sich mit dem altersschwachen und potenziell explosiven Ford begnügt.
Er stieg in den Pinto, der einige Fehlzündungen von sich gab, bevor er spuckend und widerstrebend ansprang. Dann steuerte Bob die müde Maschine, so schnell er sie antreiben konnte, aus der Ausfahrt heraus und kachelte die Straße hinunter zu dem Termin, den er beinahe vergessen hatte.
Etwa drei Sekunden später klingelte es an der Haustür.
Auf der dicken grünen Farbe der Türschwelle von Bobs Haus (Nummer 2439, 30th Street) stand geduldig ein freundlicher Fahrer von UPS, in der Hand das fette Päckchen Bargeld, das Marcel als Bezahlung für den Huweiler-Auftrag geschickt hatte.
Als der freundliche Typ von UPS heftig klopfte, fiel eine der

Hausnummern, die Neun, auf den Boden. Während er sich danach bückte, ertönte hinter ihm eine Stimme.
»Hey, yo! Haben Sie was für diesen Saftsack Dillon?«
Der freundliche Typ von UPS drehte sich um und sah sich einem scheußlichen kleinen Mann gegenüber, der auf einer kleinen Billigzigarre herumkaute.
Sich vergewissernd blickte der freundliche Typ von UPS auf das Päckchen. »Äh, Dillon, ja, richtig. Wer sind Sie?«, fragte er höflich.
»Yo, ich bin sein Scheißvermieter, Freundchen. Ich nehm's.« Pratt riss dem freundlichen Typen von UPS das Klemmbrett aus der Hand und unterschrieb für das Päckchen.
»Vermieter, ha?«, meinte der freundliche Typ von UPS und reichte Pratt die heruntergefallene Hausnummer. »Dann sollten Sie das hier mal reparieren. Hausnummern sind Pflicht, wissen Sie, gesetzlich vorgeschrieben.«
Ein Blick, der zwischen Ungläubigkeit und Entrüstung schwankte, wanderte über Pratts Gesicht. »Wer sind Sie denn, das verdammte Wohnungsamt oder was?« Er warf die Neun auf Bobs Willkommen-Matte, schnappte sich das Päckchen und stapfte zurück zu seinem Haus auf der anderen Straßenseite.
In seiner Diele warf Pratt das Päckchen in die Ecke zu einem Paar schmutziger Arbeitsstiefel. Er wollte es einbehalten, bis er seine dreihundertzwanzig Dollar von Bob bekam.

Als Hintergrundmusik in der New Yorker Zweigstelle der Central Intelligence Agency plätscherte eine besänftigende Version von Johnny Rivers' »Secret Agent Man«. In einem Eckbüro standen zwei Männer in dunklen Anzügen, einer älter, einer jünger – die Männer wie die Anzüge –, neben einem Faxgerät, während gerade eine Nachricht durchlief.
Parker war ein frisch gebackener Agent, groß gewachsen, sein

pechschwarzes Haar Gel-gehärtet und mit einem groben Kamm gekämmt, der so breite Furchen hinterließ, dass sich alles darin pflanzen ließ außer einem Gedanken. Er roch wie eine Herrenmodezeitschrift, die mit zu vielen Parfümproben voll gestopft war. Seine Agentenkollegen machten Witze, dass jeden Moment ein Abo-Formular aus seiner Jackentasche fallen könnte.

Wie alle Grünschnäbel wurde Parker mit einem älteren, erfahrenen Partner gekoppelt – in diesem Fall einem Mann namens Mike Wolfe.

Wolfe hatte einen Kopf, der mit einer großen weißen Mähne überquoll. Es war sein bestes Kennzeichen und hinderte andere daran zu bemerken, wie sehr sein Bauch unten herunterhing. Außerdem schwor er auf den erfrischenden Duft von Old Spice.

Wolfe gehörte zur alten Schule. 1945 war er zum Geheimdienst gestoßen, als er vom Office of Strategic Services engagiert wurde. 1947, als das OSS durch die CIA, die National Security Agency und andere Dienste ersetzt wurde, ging Wolfe zur Agency.

Nun stand er kurz vor der Pensionierung und, wie er fand, keinen Augenblick zu früh. Die Dinge waren im Geheimdienstgeschäft viel zu kompliziert geworden, unnötigerweise, wie Wolfe meinte. In den alten Zeiten war alles einfacher gewesen, und Wolfe hatte es lieber so. Er hatte kein Bedürfnis, die Dutzende von Computerprogrammen zu lernen, die die jüngeren Agenten mühelos beherrschten, oder wie man Infrarot-Satellitenfotos interpretierte oder irgendwelche dieser neuen Technologien, die für die gefährlichen Spiele, die sie spielten, so wesentlich waren.

Wolfe hasste Techno-Spionage. Er war sozusagen der übrig gebliebene Progressive einer früheren Generation. Lieber arbeitete er mit einfachen Telefonwanzen und Teleobjektiven, fing Kabel ab und verließ sich auf Vermutungen und sein Gefühl.

Der Zeitpunkt, zu dem der kalte Krieg ausgerechnet zu Ende gegangen war, löste bei Wolfe immer noch Verbitterung aus, da er auf mehrere Dutzend gute Runden Golf verzichtet hatte, um Russisch zu lernen, damit er sich noch vor seiner Pensionierung zu einem Einsatz in die Sowjetunion einschleusen lassen konnte – mit dem Zweck, später behaupten zu können, dass er einen Anteil gehabt hatte am Zusammenbruch dessen, was er als das Reich des Bösen betrachtete.

Das, dachte Wolfe, wäre der Höhepunkt, der perfekte Abschluss einer langen und ansonsten unbedeutenden Karriere, die ihm nach der Pensionierung irgendeinen profitablen Beratervertrag einbringen würde, um seine bescheidene Staatsrente aufzubessern. Und vielleicht würde er zusätzlich so was machen wie der Typ, den Gene Hackman in *French Connection* spielte … dieser New Yorker Cop, wie hieß er doch gleich, Popeye Doyle?

Er würde ein Buch schreiben, das ein Bestseller werden würde, und Hollywood würde bei ihm anklopfen. Vielleicht könnte er sogar noch auf dem Titelblatt von *People* landen. All das, so hoffte er, würde dafür entschädigen, dass er nicht besonders viel auf die hohe Kante gelegt hatte. Und falls aus alledem nichts wurde, dachte er, würde er vielleicht zu Weihnachten eine kleine Aufmerksamkeit in seiner Lohntüte finden.

Obwohl Wolfe diese ganze datenorientierte Spionage nicht leiden konnte, arbeitete er sehr gerne neue Agenten ein. Es gab ihm Gelegenheit, seine gähnend langweiligen Geschichten einem bereitwilligen oder zumindest gefesselten Publikum zu erzählen und die neuen Methoden der Detektivarbeit niederzumachen.

»Gottverdammte Faxe, ich hasse diese Dinger«, verkündete Wolfe. »Diese ganze Technologie ist wertlos, gibt einem ein falsches Sicherheitsgefühl. Woher soll man wissen, was diese Satellitenbilder sein sollen? Ich meine, ich möchte wirklich mal wissen, was gegen die gute alte Methode zu sagen ist, sich auf Raketenbasen zu schleichen und sich seine Informationen zu bestätigen. Das möcht ich gern mal wissen.«

Die Hintergrundmusik reagierte ironischerweise mit einer zähsüßen Version von »The Times They Are A-Changin'«.

»Nun, Sir, das hier ist nicht die Information über die koreanische Raketenbasis, die Sie erwartet haben«, erklärte Parker. »Das sind Infos über diesen Typen, der Huweiler um die Ecke gebracht hat. Vor-Ort-Ermittler haben ihn ausgegraben.«

»Der Huweiler-Mord, ha?« Wolfe spitzte die Ohren, spürte, dass dies der Fall sein könnte, den er gesucht hatte. Wenn dieser neue Killer so gut war, wie die Gerüchte vermuten ließen, und Wolfe ihn in die Firma holen konnte, dann hätte er ausgesorgt. So eine Geschichte könnte Le Carré, Clancy und Grisham von der Bestsellerliste verdrängen, analysierte er eiskalt.

»Das war ein erstklassiges Stück Arbeit, nach dem, was ich gehört habe«, sagte Wolfe. »Was für einen Background hat dieser Typ? Wer zum Teufel ist es?«

»Das wissen wir noch nicht, Sir, er ist einfach aus der Täfelung gekrochen.« Parker warf einen Blick auf das Fax und reichte es dann Wolfe. »Er heißt Bob Dillon.«

Wolfe sah überrascht aus. »Bob Dylan? Wie der Sänger?«

»Anders geschrieben«, sagte Parker.

Das Fax zeigte Bob mit seiner TERMINATOR-Mütze, wie er in Freddie's Bar saß und gefährlich dreinschaute. Das Porträt war jetzt schon etwas verschwommen, da es die dritte Generation einer Fax-Kopie war. (Man könnte sich recht gut vorstellen, dass Marcels Assistent Jean es im Austausch für etwas Kleidergeld geschickt hatte.) Wolfe betrachtete das Bild und wies dann den weniger erfahrenen Agenten auf etwas hin. »Sehen Sie sich die Augen an. Die verraten immer den Killer.«

»Für mich sieht er betrunken aus«, sagte der Grünschnabel.

Verächtlich schüttelte Wolfe den Kopf und blickte dann wieder auf das Fax. »Das kommt daher, weil Sie noch neu sind und sich dran gewöhnt haben, sich auf diese ganze verdammte Technologie zu verlassen. Nein, wenn man erst mal so lange im Geschäft ist wie ich, dann lernt man, einen Killer zu erkennen.« Wolfe klopfte mit dem Zeigefinger auf das Fax. »Und dieser Typ ist ein Killer.« Er ging zu seinem Büro, um ein paar Anrufe zu machen. »Besorgen Sie mir alles über diesen Typen, was Sie kriegen können. Ich will bis heute Nachmittag den gesamten Dillon-Katalog auf meinem Schreibtisch haben. Und ich will von allem harte Kopien haben, nichts von dieser E-Mail-Scheiße«, fügte er technophobisch hinzu.

»Ja, Sir.«

»Ich habe das Gefühl, dass dieser Huweiler-Auftrag große Ähnlichkeit mit dem Mord in Istanbul von letztem Monat hat, zu dem sich noch niemand bekannt hat. Kann gut sein, dass wir diesen Dillon auf die Liste der Top Ten setzen müssen.«

Mit gestresster Miene spülte Mary das Geschirr. Die Miete war immer noch fällig, und verschiedene andere Rechnungen waren nach wie vor unbezahlt. In den Mahnungen machte sich mittlerweile ein richtiggehend drohender Tonfall bemerkbar, und es wurde darin angekündigt, man werde ihrer Familie bald die Grunddienstleistungen verweigern – Telefon, Gas, Strom und Kabel.

Immer schon war Mary auf ihre makellose Kreditwürdigkeit stolz gewesen, und die Angst, dass ihre Bonität beschmutzt werden könnte, nagte unaufhaltsam an ihr. Auch wenn sie mit ihrem Betriebswirtschaftsdiplom sonst nichts gelernt hatte – eins wusste sie: dass Menschen nicht nach ihrem Charakter beurteilt werden, sondern nach ihrer Kreditwürdigkeit.

Während Mary sich über finanzielle Probleme Sorgen machte, saß Katy in ihrer Pfadfinder-Uniform am Küchentisch und zählte Geld aus einem Sparschwein. »Ich hab vierundzwanzig

Dollar vom Kekseverkaufen«, sagte sie nachdenklich. »Würde das Daddy helfen, sein Unternehmen zu starten?«
Gerührt drehte sich Mary zu Katy um. »Liebling, das Geld ist für deine Gruppe, das kannst du nicht einfach ausgeben, aber vielen Dank. Dein Dad wird schon irgendeinen Weg finden, sein Unternehmen zu starten.«
»Okay, aber sag hinterher nicht, ich hätt es nicht angeboten.«
Zufälligerweise stand Bob auf der anderen Seite der Küchentür und lauschte. Er war im Begriff gewesen, Mary eine gute Neuigkeit zu erzählen, als er die fünffach segmentierten Kiefertaster eines Silberfischchens *(Lepisma saccharina)* unter der Kante eines Läufers verschwinden sah. Es war eine ungewöhnliche Entdeckung für die Tageszeit und für Bob besonders beunruhigend, weil Silberfischchen die Neigung hatten, sich an den Einbänden seiner Insektenbücher gütlich zu tun.
Die Summe seines Körpergewichts auf die Stelle des Läufers ausübend, unter der er den kleinen Bürstenschwanz vermutete, hörte er sowohl mit Stolz als auch mit Beschämung, wie seine Tochter ihr hart verdientes Geld anbot, um ihm zu helfen.
Hier war er, dachte er, ein vollkommen fähiger Mann mit einer Familie, die er ernähren musste, und doch verdiente er nichts. Und plötzlich war er mit der Tatsache konfrontiert, dass seine Tochter, eine Pfadfinderin im zweiten Jahr, Veruntreuung erwog, um ihm zu helfen, sein Unternehmen zu starten. So weit war es gekommen.
Komm von der Schiene runter, dachte Bob. Es gab keinen Grund, sich Leid zu tun. Die Dinge sahen rosiger aus! Er hatte eine gute Neuigkeit, und die würde er Mary erzählen.
Überzeugt, dass er das glitzernde Silberfischchen platt gedrückt hatte, sammelte sich Bob und betrat leise die Küche, wobei er Katy ein Zeichen gab, ihn nicht zu verraten, und sofort fand er in ihr eine willige Mitverschwörerin. Er schlich sich hinter Mary an und legte ihr die Arme um die Hüfte, mit der Wirkung,

dass sie laut aufschrie und einen Teller durch die Luft warf. Natürlich zerdepperte er auf dem Boden, was Katy ziemlich cool fand.

»Jesses, Bob! Hast du mir vielleicht einen Schrecken eingejagt!«

»Tut mir Leid, Schatz. Wieso so angespannt?«, fragte er und hörte sich an wie eine schlechte Fernsehwerbung für koffeinfreien Kaffee.

»Wundert dich das etwa, dass ich angespannt bin?«, fauchte Mary. »Mein Mann ist arbeitslos, ich mache drei Dollar die Stunde plus Trinkgeld in einer Stadt mit lausigen sechs Prozent Trinkgeldgebern, unsere Tochter hat mehr Geld als wir beide zusammen, und wir schulden dem Vermieter dreihundertzwanzig Dollar.«

»Ach das«, sagte Bob mit einem verschmitzten Lächeln. »Nun, würde es dir helfen zu wissen, dass ich einen Job habe?«

»Du hast einen was?«

»Na ja, weißt du noch, Mr. Silverstein? Der Typ mit all den Gebäuden? Ich hab ihn schließlich an die Strippe bekommen.«

»Du hast den Job gekriegt?«

»Na ja, noch nicht, aber es sieht sehr gut aus. Er verlangt eine Präsentation. Also werd ich morgen anfangen, daran zu arbeiten.«

Das setzte Mary erst mal wieder einen Dämpfer auf, bevor Bob fortfuhr und gefährlich mit ihren Gefühlen spielte. »Aber erinnerst du dich an das französische Restaurant? ›Maison Henri‹?«

»Den hast du gekriegt? Bitte sag mir, dass du den gekriegt hast!«

Er machte eine großspurige Geste, um seine Bestätigung auszudrücken. Seine Frau umarmte ihn heftig, bevor sie die wesentliche Frage stellte.

»Wie viel?«

Bob hielt ihr einen Scheck zur Begutachtung hin. Mary fielen fast die Augen aus dem Kopf, was Katy auch ziemlich cool gefunden hätte.
»Fünfhundert Dollar!?« Sie konnte es kaum glauben.
Katy war auch beeindruckt. »Mann! Kaufen wir uns jetzt einen Farbfernseher?«
Mary umarmte Bob wieder. »Liebling, das ist wunderbar! Oh, ich kann's kaum glauben. Das müssen wir feiern! Lass uns was ganz Verrücktes machen, was ganz Extravagantes.«
Wieder drückte Bob auf den Dämpferknopf. Er faltete den Scheck zusammen und steckte ihn wieder in seine Tasche. »Im Moment können wir das hier noch nicht ausgeben, Liebling, ich muss erst mal die Viecher beseitigt haben.«
Bob war aufrichtig überrascht, als Mary ihn energisch an den Jackenaufschlägen packte und ihn zu sich heranzog wie einen fiesen Kredithai. »Versprich mir eins«, zischte Mary nachdrücklich. »Versprich mir, dass du nicht einmal daran denkst, deine Wanzen auszuprobieren. Die sind noch nicht ausgereift, Bob. Verwende diesmal noch Gift. Strychnin, Arsen, Parathion, nimm genug, um ein angreifendes Gnu zu fällen! Töte die Viecher, Bob. Wir brauchen dieses Geld!«
Bob war entsetzt über Marys Geldgier und pauschale Vorschreibung von organischen Chlorstoffen und Phosphaten. »Ja, klar, Schatz, okay«, meinte er. »Ich versprech's dir.«
Er hoffte nur, dass er sein Versprechen halten konnte, denn dies war die ideale Gelegenheit, eine seiner Kreuzungen auszuprobieren. Und je mehr Rassen er eliminierte, desto schneller würde er dem großen Ziel näher kommen, seine vollbiologische Methode zu vervollkommnen und damit gleichzeitig seine Familie aus New York herauszubekommen und ihnen allen ein besseres Leben zu ermöglichen.
Vielleicht gab es in seinem Versprechen irgendein Schlupfloch. Er nahm sich vor, später mal in Ruhe nachzusehen.

Pratt war bei seinem zehnten Bier. Als er den Tropfen von braunem Speichel und Tabak in der kleinen Rille sah, die um die Dose herum verlief, hob er sie an die Lippen und schlürfte ihn auf. Er schälte die fleckige aquamarinblaue Gardine seines Wohnzimmers zur Seite und sah über die Straße zu Bobs Haus.

»Ich sag dir, Doris«, brüllte Pratt ins Innere seines Hauses, »mir reicht's jetzt mit diesem Wichser Dillon und seiner Mietrückstandsmasche! Diese Made hat ein verdammtes Zimmer voller Scheißwanzen da drüben! Was will der Scheißkerl bloß damit? Doris? Hörst du mir zu?! Kann ich dir nur raten, weil, du weißt ja, wenn du nicht zuhörst ...« Pratt ballte eine kleine Faust und schüttelte damit in der Luft. »Das is' kein Witz. Ist mir egal, ob du die Frau von dem Schlappschwanz magst oder nich', ich werd diesen Penner noch vor Gericht verklagen wegen diesen verfickten Viechern, das schwör ich auf dem Grab meiner Mutter!«

Er kippte die Dose senkrecht, leerte sie und leckte dann den restlichen braunen Saft aus der Rille.

»Verdammt noch mal, Doris, beweg mal deinen fetten Arsch und bring mir noch 'n Bier, bevor ich da reinkommen und dir wieder eine runterhauen muss.«

Mary quälte den erschöpften Pinto über Central Park South durch den erträglichen Sonntagmorgenverkehr, wobei genügend Rauch ausgerülpst wurde, um die Bewohner eines großen afrikanischen Termitenhügels zu töten. Das Magnetschild an der Tür verkündete BOBS VOLLBIOLOGISCHE SCHÄDLINGSVERNICHTUNG. Mary steuerte die Werbung durch Columbus Circle und fuhr dann Central Park West die paar Blocks zur 64th Street hoch. Bei der grünen Markise von »Maison Henri« fuhr sie an den Bordstein.

Bob, in seinem braunen Overall und mit der TERMINATOR-Mütze, schälte sich aus dem Beifahrersitz, lud tödlich aussehendes

Vernichtungs-Equipment aus dem Kofferraum und stellte es sorgfältig auf dem Bürgersteig auf.
»Danke, Schatz, ich komm dann mit dem Zug nach Hause«, sagte er. »Bin wahrscheinlich um sechs wieder zurück.«
»Denk dran«, erinnerte Mary ihn mit einem Blick über die Schulter, »verwende Gift. Ganz viel Gift.«
Bob lächelte freundlich in den Rückspiegel, als er die Klappe zumachte. Er wusste, dass sie eigentlich meinte, er solle vor allem dafür sorgen, dass die Viecher getötet wurden, egal wie.
Als er sich durch das Beifahrerfenster lehnte, um Mary einen Abschiedskuss zu geben, näherte sich ein verkrustet aussehender Schnorrer und sagte mit heiserer Stimme: »Hey, Romeo, hast du 'n bisschen Kleingeld übrig?«
Überrascht drehte sich Bob um und kramte in seinen Taschen. »Äh, nein, tut mir Leid.« Er konnte den Typen schon aus mehreren Metern Entfernung riechen, und er fragte sich, ob der Gestank als Insektenschutz funktionieren könnte.
Der übel riechende Schnorrer kam unaufhaltsam näher, und in flagranter Verletzung sämtlicher nicht aggressiver Schnorrergesetze schob er Bob rüde beiseite. Der Mann lehnte sich durchs Fenster zu Mary.
»Was is' mit dir, Süße? Was kannst du für 'n hungrigen und obdachlosen Veteranen abdrücken?« Er griff zu Mary hinüber und grapschte sich ihre Handtasche. Sie versuchte, sie sich zurückzuholen, aber der Geruch des Schnorrers war nicht das Einzige, was stark war. Er entriss Mary die Tasche und durchsuchte sie an Ort und Stelle auf dem Kühler des Wagens.
Bob rappelte sich auf. »Hey! Her damit!«
Der Schnorrer wirbelte herum und versetzte Bob einen Faustschlag mitten ins Gesicht, der ihn aufs Pflaster niederstreckte. Blitzschnell zog er einen angespitzten Schraubenzieher und stürzte sich auf Bob. Er hielt den geschärften Rand flach gegen dessen entsetztes Gesicht, knapp unter dem Auge, drückte die

Haut gegen den Knochen und drohte, das Ganze mit der nächsten Druckverstärkung durchzusäbeln. »Willst du, dass ich dir ’n neues Arschloch schneide, Arschloch?«, erkundigte sich der Mann.

Die vorbeikommenden Eingeborenen taten so, als würden sie nicht sehen, was passierte. Ein New Yorker Reflex, sozusagen.

Bevor Bob die vermutlich rhetorische Frage des Schnorrers beantworten konnte, knallte die Tür des Pinto auf und zerdellte – WUMM! – die Seite des stinkigen Schnorrerkopfes. Der Schraubenzieher rollte in einen Gully.

Mary sprang aus dem Wagen, schnappte sich ihre Handtasche und stürzte sich auf den jetzt regungslosen Bettler. Sie unterstrich jedes ihrer Worte, indem sie seinen Kopf gegen das Pflaster bollerte: »Ich … besitze … keinen … einzigen … Dollar … du … Huren … sohn!«

Bob rappelte sich auf und zog Mary von dem benommenen Mann weg, der sich mühsam aufsetzte und große Augen machte. »Jesses, Lady, hast du ’n Problem?«

»Und ob ich eins hab! Willst du dich deswegen mit mir anlegen?!«

Bob hielt Mary wie eine tollwütige Hündin fest, die an ihrer Leine zerrt. Er drohte dem Bettler: »Hau lieber ab, bevor ich sie loslasse.«

Beruhigt, dass sie nicht direkt eingreifen mussten oder sonst wie darin verwickelt würden, blieben jetzt die Passanten stehen, um zuzusehen. Einer aus der Menge rief: »Lass sie doch los!« Eine andere Stimme setzte zwanzig auf die Frau. Keiner wettete dagegen.

Der Schnorrer rappelte sich auf und erhob sich vom Bürgersteig. »Das ist ja ein Tier, die da! Sie können mir nur Leid tun, Mister!«

»Nicht nötig, sie isst weniger als ein Rottweiler«, entgegnete Bob.

Der Schnorrer stolperte davon. Enttäuscht, dass sie keine Straßenjustiz zu sehen bekam, zerstreute sich die Menge wieder. Mary war ein Nervenbündel.
»Alles okay, Schatz?«, fragte Bob, während er ihr über die Haare strich.
»Ja, ich denke schon. Und du?«
»Ja, alles in Ordnung«, sagte er und rieb sich den Kopf.
Bob und Mary sahen sich an, schüttelten die Köpfe und wiederholten gleichzeitig die Worte, die ihr Mantra geworden waren: »Gott, ich hasse diese Stadt.«
Weiter unten auf der Straße blickte sich der Schnorrer zu Bob und Mary um und murmelte: »Mann, ich hasse diese Stadt.«

Katy hatte sich mit dem Fernseher in den Wanzsaal verzogen und sah sich eine unnötig gewalttätige Sendung an, in der es um einen verzweifelten und schaurigen Kampf zwischen einem schrotflintenschwingenden Schwachsinnigen mit einer Sprachbehinderung und einem grabenden Säugetier der Hasenfamilie ging. Sie nutzte Bobs und Marys Abwesenheit, um sich von den Strapazen einer Hausarbeit zu erholen.
Zwei Tage zuvor hatte Katys Lehrerin jedem Schüler ein Tier zugeordnet und erwartete einen Bericht am Montag. Als die Lehrerin die Tiere verteilte, hoffte Katy auf etwas Zähnefletschendes wie ein Krokodil oder einen Hai. Zuerst war sie enttäuscht, als die Lehrerin ihr die Honigbiene gab, aber dann erinnerte sie sich an den Stock der *abelhas assassinas,* die in dem weißen Kasten im Fenster des Wanzsaals lebten. Das waren nicht nur Honigbienen, sondern Killer-Honigbienen!
Katys Begeisterung für ihre Arbeit nahm noch zu, als sie ein Buch fand, das *Die Killerbienen* hieß und von Anthony Potter verfasst war. Darin ging es um die Afrikanischen Honigbienen *(Apis mellifera adansonii),* die Dr. Warwick Kerr 1956 nach Brasilien verfrachtet hatte.

In Katys Version der Geschichte brachte ein gieriger alter Wissenschaftler diese wirklich gemeinen afrikanischen Bienen nach Brasilien, weil sie mehr Honig produzierten als die brasilianischen Bienen, und mehr Honig bedeutete mehr Kohle. Eines Tages ließ jemand, der ein richtiger Holzkopf gewesen sein musste, die afrikanischen Bienenköniginnen aus den Stöcken, und sie verbreiteten sich über ganz Südamerika und töteten jeden in Sichtweite.

Katy fand es sehr cool und total krass, dass die Killerbienen in riesigen Schwärmen angriffen, und wenn die Opfer schrien, flogen ihnen die Bienen in den Mund, und während der Autopsien der Opfer fand man Dutzende von Bienen in ihren Mägen! Wau!

Sie fand auch ziemlich geil, dass afrikanisches Bienengift doppelt so potent war wie amerikanisches Bienengift und dass es ein Neurotoxin aufwies, das das langweilige alte amerikanische Bienengift nicht hatte. Das Schlimmste, was amerikanische Bienen anrichten konnten, war, einem das Atemsystem zu versauen, was sich leicht mit Antihistaminen und Adrenalin behandeln ließ, aber Nervenschäden! Mann! Das war echt cool!

Afrikanisches Bienengift war so stark, dass die US-Armee mit dem Zeug in ihrem Zentrum für biologische und chemische Kriegsführung experimentierte, auch wenn sie das vielleicht abstritten. Sie hatten sogar schon eine Komponente des Gifts isoliert, etwas, das Phospholipase A hieß und auch im Gift der Kobra, der Korallenschlange sowie der Klapperschlange gefunden wurde – es musste also gut sein.

Katys informativer, wenn auch teilweise erfundener Bericht würde mit einer etwas übertriebenen Schlussfolgerung enden, nämlich dass bald Millionen von Amerikanern in der Wüste des Südwestens tot und aufgedunsen aufgefunden würden, durch Tausende von Bienenstichen umgebracht, und in ihren Mägen würden noch eine ganze Menge Bienen herumsummen.

Da die Lehrerin erwarten würde, dass Katys Bericht sich mehr auf die Honigproduktion und die Rolle der Bienen als Pflanzenbestäuber konzentrierte, würde sie Katy zweifellos zum Schulpsychologen schicken, der nach dem üblichen Sperrfeuer von Tests verkünden würde, dass Katy okay, aber desensibilisiert sei, weil sie zu viel Gewalt im Fernsehen gesehen habe.

Während eines Werbeblocks warf Katy einen Blick in das Insektarium mit den Westlichen Korsaren *(Rasahus thoracicus)*, einer weiteren Mordwanzen-Spezies, die Teil von Bobs Experiment war.

Der Westliche Korsar war ein unbarmherziger Killer, der mit einem unheimlichen Instinkt Beute aufstöberte. Sein Kopf verlängerte sich an den Augen vorbei und hatte zwei seltsame gefächerte Fühler. Wenn er nicht benutzt wurde, war sein gebogener Rüssel säuberlich in einer Furche zwischen den Beinen weggesteckt. Zur Mordzeit schnappte der Rüssel zornig und sauggierig wie die Klinge eines Klappmessers heraus.

Sein amberfarbener Thorax war kräftig und gedrungen. Am Abdomen verbreiterte er sich leicht, verdunkelte sich zu einem tiefen Goldbraun und rundete schön an seinem borstigen Afterraif ab. Der Westliche Korsar war wichtig für Bobs Forschung, weil er nicht nur erwachsene Schädlinge angriff, sondern auch gern die Eier und Larven verschiedener zerstörerischer Insekten vernaschte. Bob hoffte, diese Rasse zu einem Schabentöter hochzuzüchten.

Katy klopfte gegen das Insektarium, einfach nur um die Korsare aufzurütteln. Es machte ihr Spaß, sie aufzuregen, weil sie es ziemlich putzig fand, wie sie hin und her huschten und sich gegenseitig anstupsten.

Gerade klopfte sie wieder gegen das Glas, als es an der Haustür klingelte.

Sie machte auf und sah sich der billigen Zigarre gegenüber, die im Mund des stets missgelaunten Dick Pratt steckte.

»Hallo, Mr. Pratt«, sagte Katy. »Wollen Sie doch ein paar Kekse kaufen?«

Pratt verzog das Gesicht. »Vergiss es, Kleine. Wo ist der Schlappschwanz?«

»Er ist kein Schlappschwanz«, verteidigte Katy ihren Vater. »Er ist zu irgendeiner Arbeit gefahren, also keine Sorge, er wird Sie bezahlen.«

»Yo, hast verdammt Recht, dass er mich bezahlen wird!«, sagte Pratt, indem er Katy mit einem dicken Finger anstupste. »Weil wenn nicht, dann landet dein kleiner rosa Arsch draußen auf der Straße!«

Einen Moment lang überlegte sich Pratt, ob er Katy eine Ohrfeige geben sollte, nur um ihr klar zu machen, dass er hier das Sagen hatte, aber dann entschied er, dass er noch lieber ein Bier hätte, also drehte er sich um und stapfte davon.

Katy überlegte kurz und sagte dann: »Augenblick, Mr. Pratt? Ich hab etwas Geld.«

Pratt erstarrte. Langsam drehte er sich um.

»Ja?«

Es war ein hässlicher Anblick, ein erwachsener Mann auf den Knien, wie er die Münzen zählte, die zwischen den Scherben des zerbrochenen Sparschweins eines Pfadfindermädchens lagen. Pratt sah unglücklich aus, während ihm der Rauch seiner billigen Zigarre in die Augen stieg. Er wandte sich zu Katy. »Mehr hast du nicht?«

5

Zu der ganzen Vernichtungsausrüstung, die Bob beim Seiteneingang von »Maison Henri« aufstapelte, gehörten mehrere große Metallkanister, die mit Totenkopf und Knochen bedeckt waren und mit Warnschildern, die darauf hinwiesen, dass sie giftige Stoffe enthielten.

Bob hatte sie Mary zuliebe mitgenommen. Sein wahres Arsenal war zwischen den zahllosen Gerätschaften für chemische Vernichtung verborgen – mehrere schuhkastengroße Behälter, auf denen in blutroten Buchstaben MÖRDER, RASSE 0 gestanzt war.

Rasse 0 war eine Kreuzung von Westlichem Korsar und Fadenbeinwanze. Dieser Hybride hatte die verlängerte Coxa und das gestachelte dritte Beinglied der Mutter geerbt. Er wies die ungewöhnlichste Körperform aller Kreuzungen auf – ein kräftiger und gedrungener amberfarbener Thorax, der auf dunklen, dünnen, doch erstaunlich starken Gliedern saß.

Bob klopfte gegen die Hintertür und wurde von Henri persönlich in die Küche gelassen.

»Bonjour«, sagte Henri. »Sie 'aben Ihre mörderischen Insekten gebracht, nehme isch an?«

Er beugte sich vor und klopfte gegen die Seite der Schachtel, und die Fadenbeinigen Korsare stießen ein wütendes Quietschen aus. Henri sprang zurück und wischte sich die Hände ab, als hätte er sie sich schmutzig gemacht.

»Ich an Ihrer Stelle würde nicht allzu nahe da rangehen«, warnte Bob den Franzosen. »Diese Kerle sind stinksauer, dass sie in diesen Kästen eingesperrt sind, und sie sind hungrig genug, um einem toten Stinktier den Arsch abzubeißen, wenn Sie verstehen, was ich meine.«

»Ma foi«, stieß Henri aus, als hätte das Bild ihm irgendwie Gewalt angetan. Noch einmal spähte er auf die quietschenden Insekten hinunter und beäugte Bob misstrauisch, bevor er verschwand und Bob seine Arbeit machen ließ.

Dieser ging in den Hauptspeiseraum und deponierte seine Wanzenkästen auf einem Tisch für vier. Seinen Werkzeugkasten stellte er auf den Boden und entnahm ihm einen Bohrer, einen kurzen durchsichtigen Schlauch und einen Behälter mit Kitt. Seine Neopren-Knieschützer fest um die Knie geschnallt, wodurch die Durchblutung unterbrochen wurde und seine Füße kribbelten, verbrachte Bob den restlichen Tag damit, seine Hybriden der Rasse Null in die Wandzwischenräume von »Maison Henri« einzuführen, während er von seiner Zukunft träumte.

Der Pinto rülpste waffenblaue Rauchschwaden, als er Mary zurück über die Queensborough Bridge trug. Sie befand sich irgendwo über dem West Channel des East River und träumte ihren eigenen Traum davon, inwieweit sich mit dem Geld, das ihnen der Auftrag bei »Maison Henri« einbrachte, ihre exzellente Kreditwürdigkeit erhalten ließ und ob vielleicht für sie sogar noch eine neue Strumpfhose herausspringen könnte. Doch irgendetwas nagte an ihr.

Obwohl Bob versprochen hatte, Gift zu verwenden, fragte sie sich, ob sie hätte bleiben und es überprüfen sollen … nur um sicherzugehen.

Auf halbem Wege über die Brücke, hoch über Roosevelt Island, warf Mary einen Blick nach rechts zum Goldwater Memorial Hospital und dachte, da würde Bob landen, wenn er es versäumte, im »Maison Henri« großzügige Portionen Gift zu benutzen.

Die mittägliche Kundschaft in dem modischen Bistro war betucht und hungrig. Das vornehme Geklapper von Silber gegen Porzellan überdeckte kaum die Kaugeräusche, als die Gäste *bisque de homard* und *selle de veau* verspeisten.
Rasse Null war seit zehn Tagen aktiv. Bob, in einem flotten khakifarbenen Overall, und Henri, in seinem traditionellen Chef-Weiß, drehten eine Runde durch das schicke Esslokal, um zu sehen, ob die Wanzen ihre Aufgabe erfüllt hatten.
Zuerst inspizierten sie den privaten Esssaal, der mittags nicht benutzt wurde. Er war makellos. Henri sah zu, während Bob einige dunkle Stellen prüfte, wo sich Kakerlaken um diese Tageszeit normalerweise verstecken. Keine Kakerlake weit und breit. Allerdings gab es auch keine Hybriden, aber das war Henri ganz Recht. Sie gingen durch den geschäftigen Hauptsaal, den sie nur mit einem flüchtigen Blick bedachten, um sich die Küche vorzunehmen.
»Nun, Henri«, sagte Bob zuversichtlich, »sieht aus, als hätten wir's den kleinen Dreckskerlen gezeigt, nicht?«
Eine fleischige Witwe, die sich gerade den Mund mit Soufflé Rothschild voll gestopft hatte, blickte auf, als sie den khakifarbenen Overall zum Chef-Weiß reden hörte. Ihr besorgter Blick besagte, dass sie bei den Preisen etwas Authentischeres erwartete als »Henry«.
»Wie isch Ihnen gesagt 'abe, isch eiße Ahn-rii«, tadelte Henri mit gekräuselter Lippe und einem Akzent, der dicker als *pâté* war. »Ahn-rii, Monsieur Käferrjägerr. Isch bin von Anjou.«
Ahn-rii beugte sich zu der stämmigen Witwe hinunter und flüsterte in einem übertriebenen Ton: *»Mauvais quart d'heure«,* als wollte er sagen, dies sei ein unerquicklicher Augenblick, der bald vorüber sein würde.
Wissend nickte sie, ohne einen blassen Schimmer zu haben, was der Franzose gesagt hatte.
Als Henri herumwirbelte und auf die Küche zusteuerte, um die

Inspektion fortzusetzen, entdeckte Bob – zu seinem Entsetzen – ein besonders großes Exemplar der Schabenart *Supella supellectillium,* das gerade über einen ansonsten unbesetzten Tisch wetzte. Blitzschnell fing Bob das störende Insekt ein, ließ es in seine Tasche verschwinden und klatschte sich – KROCH! – mit der offenen Handfläche gegen den Schenkel.

Er schnüffelte den Geruch, der von der pulverisierten Schabe aufstieg, und fächerte die Luft, in der Hoffnung, Henri würde von seinem Versagen nicht Wind kriegen.

In der Küche inspizierte Henri die Arbeitsfläche, als Bob ein weiteres Paar großer gesprenkelter Flügel entdeckte, deren rötliche Färbung auf ein Weibchen hindeutete. Mit routinierter Präzision fing Bob die Schabendame, stopfte sie in seine Tasche und gab auch ihr – KROCH! – einen Klaps. Sein Oberschenkel brannte von der Heftigkeit des Schlages. Ahn-rii drehte sich um, als er das Klatschen und Knacken hörte.

Wieder fächerte Bob die Luft und tat so, als wolle er sich kühlen. »Schrecklich heiß hier drin, Ahn-rii. Wie viel bringen diese Öfen da – fünfhundert Grad?«

Ahn-rii hielt inne, als er etwas Fauliges roch, schrieb es aber dem Käse zu.

Alsbald war seine Inspektion beendet, der Franzose war zufrieden. »Nun, es scheint, Ihre *méthode du naturel* hat misch befreit von meine Problem. Kommen Sie ins Büro, und isch werde Ihnen Ihr restlisches 'onorar auszahlen.«

Bob lächelte und dachte, er hätte es geschafft. Schon fing er an, sich seinen Kombi vorzustellen, mit der großen Glasfaserwanze obendrauf, als plötzlich einer der Köche einen herzzerreißend schrillen Schrei ausstieß und entsetzt zurückwich, womit er Bob jäh von seinem Traumparkplatz zurückholte.

Bob und Henri eilten zu einem Topf mit Suppe hinüber, der, zu Bobs großem Kummer, jetzt als ein Olympia-Schwimmbecken für Kakerlaken diente. Mehrere der fünfundfünfzig bekannten

Spezies waren in dem Becken vertreten, und es hatte den Anschein, als sei die Australische Schabe *(Periplaneta australasiae)* dabei, mit einem schönen Bruststil zu gewinnen.
Henri, kein Sportfan, reagierte wenig erfreut: *»Merde! Mon dieu! Ami de cour! Un tour de cochon!«*
Bob konnte sehr wenig Französisch, aber Henris Ton entnehmen, dass er nicht glücklich darüber war, wie sich seine Suppe entwickelt hatte. Verzweifelt drehte Bob die Flamme unter dem Topf auf.
»Aha! Sterbt, ihr kleinen Dreckskerle!«, brüllte Bob, als er sich zu Henri wandte. »Dies ist der letzte Schritt meiner Methode, Ahn-rii. Meine Mordwanzen haben sie aus ihren Verstecken gejagt und sie in einen großen Behälter getrieben, damit wir sie …« Das gesamte Küchenpersonal stand mit offenem Mund da. Bob wusste, dass er geliefert war, aber er war noch nicht bereit aufzugeben.
»Wissen Sie«, meinte Bob, während er eine der Schaben aus dem Topf fischte, »diese Dinger passen großartig zu Schnecken.« Henri war nicht amüsiert. Schließlich gab Bob auf.
Die Rechnung war nicht überaus kompliziert, das zumindest war positiv. Bob rechnete in seinem Scheckbuch den neuen Saldo aus:

$$\begin{array}{r} \$\ 512{,}47 \\ \underline{-\ 500{,}00} \\ \$\ \ \ 12{,}47 \end{array}$$

Nach vollzogener Subtraktion reichte Bob den Scheck über fünfhundert Dollar einem ungeduldigen und verwirrten Henri.
»Da«, sagte er schwach. »Ihr Vorschuss.«
Henri nahm den Scheck, ohrfeigte Bob damit feierlich auf jede Wange und stapfte eingeschnappt von dannen.
Zerknirscht stand Bob da. Ungeachtet der beiden platt gekloppten Insekten in seiner Tasche hatte er wirklich gedacht, er hätte

es geschafft – hatte gedacht, dass er gleich bei seinem ersten Versuch eine Rasse von Mordwanzen eingesetzt hätte, die ein kommerzielles Gebäude vollständig von Schädlingen befreien könnten – und ausgerechnet ein französisches Restaurant!
Es war dumm von ihm gewesen, sich von einer Tagesinspektion so ermutigen zu lassen. Damit Schaben tagsüber überhaupt rauskommen, müssen sie schon durch eine Bevölkerungsexplosion herausgedrückt werden. Was also hatten seine Mordwanzen die ganze Zeit getrieben?
Bob stellte sich vor, wie seine Hybriden in den Wandzwischenräumen Seminare über Fortpflanzung veranstalteten.
Als er gerade die Küche verlassen wollte, näherte sich mit erhobener Nase ein Kellner, der zwei blattreiche Salate auf seinem Tablett vor sich hertrug. Bob konnte nicht widerstehen. Er griff in seine Tasche und warf unauffällig die beiden vielbeinigen »Croûtons« in die Salate.
Er war schon draußen auf dem Bürgersteig, als ihm die Schreie von drinnen sagten, dass irgendjemand an seinem *barbe-decapucin* etwas auszusetzen hatte. Mit einem schuldbewussten Lächeln steuerte er auf die Subway zu und überlegte sich, was schief gegangen war und wie er es bloß Mary erklären sollte.

Nach drei Doppelschichten innerhalb von fünf Tagen befand sich Mary in einer niedergeschlagenen und üblen Stimmung. Im Haus sah es wie im Gaza-Streifen aus, und sie war entschlossen, es wieder mal gründlich zu putzen. Während sie mit der Rechten den Staubsauger führte, hob sie mit der Linken einen billigen Wandtisch hoch. Ein Bein – KLACK! – fiel ab. Verzweifelt starrte Mary auf ihr neues Stativ. Sie überlegte sich, ob sie die anderen drei Beine abkauen sollte. Sie war frustriert, müde und hungrig. Der niedrige Blutzuckerspiegel machte sie besonders angespannt.

Pech für Bob, der gerade jetzt durch die Tür kam. »Große Neuigkeiten, Liebling!«, verkündete er.
Bei allem inneren Widerstand hatte Mary immer noch eine Schwäche für Bobs positive Art. Sie schaltete den Staubsauger aus.
»Du hast es geschafft? Haben sie dir das Geld gegeben? O Schatz, das ist ja wundervoll! Ich geh gleich zu Mr. Pratt rüber, und dann können wir –«
»Na ja, langsam, langsam«, sagte Bob. »›Geld gegeben‹ würde ich nicht grade sagen.«
Mary hoffte, ein Problem mit den Ohren zu haben. Vielleicht hatte Bob gesagt, er wolle mit ihr ins Bett gehen.
»Aber was für eine fantastische Lernerfahrung!«, schwärmte Bob und legte Mary den Arm um die Schulter. »Ich glaube, es ist am besten, wenn wir das so sehen.«
Mary war baff. Ihre Unterstützung für Bob, hart wie der Fels von Gibraltar, war – geschwächt von den erodierenden Wirkungen seiner Misserfolge – kurz davor, wie ein schlammiger Berghang in Südkalifornien wegzurutschen.
»Bob, ich hab dir gesagt, du sollst Gift verwenden«, sagte sie tonlos.
»Ich weiß, aber sieh das doch mal so, Liebling: Wir haben eine der Rassen eliminiert. Du darfst nicht unterschätzen, wie wichtig das ist. Aber ehrlich gesagt, ich hatte wirklich gedacht, dass diese Rasse funktionieren würde, die Testergebnisse im Labor waren spitze.«
Mary ergriff das abgebrochene Tischbein wie einen stumpfen Gegenstand.
»Na komm, Schatz, wir wollen doch nichts Unbesonnenes tun«, flehte Bob, während er zur Wand zurückwich. »Sehen wir die Sache doch von der positiven Seite –«
»Hast du den gottverdammten Verstand verloren?! Es gibt keine gottverdammte positive Seite«, kreischte Mary, wobei sie in

zwei Sätzen mehr Gotteslästerungen benutzte als normalerweise in zwei Monaten. »Du hast mir versprochen, Gift zu verwenden!«

»Ich weiß, aber …«

Mary blieb stehen. Sie fühlte sich, als hätte Bob sie betrogen. »Du hast mich angelogen«, stellte sie nüchtern fest.

Das Tischbein fiel mit einem gedämpften Laut zu Boden, wobei es einen kleinen schwarzen Teppichkäfer *(Attagenus megatoma)* zwischen dem Läufer und dem Boden zerdrückte.

»Liebling, ich hatte einen Grund dafür«, wandte Bob ein. »Wenn ich –«

»Nein«, unterbrach Mary. »Es ist ganz einfach. Du hast gelogen.«

Ruhig ging Mary die Treppe hoch. Zu ruhig. Zen-artig. Sie rief Katy zu, sie solle ihre Sachen packen. Bob folgte ihr ins Schlafzimmer, wo Mary einen Koffer auf das Bett schleuderte und anfing, Kleidungsstücke hineinzustopfen.

»Ach komm, Liebling, ich weiß, was du denkst«, bettelte Bob. »Wir haben das doch schon alles x-mal durchgekaut. Im Moment kannst du nur unseren Kontostand sehen und sonst gar nichts.«

»Ahhh«, staunte Mary, »der Kontostand!« Sie unterbrach ihr Packen und fixierte Bob mit starrem Blick. »Wie lautet er jetzt, zwölf Dollar und siebenundvierzig Cents? Vielleicht ist es ein guter Zeitpunkt, das Häuschen in den Hamptons zu kaufen, auf das wir schon so lange unser Auge geworfen haben.«

Sie schloss den Koffer und brüllte durch den Flur: »Katy, komm runter, sowie du gepackt hast!«

Bob trottete hinter seiner Ehefrau her, die wütend ihr Gepäckstück die Treppe hinunterschleppte.

»Ich schwöre dir, ich dachte, es würde funktionieren. Selbst wenn nicht, habe ich gedacht, er würde mir dann noch die Chance geben, es mit Gift zu probieren.«

Am Fuß der Treppe stellte Mary den Koffer ab. »Du hast mich angelogen«, wiederholte sie.

»Ich weiß, Liebes, und es tut mir Leid«, beteuerte Bob. »Wirklich.«

»Komm mit«, befahl sie, drehte sich um und stapfte zum Wanzsaal, Bob dicht auf ihren Fersen. Sie ging zum PC und packte Jiminy, Ringo und Slim – Bobs getrocknete Insektenmaskottchen.

»Keine Sorge, ich werde ihnen nichts tun«, sagte Mary, warf sie auf den Boden und zermalmte sie zu Staub.

»Oh, ich hab gelogen«, lächelte sie beinahe. »Das tut mir aber Leid. Wirklich.« Sie blickte auf die pulverisierten wirbellosen Tiere hinunter und reagierte mit gespielter Überraschung. »Sieht aus, als hätte meine Entschuldigung überhaupt nichts verändert.«

Sie machte kehrt und stürmte aus dem Raum. Bob hinterher.

WUMP. WUMP. WUMP. Auch Katy schleppte ihren Koffer die Treppe hinunter. Sie war entschlossen, ihre Eltern dazu zu bringen, mit dem Streiten aufzuhören. »Wisst ihr was?«, meinte sie eifrig. »Ich hab ein A+ für meinen Aufsatz über die Killerbienen gekriegt!«

»Wie schön«, freute sich Mary. »Und jetzt warte draußen.«

»Wollt ihr nicht wissen, was ich über die Bienen gelernt habe?«

»Nicht gerade jetzt, Liebling«, sagte Bob. »Vielleicht später.«

Aber Katy wollte nicht bis später warten.

»Wisst ihr, wie die Bienen Babys kriegen?«

»Katy, warte draußen«, wiederholte Mary.

Die Tochter der Familie Dillon weigerte sich. »Eine Königin und eine Drohne paaren sich mitten in der Luft, dann fallen sie auf den Boden. Und um sich zu befreien, muss die Königin die männlichen Gen-Italien aus seinem Körper ziehen. Und wisst ihr was? Ich wette, das tut ganz schön weh, und ihr?«

Von dem Bild einer mitten in der Luft stattfindenden Kopula-

tion waren Vater und Mutter Dillon derart überrascht, dass ihnen die Sprache wegblieb.
Katy dachte, die beiden würden aufhören zu streiten, wenn sie sie disziplinieren mussten, und so versuchte sie, sich ihre Strafe zu verdienen, indem sie über Genitalien redete.
»Die Königin hat also dieses schleimige Männerdings in sich drinstecken, stimmt's? Und was soll sie dagegen machen? Ich meine, die kann doch nicht mit einem von diesen Dingern rumfliegen, weil sie dann ja ein König wäre und keine Königin, und deswegen lässt sie sich von den Arbeitern helfen, die es rausziehen. Dann kriegt sie Babys oder Eier oder Larven oder so was.«
»Wo hast du das her?«, fauchte Mary.
»Das stand in einem von Daddys Büchern«, sagte Katy.
»Das stimmt«, bestätigte Bob. »So paaren die sich.«
»Katy! Raus! Sofort!«, bellte Mary.
Katy wusste, Ein-Wort-Sätze bedeuteten, dass es Zeit war, zu gehorchen, und so verließ sie widerstrebend das Zimmer.
»Das haben wir alles schon mal besprochen, Bob«, zischte Mary. »Du musst zu deinen Verpflichtungen stehen! Jetzt ist keine Zeit mehr zum Träumen. Hast du vergessen, dass wir mit der Miete im Rückstand sind?«
Bobs Blick drückte eloquent aus: »Nein, und ich wünschte, du würdest es mir nicht ständig unter die Nase reiben.«
»Wenn wir nicht einmal die Miete bezahlen können«, fuhr Mary unbarmherzig fort, »wie willst du da noch Geld sparen, um für Katys College-Ausbildung zu bezahlen, ha? Wie?«
»Deswegen mach ich doch das hier«, erwiderte Bob. »Ich könnte bis ans Ende meines Lebens bei Käfer-EX arbeiten, und wir hätten immer noch nicht das Geld für das College. Man muss schon Arzt, Anwalt oder Klempner sein, um heutzutage auf einen grünen Zweig zu kommen. Idioten, die für andere Idioten arbeiten, leben von einem Monatsgehalt zum nächsten

und kommen nicht voran. Man muss sein eigener Boss sein, um genug Geld zu machen, um heutzutage irgendwas machen zu können!«

Marys Betriebswirtschaftsdiplom und Wissen um steigende Studiengebühren sagten ihr, dass ihr Ehemann Recht hatte. Aber trotzdem, Wassertreten war besser als ertrinken.

Mary öffnete die Tür, und Katy, die gierig gelauscht hatte, purzelte in die Diele herein. Sie lächelte unschuldig.

»Und außerdem, wenn ich mich richtig erinnere, hast du versprochen, mir zwei Monate Zeit zu geben«, erinnerte Bob seine Ehefrau.

»Und du hast versprochen, Gift zu verwenden«, erwiderte diese.

Darauf hatte er keinen fetzigen Konter parat.

»Wenigstens kriegt Katy bei Mutter was zu essen«, sagte Mary sarkastisch und machte sich zum Gehen bereit.

»Ich hab keinen Hunger«, ergriff Katy für ihren Dad Partei.

»Hast du wohl«, informierte Mary sie.

»Mary, ich tue das hier, weil ich dich liebe und nicht dreißig Jahre später als irgendein Arsch enden will, den man mit einer bronzenen Rattenfalle und einem freundlichen Klaps auf die Schulter verabschiedet. Könnte Katy darauf stolz sein? Könntest du es?«

»Nichts zu machen«, meinte Katy. »Das wär mir total peinlich.«

»Hier geht's nicht um dreißig Jahre später, Bob«, stellte Mary klar. »Hier geht's um jetzt.«

Draußen fuhr ein Taxi vor, und Mary wuchtete die Koffer hoch.

»Du kennst Moms Nummer.«

»Liebling, bitte. Geh nicht weg.«

Sie stellte die Koffer ab und umarmte ihren Mann.

»Bob, du weißt, Katy und ich lieben dich über alles, aber du musst endlich aufhören, unsere Zukunft aufs Spiel zu setzen.

Ich hab es satt, von der Hand in den Mund zu leben. Du musst dich zusammenreißen und den größeren Zusammenhang sehen.«

»Mary, ich schaff das hier nicht ohne dich. Bitte geh nicht. Bitte.«

Mary nahm Katy an der Hand und führte sie zum Taxi.

Katy war den Tränen nahe. »Wiedersehen, Daddy. Ich hab dich lieb.« Sie riss sich von ihrer Mutter los und rannte zu Bob, der sie umarmte. »Ich hab dich auch lieb, Doodlebug. Und mach dir keine Sorgen, es wird schon wieder.«

Mary kämpfte gegen ihre eigenen Tränen. Sie wollte nicht so hart sein, aber sie spürte, dass es die einzige Möglichkeit war, Bob zur Besinnung zu bringen. Sie ging zu Katy und ergriff wieder ihre Hand.

Es war ein schrecklicher Moment, als Mary Katy an dem winzigen Händchen zum Taxi fortführte.

Bob folgte ein paar Schritte, zitterte so, wie er es immer tat, wenn er von der Polizei wegen Geschwindigkeitsüberschreitung angehalten wurde, ein Phänomen, das er nicht mehr erlebt hatte, seit er den Pinto besaß. Die Türen knallten zu, und das Taxi entfernte sich Richtung Astoria Boulevard. Das Letzte, was Bob sah, war, wie Katy winkte und sich eine Träne aus dem traurigen kleinen Gesicht wischte. Zaghaft winkte Bob zurück, während sich am Himmel drohende Gewitterwolken zusammenballten.

So weit war es also gekommen, dachte Bob. Dass Mary ihn verließ, weil er seinem Traum folgen wollte.

Nein, das war nicht fair gegenüber Mary. Es war nicht sein Traum, was sie dazu gebracht hatte, ihn zu verlassen. Sie war gestresst wegen dem Geld und weil Bob sie angelogen hatte.

Aber hatte das Ganze nicht auch eine positive Seite? Sicher, sie war jetzt auf ihn sauer und hatte allen Grund dazu, aber das würde vergehen. Außerdem konnte Mary etwas Freizeit gut gebrauchen, und Katy besuchte ihre Oma immer gern. Und wenn sie weg waren, hätte Bob freie Hand, an seinen Experimenten zu arbeiten, und könnte sein Projekt vielleicht zum Erfolg bringen. Dann würde Mary wiederkommen, und alles wäre in Butter. Verdammt, wenn er richtig drüber nachdachte, war das eigentlich ein Segen!

Aber sein Optimismus klang diesmal hohl. Bob hatte den einen Menschen angelogen, der an ihn glaubte. Er hatte seine geliebte Frau vertrieben, und jetzt versuchte er, das Ergebnis zu rationalisieren.

Immer wenn Bob sich etwas durch den Kopf gehen lassen musste, ging er in den Wanzsaal und setzte sich in den zerschlissenen alten Drehstuhl. Er fand ebenso viel Trost in dem unheimlichen blauen Licht wie seine Viecher. Als er dem Gezirpe seiner Grillen lauschte, merkte er, dass sie irgendwo unter der Fußleiste steckten. Die Grillen mussten entkommen sein und sich in den Wandzwischenräumen niedergelassen haben.

Er überprüfte das Insektarium der Grillen, aber es gab keine Anzeichen für einen Ausbruch. Vielleicht waren die unter der Fußleiste gekommen, um die anderen zu befreien. Scheiß drauf, dachte er, darum würde er sich später kümmern, er hatte jetzt wahrlich andere Sorgen.

Bob fragte sich, ob er seinen Traum aufgeben müsste, um Mary wiederzubekommen. Er fragte sich, ob Katy durch dieses kleine Melodrama für ihr restliches Leben gezeichnet wäre. War es möglich, dass ein harmloser Ehestreit einem Kind, das so viel Gewalt in den Medien gesehen hatte, seelischen Schaden zufügen konnte? Und während die Grillen unter der Fußleiste weiter vor sich hin zirpten, fragte er sich, ob sie mit ihren Kollegen in den Insektarien kommunizierten. Wenn ja, was sagten sie sich wohl?

Während Bob darüber nachgrübelte, hantierte er mit Marys

goldenem Anhänger. Vielleicht würde er ihn ihr schicken, zusammen mit einem Brief, in dem er sie um Vergebung bat. In dem Brief würde er ein erneutes Versprechen abgeben, das nächste Mal, wenn er einen Job bekam, Heptachlor oder Chlordan zu benutzen, was bedeutete schon etwas Kontakt mit Krebs erregenden Stoffen, wenn es um ihre Ehe ging? Seine Experimente konnten warten.

Gerade begann Bob, die Dinge für sich zu klären, als es an der Tür klingelte. Widerwillig erhob er sich und machte auf.

»Sie denken wohl, ich mach Witze wegen dieser Miete, oder was?!«

»Hören Sie, Dick«, erklärte Bob mit einer gewissen Schärfe in der Stimme. »Seit ich meinen Job verloren habe, sind die Dinge ziemlich hart geworden.«

»Hart? Ja, das kann ich mir denken. Vor allem, wo Ihre Frau ihre Sachen packt und abhaut … Kann man ihr nicht übel nehmen. Wer will schon mit so einem Schlappschwanz wie Ihnen festsitzen?«

»Hören Sie, das geht Sie einen Scheißdreck an.«

Pratt trat dicht an Bob heran und begann, ihm den Zeigefinger in die Rippen zu rammen, während er seinen Vortrag hielt. »Hey, ich bin hier nicht zum Kaffeeklatsch hergekommen, Freundchen. Ich hab da drüben bei mir ein UPS-Päckchen mit Ihrem Namen drauf, und das kriegen Sie erst, wenn ich ein bisschen gottverdammtes Grün gesehen hab! Sie schulden mir immer noch dreizwanzig, Sie nutzloser Saftsack!«

Bob hatte Pratts Beschimpfungen satt, und da er nichts von UPS erwartete, schlug er einen forschen Ton an. »Behalten Sie das Scheißpäckchen«, sagte er. »Das ist wahrscheinlich mein Lotteriegewinn.«

»Witzbold. Wissen Sie, Sie sind wirklich eine Schleimtüte sondergleichen, Dillon. Können keinen Piss-Job mehr als ein paar Monate halten und schicken Ihr eigenes Kind zum Keksver-

kaufen raus, um Ihre Miete zu bezahlen. So 'n verfickter Versager.«
Bob hatte keine Ahnung, was Pratt damit meinte, und er traute sich nicht nachzufragen.
Pratt wandte sich zum Gehen, drehte sich dann noch einmal zu Bob um. »Ach ja«, meinte er, »diese vierundzwanzig Mäuse, die Ihre Kleine mir gegeben hat … betrachten Sie das als Zinsen auf die Summe, die Sie mir schulden.«
Jetzt wusste Bob, was Pratt meinte, und von Beschämung gelähmt blieb er auf seiner Türschwelle stehen. Diesmal würden nicht einmal das unheimliche blaue Licht und die Sinfonie des Wanzsaals ausreichen, Bob zu trösten. Schließlich raffte er sich zu einem Spaziergang auf.
Die Gewitterwolken zogen immer näher, und Bob konnte den bevorstehenden Regen riechen. Während er niedergeschlagen die 21st Street entlangschlurfte, sah er einen Birkenkäfer *(Bucculatrix cadaensisella),* hellbraun, die Flügel mit silbrig weißen Balken gekreuzt, der auf einer Eiche hockte und zufrieden daran kaute. Bob spürte, wie ein großer warmer Tropfen Flüssigkeit auf seinem Kopf landete. Als er den rollenden Donner hörte und die schwarzen Wolken sah, wusste er, dass ein schwerer Regen niedergehen würde.
Der dicke Tropfen kitzelte Bobs Schädel, als er Richtung Nacken kullerte. Kurz überlegte er sich, umzukehren und nach Hause zu gehen, anstatt in einem Wolkenbruch durch die Straßen zu schlurfen, aber er fand, dass dies letztere Bild besser zu seiner gedämpften Stimmung passte, und so beschloss er, hinaus in den Regen zu gehen.
Weiterer Donner in der Ferne erklang zusammen mit einem hungrigen Knurren aus Bobs Magen. Marys und Katys Weggang und Pratts Besuch hatten ihn derart beschäftigt, dass er den ganzen Tag noch nichts gegessen hatte, und jetzt hatte er plötzlich einen Bärenhunger.

Vor ihm an der Straßenecke war ein Hot-Dog-Stand. Bob näherte sich, gerade als der missmutige Würstchenverkäufer beschloss dichtzumachen. Der Mann wollte dringend noch vor dem Wolkenbruch einpacken, und so wartete er ungeduldig, mit seiner Zange mürrisch gegen den Soßenbehälter klappernd, während Bob in seinen Taschen nach Kleingeld kramte.
Als nur die Zipfel seiner leeren Taschen zum Vorschein kamen, ließ der Verkäufer Bobs Würstchen wieder zurück in das würzige rosa Wasser plumpsen und rannte in Deckung. Bobs Magen knurrte wie ein zorniger kleiner Flaschenteufel.
Es begann jetzt wirklich zu gießen, Kübel voller Wasser entsprachen Bobs Sehnsucht nach einer *scène pathétique,* und so ging er weiter und versuchte zu entscheiden, ob er seinen Traum aufgeben sollte, um die Frau, die er liebte, zurückzubekommen.
In dem Moment bemerkte er vor sich das Schild:

DIE BEEBE AVENUE MISSION
LASS DEINE SORGEN VOR DER TÜR
JEDER WILLKOMMEN FÜR SUPPE UND GEBETE

Bob, der mit Gebeten nicht so viel anfangen konnte, blieb stehen und erwog das Suppenangebot. Aber bevor er sich entschieden hatte, ging die Tür auf, und eine stämmige schwarze Frau mit einer seltsamen Narbe über dem linken Auge, in der Nähe ihres Nasensattels, schaute zu Bob hinaus.
Wie eine missbilligende Mutter schüttelte sie den Kopf und setzte ein großes freundliches Lächeln auf. »Mein Kind, komm lieber herein aus dem Regen raus, bevor du dir den Tod holst.«
»Ha?« Bob hatte nicht ganz mitbekommen, was sie gesagt hatte.
»Komm herein«, sagte sie, »bei mir bist du sicher vor dem Sturm.«

Bob nahm das Angebot an und betrat die Mission, wo es warm, trocken und sauber war und die Suppe ungemein verführerisch duftete.
»Ich war noch nie in so was drin«, sagte er unsicher.
»Braucht sich keiner zu schämen, hier reinzukommen. 'ne Menge stolze Leute hier drin, die meine Suppe essen und denen sie auch noch schmeckt.«
»Riecht ja auch wirklich gut«, rühmte Bob.
»Ja, das tut sie«, bestätigte sie und taxierte Bob. Er wirkte hungrig und niedergeschlagen wie die meisten Männer und Frauen, denen sie half. »Du hast wohl auf dieses Geld gewartet, das die Republikaner vor einiger Zeit versprochen haben, soll in diesen o so guten Zeiten zu jedem von uns runtertröpfeln. Die meisten Leute, die hier reinkommen, kennen nur ein Runtertröpfeln, und zwar das Gefühl, dass gerade jemand auf sie draufgepinkelt hat.« Sie lachte und rang Bob ein Lächeln ab. »Na also. Hab doch gewusst, dass da irgendwo ein Lächeln steckt.«
Dann fuhr sie mit ihrer politischen Analyse fort. »Natürlich, jetzt wo wir diesen Demokraten im Amt haben, diesen netten Mr. Clinton, und all die Versprechen, die der gemacht hat … schätze, ich kann hier jeden Moment dichtmachen, so wie der gesagt hat, dass er alles in Ordnung bringt, also beeil dich lieber und hilf mir, meine Suppe loszuwerden.«
Sie wischte sich die Hand an ihrer Schürze ab und streckte sie Bob entgegen. »Ich heiße Gertrude, und du?«
»Ich bin Bob«, sagte er und trat aus der Pfütze heraus, die sich um seine Füße gebildet hatte.
»Komm und iss etwas Suppe, Bob.«
Verlegen zögerte er.
»Was ist los?«, fragte Gertrude.
»Ich hab kein Geld.«
Sie reagierte mit gespieltem Entsetzen. »Uuh, du meine Güte!

Das ist ein Problem. Dann kriegst du aber kein' Fenstertisch!« Sie lachte über ihre eigene Theatralik.

»Nein, wirklich«, sagte Bob, »ich hätte ein schlechtes Gefühl, Ihre Suppe zu essen, wenn ich nicht dafür bezahlen kann.«

Gertrude schätzte ihn ab und überlegte, wie sie dieses Problem bewältigen konnte. »Okay, in Ordnung. Dann kannst du es abarbeiten, aber ich will, dass es sich für mich auch lohnt, deswegen musst du erst was essen, sonst bist du zu schwach zum Arbeiten.«

Sie servierte Bob eine Schale Suppe und ein großes Stück süßes Maisbrot, das in einer gusseisernen Bratpfanne gebraten worden war. Sie plauderte, während Bob den Flaschenteufel in seinem Bauch fütterte.

Wie sich herausstellte, stammte Gertrude ursprünglich aus Yazoo City, Mississippi, war aber nach New York gezogen, kurz nachdem die guten Leute jenes Staates einen Mann in das Gouverneursamt gewählt hatten, den sie als einen Tabak kauenden rassistischen frustrierten Kleinbauern mit weniger geistigen Pferdestärken als ein zusammengebrochenes Maultier bezeichnete.

Sie war nach New York gezogen, um von all dem wegzukommen, wofür der Süden stand, und weil sie hier Freunde hatte. Die Narbe über ihrem linken Auge stammte aus ihrer Kindheit. Sie war einmal bei einer Erdklumpenschlacht von einem Stein getroffen worden. Zu Hause nähte ihre Mutter die klaffende Wunde mit Nadel und Zwirn zusammen. Das Ergebnis war ein komischer schiefer Gesichtsausdruck, und Bob fragte sich, ob das linke Auge jemals vollständig schloss.

Nachdem sie ihren Gast ausgiebig gefüttert hatte, führte Gertrude ihn in die Küche, in der sich riesige Kochtöpfe und zerbeulte alte Pfannen stapelten, die gereinigt werden mussten. Während sie abwuschen, erzählte Bob ihr alle seine Probleme, wieso er seinen letzten Job gekündigt hatte, von seiner Idee, Insekten mit anderen Insekten zu töten, und dass er seinen eigenen Kombi mit einer Glasfaserwanze obendrauf haben wollte. Er erzählte ihr auch von der Frau von Con-Ed, die vorbeigekommen war, um ihm den Strom abzudrehen. »Was sollte ich da machen?«, fragte Bob rhetorisch. »Ohne Strom können wir schlecht leben, oder?«

»Stimmt«, sagte Gertrude.

»Und so hab ich in einem von diesen Secondhand-Plattenläden ein paar Schallplatten verkauft.«

»Das ist aber schade«, sagte Gertrude.

»Ich hab meinen Superfly-Soundtrack verkauft und meine gesamte Iron-Butterfly-Sammlung, sogar das ›Metamorphosis‹-Album, nur um genug zusammenzukriegen, um meine Mindestzahlung zu leisten. Wenigstens haben sie mir dann den Strom nicht abgestellt.«

»Du hast das Richtige getan, mein Sohn«, sagte Gertrude.

Bob erzählte Gertrude, wie sehr sich Mary aufgeregt hatte, als sie erfuhr, dass er sie wegen dem Gift im »Maison Henri« angelogen hatte, und wie sie mit Katy weggefahren war und wie Katy geweint und er sich geschämt hatte, als er erfuhr, dass Katy diesem Scheusal Pratt ihre vierundzwanzig Dollar von dem Pfadfinder-Keksgeld gegeben hatte. Während Bob so quatschte, hörte Gertrude geduldig zu, warf gelegentlich ein »Ah-ha«, ein »Ich weiß, was du meinst« und vielleicht ein »Tatsächlich« ein.

Bob ergriff einen großen Topf und begann, ihn zu schrubben. Gertrude stand neben ihm und trocknete eine Pfanne ab.

»Hört sich an, als machte sie sich bloß Sorgen wegen Katy«, meinte Gertrude. »Ich glaube, sie liebt dich wirklich sehr.«

»Meinst du wirklich?«, fragte Bob.

Sie unterbrachen kurz ihre Arbeit.

»Schätzchen, das weiß ich. So was merk ich. Du bist ein guter Mann. Du musst bloß diese Wanzengeschichte in Schwung

bringen und die Rechnungen bezahlen, und dann ist sie in null Komma nix wieder da!«, schnippte Gertrude mit den Fingern.
»Hoffentlich«, sagte Bob.
Gertrude legte Bob die rosa Handfläche ihrer großen Hand auf die Schulter. »Hör mal. Du hast was in dir brennen, das ich bei jedem, der hier reinkommt, wieder versuche anzukriegen. Und das ist ein Traum. Ohne deinen Traum hast du nix. Weiß Gott, diese Stadt ist so schlimm zu Träumern wie der Süden zu einem Nigger. Sie versucht jeden, der einen Traum hat, so lange zu beuteln, bis er keinen mehr hat. Aber du darfst ihn nicht sterben lassen. Du musst ihn Wirklichkeit werden lassen. Und das schaffst du auch.«
Sie wandten sich wieder den Töpfen und Pfannen zu.
Bob war neugierig. »Was ist denn dein Traum?«, fragte er.
Gertrude lachte. Sie sprach, ohne aufzublicken. »Die ganzen zerbrochenen Träume da draußen wieder heil zu kriegen.« Gertrude drehte sich zu Bob, ein Funkeln in ihrem schiefen Auge. Sie zwinkerte mit dem, das sich schließen ließ.
Als die Küche endlich sauber war, hatte Bob sich dazu entschlossen, Gertrudes Rat zu befolgen, nach Hause zu gehen, etwas Zeit im Wanzsaal zu verbringen und zu versuchen, sein Wanzenprojekt in Schwung zu bringen.
Gertrude half ihm in seine Jacke.
»Danke für die Suppe, Gertrude. Ich –«
Gertrude schnitt ihm das Wort ab. »Mach, dass du jetzt hier rauskommst, und tu, was du tun musst. Das ist mein Dank. Keine Sorge, es wird alles klappen. Ich kenn mich in diesen Dingen aus.«
Bob hielt einen Moment inne, lächelte und umarmte Gertrude, bevor er sich auf den Weg nach Hause machte.

6

Wolfe blätterte den großen Haufen Papiere durch, der auf seinem Schreibtisch gestapelt war. Parker stand daneben und hörte seinem Mentor aufmerksam zu.

»Geburtsurkunde, High-School-Zeugnisse, Steuerbescheide, Heiratsurkunde … Das ist die beste gottverdammte Tarnung, die ich je gesehen habe«, knurrte Wolfe.

Er wies mit dem Kopf über den Flur. »Diese Einfaltspinsel drüben beim Zeugenschutz kriegen nicht annähernd so was Detailliertes hin. Deswegen enden die meisten von denen auch mit einem Loch im Kopf. Wir müssen uns diesen Dillon-Typen unbedingt kaufen. Und sehen Sie sich das an«, sagte er, während er mit seinem fleischigen Zeigefinger auf Bobs Akte tippte. »Absolut keine Reisebelege. Der hat nicht mal einen Pass, um Himmels willen! Sieht so aus, als hätte er noch kein einziges Mal die Stadt verlassen. Dieser Typ ist sehr, sehr gut. Und wissen Sie, was mir am besten an ihm gefällt?«

»Nein, Sir«, säuselte Parker entgegenkommend.

»Ich will's Ihnen sagen. Er ist ein Traditionalist, dieser ganze High-Tech-Scheiß kommt für diesen Typen nicht in Frage, o nein.« Er tippte auf ein anderes Dokument in der Akte. »Sehen Sie das? Er arbeitet mit Giften. Das gefällt mir, wenn einer mit Gift arbeitet. Ich wäre bereit zu wetten, dass er keines von diesen neumodischen Laserfernrohren benutzt, wenn er einen Abschuss macht. Ich wette, er lässt sie einfach ins gute alte Fadenkreuz marschieren und … paff!« Wolfe klatschte die Hände zusammen und lächelte bei dem Gedanken an einen

guten Killer von altem Schrot und Korn. So lass ich mir das gefallen.
»Was ist mit dem Madari- und dem Pescadores-Mord?«, fragte Parker. »Glauben Sie, die gehen auf sein Konto?«
»Da ist das große Geld«, meinte Wolfe, indem er sich in seinem Stuhl zurücklehnte. »Niemand hat sich bis jetzt zu ihnen bekannt, und sie zeigen die gleiche saubere Arbeit wie der Huweiler-Mord. Ich glaube, man kann getrost sagen, dass sie ›vernichtet‹ wurden, und wenn das stimmt, dann startet dieser Typ einen ernst zu nehmenden Angriff auf die Top-ten-Killer-Charts. Es sieht sogar fast so aus, als würde unser guter Freund Klaus als großer Zampano abgelöst werden.«
Ein junger Angestellter oder Praktikant betrat das Büro mit einem Haufen Schallplatten und Kassetten.
»Verzeihung, Sir, jemand hat gesagt, Sie wollten sämtliches Material von Dylan haben?«
Wolfe starrte den Praktikanten an und sorgte sich, dass dies die Zukunft der Informationsbeschaffung sein könnte. Ach, was soll's, dachte er, es wäre wahrscheinlich auch nicht schlimmer als das, was sie früher gehabt hatten. Er gab dem Jungen ein Zeichen, dass er das Zeug auf seine Ablage tun sollte.

Während das Taxi auf dem Bronx River Parkway in nördliche Richtung raste, fluchte der Fahrer leise in einem Pandschabi-Dialekt auf die Exemplare der Schmetterlingsart Weißer Admiral *(Limenitis arthemis),* die über seine Windschutzscheibe verspritzt waren. Die Lästerungen wurden lauter, als er versuchte, sie mit dem Scheibenwischer wegzukriegen, was die Scheibe nur noch mehr verschmierte. Er meckerte vor sich hin, als er sich vorstellte, wie er die geflügelten Kreaturen vom Kühler seines Taxis würde entfernen müssen, wo zweifellos mehrere Dutzend von ihnen ihre letzte Ruhestätte gefunden hatten. Während der Fahrer auf die verschmierten Falter

fluchte, knallte ein großes unidentifiziertes Krabbeltier mit einem scheußlichen Platscher an die Windschutzscheibe, was ihn auffahren ließ und zu noch mehr Obszönitäten anspornte. Allahs Name wurde schließlich umsonst bemüht.
Katy hatte sich von dem Streit zwischen ihren Eltern etwas erholt, und das Geschmier der Insekten auf der Windschutzscheibe erinnerte sie an einen Witz.
»Mami, weißt du, was einer Wanze als Letztes durch den Kopf geht, wenn sie gegen die Windschutzscheibe knallt?«
»Nein, Schatz, das weiß ich nicht«, erwiderte Mary, die nur halb bei der Sache war.
»Ihr Arsch.« Katy lachte. »Kapiert? Ihr Arsch.«
»Ja, ich hab's kapiert.« Mary verdrehte die Augen und lächelte. »Danke, dass du mich daran hast teilhaben lassen, Liebling.«
Mary starrte aus dem Fenster und dachte über Bob nach. Ja, er hatte sie angelogen, aber er hatte es gut gemeint. Er machte das nicht zu seinem eigenen Gewinn, er wollte für die Familie sorgen und etwas erreichen, worauf sie stolz sein könnten. Sie wusste auch, dass er nicht weiter guten Gewissens den Planeten mit Parathion, Disulfoton und Methamidophos vergiften konnte. Und hatte er nicht Recht?
War eine Lüge die Grenze für Marys Liebe zu ihrem Träumer? Nein, das war es nicht. Es war das Geld. Wenn sie nicht so weit mit der Miete im Rückstand wären, hätte sie ihn fürs Lügen einfach nur zusammengeschissen. Aber sie hatte keine Ahnung, wie weit Bob noch davon entfernt war, seine Experimente zu beenden. Und je weiter entfernt er war, desto mehr würden sie mit der Miete in Rückstand geraten.
Mary wusste, wie wichtig Geld war, deswegen hatte sie im College Finanzen studiert. College. Das waren noch Zeiten – als Armsein kein Problem, sondern eine Kunstform war.
Sie erinnerte sich an ihr zweites Rendezvous mit Bob. Wie die meisten College-Studenten hatte er nicht die Mittel für schicke

Restaurants, und so führte er Mary an jenem Abend in ein preisgünstiges Lokal, gefolgt von einer Volksvorlesung über Entomologie, die seine Abteilung veranstaltete.

Der Dozent wies darauf hin, dass mit Ausnahme der Fledermäuse (den einzigen wirklich fliegenden Säugetieren) nur zwei Arten von Tieren die Gabe des Fliegens besaßen – Vögel und Insekten. Aber während die Flugfähigkeit des Vogels ihm in Kulturen auf der ganzen Welt zu einem gottähnlichen Status verholfen hatte (der Phönix zum Beispiel), waren Insekten von den Mythenmachern nicht so zuvorkommend behandelt worden. Die offensichtliche Ausnahme bildete der Heilige Pillendreher *(Scarabaeus sacer)* des alten Ägypten, der mit dem Sonnengott Ra in Verbindung gebracht wurde.

Die Theorie des Dozenten lautete, da Insekten eher verabscheut als vergöttert wurden, sei es wahrscheinlicher, dass sie zur Quelle von Aberglauben wurden als zum Stoff für Mythologie. Weiter erklärte er, dass Plinius (der Ältere), der berühmte römische Enzyklopädist, die am häufigsten zitierte Quelle von Aberglaube im Zusammenhang mit Insekten sei.

Während Mary dem Katalog von Märchen lauschte, wandte sich Bob manchmal zu ihr mit übertriebenem Ausdruck von Entsetzen, Überraschung oder Ekel, je nach Aberglaube. Er brachte Mary gern zum Lachen, und gewöhnlich gelang es ihm auch.

Sehnsüchtig erinnerte sie sich daran, wie sie sich von Bob nach diesem Rendezvous hatte küssen lassen und wie er sie küsste – lang und hart. In jener Nacht hätte sie sich sogar von ihm befummeln lassen.

Plötzlich klatschte ein weiteres unidentifiziertes Insekt laut gegen die Windschutzscheibe und riss Mary wieder in die Gegenwart des Taxis zurück, das elf Jahre später nordwärts Richtung Tarrytown raste, immer den Schmetterlingen hinterher. In den Jahren dazwischen hatte sie sich viele Male von Bob küssen lassen, und es gab keinen Teil ihres Körpers, den er nicht berührt hatte, aber jetzt hatte er sie angelogen, und jetzt hatte sie ihn verlassen. Und jetzt hoffte sie bloß, dass sie das Richtige getan hatte.

Der griechischen Mythologie zufolge entsprang die Göttin Gaia dem Chaos und wurde Mutter aller Dinge einschließlich Uranus', der der erste Herrscher des Universums wurde.
In einer verdrehten Verbindung, die Jerry Lee Lewis die Schamröte ins Gesicht treiben würde, heiratete Gaia später Uranus und gebar ihm zwölf Kinder, die kollektiv als »die Titanen« bekannt wurden.
Kronos, der jüngste Titan, kastrierte und entthronte seinen Vater Uranus, dessen Blut auf die Erde strömte und die rächenden Furien erzeugte. Anschließend übernahm Kronos die Leitung des Universums.
Der Familientradition folgend (dem Phänomen des »ungebrochenen Zyklus«, das in dysfunktionalen Familien vorkommt), heiratete Kronos seine Schwester Rhea und hatte weitere (inzwischen, würde man meinen, ziemlich Inzucht-geschädigte) Kinder, darunter Zeus und Hera.
Schließlich wurde Zeus Vorsitzender eines Konsortiums von Göttern, die das Universum vom Berg Olymp aus regierten, daher ihr Name »Olympier«.
In einer epischen Schlacht, der so genannten Titanomachie, führte Zeus die Olympier gegen die Titanen und obsiegte, mit der Folge, dass Zeus Kronos als obersten Gott absetzte und die Freiheit hatte, die Familientradition fortzusetzen. Also heiratete er seine Schwester Hera.
Und wie soll man sich jetzt vorstellen, dass jemand mit so einem verschmutzten Gen-Pool oberster Gott des Universums werden konnte? Hier wird die Geschichte interessant.
Der Legende zufolge gebar nämlich Rhea Zeus in einer Höhle,

die heiligen Bienen gehörte. Die Bienen wurden Zeus' Ammen, und mit ihrem göttlichen Honig, der wunderbare reinigende Kräfte hatte, wurde er großgezogen. Durch diesen heiligen, magischen Honig genährt – und vermutlich gereinigt –, wurde Zeus schließlich zum Symbol von Macht, Herrschaft und Gesetz, zum Belohner des Guten und Bestrafer des Bösen.
Die heilige Höhle von Zeus' Geburt befand sich auf der Insel Kreta, die im östlichen Mittelmeer lag und die südliche Grenze der Ägäis markierte. Heute lebte rund eine halbe Million Menschen auf Kreta, unter ihnen ein Killer namens Klaus.
Es schien eine seltsame Wahl zu sein für jemanden, dessen Lieblingsbeschäftigung häufige Reisen zu den großen Casinos Europas erforderte. Aber Klaus hatte als Kind hier gelebt, und es fühlte sich immer wie zu Hause an. Vielleicht tröstete der Geist von Zeus die Seele von Killern. Oder Klaus mochte einfach ein schickes Haus mit Meeresblick.
Während die Sonne hinter einem festgemachten Fischerboot unterging, ordnete eine Gruppe Männer mit wettergegerbten Gesichtszügen ihre Taue und Netze. Einige Fische baumelten an einer Schnur von seiner Schulter, als Klaus aus dem Boot stieg und sich von den Männern verabschiedete. Er ging die Kopfsteinpflasterstraße den Hügel hoch und wechselte ein paar freundliche Worte mit den Leuten, denen er begegnete.
Alle wussten, womit Klaus sein Geld verdiente, aber sie kannten auch seine Philosophie, und insgesamt fanden sie, dass er ein guter Kerl war, dessen seltsamer Beruf ein notwendiges Übel in einer Welt war, die vor Gewissenlosigkeit überquoll. Nach Klaus' Auffassung, und der vieler Kreter, verwirkten die ungeheuerlichen Vergewaltiger der Menschenrechte ihr eigenes Recht auf Leben und verdienten es demnach, zu sterben.
Wie die antiken griechischen Götter auf dem Olymp fühlten sich einige der mächtigen Leute, die Profikiller wie Klaus engagierten, verpflichtet, sich um die Leben jener zu kümmern,

die sie als machtlos betrachteten. Diese Menschen vertraten eine blutige Moral, die das Töten einer korrupten Seele billigte, um viele unschuldige zu retten. Leute wie Idi Amin, Pol Pot und Pinochet waren Freiwild, aber ein Killer, der einen Gandhi, einen Kennedy oder einen Mandela umbringen würde, wurde selbst gejagt und zur Strecke gebracht.
Klaus tötete mit professioneller Distanziertheit, nie aus Böswilligkeit. Er hasste nicht diejenigen, die er aus dem Leben scheiden ließ, er glaubte nur, dass sie ihr Schicksal verdienten, sonst würde er sie nicht töten.
Sein melancholisches Äußeres schien sagen zu wollen, dass ihm seine Tätigkeit keinen Spaß machte, dass er irgendwie gefangen war, als hätten die Götter sein Schicksal bestimmt und als gäbe es keinen Ausweg. Er war eine tragische Figur, wenn nicht geliebt, dann wenigstens bemitleidet.
In letzter Zeit hatte Klaus oft daran gedacht, sich zur Ruhe zu setzen. Aber jedes Mal wenn er einen Auftrag beendet hatte, wurde ihm der nächste angeboten, und Klaus redete sich ein, dass dies vielleicht derjenige sein könnte, bei dem es anders ist. Und so tötete er wieder, strich sein Honorar ein und begann den Kreislauf von vorne. Im Durchschnitt führte Klaus zwei Aufträge im Jahr durch, wobei er stets seinen Qualitätsstandard wahrte. Aber Gerüchte machten allmählich die Runde, dass Klaus seinen Vorteil verlor und ein Newcomer sich zum ersten Platz der Killer-Weltrangliste hochballerte.
In gewisser Weise stimmte es: Klaus verlor tatsächlich seinen Vorteil. Er wurde seines sinnlosen Lebens zunehmend überdrüssig. Während früher einmal die Vorstellung, die Welt von ihrem Abschaum zu befreien, eine gewisse Befriedigung beinhaltet hatte, war es jetzt nichts weiter als ein unbefriedigender Teilzeitjob, der gut bezahlt war, etwas Reisen mit sich brachte und ihm gestattete zu zocken. Das war die einzige Form der Selbstzerstörung, zu der er fähig war. Er trank gerne, aber nicht

genug, um sich umzubringen, und richtiger Selbstmord, nun, Klaus hatte das auch schon in Betracht gezogen, aber ihm fehlte der Mut dazu. »So macht Gewissen Feige aus uns allen«, geisterte ihm dann durch den Kopf.

Vor sich im verblassenden Licht sah Klaus seine wunderschöne Villa auf dem Hügel, und er musste über irgendetwas lächeln. Ihm fiel plötzlich ein Vers aus der Heiligen Schrift ein, genauer gesagt dem Römerbrief, 6,23. »Denn der Sünde Sold ist Tod«, stand da. Klaus dachte, wenn der Sold der Sünde der Tod war, dann war anscheinend der Sold des Todes ein hübsches Anwesen auf den griechischen Inseln. Über seinen Witz kichernd, ging er weiter den Hügel hoch.

Als Klaus sein Zuhause betrat, über der Schulter seine Angelschnur, von der noch die Fische baumelten, stutzte er, hatte das Gefühl, dass irgendetwas nicht stimmte, konnte aber nicht genau sagen, was es war.

Hatte er eine Platte auf dem Herd angelassen? War das Bügeleisen an? Oder war jemand da, um ihn zu töten? Es war möglich. Wie Revolverhelden im alten Wilden Westen waren Killer manchmal die Zielscheibe von Emporkömmlingen, die sich einen Namen machen wollten, indem sie bewiesen, dass sie die schnellsten Schützen waren.

Klaus war sich nicht sicher, ob er schlechte Gesellschaft hatte oder ob es bloß seine Paranoia war, die täglich schlimmer zu werden schien. Er ging weiter in die Küche und tat den Fisch ins Spülbecken.

Und wieder ließ ihn das ungute Gefühl, dass etwas nicht stimmte, aufblicken. Plötzlich registrierte er aus den Augenwinkeln eine Bewegung, und im gleichen Moment, als Maschinengewehrfeuer die Schränke über seinem Kopf zerfetzte, ließ er sich zu Boden fallen. Es war allerdings jemand da, aber sie waren nicht gekommen, ihn umzulegen, sonst wäre er bereits tot. Nein, dies war anscheinend bloß ein Höflichkeitsbesuch.

Als die Schießerei zu Ende war, lauschte Klaus einen Moment und steckte dann vorsichtig den Kopf um die Ecke. Ein Mann saß auf dem Sofa in den Schatten des Wohnzimmers. »Guten Abend, Klaus. Gibt es heute Fisch zum Abendessen?«
Klaus erhob sich. Er erkannte die Stimme. Der Mann in den Schatten war von mehreren Schlägern flankiert.
»Na ja, ich habe etwas Suvlakia übrig, aber ich glaube nicht, dass es für sechs reicht.«
Der Schattenmann sprach wieder. »Ich bin neugierig wegen Ihrer Zahlung. Es ist nicht Ihre Art, sich zu verspäten.«
»Ich habe Ihr Geld.«
»Das nützt mir nichts, wenn Sie das Geld haben«, sagte der Schattenmann gereizt.
Klaus ging zu einem versteckten Safe und holte die Aktentasche heraus, die er kürzlich von Marcel bekommen hatte. Er warf die Tasche einem der Schläger zu. »Das hier ist die Hälfte von dem, was ich Ihnen schulde. Die Geschäfte laufen langsam.«
»Langsam?«, fragte der Schattenmann skeptisch. »Soviel ich weiß, haben Sie bei dem Huweiler-Auftrag gepasst.«
»Das geht Sie nichts an«, entgegnete Klaus.
»Das geht mich sehr viel an, wenn jemand, der mir regelmäßig so viel schuldet, derart lukrative Arbeit ablehnt. Ich befürchte, wenn Sie noch mehr ablehnen, wird dieser neue Mann – der ›Schädlingsvernichter‹, so wird er glaube ich genannt – Ihre ganze Arbeit an sich reißen, und das würde Sie des Einkommens berauben, an das ich mich so gewöhnt habe.«
»Das ist mein Problem«, beharrte Klaus.
»Das ist der Fall, bis es Ihre Fähigkeit berührt, Ihre Schulden zu bezahlen, dann wird es mein Problem. Ich werde in einer Woche wiederkommen. Wenn Sie dann nicht haben, was Sie mir schulden, wird der nächste Besuch nicht so angenehm verlaufen wie dieser.«

Der Schattenmann erhob sich und führte seine Entourage zur Tür.

»Warten Sie!«, sagte Klaus dringlich.

Der Schattenmann blieb abrupt stehen, wodurch er bei den ihm folgenden Mitgliedern seiner Entourage einen Auflaufunfall verursachte, was ziemlich komisch aussah.

»Ich nehme an, das heißt, dass Sie nicht zum Essen bleiben werden?«

Nach Marys und Katys Weggang veränderte sich Bobs Leben dramatisch. Die Zeit, die er normalerweise mit ihnen zusammen verbrachte, war er jetzt in seinem Wanzsaal, wo er sich für die große Präsentation vor Sy Silverstein vorbereitete. Wenn seine Idee scheitern sollte, dann nicht an mangelhafter Vorbereitung. An manchen Tagen verbrachte er achtzehn Stunden bei den Wanzen und den blauen Lampen. Bob glaubte felsenfest daran, dass diese Präsentation für Mr. Silverstein ein einschneidender Augenblick in seinem Leben sein würde, und so schuftete er mit Feuereifer.

Schließlich kam der große Tag.

Bob fand sich in Queens im Büro von Sy Silverstein ein, einem erfolgreichen alten Bauunternehmer. Es war ein eindrucksvoller Raum, der von dem größten Eichenschreibtisch beherrscht wurde, den Bob jemals gesehen hatte, zwei Meter breit und eineinhalb tief. Auf dem Ding konnte man Tiere vom Bauernhof schlachten. Auf der einen Seite des Büros gab es eine Bar; auf der anderen führte eine Tür zu einem Waschraum. Dutzende von Auszeichnungen vom Verband der Immobilienhändler schmückten die hintere Wand, und das ausladende Fenster hinter dem Schreibtisch bot eine atemberaubende Aussicht auf Manhattan.

Vor Sys Schreibtisch hatte Bob eine Staffelei mit Schaubildern und Tabellen aufstellen lassen, und ein Kartentisch, den Bob

mitgebracht hatte, stand an Sys Wand mit den Auszeichnungen. Auf diesem Tisch befand sich ein Insektarium, das seltsamerweise ein Puppenhaus enthielt.
Bob und Sy pressten die Gesichter gegen die Scheibe des Insektariums und starrten aufmerksam in die Puppenhausküche hinein, die komplett mit einem winzigen Tisch und einer Barbie-Puppe ausgestattet war, die auf einem Plastikherd Gummi-Eier briet. Hinter der ahnungslosen Plastikköchin wackelte eine der Schranktüren, drohte aufzuspringen. Unter der Schranktür erschien ein dünner brauner Fühler, zog sich dann schnell wieder zurück. Einen Moment später wackelte die Schranktür wieder und sprang dann auf.
Eine große braune Amerikanische Schabe erschien. Bob kommentierte die Szene mit großer Dringlichkeit.
»Da ist sie!«, platzte er heraus. »Jetzt passen Sie auf!«
Die Kakerlake huschte zwischen Barbies Beinen herum, befühlte mit ihren Fühlern frech die makellosen Schenkel. Plötzlich sprang ein weiterer Wandschrank auf, und ein großes, gefährlich aussehendes Mutanteninsekt trat heraus. Es schien einen Panzer und eine ausgeprägte Muskulatur zu besitzen, wie sie in der Insektenwelt normalerweise nicht auftreten.
Die Kakerlake machte tatsächlich in die Hose, als sie diesen Killer-Hybriden sah, den stämmigen, dreifach segmentierten Rüssel zweifellos als das Werkzeug ihres bevorstehenden Todes erkennend.
Verzweifelt versteckte sich die Kakerlake hinter einem Stuhl, dann hinter einem Tischbein, versuchte schließlich in den Schrank zurückzukriechen, aber vergeblich. Mit ihren mächtigen Vorderbeinen packte die Mordwanze die Kakerlake und warf sie blitzschnell auf den Rücken. Sie rammte ihr den spitzen Rüssel in den weichen Bauch und pumpte sie mit Verdauungsenzymen voll.
Die Beine des armen Opfers zuckten spastisch und fielen dann

schlaff auf die Seite. Es war ein grausiges Schauspiel, und gleichzeitig war es das Ballett der Natur, in der Choreographie von Bob Dillon.

Derselbe richtete sich stolz auf, wobei seine Nase einen Fettfleck auf der Scheibe hinterließ. »Mr. Silverstein, darf ich vorstellen, die Mordwanze.«

Sy, stämmig und Mitte siebzig, trat zurück, offenkundig beeindruckt. Nachdenklich nickte er, während er sich eine riesige Zigarre anzündete, ohne ein Wort zu sagen, nur nickend. Er zog ein paarmal an seinem großen Tabakstängel, um ihn in Gang zu bringen, und ergriff dann das Wort.

»Also gut, das soll also heißen, dass Sie in meinen Gebäuden noch mehr Viecher loslassen wollen, als ich schon habe?« Nach all den Jahren des Zigarrenrauchens klang seine Stimme wie eine Holzraspel auf Resopal.

»Mehr oder weniger«, gestand Bob. Er wusste, es klang sonderbar.

»Ich mag Sie, mein Junge«, sagte Sy. »Sie haben Chuzpe, mit so einem meschuggen Plan zu mir zu kommen. Chuzpe gefällt mir.«

Sy drapierte einen verwelkten Arm um Bobs Schulter und blies ihm unabsichtlich Zigarrenrauch ins Gesicht, während sie das stattliche Büro zu Sys prachtvollem Schreibtisch durchquerten. Höflich hüstelte Bob, als er zu der Staffelei ging, wo die Schaubilder und Tabellen auf ihren Einsatz warteten.

Sy hielt inne, kniff die Augen zusammen und sah Bob an. »Sie waren doch nicht etwa auf einer dieser gottverdammten Business-Schools, oder?«

»Äh, nein, Sir!«, beteuerte Bob.

»Gut. Diese Trottel mit ihren schicken Diplomen können nich Scheiße von Kreplach unterscheiden. Ich sag Ihnen was, mein Junge«, fuhr Sy fort, »meine Enkel haben mich schon vor Jahren auf Recycling gebracht. Als ich gesehen habe, wie viel

Schrott ich jede Woche rausgeschmissen habe, hab ich in eine Recycling-Firma investiert. Nach zwei Jahren hatte ich mein Geld wieder drin. Will damit sagen, dieser ›Sichere Umwelt‹-Ansatz, den Sie da haben, gefällt mir. Aber gehen Sie das noch mal für mich durch.«

Er nahm hinter seinem riesigen Eichentisch Platz und sah wie ein verschrumpeltes Kind aus, das über den Rand eines Esstischs lugt.

»Okay«, begann Bob. »1970 gab es zweihundertvierundzwanzig Arten von pestizidresistenten Insekten. Im Jahr 1990 hatte sich diese Zahl verdoppelt.«

Bob zeigte auf sein erstes Schaubild, um sein Argument zu illustrieren.

»Je resistenter Insekten werden«, erklärte er, »desto giftiger machen wir die Pestizide, und je giftiger wir die Pestizide machen, desto mehr vergiften wir den Planeten.«

»Damit wollen Sie also sagen, dass Pestizide irgendwann entweder wirkungslos oder zu gefährlich werden?«, fragte Sy.

»Genau«, sagte Bob. »Tatsächlich haben die Hersteller eines beliebten Pestizids in den letzten neunundzwanzig Jahren die Formel vierunddreißigmal revidieren müssen. Sehen Sie, Küchenschaben geben ihre Pestizidresistenz innerhalb nur weniger Generationen weiter, und da sie sich so schnell und in so großen Zahlen vermehren, ist es schwer für die Pestizid-Hersteller, mitzuhalten.«

»Riiich-tig«, sinnierte Sy.

»Okay, eine weibliche Küchenschabe legt etwa zweitausend Eier in ihrem Leben, das etwa ein Jahr dauert. Also, wenn aus der Hälfte dieser Eier Weibchen schlüpfen und jedes zweitausend Eier legt, dann haben Sie schon zwei Millionen Küchenschaben. Selbst wenn nur die Hälfte überlebt, haben Sie in vier Monaten eine Million Schaben. Und das von einem einzigen befruchteten Weibchen.«

»Oi weh!«, rief Sy aus. »Wissen Sie, in einem der Bücher, die Sie mir geschickt haben, hab ich was über einen Teppich von Fliegen gelesen.«
»Dass die Nachkommen von zwei Stubenfliegen, die sich im Januar paaren, bis Mai die gesamte Erde mit einem fünfzehn Meter dicken Teppich von Fliegen bedecken würden?«
»Genau das«, nickte Sy. »Das sind eine Menge Fliegen.«
»Natürlich«, sagte Bob, »war man in dem Fall davon ausgegangen, dass alle überleben würden, was sie nicht tun.«
Er hatte das Gefühl, dass er allmählich mit seinem Argument ankam, und so intensivierte er sein Verkaufsgespräch. Den Handrücken seiner rechten Hand in die Handfläche seiner linken klatschend, ließ er Zahlen auf den verhutzelten Bauunternehmer niederprasseln.
»Auf jeden Menschen auf dem Planeten kommen zweihunderttausend Insekten, das sind dreihundert Pfund Wanzen für jedes Pfund Mensch. Wir sind so hoffnungslos in der Minderzahl, dass wir wirklich nicht mehr erwarten können als friedliche Koexistenz.«
Sy nickte und fuchtelte aufgeregt mit der Zigarre herum. »Schon, der Teil ist gekauft. Erzählen Sie mir mehr über die Viecher.«
Bob ging zu der Staffelei und blätterte zu einigen bunten Darstellungen der acht Insekten, mit denen er arbeitete.
»Mordwanzen sind räuberische Insekten. Ich habe acht verschiedene Arten miteinander gekreuzt, in dem Versuch, die perfekte Insekten-Tötungsmaschine zu erschaffen. Ich habe versucht, eine Rasse zu züchten, die sich ausschließlich von den Insektenarten ernährt, die in städtischen Gebäuden gefunden werden.«
Sy schien das alles aufzusaugen.
»Der Plan sieht so aus, dass diese Hybriden in den Wandzwischenräumen der Gebäude freigelassen werden, wo sie die

Schaben, Silberfischchen und Termiten töten. Sie sind so gezüchtet, dass sie Wirbeltiere in Ruhe lassen und keine Lebensmittel fressen. Sie leben einfach in den Wandzwischenräumen und fressen andere Insekten. Man kriegt sie nie zu sehen.«

»Riiich-tig«, meinte Sy wieder, der dies nicht ganz verstand.

Bob ging zur Vorderseite von Sys Schreibtisch und lehnte sich zu dem kleinen grauen Kopf vor, der ihn anstarrte.

»Also, ich habe vier verschiedene Hybrid-Rassen«, sagte Bob, »aber ich weiß nicht, welche von ihnen in der Lage sind, in einem größeren Maßstab Küchenschaben und andere Schädlinge zu töten. Was ich also brauche, sind ...«

»Gebäude.« Diesen Teil verstand Sy. »Gebäude, hab ich. Kommse her.«

Er führte Bob zu den Fenstern des Eckbüros, die ein ausladendes Panorama von Manhattan boten.

»Sehen Sie sich das an, mein Junge«, sagte er mit einer schwungvollen Geste. »Anno '36 hab ich mein erstes Gebäude gekauft. Ich war damals einundzwanzig. Es war eine Rattenfalle in der Bronx. Alle haben gelacht.« Nach einer Kunstpause und Rauchwolke fuhr Sy fort. »Zweihundertundsieben Gebäude später lacht keiner mehr.«

»Ich brauche bloß vier Gebäude, Mr. Silverstein«, sagte Bob mit seinem ganzen hoffnungsvollen Herzen. »Mehr nicht.«

»Und Sie erwarten, dass ich Ihnen vier von meinen gebe, nur weil Sie eine gute Idee haben?« Sy lachte schallend.

Plötzlich verließ Bob der Mut. Es war alles bislang so gut gelaufen.

»Wenn ich einen Dollar hätte für jede gute Idee, die gefloppt hat ...« sagte Sy, ohne den Gedanken auszuführen. »Hören Sie, mein Junge, eine gute Idee ist nur die halbe Schlacht. Ich kann Ihnen sagen, ich hab schon ein paar großartige Ideen ins Scheißloch verschwinden sehen, weil sie nicht mehr waren als das, gute Ideen. Nehmen wir mal an, Sie können diese verrückte Idee verwirklichen. Dass die Wanzen andere Wanzen töten und so.« Sy kehrte zu seinem Sessel zurück. »Die nächste Frage ist, wie zum Teufel wollen Sie das vermarkten?«

Bobs Zuversicht kehrte zurück. »Ich bin froh, dass Sie mich das gefragt haben«, sagte Bob, während er zur Staffelei zurückkehrte und sich dem nächsten Schaubild zuwandte. »Zuallererst müssen wir die Sichtweise ändern, mit der Verbraucher die Schädlingsvernichtung im Haushalt betrachten. Forschungsarbeiten von Pestizid-Herstellern zeigen, dass Amerikaner Schädlingsvernichtung metaphorisch als eine Schlacht zwischen Gut und Böse sehen.«

»Was Sie nicht sagen!« Sy sandte ein Rauchsignal hinter dem Schreibtisch hervor, das besagte, dass er fasziniert war.

»Die Vermarkter von Haushaltspestiziden fanden heraus, dass Amerikaner eine, wie sie es nennen, Grenz- oder Cowboy-Mentalität haben.« Bob klang wie ein Staatsanwalt mitten in einem leidenschaftlichen Abschlussplädoyer. »Und die Forschung zeigt, dass Bilder von Kriegsführung die amerikanische militärisch industrielle Denkweise ansprechen.«

Sy betrachtete das Schaubild auf der Staffelei.

»Die Forschung zeigt auch, dass Amerikaner dazu neigen, die Welt aus einer einfachen Schwarz-weiß-Perspektive zu betrachten«, sagte Bob unter Hinweis auf das nächste Schaubild. »Dadurch lassen sich die Dinge leichter einordnen, und schwierige Fragen sind einfacher zu beantworten. Sehen Sie, Amerikaner mögen keine Grauzonen. Die wollen die Guten gegen die Bösen, Sheriff gegen Bankräuber, Bush gegen Saddam. Die Amerikaner wollen sich selbst als die Guten sehen in dem Kampf gegen die bösen Schaben. Sehen Sie, so wie die Werbeleute es verkaufen, ist die amerikanische Familie sauber und tugendhaft, und die Küchenschabe ist schmutzig und niederträchtig. Die Dose Insektensprühmittel ist der Colt des alten

Wilden Westens oder die Pistole, mit der man sein Heim gegen die Invasion der dreckigen Horden verteidigt.«
Bob schritt wie ein Prediger auf und ab, der ein Zelt voll Gläubige bearbeitet.
»Amerikaner glauben, sie haben das gottgegebene Recht, ihre Häuser von allen Lebewesen zu säubern, mit denen sie nicht ihre Beute teilen wollen. Und wenn Amerikaner den Bösewicht erschießen, wollen sie ihn wegkriechen sehen?! Nein, Sir!«
Mit seinen Fingern einen Revolver imitierend, wirbelte Bob zu Sy herum. »Peng!«, schoss er. »Sie wollen ihn an Ort und Stelle sterben sehen, direkt vor sich.«
Sy schüttelte den Kopf. »Sie bringen sich selbst um, mein Junge«, sagte er. »Was Sie da sagen, ist, dass diese vollbiologische Idee keine Chance hat auf einem Markt, der schnelle Aerosol-Antworten mag.«
Bob knallte seine Hand auf die Tischplatte. »Mr. Silverstein«, brüllte er beinahe. »Wie groß war die Bevölkerung der Vereinigten Staaten im Jahr 1950?«
»Wieso fragen Sie mich das?«, fragte Sy. »Ich bin Bauunternehmer, kein gottverdammter Volkszähler!«
»Zu der Zeit lebten etwa hundertfünfzig Millionen Menschen in den Vereinigten Staaten«, intonierte Bob. »Und wie war Amerika damals? Vielfältig? Multikulturell? Nein, Sir. In den fünfziger Jahren war Anpassung angesagt. Entweder man reihte sich ein und blieb dort, oder man hatte einen Termin beim Senatskomitee für Unamerikanische Umtriebe.«
»Ich war da, ich weiß, wie das war«, knurrte Sy.
»Auf einem Markt, wie es die USA in den fünfziger Jahren waren, war es relativ leicht, reich zu werden«, fuhr Bob fort. »Wenn man zum Beispiel Hot Dogs verkaufte, brauchte man nur all jenen gleich gesinnten Leuten eine Art von Hot Dog zu verkaufen und konnte ein Würstchen-Zar werden.«

»Würstchen-Schmürzchen«, bellte Sy, »kommen Sie endlich zur Sache!«
Beschwingt von Sys offensichtlicher Begeisterung, lehnte sich Bob über den riesigen Eichentisch, seinem winzigen Publikum entgegen.
»Heute leben zweihundertfünfzig Millionen Menschen in diesem Land, und Konformität hat ihre Attraktivität verloren. Auswahl heißt jetzt das Zauberwort. Auf unser Beispiel mit dem Hot Dog übertragen heißt das, dass man heute ein Vermögen machen kann, indem man spezialgeräucherte Truthahndogs verkauft, oder Gaza-Streifen-Koscherdogs, oder salzarme, fettfreie Diätdogs, oder Long Dong Silver Foot Long Dogs. Es ist simple Mathematik, Sy. Wenn Sie nur einen Dollar von lediglich zwanzig Prozent der Bevölkerung bekommen, dann machen Sie fünfzig Millionen Dollar! Mit anderen Worten, das einzige, was heute nötig ist, ist, einen kleinen Prozentsatz der großen Zahl von Verbrauchern anzusprechen, und das ist unsere Strategie. Nischen-Marketing!«
Verwundert starrte Sy, als Bob auf seinen Eichentisch kletterte und jetzt drei Meter groß auf dem riesigen Möbelstück thronte. Dann hob der wahnsinnige Prophet des pestizidalen Untergangs zu schreien an.
»Die Zukunft gehört jenen, die sie riechen können, Mr. Silverstein! Unsre Nische heißt Umweltbewusstsein! Meine vollbiologische Methode wird nicht nur die Beschädigung der Umwelt verringern, sondern mit dem aktuellen Trend Richtung Öko-Besinnung und etwas Glück werden wir Millionen machen!«
Nach dieser außergewöhnlichen Darbietung rang Bob nach Luft. Er wischte sich den Schweiß von der Stirn und erkannte plötzlich, mit nicht geringer Beschämung, dass er auf Sys Schreibtisch stand.
Diesen hatte Bobs Präsentation sprachlos gemacht. Bob wusste nicht, was er noch sagen sollte. Er ließ sich auf der Vorderseite

des Tischs wieder herunter und versuchte den zerknitterten Mietvertrag zu glätten, auf dem er gestanden hatte.
Sy war von dem, was sich gerade ereignet hatte, ebenso peinlich berührt wie Bob. Sie waren wie Cousins, die sich gerade während eines Familien-Picknicks unerwartet und spontan hinter einem Baum geliebt hatten. Sie wussten, dass es unschicklich war, hatten aber trotzdem Spaß daran gehabt, und es gab eine unausgesprochene Übereinkunft, dass sie beide über das, was passiert war, schweigen würden.
Sy ging zum Waschraum. Er redete laut, während er sich die Hände wusch. »Hören Sie, mein Junge. Sie haben mich gekauft. Ich hab ein paar Objekte, die sind so voller Viecher, dass ich Probleme mit der Steuer hätte, wenn die Miete zahlen würden. Sie können Ihre Mordwanzen-Nummer an denen ausprobieren.«
»Das ist ideal! Mehr brauche ich nicht!«
»Okay. Also, wenn es nicht funktioniert, sind wir quitt. Richtig? Wird mich nichts kosten?« Sy erschien wieder aus dem Waschraum, sich die Hände abtrocknend.
»Richtig«, bekräftigte Bob.
»Aber wenn es funktioniert, krieg ich eine Lizenz auf die Sache, und ich bringe Sie ins Geschäft, wo Sie wollen. Abgemacht?«
»Abgemacht«, sagte Bob und streckte die Hand aus.
Während sie sich die Hände schüttelten, fuhr Sy fort, den Raum mit seiner qualmenden Zigarre auszuräuchern.
»Sie werden es nicht bereuen, Mr. Silverstein.«
Sy ging zu seinem PC, und mit ein paar lässigen Tastenkombinationen druckte er einen Vertrag und die Bedingungen ihrer Vereinbarung aus. Bob würde seine Experimente mit den Mordwanzen in vier von Sys Gebäuden durchführen: (1) ein leer stehendes sechzehnstöckiges Kaufhaus in der Nähe von Madison Square Garden; (2) ein zerfallender Wohnblock auf

der Lower East Side; (3) ein früheres Restaurant in SoHo; (4) ein altes Lagerhaus in Queens.

Wenn es wie geplant funktionierte, dachte Bob, würden sie beide was davon haben. Wenn nicht – nun, Bob beschloss, jetzt nicht darüber nachzudenken.

7

Bobs Gang hatte etwas Federndes, als er von seiner Präsentation nach Hause ging. Eine seiner Hausnummern, die Neun, lag auf der Türmatte, wo Pratt sie hingeworfen hatte. Bob hob sie auf, fand den winzigen Nagel, mit dem sie befestigt gewesen war, und versuchte ihn wieder in die Wand zu drücken. Ohne einen Hammer schaffte Bob es nicht, die Neun fest zu fixieren, sodass die kopflastige Zahl kippte und eine Sechs daraus wurde – eine neue Adresse für die Dillons.

Bob zog den Schuh aus, um den Nagel reinzuhämmern. Da fiel ihm eine große, auffallend unauffällige braune Limousine auf, die gerade an den Bordstein fuhr.

Parker, der junge CIA-Agent, stieg aus. Er näherte sich Bobs Haus, argwöhnisch durch seine Sonnenbrille den Mann beäugend, der einen Schuh in der Hand hielt.

Bob fragte sich, ob dieser Typ vielleicht vom Mieterschutzamt war. »Wenn Sie diesen Slumfürsten Pratt suchen, der wohnt auf der anderen Straßenseite«, sagte er, mit seinem Schuhwerk deutend.

»Mr. Dillon?«, fragte Parker. »Würden Sie bitte mit mir kommen?«

Bob versuchte sich vorzustellen, was für einen Fehler der Staatsdiener mit seiner Ray-Ban-Sonnenbrille wohl gerade machte. »Wenn Sie wegen diesen Traveling Wilburys kommen, dann sind Sie hier beim falschen Dylan.«

»Gehen wir, Mr. Dillon«, meinte Parker trocken.

Bob war nicht der Typ, der mit Fremden in irgendwelche Autos

stieg, also gab er Kontra. »Wer zum Teufel sind Sie? Worum geht's überhaupt?«
Parker zog eine Seite seines Jacketts zurück, sodass seine Waffe zum Vorschein kam. »Bitte«, sagte er energisch. »Wir sind Staatsbeamte.«
Der Teil von wegen »Staatsbeamte« machte für Bob keinen großen Unterschied, und das »Bitte« war völlig unnötig. Das einzige, was wirklich eine Rolle spielte, war die imposante Waffe im Schulterhalfter des Mannes.
»Gehen wir, Mr. Dillon.«
Bob warf einen Blick auf die umgekehrte Neun, bevor er misstrauisch den Weg zur Straße hinunterhumpelte. Er stieg in den Fond der Limousine, wo Mike Wolfe wartete.
Als der Wagen losgefahren war, schwiegen die Passagiere alle einen Augenblick lang. Schließlich ergriff Wolfe das Wort. »Sie sind also der freiberufliche Bob Dillon.«
»Richtig«, erwiderte Bob, der das schon mal gehört hatte. »Wer zum Teufel sind Sie?«
Wolfe streckte ihm die Hand entgegen. »Mike Wolfe, CIA«, stellte er sich vor.
Bob schüttelte die Hand und nickte. »CIA«, wiederholte Bob misstrauisch. Er betrachtete Parker und zeigte mit dem Schuh auf ihn. »Dieses Sonnenbrillenmodell, wird das vom Staat ausgegeben?«
Parker starrte Bob mit versteinerter Miene an.
»Hören Sie«, sagte Bob, »wenn ich für einen Moment einmal die nahe liegende Frage zurückstelle, was zum Teufel die CIA von mir will … Wie zum Teufel soll ich wissen, dass Sie beide wirklich von dort sind?«
»Ich fürchte, diese Art von Informationen dürfen wir Ihnen nicht geben«, erklärte Parker.
Bob sah Wolfe an, der ihn anlächelte. »Er hat Recht, das sind die Vorschriften. Sie werden uns einfach glauben müssen. Wir

könnten Ihnen Ausweise zeigen, aber dann würden Sie fragen, woher Sie wissen sollen, dass das keine Fälschungen sind, stimmt's?«
»Stimmt«, erwiderte Bob. »Und außerdem, wer so was als Logik verkaufen will, *muss* beim Staat angestellt sein.« Bob zog seinen Schuh wieder an.
Während die Limousine mit ihren drei schweigsamen Passagieren Richtung Jackson Heights fuhr, versuchte Bob rauszukriegen, welcher von seinen Freunden es sich leisten konnte, ihm so einen kostspieligen und ungewöhnlichen Streich zu spielen.
»Das ist eine ganz schöne Tarnung, die Sie da haben«, brach Parker endlich das Schweigen.
»Tatsächlich?« Ein flüchtiges Gefühl von Déjà-vu gesellte sich zu Bobs Verwirrung.
Ein weiterer verlegener Augenblick verging. »›Schädlingsvernichtung‹, das finde ich wirklich herrlich.« Wolfe zwinkerte Bob zu.
»Danke«, erwiderte dieser skeptisch. »Von irgendwas muss man ja leben.«
»Wie recht Sie haben«, seufzte Wolfe, während die Limousine in die 103rd Street einbog. »Hören Sie, zunächst einmal möchte ich Ihnen sagen, wie beeindruckt wir waren, wie Sie den Huweiler-Auftrag erledigt haben.«
Bob fragte sich, wer zum Teufel dieser Huweiler war. Der Name kam ihm bekannt vor. War das der Typ mit dem Delikatessenladen in Brooklyn? Bob hatte dort gegen Schaben gesprüht, aber er erinnerte sich nicht an den Namen des Besitzers.
»Huweiler?«, fragte er. »Ich glaube, ich kenn niemand, der Huweiler heißt.«
»Natürlich nicht. Hab ich Huweiler gesagt? Vergessen Sie's.« Wolfe wusste, dass ein Profi keinen Mord zugeben würde. Er drehte sich ganz zu Bob herum. »Hören Sie, ich möchte ganz

offen zu Ihnen sein. Wir möchten, dass Sie uns einen Gefallen tun.«

Bob kicherte. »Die CIA möchte, dass ich ihr einen Gefallen tue? Ausgerechnet ich?«

Wolfe nickte aufrichtig.

»Sie machen wohl Witze.«

»Wir sind die CIA, Mr. Dillon, wir machen selten Witze«, sagte Parker, der auch mal was sagen wollte.

Wolfe warf dem jungen Agenten einen Blick zu, der deutlich ausdrückte, das Reden gefälligst ihm zu überlassen. »Okay, es ist eher ein Auftrag als ein Gefallen«, präzisierte er.

Es gab nur eine Möglichkeit, wie das Ganze überhaupt einen Sinn machen konnte. »Ohhhh, Moment mal«, sagte Bob. »Haben Sie zufällig einen von meinen Handzetteln in die Hände bekommen? Wissen Sie, ich hatte immer gedacht, es gibt irgend so ein festgelegtes Höchstangebot-Schmiergeld-Verfahren, um einen Auftrag für einen staatlichen Job zu bekommen. Aber hören Sie, wenn Sie wollen, dass ich irgendeine Verseuchung unten in Ihrer Zentrale bekämpfe, kein Problem. Das kann ich machen.«

Parker reagierte mit großen Augen. Wenn er es richtig verstanden hatte, dann hatte Bob den Eindruck, dass er jemanden innerhalb der Agency töten sollte, und außerdem war er bereit, willens und – so behauptete er – in der Lage, es zu tun. Parkers Blick vermittelte das an Wolfe.

»Herrlich«, sagte dieser kichernd. »Wir kennen ihn erst seit drei Minuten, und schon bietet er an, für unsere Beförderung zu sorgen.« Wolfe lachte herzlich. »Nein, nicht so was Extremes. Wir brauchen nur etwas … Schädlingsvernichtung, wenn Sie verstehen, was ich meine.« Wolfe zwinkerte Bob wieder zu.

Dann schlug er eine Mappe auf und reichte Bob das Foto eines hart gesottenen Latino-Gentleman. »Ronaldo DeJesus Ri-

viera«, sagte Wolfe. »Wie Sie vermutlich wissen, kontrolliert er das größte Kokain-Kartell der Welt.«
»Wenn Sie's sagen«, erwiderte Bob.
»Gut. Vor kurzem hat Ronaldo die Zahlungen an diverse, äh, ehrenwerte Förderer eingestellt, und jetzt muss er ›erledigt‹ werden.« Wolfe zwinkerte ein drittes Mal. »Und da Sie keine Ahnung haben, wer die Huweiler-Sache so professionell erledigt hat, sind wir zu Ihnen gekommen.«
Jetzt traf es Bob – BAM! – wie ein Haken von Mike Tyson. Dieser Abend bei »Freddie's«, als er auf diese Anzeige in der *Times* geantwortet hatte. Dieser dämliche Franzose, wie hieß er doch gleich, Marcel? Von ihm hatte er den Namen Huweiler gehört!
Anscheinend war es zu irgendeiner unwahrscheinlichen Kette von Ereignissen gekommen, die diese Dämel in den Glauben versetzt hatten, er sei ein Killer. Und jetzt versuchten sie, ihn zu engagieren, einen Drogenbaron umzubringen, der mit seinen Zahlungen an die CIA im Rückstand war. Diese beiden meinten es ernst, dachte Bob. Sie waren zum Heulen dumm, aber sie meinten es ernst.
»Hört mal, Jungs«, meinte er. »Mir ist nicht ganz klar, was hier passiert ist, aber, äh, irgendwie scheint ihr zu meinen, ich sei ein professioneller Killer.«
Wolfe und Parker tauschten einen seltsamen Blick aus. Die meisten Auftragsmörder, mit denen sie zu tun hatten, redeten nicht so viel.
»Tatsache ist«, fuhr Bob fort, »ich habe in meinem Leben noch nie jemand getötet.«
»Das ist doch klar«, entgegnete Wolfe sachkundig. Parker nickte zustimmend.
»Nein, wirklich, ich töte nur Ungeziefer.«
»Selbstverständlich.« Wolfe durchschaute das Spiel voll und ganz.

Bob sah die beiden Staatsdiener wieder an, als wären sie zwei Vollidioten, womit er natürlich nicht allzu sehr danebenlag. »Hören Sie«, sagte Bob endgültig. »Ich werde Ihnen das Gleiche sagen, was ich diesem Typen Marcel gesagt habe. Ich bin nicht an dem interessiert, was Sie mir anbieten, was immer das ist.«

Parker blickte zu Wolfe, um einen Hinweis auf die wahre Bedeutung von Bobs Bemerkung zu bekommen. Für den alten Kämpen bedeutete es zweierlei – einmal, dass Bob es tatsächlich mit Marcel zu tun gehabt hatte, dem Mann, der, wie man vermutete, Huweilers Tod arrangiert hatte, und zweitens, dass Bob tatsächlich das genaue Gegenteil von dem sagte, was er meinte. Wolfe nickte wissend.

»Wenn es gut genug für Marcel ist, dann ist es das auch für mich. Das Honorar beträgt fünfhunderttausend.«

»Leute, ich rede hier Englisch.« Bobs Stimme hatte etwas Drängendes. »Ich bin nicht der, für den Sie mich halten. Ich bin ausschließlich ein Zermatscher von Ungeziefer. Hören Sie, das einzige Mal, wo ich fast jemand getötet hätte, war – und Sie müssen mir versprechen, dass Sie das nicht weitersagen, weil ich deswegen großen Ärger kriegen könnte, okay?«

Wolfe und Parker nickten, als Bob sich vorbeugte, um ihnen sein Geheimnis anzuvertrauen.

»Also. Das einzige Mal, wo ich fast jemand getötet hätte, war, als ich gelben Phosphor bei einem wirklich harten Rattenjob in Brooklyn benutzt habe. Und der Jemand war ich. Ich weiß, das Zeug ist verboten, verdammt, ist auch richtig so, das Zeug bringt einen Mann um, wenn er barfuß reintritt. Aber ich kenne diesen Typen, der einen Cousin in Paraguay hat, der das mit der Post verschickt, und das hier waren ein paar *wirklich* große Ratten …« Bob verstummte, als er sich an die Ratten erinnerte.

Wieder sah Parker zu Wolfe, während dieser Bobs Bemerkung entschlüsselte: klar wie Kloßbrühe, dass Bob verhandelte.

»Ahhh, ich verstehe. *Riviera es muy mucho rata.* Ja, es wird schwierig werden.« Wolfe wägte seine Worte sorgfältig ab. »Na gut. Siebenhundertfünfzigtausend.«

Bob lachte. »Sie hören mir nicht zu, stimmt's? Ich will's noch mal probieren … Ich bin einfach ein ganz normaler Typ, der in Queens lebt, Frau und Kind hat und null Interesse an Ihren *muy mucho ratas.*«

»Ja, und wie mein junger Kollege hier vorher bemerkte, es ist eine prachtvolle Tarnung«, gratulierte Wolfe. »Okay, eine Million, aber höher darf ich nicht gehen.«

Bob spürte, dass er nicht durchkam, und starrte Wolfe einen Moment lang an, bevor er schließlich aufgab.

»O Mann, warum setzen Sie mich nicht einfach hier ab«, sagte er müde.

Wolfe nahm an, dass sie eben handelseinig geworden waren, und signalisierte dem Fahrer, an den Bordstein zu fahren.

»Großartig«, sagte Wolfe.

Der Fahrer hielt an und ließ Bob aussteigen.

Als dieser sich entfernte, surrte die Scheibe herunter, und Wolfe lehnte sich heraus. »Natürlich, sollte irgendwas schiefgehen, werden wir abstreiten, dass wir irgendwas mit Ihnen zu tun haben.«

»'türlich«, erwiderte Bob. »Ich würde nichts anderes erwarten.«

Die Scheibe surrte wieder hoch, und der Wagen fuhr davon.

Im Innern der Limousine legte sich Parkers Stirn über der Sonnenbrille in Falten. Er wandte sich zu seinem Mentor, unsicher, was passiert war. »Sir, ich glaube, er ist wirklich ein Killer.«

»Natürlich ist er ein Killer, Sie Kekskopf, wo waren Sie denn die letzten fünf Minuten?« Dann, in einem bewundernden Tonfall: »Der ›Schädlingsvernichter‹. Herrlich.«

Wolfe lehnte sich zurück, um den Augenblick zu genießen. Gerade hatte er seine Zukunft gesichert, indem er einen heißen neuen »Mechaniker« für die Firma an Land gezogen hatte.

Die meisten Schmetterlinge fliegen während ihrer Wanderung zwischen zwei und drei Meter über dem Boden, aber einige, wie die stämmigen Mitglieder der Gattung *Lymanopoda,* können in Höhen von über viertausend Metern fliegen.

In diesem Moment überquerten mehrere stämmige Mitglieder dieser Gattung mit ihrer charakteristischen Flügeladerung die Anden Boliviens.

Über Tausende von Jahren hatten die Anden die wirtschaftliche Grundlage für ihre Bewohner geboten. In ihnen wurde nach Gold, Silber, Kupfer und Edelsteinen geschürft, ihren Ausläufern Öl und Naturgas abgerungen. Im Verlauf der Jahrhunderte baute man in dieser Region verschiedene Kulturpflanzen für den Export an, darunter Bananen, Tabak und natürlich Kaffee, der das berühmte Alkaloid Koffein enthält.

Heutzutage war der richtige Geldmacher hier die Coca-Pflanze, aus der ein anderes, etwas potenteres Alkaloid gewonnen wird.

Ungefähr auf halbem Weg zwischen La Paz und Nevado Illimani, in etwa dreitausend Meter Höhe, war kürzlich ein prachtvolles Anwesen in einen Berghang der Anden hineingekerbt worden. Und auf der ausladenden Veranda dieses bolivianischen Palasts konnte man eine Tasse Yerba Maté schlürfen und die Wanderschmetterlinge vorbeiziehen sehen. Dieses Anwesen war die Heimstatt von Ronaldo DeJesus Riviera und seinem Bruder Miguel DeJesus Riviera, Bosse eines rücksichtslosen und ungemein erfolgreichen Kokain-Kartells.

Ronaldo, der ältere der beiden, verbrachte seine meiste Zeit damit, vollgekokster zu sein als ein Hochofen. Ihm gefiel, was er tat, und er tat, was ihm gefiel – ein Riesen-Ego und eine schlechte Einstellung. Er war ein Oberarschloch, und er konnte sich leisten, eins zu sein, da sein Nettowert knapp fünfhundert Millionen Dollar betrug.

Ronaldo und Miguel waren gerade bei einer Marketing-Besprechung in einem der Zimmer ihres Palasts. An einer Wand hing eine große Karte der Vereinigten Staaten, die nach Verkaufszonen eingeteilt war.

Sich von der Karte abwendend, ging Ronaldo zu einem Tisch, wo er eine große Straße seines Kassenschlagers von einem wertvollen alten Spiegel herunterschnupfte, bevor er sich davon auch noch etwas aufs Zahnfleisch rieb. Er stocherte gegen seine Wangenknochen, in der Hoffnung, seine geschwollenen Nebenhöhlen zu öffnen. Als das nichts bewirkte, tauchte er seine Finger in ein Glas Tequila, hielt sie sich unter die Nase und schnüffelte. Er würgte ein wenig, als die Mischung aus Tequila, Kokain und Schleim den hinteren Teil seiner Kehle erreichte.

Miguel, der gewissenhafte jüngere Bruder, stand neben dem Faxgerät, das gerade ratterte.

Ronaldo fuchtelte und rief aufgeregt quer durch den Raum: »Das muss die Marketing-Studie zur Junior-High-School sein, die ich angefordert habe. Bring sie sofort her, bevor irgendjemand anders sie in die Finger kriegt!«

»Entspann dich«, sagte Miguel. »Das ist bloß etwas von unserem Interpol-Kontakt.« Er wartete geduldig, während das Gerät langsam das Blatt in seine wartende Hand ausspuckte. Das Fax war eine Dritte-Generation-Kopie des Fotos von Bob mit seiner TERMINATOR-Mütze. Das zweite Blatt war Textinformation, die Miguel durchlas. Er lachte.

Ronaldo, der es nicht mochte, wenn man ihn nicht einbezog, ärgerte sich über das Gekicher seines Bruders. »Was ist denn so verdammt komisch, Brüderchen?«

»Sieh selbst«, meinte Miguel. »Anscheinend ist Uncle Sam ein bisschen sauer, dass du deine Zahlungen eingestellt hast. Deine

Freunde bei der CIA haben wieder jemand auf dich angesetzt. Diesmal ist es einer, der sich ›Schädlingsvernichter‹ nennt.«
Darüber musste Ronaldo ebenfalls grinsen … bis er das Fax sah. Er wurde kreidebleich. »Jesus, Maria und Joseph!«, verkündete er und bekreuzigte sich mechanisch. »Ich sehe Tod in den Augen dieses Mannes.«
»Entspann dich«, sagte Miguel und deutete auf den Spiegel. »Du ziehst dir so viel von dem Zeugs da rein, dass du schon paranoid wirst.«
»Paranoid?!«, schrie Ronaldo misstrauisch. »Ich bin nicht paranoid!« Er zog seine Waffe und rammte sie Miguel ins Gesicht. »Ich geh nur auf Nummer sicher.«
Wütend packte Miguel die Pistole und stieß sie seinerseits seinem Bruder ins Gesicht. »Du Idiot! Wenn du dir weiter diese Scheiße da in die Nase schiebst, versaust du noch alles, wofür wir gearbeitet haben!«
Die Wut verflog schnell, und dann wurde Miguel klar, was er getan hatte. Angewidert von seinem eigenen Verhalten, warf er die Waffe durch den Raum. Hübsch schlitterte sie über den teuren Kachelboden.
»Gottverdammt«, murmelte er, als er einen Schritt von seinem schwierigen älteren Bruder zurücktrat. »Was heißt das schon, wenn irgend so ein *pendejo* Cowboy hier runterkommt? Der kommt nicht weiter als bis zum Tor. Du solltest dir lieber Sorgen machen, wie du dich selbst wieder clean kriegst.«
Ronaldo war immer noch sauer. Und geladen. Er kippte das Glas Tequila herunter. »Fass mich nie wieder an, Brüderchen! Das hier ist meine Organisation, vergiss das nicht!«

Im Wohnzimmer von Klaus' prunkvoller Villa gab es verschiedene Fotos von ihm mit diversen internationalen Persönlichkeiten des öffentlichen Lebens. Dazu gehörte ein jüngerer George Bush, etwa um 1977 – die im Hintergrund sichtbaren kleinen

bunten Kacheln im Boden dienten als Beweis, dass das Foto in der CIA-Zentrale aufgenommen wurde, als George dort den Laden schmiss.
Daneben war eins von Klaus mit Nikolai Bulganin, Nikita Chruschtschow und Viktor M. Tschebrikow, ehemaliger Chef des KGB. Es war offenbar bei einer Aufführung von *Giselle* im Bolschoitheater aufgenommen worden.
Draußen auf der großen Terrasse, von der man einen herrlichen Blick auf das Dorf und das blaue Mittelmeer hatte, saßen Klaus und sein hungriger Freund Basil am Tisch. Letzterer knabberte gerade an einem gebratenen Hähnchen, die Hände klebrig von Fett und Rosmarin. Er war nicht gerade ein eleganter Esser.
Klaus telefonierte, während er gleichzeitig die Sportseite einer griechischen Zeitung studierte. Auf dem Tisch lagen die *Sports Illustrated, Sporting News* und andere Sportzeitschriften sowie eine Beretta 8000 (9 mm). Klaus sah etwas ungehalten aus, als er versuchte, über Basils lautem Schmatzen etwas zu verstehen.
»Nein«, brüllte Klaus ins Telefon. »Maradona ist passé, gib mir Italien für, äh, zehntausend.« Er hörte einen Moment zu. »Nein, ich will größere Außenseiter. Ja, ideal. New Orleans in der Super Bowl. Gut.« Klaus legte auf.
Basil unterbrach seinen Hähnchenverzehr lange genug, um Klaus ein Blatt Papier zu reichen.
»Das war in deinem Faxgerät«, sagte er. »Ich glaube, das ist der, der zur Zeit für so viel Wirbel sorgt.« Basils Finger hinterließ einen Fettfleck auf dem Papier.
Klaus betrachtete das Fax. Es war das inzwischen international zirkulierte Foto von Bob. Derjenige, der es Klaus geschickt hatte, hatte auch dazugeschrieben: »Der ›Schädlingsvernichter‹, alias Robert Dillon, NYC.«
»Das ist der berühmte ›Schädlingsvernichter‹?«, fragte Klaus. »Er sieht aus, als käme er direkt aus einem Comic-Heft.« Er hielt kurz inne, sah erst auf das Fax, dann zu Basil. »Weißt du,

ich fang allmählich an, dieses Geschäft zu hassen.« Verärgert zerknüllte er das Fax.
»Klaus, bitte. Du hast es nie gemocht.«
»Nun, ich mag es jetzt noch weniger«, sagte Klaus und sah mit leerem Blick zum Horizont.
»Ich bin müde, Basil. Der ganzen Sache müde.«
»Du bist nicht müde«, meinte Basil. »Du ärgerst dich, dass die CIA einem Unbekannten eine Million für einen Mord bezahlt.«
Klaus beruhigte sich schnell wieder. »Sie wollen, dass er Riviera umbringt? Schön. Niemand mit einem Gramm Intelligenz im Schädel würde so einen Job annehmen. Das ist ein unmöglicher Auftrag.«
»Nicht für Klaus«, neckte Basil.
»Ich wollte ihn nicht haben.«
»Sie haben ihn dir nicht angeboten.«
»Ich glaube, es ist Zeit, dass ich aufhöre.«
Basil dachte kurz darüber nach und ging dann behutsam vor. »Und was wirst du dann tun? Du hast ein teures Hobby, Klaus. Und wenn du nicht die Schulden bezahlst, die es verursacht, wirst du, wie soll ich sagen – zwangspensioniert.«
»Vielleicht ist das genau das, was ich will«, sinnierte Klaus trübe. »Schließlich heißt es, dass jeder Mann einmal fallen muss.«
Basil legte die Keule weg und wischte sich die Finger ab. »Klaus, hör zu. Du bist der Beste deines Fachs, aber du musst bereit sein, jeden Auftrag anzunehmen, der dir angeboten wird, wenn du bei deinem extravaganten kleinen Zeitvertreib bleiben willst. Wenn du weiter auf deinen Prinzipien herumreitest, von wegen wer den Tod verdient und wer nicht, wird dieser ›Schädlingsvernichter‹ dir alles wegschnappen. Das willst du doch nicht, und ich schon gar nicht. Du weißt doch, wie gerne ich dein Haus hüte.«
Klaus machte sich keine Sorgen, dass er alles verlieren könnte.

Sein materieller Besitz bedeutete ihm wenig, und seine Selbstwertgefühle nahmen rapide ab.
»Verdammt noch mal, wer ist dieser amerikanische Dreckskerl?!«
»Vielleicht solltest du das herausfinden.« Basil nagte das restliche Fleisch von der Keule.
Klaus nahm die Beretta in die Hand und betrachtete sie. »Ja, vielleicht sollte ich das wirklich.«
Blitzschnell wie eine angreifende Viper zielte Klaus auf einen buschigen Baum im Garten und – PENG! – feuerte.
Eine Olive fiel intakt von ihrem Zweig.
Er erledigte – PENG! – die Olive, bevor sie den Boden berührte.

Mr. Silversteins leer stehendes sechzehnstöckiges Gebäude belegte einen halben Stadtblock nicht weit vom Empire State Building. Der verlassene Bau hatte sowohl am Broadway als auch an der 6th Avenue einen Eingang, obwohl die Lobby so gebaut war, dass man nicht von einer Straße zur anderen hindurchsehen konnte.
Aufgrund der Art und Weise, wie der Broadway sich in Missachtung des ansonsten wohl geordneten Straßenmusters ab der 14th Street durch Manhattan schlängelte, war dieses Gebäude nicht eines der vielen tristen Rechtecke, die die Skyline verunstalten. Stattdessen war es trapezförmig, wobei die beiden parallelen Seiten auf der 31th beziehungsweise 32nd Street waren.
Ein gewiefter Privatdetektiv, der einen bedrohlichen Verfolger abhängen wollte, könnte also auf der Broadway-Seite in das Gebäude hineingehen und auf der 6th Avenue wieder hinausschlüpfen.
Jedenfalls betrat Bob das nunmehr verlassene Kaufhaus von der 6th Avenue aus, wegen der Bürgersteigkonstruktion, die den Eingang am Broadway verstellte. Er hatte seinen Werkzeugkasten und mehrere Kästen mit der Aufschrift MÖRDER, RASSE I

bei sich, stellte seine Ladung bei einer der Verkaufstheken im zweiten Stock ab und ging dann weiter in dem Raum umher, um für seine Arbeit Maß zu nehmen. Unter einer verstaubten Schachtel mit Geschenkpapier erspähte Bob mehrere Ohrwürmer, die in Deckung huschten. Sie erinnerten ihn an diese alte Geschichte, und unwillkürlich steckte er sich einen Finger ins Ohr und kratzte sich.

Dieser Platz war ideal, um Rasse Eins seiner Hybriden zu testen. Wenn die anderen Gebäude ähnlich geeignet waren, konnte ihn nichts mehr aufhalten, nicht einmal seine eigenen eklatanten Fehleinschätzungen, wie zum Beispiel das, was mit Rasse Null geschehen war.

Nach dem Fiasko im »Maison Henri« war Bob noch einmal seine Unterlagen durchgegangen, um festzustellen, was mit Rasse Null schief gelaufen war. Die einzige Erklärung, die ihm blieb, war sein Versäumen, die Reproduktionszeit mit einzubeziehen. Es war ein simples Rechenexempel. Seine Mordwanzen mussten sich so schnell oder noch schneller vermehren als die Viecher, hinter denen sie her waren, sonst würden sie die Schlacht aus dem gleichen Grund verlieren wie George Custer gegen die Sioux und Cheyenne.

Doch Bobs Aufzeichnungen zeigten, dass sich Rasse Null im Komfort des Insektariums gut fortgepflanzt hatte. Blieb also die Frage – wieso hatte sie versagt, als es galt, sich in der Wildnis von »Maison Henri« zu vermehren?

Um das zu beantworten, musste er noch mal in das Restaurant zurück. Infolge des »Schaben-Crouton«-Zwischenfalls wurde Bob von Henri leider als Schädlingsvernichter-non-grata betrachtet, also musste er einen Sous-Chef bestechen, der ihn eines Nachts nach Geschäftsschluss hereinließ, damit er das Gelände inspizieren und Proben seiner Hybriden sammeln konnte. Bob entdeckte, dass durch die Restpestizide, die von früheren Bekämpfungsversuchen übrig geblieben waren, Rasse Null ab-

solut steril, unfruchtbar und impotent geworden war. Konnten ihre winzig kleinen Pullermänner nicht dazu bringen, strammzustehen und zu salutieren, selbst wenn sie welche gehabt hätten, was natürlich nicht der Fall war.
Vorübergehend von der Ironie des Schicksals entmutigt, saß Bob immer noch mitten in New York und hatte den vollbiologischen Schädlingsvernichtungs-Blues. Aber er hatte aus dieser Lektion gelernt und ein paar wichtige Korrekturen in der Selektion von pestizidresistenten Eigenschaften bei seinen Züchtungen gemacht.
Er sah sich in dem gescheiterten Kaufhaus um und schlenderte um eine tragende Säule herum. Plötzlich sah er sich einer der verwaisten Schaufensterpuppen gegenüber, einem nackten männlichen Exemplar.
Höflich schüttelte Bob ihm die Hand, die sich dabei vom Arm löste. Er stellte sich vor.
»Wie geht's? Bob Dillon, Bobs Vollbiologische Schädlingsvernichtung. Vielleicht haben Sie schon mal von mir gehört.« Er tat so, als würde er zuhören, was die Schaufensterpuppe zu sagen hatte. »Ach ja, nicht beeindruckt, ha?« Bob deutete auf die fehlenden Genitalien der Puppe. »Also, an Ihrer Stelle würde ich ganz schön still sein.«
Auf einer der Verkaufstheken klingelte das Telefon, und so entschuldigte sich Bob und gab dem armen nackten Kerl seine Hand wieder.
Er ergriff den Hörer. »Hallo? … Ja, Mr. Silverstein, ich hab's problemlos gefunden …. Ja, Sir, ich bin gerade dabei, den ersten Schwung Wanzen zu platzieren …. Ja, Sir, nächsten Donnerstag. Wir treffen uns dann also hier, und dann sehen wir, wie es mit denen läuft. Ja, Sir, bis dahin müssten wir das feststellen können. Wunderbar. Noch mal vielen Dank.«
Bob legte auf und machte sich an die Arbeit.
Er nahm seinen Bohrer und einen Behälter mit Kitt aus dem

Werkzeugkasten, nahm dann eine der Schachteln mit der Aufschrift MÖRDER, RASSE 1. Dies war die Kreuzung von Kotwanze mit Radwanze, die einen robusten Barbaren ergeben hatte, der unbeirrt und hartnäckig seine Beute verfolgte und sich damit zufrieden gab, innerhalb der dunklen Enge von Wandzwischenräumen zu operieren. Bob setzte hohe Erwartungen in diese spezielle Rasse.

Er legte den Kitt auf den Boden neben die Wanzen, während er knapp über der Fußleiste ein fünf Zentimeter breites Loch in die Wand bohrte. Dann legte er den Bohrer zur Seite, nahm die Schachtel mit den Hybriden und spähte hinein, um den Wanzen ein paar aufmunternde Worte auf den Weg mitzugeben.

»Okay, Jungs, das ist eure große Chance, in die Geschichte der Schädlingsvernichtung einzugehen, enttäuscht euren Stamm nicht.«

Bob rammte ein Stück durchsichtigen Plastikschlauch in den perforierten Kreis im Boden der Wanzenschachtel, wie einen Strohhalm in eine Packung Obstsaft. Das andere Ende des Schlauchs steckte er in das Loch in der Wand und sah mit väterlichem Stolz zu, wie seine Mordwanzen in den Zwischenraum huschten. Nach einer Minute klopfte er auf den Boden des Behälters, um sicherzugehen, dass alle Tiere draußen waren, dann versiegelte er das Loch säuberlich mit Kitt.

Während Bob die Prozedur mehrmals wiederholte, sann er darüber nach, was ein Erfolg für ihn und seine Familie bedeuten würde.

Vor allem würde es sie wieder zusammenbringen.

Zweitens würde ein Erfolg bedeuten, dass sie New York verlassen könnten, was sie schon lange vorgehabt hatten. Die Heuchelei, Gewalt und Intoleranz. Das Misstrauen – die Menschen in New York hatten das Sich-gegenseitig-Ignorieren zur hohen Kunst entwickelt und es sich zur Regel gemacht, mit Leuten auf der Straße nie Blickkontakt aufzunehmen.

Eine weitere Sache, die Bob und Mary nicht ausstehen konnten, war das betonte Überlegenheitsgehabe vieler New Yorker. Wenn man in einem Ort lebte, der so dreckig, übervölkert und gewalttätig war wie New York, musste man sich anscheinend überzeugen, dass die Stadt ein aufregendes kulturelles und intellektuelles Mekka und man selbst eine Schlüsselfigur in dem ganzen Wahnsinn war.
Bob und Mary wollten Katy nicht so erziehen. Sie wollten irgendwo hingehen, wo man den Leuten auf der Straße begegnen, ihren Blick erhaschen und sagen konnte: »Hallo. Guten Morgen. Wie geht's Ihnen heute?« Irgendwas wie Idaho, Oregon oder Iowa. Fast jeder Staat, der mit einem Vokal beginnt, wäre in Ordnung, vielleicht bis auf die »A«-Staaten. Alabama, Arkansas, Alaska. Bob hatte Geschichten von riesigen fliegenden Kakerlaken im tiefen Süden gehört, die ihn abstießen. Und die Mücken der alaskischen Sommer hatten legendäre Ausmaße. Arizona würde vielleicht noch gehen, aber die anderen – nein, Sir, vielen Dank.
Schließlich würde ein Erfolg bedeuten, dass Bob einen schönen neuen Kombi haben könnte, einen mit einer Glasfaserwanze obendrauf. Da weiß ein Schädlingsvernichter, dass er es geschafft hat, wenn er am Steuer eines schnittigen neuen Kombis sitzt, gekrönt mit einem großen … einem großen was?
Jetzt wo er drüber nachdachte, war er sich gar nicht sicher, mit was für einem Vieh man seinen Kombi krönte. Gab es nur ein paar große Glasfasermodelle auf dem Markt? Oder ließ man die sich extra anfertigen?
Hmmm, was würde es sein? Eine riesige Krötenwanze *(Gelastocoris oculatus)* wäre schön, oder vielleicht ein Riesen-Hirschkäfer *(Lucanus elaphus)*.
Schließlich hatte Bob das Letzte der zwei Dutzend Löcher abgedichtet. Ächzend erhob er sich und betrachtete stolz sein Werk. Dabei fiel sein Blick auf ein Telefon, und er beschloss

einen Anruf zu machen, um zu sehen, ob er die Antwort auf eine Frage bekäme, die ihn in den letzten Stunden beschäftigt hatte.

Er blätterte in den blauen Seiten eines Telefonbuchs, wo Stadt, County und Bundesstaat ihre Behörden, Abteilungen und Ämter auflisteten, fand die Nummer, die er suchte, und wählte.

Eine Stimme meldete sich am anderen Ende der Leitung. »Hallo? Mit wem möchten Sie sprechen?«

Bob zögerte und dachte schon, er hätte sich verwählt. »Ist das die CIA?«

»Ich bin nicht befugt, Ihnen darüber Auskunft zu geben. Mit wem wollten Sie sprechen?«

Bob schätzte, näher an ein »ja« würde er wohl nicht herankommen.

»Hören Sie, ich weiß, das klingt komisch, aber mein Name ist Bob Dillon. Ein paar Typen sind kürzlich bei mir aufgekreuzt und haben behauptet, sie würden für die CIA arbeiten, und ich glaube, sie wollten mich engagieren, dass ich jemanden umbringe, und ich hab mich nur gefragt, ob Sie mir bestätigen können, dass diese Typen wirklich bei Ihnen angestellt sind. Ich meine, ich verstehe schon, dass Sie mir nicht sagen können, ob Sie von der CIA sind oder nicht, jedenfalls hießen die beiden, glaube ich, Wolfe und Parker.«

»Tut mir Leid, Sir«, sagte die Stimme am anderen Ende. »Ich bin nicht befugt, derartige Auskünfte zu geben. Und selbst wenn Agent Wolfe und Agent Parker hier arbeiten würden, müsste ich das dementieren.«

»Nun«, meinte Bob, »könnten Sie mir dann vielleicht sagen, ob sie *nicht* dort arbeiten?«

»Nein, Sir«, erwiderte die Stimme. »Das kann ich auch nicht.«

»Aha«, sagte Bob. »Gibt es vielleicht eine Mord-Abteilung, mit der Sie mich verbinden könnten?«

»Tut mir leid, Sir, da kann ich Ihnen auch nicht behilflich sein.«

»Na, vielen Dank, Sie haben mir wirklich riesig geholfen.« Bob legte auf. Was soll's, dachte er, wenigstens hatte er es probiert. Schon wollte er sich entfernen, bereit, sich auf einem anderen Stockwerk an die Arbeit zu machen, als er innehielt. Er drehte sich um und starrte das Telefon an und dachte an Mary. Vielleicht sollte er einen Schritt auf sie zu tun?

»Okay, ich hab dich auch lieb, Doodlebug. Kannst du mir jetzt wieder die Mami geben?«
Mary war wieder dran.
»Hallo. Äh, pass auf, Liebling …« Bob griff in seine Tasche und zog Marys goldenen Anhänger heraus. »Wieso kommt ihr beide nicht nach Hause?«, fragte er. »Ja, ich weiß, was du gesagt hast, aber als ich den Anhänger sah, wusste ich, dass du nicht endgültig gegangen bist. Was ich also –« Mary unterbrach ihn, um ein Fern-Argument anzubringen.
Aber auf jede Frage, die Mary hatte, wusste Bob eine Antwort. Er erklärte, dass er den Silverstein-Auftrag bekommen habe und von einem der Gebäude anrufe. Mary war nicht beeindruckt. Sie wollte wissen, ob er bezahlt worden war.
Bob erklärte, wenn er das hier schaffte, würde Sy ihn ins Geschäft bringen, und sie würden an der Konzessionierung der Idee finanziell beteiligt. Wenn es funktionierte, könnten sie endlich aus New York raus, hinziehen, wohin sie wollten, und wenn es so weit war, könnten sie es sich leisten, Katy aufs College zu schicken.
»Ist das nicht genauso gut wie ein Scheck?«, fragte Bob hoffnungsvoll.
Klick, Freizeichen, Tschüs.
»Hallo? Schatz? Bist du da?« Bob hatte seine Antwort.

Marys Hand glitt langsam von dem Hörer. Schon bereute sie es, einfach aufgelegt zu haben.

»Ich vermisse Daddy«, sagte Katy und sah ihre Mama traurig vom andern Ende des Zimmers an. Obwohl Katy ein eindrucksvolles Paar eingespielter Rehaugen hatte, war dies jetzt aufrichtiges Gefühl.
»Ich weiß, Liebes«, seufzte Mary. »Ich vermisse ihn auch.«
Katy sah weg und schmollte zur Hintertür hinaus, als hätte ihre Mutter sie hintergangen. Mary machte den Mund auf, aber es kam nichts heraus. Sie wusste nicht, was sie sagen sollte, und so sah sie zu, wie Katy traurig durch den Garten schlenderte zu der kleinen Betonstelle, die als Grillplatz diente.
Mein Gott, dachte Mary, was geht hier vor? Sollte ihre Ehe so enden? Zusammenbrechen und brennen wie so viele Late-Night-Talkshows oder ein schlecht gewarteter Verkehrshubschrauber, nur weil Bob seinen dummen kleinen Traum nicht aufgeben wollte?
Oder war es Marys Schuld, weil sie nicht bereit war, ihn zu unterstützen, während er seinen dummen kleinen Traum verfolgte? Und Katy? Wie wirkte sich das alles auf sie aus?
Sie musste irgendwas sagen. Sie musste versuchen, Katy zu erklären, was hier los war. Also ging sie hinaus und setzte sich auf den Beton neben Katy, die angestrengt auf den Boden starrte.
»Was machst du da?«, fragte Mary.
»Ich beobachte die Ameisen«, erwiderte Katy.
Eine Kolonne von Pharaonenameisen *(Tetramorium caespitum)* marschierte den Beton entlang, jede mit einer Last, die im Vergleich zu ihrer Körpergröße unverhältnismäßig groß war.
Katy fand Ameisen ziemlich cool, vor allem nachdem Dad ihr von den Gemeinen Wanderameisen *(Labidus coecus)* erzählt hatte, die manchmal auch Soldatenameisen genannt wurden. Diese wilden Schädlinge verspeisten routinemäßig andere Insekten sowie kleine Wirbeltiere wie Hühnchen. Fasziniert und motiviert von diesem grausigen Leckerbissen, hatte

Katy etwas eigene Forschung betrieben, sich ein paar von den Insektenbüchern ihres Vaters ausgeliehen und entdeckt, dass einige Ameisen tatsächlich Ameisen anderer Arten versklavten. Mann! Wahnsinn! Ameisensklaven! Sie waren wahrscheinlich gezwungen, für ihre Herren die Betten zu machen, ihre Zimmer aufzuräumen, den Müll rauszutragen und solche Sachen.

Katy hatte auch gelesen, dass eine Ameisenart tatsächlich Ameisensäure aus ihrer Analdrüse absonderte. Autsch! dachte sie, aber trotzdem, ganz schön cool.

Mary sah zu, wie Katy einen Zweig aufhob und ihn den Ameisen in den Weg legte, darauf achtend, keine der Arbeiterinnen zu zerdrücken. Die Ameisen zögerten kurz, ein Gewirr von Fühlern erklärte anscheinend, dass sie über das Hindernis rüberlaufen und mit der Arbeit zügig weitermachen würden, und Beschwerden wurden nicht berücksichtigt.

»Liebling«, sagte Mary leise, »es tut mir Leid, dass ich dich von deinem Dad weggeholt habe. Darf ich es dir erklären?«

Katy sah nicht auf, während sie ihrer Mutter antwortete. »Weißt du noch, das letzte Mal, wo Daddy versucht hat, sich selbstständig zu machen, und er ganz traurig wurde, als es nicht funktioniert hat, und du ihm gesagt hast, dass du an ihn glaubst und dass du ihn unterstützen würdest und so, und gesagt hast, er soll dabei bleiben, solange es das war, was er machen wollte? Weißt du noch?«

Verschmitzt lächelte Mary und nickte. Sie befürchtete, zu wissen, worauf ihr frühreifer kleiner Doodlebug hinauswollte.

»Wieso ist das jetzt anders?«, fragte Katy und versetzte ihrer Mutter mit diesem scharfsinnigen Argument einen Schlag unter die Gürtellinie.

»Nun, Liebling, manchmal, vor allem wenn man älter wird, stellt sich heraus, dass vieles nicht so einfach ist, wie man sich das vorgestellt hat.«

Mary nahm einen kleinen Stein und legte ihn den Ameisen in den Weg. Sie gingen drum herum und setzten ihre Arbeit fort.
»Liebst du Daddy noch?«
»Natürlich. Es ist nur, dass er mir gegenüber nicht sein Wort gehalten hat, und da habe ich mich aufgeregt und gedacht, dass er vielleicht Zeit braucht, um über das, was er getan hat, nachzudenken.«
»Du hast auch nicht Wort gehalten. Weil du gesagt hast, dass du tun willst, was du tun musst, damit er mit den Viechern arbeiten kann, bis es hinhaut.«
Katy war entschlossen, sie darauf festzunageln.
»Na ja ... du hast Recht, Schatz. Ich glaube, wir brauchen beide Zeit, um drüber nachzudenken.«
Mary versperrte den Ameisen mit einem großen Blatt den Weg und sah zu, wie etwa fünfzig von ihnen sich versammelten und das Blatt aus dem Weg zogen. Es schien egal zu sein, welches Hindernis sie ihnen hinlegte, sie würden es überwinden und mit dem weitermachen, was sie machen mussten.
Während Mary fortfuhr, die Ameisen zu testen, entdeckte sie, wie erstaunlich stark und entschlossen sie waren. Sie erinnerten sie an Bob, natürlich bis auf ihre gekrümmten Fühler.

8

Die Sicherheitstruppe der bolivianischen Festung von Ronaldo und Miguel Riviera war ebenso eindrucksvoll wie kostspielig – fünfzig bis an die Zähne bewaffnete Soldaten patrouillierten auf dem Gelände; Posten mit Nachtsichtbrillen hielten auf einem Dutzend sieben Meter hohen Türmen Wache. Der Hang war mit Wärme- und Bewegungsmeldern übersät, die mit einem Zentral-Computer verbunden waren; drinnen und vor der drei Meter hohen Mauer, die das Gelände umgab, patrouillierten scharfe Hunde. jedes Mitglied der Truppe besaß auch eine hochmoderne Funkausrüstung, und alle waren in den üblichen Techniken ausgebildet, mit denen man Eindringlinge unschädlich machte.

Der Einzige, der hier jemals einen Attentatsversuch unternommen hatte, war schon tausend Meter vor der Mauer durch ein ausgefeiltes Ortungsgerät aufgespürt worden, das in der Flora installiert war, obwohl gesagt werden muss, dass man über die Ankunft des Killers vorgewarnt gewesen war. Wie jeder Sicherheitsberater bestätigen wird, ist gute Information auch der raffiniertesten Elektronik jederzeit haushoch überlegen.

Es war Folgendes passiert: Ein hochstehendes Mitglied der Sicherheitstruppe des Medellin-Kartells hatte seinen Arbeitgeber verraten und Miguel Informationen bezüglich eines geplanten Attentats verkauft. Er lieferte Miguel sogar das Datum des Anschlags.

Nach Beratung mit ihrem Sicherheitschef beschlossen Ronaldo und Miguel, den Killer hereinzulassen, sodass er nicht entkommen konnte, wenn sie ihn sich schnappten.

Der Tag kam und der Killer auch. Entlang der Wachtürme hielten die Posten Ausschau, während Miguel und Ronaldo drinnen auf Video-Monitoren dem Spiel zusahen. Der Killer muss sich stolz und unsichtbar gefühlt haben, nachdem er den elektronischen Schutzring und die Mauer überwunden und schon die halbe Strecke zum Palast reibungslos zurückgelegt hatte. Es war jedoch eine kurzlebige Euphorie. Nachdem die Schusssalven in den Anden verhallt waren, wurde der kugeldurchsiebte Attentäter von den wilden und hungrigen Hunden bis auf die Knochen zerfetzt.

Während Ronaldo über der verstümmelten Leiche stand, wandte er sich zu seinem Bruder und sagte: »Stolz, mein kleiner Bruder, kommt vor dem Fall.«

Aber wie sich herausstellte, kannte Miguel seine Sprichwörter besser als Ronaldo: »Genau heißt es eigentlich: ›Stolz kommt vor Verdammung und Hochmut vor dem Fall.‹«

Es folgte auf dem Weg in den Palast zurück eine pedantische Debatte über das Zitieren und Paraphrasieren.

Das war vor fast einem Jahr gewesen. Seitdem hatte es keine Sicherheitslücken mehr gegeben, und der aktuelle Mordauftrag der CIA gegen Ronaldo wegen den ausbleibenden Zahlungen war kein Grund zur Aufregung. So dachten sie zumindest.

Es war nach Mitternacht, als der ganz in Schwarz gekleidete Mann mit der Skimütze auf Ronaldos Balkon stand und nach unten sah. Seltsamerweise zog er einen Enterhaken hervor, befestigte ihn am Geländer und warf das Seil nach unten auf den Boden.

Dann probierte der maskierte Mann die Tür zum Zimmer. Verdammt! Sie war abgeschlossen. Er versuchte es bei einem Fenster in der Nähe. Es war offen. Der Mann kletterte hinein.

Einen Moment später war er im Schlafzimmer und lauerte bedrohlich am Fuß von Ronaldos Bett. Dieser, der wegen seines Appetits für Alkaloide nie gut schlief, spürte etwas und erwachte und tastete nach dem Lichtschalter. Als der Raum mit harten fünfundsiebzig Watt beleuchtet wurde, sah er den Mann in Schwarz seine Waffe heben.

»Madre de Dios! No!«, flehte Ronaldo vergeblich.

FUMP! FUMP! Zwei schallgedämpfte Schüsse, ein toter Drogenbaron.

Der Mann in Schwarz spähte durch die Tür und schlüpfte seelenruhig auf den Flur hinaus. Er schlich den Flur hinunter und verschwand in Miguels Zimmer.

Drinnen knipste er das Licht an und zog seine Skimütze ab. Es war vielleicht der einzige Mann, der in der Lage war, die Sicherheitskräfte zu umgehen, nämlich kein anderer als Miguel, Ronaldos nächster Verwandter.

Schnell entkleidete er sich bis auf die Unterhose und zog sich einen Bademantel über. Dann zerzauste er sich die Haare und schlug auf den Alarmknopf, bevor er brüllend in den Flur rannte.

»Das Gelände absperren! Hier ist irgendwo ein Attentäter! Jemand hat meinen Bruder erschossen! Holt den Arzt!«

Das blanke Chaos brach aus. Innerhalb von Sekunden erschienen zwanzig Sicherheitskräfte, alle mit gezogenen durchgeladenen und entsicherten Waffen. Sie fahndeten nach dem Killer, während Miguel an Ronaldos Seite blieb und den Trauernden spielte.

Draußen bellten die Hunde in Menschenjagdfieber. Gelegentlich wurden Schüsse in die dunkle bolivianische Nacht abgefeuert.

Mehrere Soldaten stocherten in Schränken und hinter Möbeln herum, während Miguel den Gram ziemlich dick auftrug. Plötzlich, und sehr zu Miguels Überraschung, bäumte sich Ronaldo auf.

War das ein Ringen nach Atem?! Hat es irgendjemand gesehen?, fragte sich Miguel.

In einer übertriebenen Zurschaustellung von brüderlichem Kummer begann Miguel zu jammern, umarmte Ronaldos Kopf und drückte ihm dabei Nase und Mund zu, um das bisschen Leben, das vielleicht noch in ihm steckte, auszulöschen. Die gedämpften Gurgelgeräusche verloren sich in Miguels säuerlicher Achselhöhle, und endlich biss Ronaldo ins Gras oder – wie Ronaldos Onkel aus Nicaragua gesagt haben könnte – schälte den Knoblauch. Andererseits, hätte Ronaldo selbst die Wahl der Redewendung für diese Gelegenheit gehabt, hätte er vielleicht das bevorzugt, was man in El Salvador sagt … schnürte er sein Bündel.

Die Redewendungen von Mittel- und Südamerika hatte Ronaldo immer geliebt. Er fand sie farbiger als ihre englischen Entsprechungen. Zum Beispiel, während sich ein Bolivianer in New York wie ein Fisch auf dem Trockenen fühlen würde, wäre ein New Yorker in Bolivien ein Kakerlak beim Hühnertanz. Aber all das spielte natürlich keine Rolle mehr, weil Ronaldo mausetot war.

Ein Soldat überprüfte die verschlossenen Balkontüren, ein anderer sah in der Toilette nach. »Er ist durchs Badezimmerfenster gekommen!«, schrie der eine.

»Und worauf wartet ihr noch?!«, bellte Miguel. »Findet ihn! Tötet ihn! Nein, bringt ihn zu mir! Ich werde ihn mit bloßen Händen erdrosseln!«, deklamierte er mit schauspielerischer Dramatik. »Und du!«, knurrte er und packte einen Soldaten, der gerade vorbeikam, »benachrichtige die Presse! Sag ihnen, mein Bruder wurde von einem amerikanischen Killer umgebracht und dass ich eine Erklärung abzugeben habe!«

Die Sicherheitskräfte und die Hunde durchkämmten das Gelände und die umliegende Gegend bis zum Tagesanbruch, aber es wurde nie ein Killer gefunden, nur der Enterhaken und das Seil.

Schließlich blies Miguel die Suche ab und ließ die gesamte

Mannschaft auf dem großen Steinhof in der Mitte des Palasts antreten. Die Männer waren erleichtert zu hören, dass Miguel nicht sauer war über die Flucht des Killers, aber es machte das hässliche Gerücht die Runde, irgendjemand würde dafür bezahlen müssen, dass der Killer überhaupt in den Palast hatte eindringen können. Und als sie anfingen darüber nachzudenken, wurden sie ziemlich unruhig und rechneten sich mit sorgenvollen Mienen aus, dass für einen trauernden Anverwandten mit einer automatischen Waffe ein großer Steinhof in der Mitte des Palasts eigentlich der ideale Ort wäre, um jemanden zu finden, den man büßen lassen könnte.

Aber Miguel tat wenig mehr, als ein paar Männer herumzuschubsen und sie Angsthasen, Kümmerwürste und lahme Luschen zu nennen, bevor er davonrauschte, um den Laden zu übernehmen.

Zuerst stürmte er in Ronaldos Büro, und im Verlauf der nächsten Tage ließ er ein paar Dinge hereinbringen, die seinem eigenen, verfeinerten Geschmack entsprachen. Inmitten der Möbelschlacht erschien ein Soldat.

»Sind die Reporter da?«, fragte Miguel.

Der Soldat nickte.

»Führ sie rein.«

Drei Dutzend Reporter wurden in das Büro geleitet. Miguel, geblendet von den pausenlos explodierenden Xenon-Blitzlichtern der Fotoapparate und dem brutalen blauen Licht, das sich aus den Scheinwerfern der Filmteams ergoss, hielt sich schützend die Hand vor die Augen, während die Reporter ihn mit Fragen zum Tod seines Bruders belagerten und wer das Geschäft weiterführen würde. Er hob eine Hand, um sich Gehör zu verschaffen.

»Bitte, ich möchte eine Erklärung verlesen. Ich werde nicht auf Ihre Fragen eingehen.« Er zog ein Blatt Papier hervor und las davon ab: »Vor drei Tagen erfuhren wir, dass Amerikas Central

Intelligence Agency einen Mordanschlag gegen meinen Bruder in Auftrag gegeben hat. Gestern Nacht«, flüsterte Miguel, gefolgt von einer emotional angemessenen Pause, »ist es ihnen offenbar gelungen.«

Miguel ließ sich einen Augenblick Zeit, um den Eindruck zu erwecken, als müsse er sich sammeln. Er wollte gleichzeitig stark und verletzt wirken – Machismo im Angesicht von Trauer. »Auf seinem Totenbett hat Ronaldo mir drei Dinge gesagt. Erstens hat er gesagt, ich soll sämtliche Riviera-Geschäfte übernehmen. Zweitens hat er gesagt, ich soll seinen Tod rächen. Drittens und zuletzt hat er gesagt *›capullo de rosa‹*.«

Während die Presseleute sich neugierige Blicke zuwarfen und »Rosebud« murmelten, drückte Miguel auf einen Knopf an seinem Tisch. Die Bürotür schwang auf, und die Schreiber hielten unisono den Atem an, als sie den Mann namens Ramón sahen.

Seine Gesichtszüge waren entstellt und wirkten äußerst bedrohlich. Die Vernarbung auf der rechten Gesichtshälfte war das Ergebnis einer Begegnung mit einer Lötlampe, zu der ihm prosandinistische Kräfte während seiner Zeit als optimistischer Student der Politikwissenschaft in seiner Heimat Nicaragua verholfen hatten. Ramón hatte gehofft, sich später einmal um ein politisches Amt zu bewerben, sein Volk zu vereinen, seinem Land Frieden und Wohlstand zu bringen. Leider geriet eine seiner Seminararbeiten, eine schlecht geschriebene Studie über Augusto Sandino, in die falschen Hände und wurde völlig fehlinterpretiert.

In einem grausamen, wenn auch einfachen Spiel des Schicksals wurde drei Monate nach dem Zwischenfall mit der Lötlampe Ramóns linke Gesichtshälfte mit Salzsäure behandelt; diesmal waren es von den USA unterstützte Contra-Rebellen, die seine Seminararbeit über Sandino ebenfalls gelesen und ähnlich drastisch missverstanden hatten.

Verbittert über die Auswüchse des politischen Diskurses in seiner Heimat, packte Ramón – jetzt ein zorniger, übel gesinnter Mann – seine Koffer, zog nach Bolivien und trat in Rivieras Privatarmee ein, wo er Fachmann in der Verwendung von hochexplosivem Material wurde, einem nicht ungeeigneten Mittel, gewählte Staatsbeamte und Mitglieder der Justiz zu beeinflussen.

Miguel deutete auf Ramón. »Ich schicke meinen besten Mann, um den Tod meines Bruders zu rächen.« Er hämmerte mit der Faust auf das Rednerpult und gelobte mit zunehmender Heftigkeit: »Ich werde nicht ruhen, bis der amerikanische Attentäter, dieser ›Schädlingsvernichter‹, kalt in seinem Grab liegt und die Würmer sich an seinem verfaulenden Fleisch laben!«

Mike Wolfe betrachtete lächelnd Ronaldo Rivieras Akte, holte einen Stempel aus der obersten Schublade seines Schreibtisches, befeuchtete ihn mit roter Tinte und stempelte die Akte ab – INAKTIV.

Dann gab er sie an Parker weiter. »Nun, ich glaube, unser Mr. Dillon könnte vielleicht gerade die Liste der Top Ten geknackt haben. Bezahlen Sie den Mann aus.«

Pflichtbewusst ging Parker in sein Büro und setzte sich an seinen PC. Er wanderte mit der Maus auf dem Bildschirm entlang, rollte und klickte und schickte elektronisch die notwendige Information an die Buchhaltung, wo sie umgehend bearbeitet wurde.

Zwei Stockwerke weiter unten spulte die Papierwalze einen Blankoscheck in den Drucker. Der Konto-Inhaber auf dem Papier lautete Consolidated International Associates, Inc.

Auf der Zeile »Zahlen Sie gegen diesen Scheck« spuckte ein laserscharfer Strahl schwarzer Tinte säuberlich den Namen »Bob Dylan« aus. Dann hielt die Maschine inne, als würde sie ihren Fehler merken. Schnell machte sie kehrt und löschte n-a-l-y-D.

Eine Sekunde später druckte sie nunmehr korrekt D-i-l-l-o-n aus. Dann, unter »Betrag«: »Eine Million Dollar.«

Der Lexington Avenue Local war mit den frühmorgendlichen Pendlern vollbesetzt – gierige Anwälte und Investment-Banker auf dem Weg in die City vergruben die Köpfe in Vogel-Strauß-Manier in den Sand ihres *Wall Street Journal,* Sekretärinnen starrten leer in ihre graue Zukunft, und verängstigte ältere Paare klammerten sich verzweifelt aneinander und hofften, dass sie nicht noch vor dem Mittagessen umgebracht würden. Inmitten der zusammengekauerten Menschenmenge, die sich nach Freiheit sehnte, stand Bob mit seinem Werkzeugkasten und mehreren Kästen, die die Aufschrift MÖRDER, RASSE 2 trugen.

Im Gegensatz zu der ihn umgebenden Mehrheit freute sich Bob auf den Tag. Er war unterwegs zur Lower East Side, wo er seine Hybriden der Rasse Zwei in einem baufälligen Wohnblock unterbringen wollte. Das, so hoffte er, würde ihn einen weiteren Tag näher an die Perfektionierung seiner Methode bringen – und somit einen Tag näher an das Wiedersehen mit Mary und Katy.

Während er sein Bestes tat, niemanden mit Blickkontakt zu bedrohen, las Bob die Werbung über seinem Kopf. Neben der Hotline für psychisch missbrauchte schwule und lesbische Liebespartner befand sich eine Anzeige, die schöne reine Haut mittels einer Art chemischer Schälung versprach.

Direkt unter dieser Anzeige stand eine ältere Frau im Gang. Sie gab sich die größte Mühe, gleichzeitig ihre Handtasche und die Haltestange festzuhalten. Direkt vor der wankenden alten Dame saß ein Mann in einer Armeejacke und mit einem buschigen blonden Bart, der wie eine Katze unter Strom aussah.

Plötzlich kreischte der Mann: »Sie ist jetzt ein großes Mädchen, verdammt noch mal, und sie gehört mir!« Er sah sich um,

ob irgendjemand Widerspruch anmelden wollte. Es wollte niemand.
Bob erinnerte sich, dass es der Typ war, den er an dem Tag in der Subway gesehen hatte, als er seinen Job bei Käfer-EX gekündigt hatte. Der verdächtige, unstete Blick des Mannes bildete eine gelungene Ergänzung zu dem nervösen Zucken, das auf seiner linken Gesichtshälfte herumtanzte. Man brauchte keinen Rorschach-Test, um zu merken, dass dieser Typ vollkommen durchgeknallt war – Jahrgangsbester aus der paranoiden Schule der Schizophrenie. Er war so einer, der sich kratzte, wo es nicht juckte.
Trotzdem, dachte Bob, unzurechnungsfähig oder nicht, es war unhöflich, dem Großmütterchen keinen Platz anzubieten, und so brach er eines der vielen ungeschriebenen Gesetze der Stadt und machte den Mund auf.
»Hey, Kumpel, wie wär's, wenn Sie der Lady Ihren Platz anbieten?«, sagte er. Noch bevor die Worte seinen Mund verlassen hatten, wusste Bob, dass er Mist gebaut hatte.
Mit einer aggressiven Geste griff der Irre in seine Jackentasche, wobei sich sein Gesicht derart zusammenknotete, dass ihm die Nase abzuspringen drohte.
»Äh, hören Sie«, meinte Bob, der es für geraten hielt, einen Rückzieher zu machen. »Wenn Ihnen nicht danach ist, dann ist das schon okay. Ich meine, ich weiß, wie das ist, manchmal muss man einfach sitzen. So wie jetzt zum Beispiel. Kein Problem, ist schon in Ordnung, ich hab nichts gesagt.«
Aber offenbar war es zu spät, der Schaden war bereits angerichtet. Der Mann sah wie eine menschliche thermonukleare Bombe aus, die sich rapide der kritischen Masse näherte.
Plötzlich sprangen sechs Fahrgäste auf und zwangen die unwillige ältere Dame, sich zu setzen.
»Ich hab gesagt verficktescheißegottverdammt!«, kreischte der Irre wieder, offenbar in sein vorheriges Gespräch zurückverfal-

lend. »Das macht ihr nicht mehr mit mir, nie mehr! Nein Sir!« Dann, als hätte er seinen inneren Disput beigelegt, beruhigte sich der Mann merklich, schnappte sich einen Zeitungsteil vom Boden und begann zu lesen.

Die ältere Dame schloss die Augen und betete.

Bob und seine Wanzen blieben stehen, bis er am Washington Square in den 6th Avenue Local umstieg.

In der Delaney Street tauchte Bob aus der Subway auf und begann seine Wanderschaft durch die Lower East Side auf der Suche nach einem baufälligen Wohnblock mit einem SILVERSTEIN-ENTERPRISES-Schild im Fenster.

In der Bowery kam er an einer Frau vorbei, die ein Leopardenfell trug, eine Pillbox, ausgestellte Hosen, Schuhe mit Plateausohle und eine blau getönte »Oma«-Brille. Er sah zu, wie die Frau die Delaney überquerte und im Planet Waves Beauty Salon verschwand.

Das war früher Little Italy gewesen, aber in letzter Zeit war das Viertel von einer ständig wachsenden Chinatown vereinnahmt worden. Wo einst Pacino-Typen regiert hatten, spielten jetzt hart aussehende asiatische Jugendliche mit Elvis-Frisuren Handball und Ringwerfen. Alles was von Little Italy noch übrig geblieben war, schien sich auf Mulberry Hester und Grand Street zu konzentrieren, ein paar Blocks südwestlich von hier.

Bob ging weiter die Bowery hinunter und auf die andere Seite zur Chrystie Street, wo er den Wohnblock fand, den er suchte. Er war weiß mit hellgrünen Rändern und einer dazu passenden Feuertreppe. Bob fischte ein großes Bund Schlüssel aus der Tasche, schloss die Tür auf und betrat das verlassene Gebäude. Dies würde das neue Zuhause für Bobs Rasse Zwei werden.

Rasse Zwei war die Kreuzung von Gezackter Raubwanze und Dornen-Mordwanze, die Anzeichen von Intelligenz in ihrem Tötungsmuster aufwies. Mehrere Exemplare dieser Hybriden häuften in Teamarbeit kleine Mengen Futter in einer Öffnung, versteckten sich dann strategisch um die Stelle herum und warteten auf ein Opfer. Jeden Morgen, nachdem sie die ganze Nacht lang düpiertes Ungeziefer vernascht hatten, fraßen diese Hybriden ihren Köderhaufen wie ein Dessert auf, bevor sie für den restlichen Tag Schluss machten.

Eine überraschende und völlig unerwartete Eigenschaft, die in diesem Hybriden erschien, war sein Paarungstrieb. Dies war das geilste der Mutanten-Insekten. Sie versuchten, mit allem zu kopulieren, dem sie begegneten, einschließlich unbelebter Gegenstände. Natürlich setzte Bob große Hoffnungen in diese kleinen Rammler.

Nachdem er ein Gefühl für den Lageplan des Gebäudes bekommen hatte, ging Bob in den ersten Stock in eine große Wohnung mit vielen Fenstern und bohrte ein Loch in der Nähe der Fußleiste an einer der tragenden Wände. Er zog ein Stück durchsichtigen Plastikschlauch aus seiner Werkzeugkiste und befestigte es in dem Loch.

Vorsichtig öffnete er eine der Schachteln mit der Aufschrift MÖRDER, RASSE 2 und nahm eine seiner modifizierten Mordwanzen heraus. Sie machte ein quietschendes Geräusch mit ihrem Zirpapparat, schnell machte Bob den Kasten wieder zu, um eine Massenflucht zu verhindern.

Bob blickte der Killer-Wanze direkt in die – nun, segmentierten Fühler. »Schnapp sie dir, Tiger«, sagte er ernst.

Dann rammte er den Schlauch in die Seite der Schachtel und ließ die restlichen Wanzen in das Loch in der Wand hineinlaufen. Er kittete das Loch und wiederholte die Prozedur im ganzen Gebäude, bis fünfhundert Mörder der Rasse Zwei kampflustig die Wandzwischenräume nach Nahrung absuchten.

Bei Flugsteig 47 des JFK herrschte Hochbetrieb. Passagiere strömten aus dem Rampengang und an der Ankunftstafel vor-

bei, die anzeigte, dass dies die gerade gelandete Maschine aus La Paz, Bolivien, war. Unter der Menge befand sich ein Mann mit einem grauenhaft vernarbten Gesicht.
Im gleichen Moment war das »Seat-Belt«-Zeichen in der TWA-Maschine aus Athen ausgegangen.
Ramón holte sein Gepäck von dem spastisch rotierenden Förderband, das störende Samsonite-Koffer ausspuckte.
Drei Karussells weiter nahm Klaus seine Umhängetasche und den kleinen braunen Koffer an sich.
Der Kampf um die Taxis war für amerikanische Verhältnisse erbittert, aber für jemand, der aus einer großen europäischen beziehungsweise südamerikanischen Stadt kam, ein Spaziergang. Klaus fand schnell eins, aber als er sich der Tür näherte, trat Ramón eilig heran, in der Annahme, es sei seins. Stets Diplomat, gab Klaus nicht zu erkennen, dass ihn Ramóns grotesk entstelltes Gesicht abstieß.
»Verzeihung«, sagte Klaus, »aber ich glaube, das hier ist meins.«
»Nein, ich glaube, ich war zuerst«, erwiderte Ramón.
Klaus machte eine liebenswürdige Handbewegung. »Mein Irrtum. Bitte sehr, es gibt noch andere.«
»Hey, yo! Steigt jetzt einer von euch mal in das gottverdammte Taxi oder was?«, erkundigte sich der einheimische Taxifahrer. »Ich hab nicht den ganzen gottverdammten Tag Zeit.«
Ramón taxierte Klaus kurz, beschloss, dass der gut aussehende Europäer okay war, und erwähnte dann, dass er zur West Side müsse.
»Ich will in die Innenstadt«, sagte Klaus. »Was würden Sie dazu sagen, wenn wir uns das Taxi teilen?« Ramón war einverstanden, und so warfen sie ihr Gepäck in den Kofferraum und glitten auf den Rücksitz.
»Yo! Ist auch höchste gottverdammte Zeit«, knurrte der Taxifahrer.

Die ersten paar Minuten der Fahrt verbrachten Klaus und Ramón schweigend nebeneinander. Aber Klaus fühlte sich unbehaglich, so dicht neben jemandem zu sitzen, ohne ihn zu beachten.
»Waren Sie in der Maschine aus Athen?«, fragte Klaus.
»Nein, ich bin von Bolivien gekommen.«
»Ein wunderschönes Land. Ich mag die Anden besonders gern. Sind Sie geschäftlich oder zum Vergnügen hier?«
»Beides, könnte man sagen«, entgegnete Ramón. »Meine Arbeit macht mir Spaß. Ich bin in der … Plastikbranche. Und Sie?«
»Rein geschäftlich, leider«, erklärte Klaus dem entstellten bolivianischen Gesicht. »Meine Arbeit macht mir keinen Spaß mehr.«
Das knotige Gesicht nickte, und die beiden Killer schwiegen während der restlichen Fahrt.
Sie kamen zuerst zu Klaus' Hotel, einem eleganten, doch entspannten Etablissement, das günstig zwischen Central Park und dem Theaterviertel lag. Klaus gefiel der erstklassige Service und der hervorragende Wasserdruck in den Duschen. Er dankte Ramón und verschwand durch die goldene Drehtür, während das Taxi mit kreischenden Reifen wieder auf die Straße fuhr.
Nachdem er sich in seiner Suite installiert hatte, öffnete Klaus seinen Koffer und überprüfte den Inhalt. Er enthielt mehrere exotische Handfeuerwaffen sowie Komponenten für einen Sprengsatz. Was alles nicht gerade für die internationale Flughafensicherheit sprach.
Klaus schloss den Koffer und schob ihn unter das Bett.
Er schnappte sich die Fernbedienung, schaltete den Fernseher an und wählte ESPN, um sich ein paar Ergebnisse anzuhören. Klaus hatte bei jeder Sportart, die gerade Spielzeit hatte, mehrere Wetten laufen, also hielt er sich gern auf dem Laufenden.

Mitten während der Ergebnisse der NBA Eastern Conference klopfte jemand an die Zimmertür.
Klaus blieb ruhig, als erwarte er Besuch. Er öffnete die Tür und stand einem dunkeläugigen Mann in einem ebenso dunklen Anzug gegenüber, der eine Aktentasche trug. Sie nickten sich beinahe unmerklich zu, und Klaus bat ihn herein.
»Haben Sie, was ich angefordert habe?«, fragte Klaus den dunklen Anzug.
Dieser zog eine Aktenmappe aus dem Koffer und wartete, während Klaus den Inhalt durchblätterte: Fotos von Bob, heimlich aufgenommen, eine Geburtsurkunde, eine Heiratsurkunde und Steuerbescheide. Klaus sah in der Einkommensteuererklärung nach und stellte fest, dass Bob seinen Beruf als »Professioneller Schädlingsvernichter« angab. Der Kerl hatte wirklich Humor.
Mit dem Inhalt zufrieden, klappte Klaus die Mappe zu und reichte dem Mann einen Umschlag. »Zweitausend?«
Der Mann nickte, steckte den Umschlag in die Jackentasche und ging wieder, ohne ein einziges Wort gesprochen zu haben. Klaus schloss die Tür ab.
In der Zunft der Privatdetektive war dieser Typ einer der besten und außerdem noch relativ preiswert. Er hatte Klaus mit allem versorgt, was es über einen Robert Dillon aus Queens, New York, zu wissen gab. Wie sich herausstellte, führte jede amtliche Stelle eine Akte über ihn. Die schiere Masse von Informationen legte den Schluss nahe, dass Bob Dillon keine Geheimnisse hatte. Aber Klaus war sich da nicht so sicher.
Er setzte sich an den kleinen Tisch am Fenster und vertiefte sich in den Inhalt der Akte. Beim Töten, wie beim Zocken, konnte einem eine Information einen Vorteil verschaffen. Es sparte Zeit, war billig und konnte einen davon abhalten, größere Fehler zu machen. Es war keine Erfolgsgarantie, aber eine gute Methode, auf Nummer sicher zu gehen.
Klaus las die Akte zweimal durch. Er betrachtete detaillierte

Pläne der fünf Stadtteile und markierte mit einem roten Filzstift alle Örtlichkeiten, wohin der dunkeläugige Mann laut seinen Angaben Bob verfolgt hatte. Die roten Markierungen entsprachen den Standorten der vier Gebäude von Silverstein, wo Bobs Experimente stattfanden, obwohl der Detektiv angab, dass er nicht genau habe feststellen können, was Bob in den Gebäuden getan hatte.
Der Detektiv hatte auch eine Chronologie von Bobs Bewegungen zusammengestellt, als Hilfe, um irgendwelche Muster zu ermitteln. Nachdem er sich vier Stunden intensiv mit dem Material beschäftigt hatte, war sich Klaus immer noch nicht sicher, ob Bob Dillon eine Bedrohung für sein Leben war oder bloß ein Trottel, der es nicht schaffte, eine Visa Card zu bekommen. Morgen würde er selbst ein paar Nachforschungen anstellen.
Es war ein Uhr morgens, als Klaus die Mappe schloss und zu ESPN zurückkehrte, in der Hoffnung, die Endergebnisse der West-Coast-Spiele mitzukriegen.

Der große braune UPS-Wagen kam in der Morgensonne Bobs Straße heraufgefahren und hielt vor seinem Haus, wie er es schon einmal getan hatte.
Als Bob wieder nicht zu Hause war, ließ der freundliche Typ von UPS einen seiner freundlichen Benachrichtigungszettel zurück, auf dem das Schicksal des Päckchens erklärt wurde, ging hinüber zu Pratts Haus und klingelte.
»Was wollen Sie?«, brüllte Pratt durch die Tür.
Der freundliche Typ von UPS brüllte zurück: »Wieder ein Päckchen für Mr. Dillon. Er ist nicht zu Hause, kann ich es wieder bei Ihnen lassen?«
Pratt riss die Tür auf. »Was bin ich denn, ein Scheiß-Postfach?« Er grapschte nach dem Päckchen. »Her damit.«
Der freundliche Typ von UPS dankte Pratt – ohne die geringste

Spur von Sarkasmus – und hüpfte zu seinem großen braunen Wagen zurück.
Drinnen warf Pratt das neue Päckchen zu dem alten. Jetzt hatte der schlaue Vermieter zwei Geiseln, die er gegen seine dreihundertzwanzig Dollar ausstehende Miete einbehalten konnte.
Man musste verdammt früh aufstehen, wenn man den guten alten Dick Pratt aufs Kreuz legen wollte.

Der freundliche Typ von UPS hatte Recht: Bob war nicht zu Hause. Denn zu diesem Zeitpunkt ging er die 6th Avenue entlang und beschäftigte sich mit einem ungewöhnlichen Gedanken.
Einige Minuten zuvor, beim Überqueren des Times Square, war er von zwei ledergekleideten Frauen der Domina-Zunft angesprochen worden, die vor einer S&M-Boutique standen.
»Hey, Süßer«, gurrte eine. »Ich bin heute Nacht dein Baby.« Sie ließ ihre Peitsche knallen.
Bob, der kein ausgeprägt unterwürfiger Typ war, hatte ihr Angebot als reizvoll, aber im Augenblick finanziell unerschwinglich abgelehnt. Die Frau sagte, er solle wiederkommen, wenn er mal besser bei Kasse wäre.
Seit der Begegnung mit den beiden Züchtigerinnen hatte Bob darüber nachgegrübelt, wie der Plural von Domina heißen könnte. Dominas? Dominen?
Während er sich das Ganze durch den Kopf gehen ließ, ahnte er nicht, dass Klaus ihn durch ein Fernglas von einem Versteck in der Wartungsetage der Atlantic Bank of New York beobachtete. Die Informationen, die Klaus erworben hatte, hatten sich als gut erwiesen. Wie vorhergesagt, steuerte Bob auf das verlassene sechzehnstöckige Gebäude zu. Klaus fragte sich, was dort drinnen passierte. Während er ihn beobachtete, bemerkte Klaus, dass Bob von jemandem verfolgt wurde, und es war nicht der dunkeläugige Mann in dem dunklen Anzug. Es war jemand an-

ders, jemand, den Klaus schon einmal gesehen hatte und den er nie vergessen würde: Ramón, der Mann mit dem grauenhaften Gesicht, mit dem er sich das Taxi vom Flughafen geteilt hatte. »Plastikbranche, ha?«, kicherte Klaus, weil er die Wahrheit kannte. Und die Wahrheit war, so war ihm plötzlich aufgegangen, dass der »Plastik«-Mann ein anderer Auftragsmörder war. Klaus wusste, dass Miguel Riviera einen Killer nach New York geschickt hatte, um den »Schädlingsvernichter« kaltzumachen, der, wie Riviera behauptete, seinen Bruder Ronaldo im Auftrag der CIA getötet hatte. Klaus' Kontakte bei der Agency dementierten jegliche Beteiligung an der Sache. Klaus interpretierte grundsätzlich jedes Dementi als eine Bestätigung, da in der Geheimdienstwelt die Dinge gewöhnlich so liefen. Und außerdem, warum sollte dieser abstoßende Mann, der sagte, er käme aus Bolivien, Bob verfolgen, den Mann, den so viele für den »Schädlingsvernichter« hielten? Er musste Rivieras Killer sein.

Klaus musste ein paar Entscheidungen treffen. Zunächst war zu entscheiden, ob Bob wirklich ein Mörder war. Wenn er entschied, dass er einer war, dann musste er entscheiden, ob er es Ramón überlassen sollte, den Job zu erledigen, oder ob er es selber tun sollte. Klaus neigte zu Letzterem. Unsicherheit konnte er nicht leiden. Darin war er so etwas wie ein Kontroll-Freak, und der beste Weg zu wissen, wann der »Schädlingsvernichter« »unschädlich« werden würde, war, die Tat selber auszuführen.

Aber da (A) Klaus sich wegen Bob nicht sicher war, (B) für ihn kein Geld dabei heraussprang und (C) der entstellte Bolivianer schon an dem Fall dran war, beschloss er, vorerst nichts zu tun. Kein Grund, sich die Hände schmutzig zu machen, wenn jemand anders dazu bereit ist, und – so räsonierte Klaus – jemand, der so hässlich war wie Ramón, musste gut sein.

Außerdem hinderte seine Philosophie ihn zwar daran, jeman-

den zu töten, der seiner Einschätzung nach den Tod nicht verdient hatte, aber er brauchte nicht einzugreifen, wenn jemand anders es tun wollte.
Vollendeter Profi, der er war, hielt Klaus es für nützlich, einem Kollegen bei der Arbeit zuzusehen. Man konnte nie wissen, was man noch lernen konnte. Er beobachtete, wie Bob in dem verlassenen Gebäude verschwand. Ramón ging langsam vorbei, blieb dann stehen, sah auf seine Uhr und machte eine Eintragung in ein Notizbuch.
Drinnen wanderte Bob herum, prüfte seine Arbeit und sah nach, ob es nicht zu spät war. Er entdeckte ein paar vertrocknete Schabenkadaver – ein ermutigendes Zeichen, aber es war noch zu früh, um in Jubel auszubrechen.
Geduldig wartete Ramón auf dem Gehsteig der 6th Avenue. Klaus verbrachte den Tag damit, mit dem Fernglas in das Gebäude zu spähen und herauszukriegen, was Bob da drinnen zu schaffen hatte, aber da Bob die meiste Zeit entlang der Fußleisten herumkroch, gab es für Klaus nicht viel zu sehen.
Was machte ein Killer bloß den ganzen Tag in einem leer stehenden sechzehnstöckigen Gebäude? Vielleicht lagerte er hier Waffen, und vielleicht hatte er den Keller zu einem Schießstand umgebaut. Egal, wenn das alles war, was der »Schädlingsvernichter« tun würde, dann konnte Klaus die Gerüchte nicht bestätigen, derentwegen er überhaupt hierher gekommen war. Und wenn er diese Gerüchte nicht bestätigen konnte, dann würde Klaus den Mann nicht töten können.
Später an diesem Nachmittag, als Bob das Gebäude verließ und abschloss, sah Ramón auf die Uhr und machte eine weitere Eintragung in sein Notizbuch. Er stellte die Informationen zusammen, die Klaus bereits besaß.
Als Bob sich weit genug entfernt hatte, ging Ramón zu der Tür, knackte das Schloss und verschwand in dem Gebäude. Klaus suchte die Fenster ab, bis Ramón im ersten Stock erschien. Er

legte seinen Aktenkoffer auf einen Tisch und öffnete ihn, und es kamen mehrere Blöcke von dem zum Vorschein, was Klaus als den allseits beliebten Plastiksprengstoff C-4 erkannte.
»Ah, Plastik … sehr nett«, murmelte Klaus. Ramón wollte Bob ins Jenseits sprengen.
Klaus zog sein Hochleistungsgewehr anderen Methoden vor, aber ein guter Killer wählte für seine Arbeit die Waffe, die seine besondere Stärke war, und Ramón hatte offenbar ein Flair für Sprengstoff.
Er entfernte sechs Blöcke des explosiven Spezialkitts aus seinem Aktenkoffer und befestigte Zünder. Klaus, der sich mit einer Vielfalt von Sprengstoffen auskannte, fand, dass sechs ein bisschen zu viel des Guten waren, aber andererseits war Vorsicht besser als Nachsicht, vor allem, wenn man versucht, einen Killer zu töten … falls Bob einer war.
Anschließend nahm Ramón sechs kleine schalenförmige Gegenstände und stopfte in jeden etwas Sprengstoff hinein. Als er sie umdrehte, sah Klaus, dass sie wie Wandthermostate aussahen. Die Tarnung fand Klaus' stummen Beifall. Ramón befestigte die Thermostat-Bomben an sechs tragenden Säulen des Gebäudes, bevor er zu seinem Aktenkoffer ging und an einem digitalen Funkgerät einen Schalter betätigte. Eine LED-Anzeige leuchtete auf.
Schließlich drückte Ramón einen anderen Schalter und schloss den Aktenkoffer. Einige Augenblicke später beobachtete Klaus, wie Ramón das Gebäude verließ und auf der 6th Avenue Richtung Greely Square ging.
Da Klaus Bobs Zeitplan bereits kannte und er Ramóns Strategie durchschaut hatte, wusste er, wann er zurückkommen musste – weder Bob noch Ramón brauchten in dieser Nacht irgendwohin verfolgt zu werden. Also beschloss Klaus, zum Spiel zwischen den Knicks und den Pacers im Garden zu gehen. Es war eins der ersten Spiele der Saison, und Klaus war

neugierig, wie sich die Pacers seit der umstrittenen Play-off-Serie vom letzten Jahr schlagen würden. Indiana war der klare Underdog, und Klaus würde etwas gute Action zu sehen bekommen.

9

Mary stand im Flur und versuchte halbherzig, es sich aus dem Kopf zu schlagen. Aber nach dieser langen Trennung von Bob und der gründlichen Gewissensprüfung konnte sie eigentlich nicht mehr anders. Sie musste es tun. Sie griff hinauf, packte das baumelnde Seil und prüfte seine Stärke. Entschlossen, ihr Vorhaben zu Ende zu bringen, packte sie das Seil mit aller Kraft, zog es zu ihrem Kopf, am Hals vorbei, bis sich die Klapptreppe in der Decke öffnete. Dann kletterte sie in den gespenstischen Dachboden hinauf, wo die Truhe ihrer Erinnerungen stand, staubbedeckt und mit Spinnweben verankert.

Es war leicht, sich an die Kombination zu erinnern, weil es Bobs Geburtstag war, der zwölfte September. Sie drehte die verrosteten Rädchen auf 9-1-2, und knarrend ging der Deckel auf. Der Geruch von Erinnerungen stieg ihr in die Nase, und sie musste niesen. Die Truhe enthielt peinliche alte Bilder, High-School-Jahrbücher und Krimskrams, dessen Bedeutung längst vergessen war. Was zum Beispiel bedeuteten die nicht zueinander passenden Puzzle-Stücke? Sie konnte sich nicht erinnern, aber sie konnte sie auch nicht wegwerfen.

Wie ein Kustos, der ein Hinterzimmer durchstöbert, kramte sie tief unten in der Truhe herum, und da, zwischen den Artefakten ihres kleinen Museums, waren die gesammelten Briefe und Gedichte eines gewissen Bob Dillon. Hätte sein Namensvetter diese Mitteilungen verfasst, wären sie ein kleines Vermögen wert gewesen. Aber so waren sie schlicht unbezahlbar.

Mary wurde ganz sehnsüchtig beim Anblick der alten Adressen

und Briefmarken und Bobs vertrauter Handschrift auf den gelegentlichen »PS.«, die er noch auf die bereits verschlossenen Umschläge gekritzelt hatte. Lächelnd sah sie die spinnigen Ansichtskarten durch, die er ihr geschickt hatte, und schließlich öffnete sie einen der Briefe:

Meine liebe wunderschöne süße Mary,
ich war gerade mitten dabei, eine Arbeit für meinen Kurs »Vergleichende Entomologie« zu schreiben (ein kritischer Blick auf Stanbricks Klassiker *Kellerasseln und Rollasseln – Ist Carbazol die Antwort?*), aber ich konnte nicht aufhören, an Dich zu denken, und so musste ich abbrechen und Dir schreiben, damit sich nicht meine Gefühle in meine Arbeit einschleichen und einen leidenschaftlichen Pro-Carbazol-Betonkopf aus mir machen.
Weißt Du noch letzte Woche in der Bar, als Du mich gefragt hast, wer meine Lieblingsband ist? Wenn Du Dich erinnerst, ist dieser Streit bei der Musikbox ausgebrochen, bevor ich Dir eine Antwort geben konnte.
Die Antwort lautet – große Überraschung – die Beatles.
Und wenn Du fragen würdest, wie mein Lieblingskäfer heißt, müsste ich sagen – *Dynastes tityus.*
Weißt Du, Nashornkäfer gehören zu den größten *Coleoptera* überhaupt (aus dem Griechischen, bedeutet scheiden-geflügelt), und aus Gründen, die ich nicht erklären kann, finde ich, dass sie auch die romantischsten sind. Es sind riesige Käfer, die in den Tropen eine Länge von fast 18 Zentimetern erreichen.
Für mich sind sie die V-8-Maschinen der Insektenwelt mit 454 Kubik Käferstärke, und gleichzeitig sehe ich sie als große Trampel, linkisch und sentimental, die nur versuchen, ihren Herzensschatz zu beeindrucken. Man muss sie einfach so lieben, wie ich Dich liebe.

Ich würde sagen, mein zweiter Lieblingskäfer ist der Bombardierkäfer *(Brachinus americanus)*. Sie sind dunkel-metallisch blau und gefährlich, genau wie Deine Augen. Wenn sie angegriffen werden, versprühen sie Chinasäure, die auf der menschlichen Haut Blasen verursacht und, das versteht sich von selbst, Fröschen und Ameisen eine Mordsangst macht. Die Säure schießt aus einer Tülle an der Spitze ihres Hinterleibs heraus (etwas, was John, Paul, George und Ringo nie zustande brächten). Verliebte Bombardierkäfer lassen nichts kampflos zwischen sich und ihre Liebste kommen. Und so wie sie streitsüchtig und fürsorglich sind, sind sie ganz gewiss auch sensibel und zärtlich, wenn es um Liebe geht. Ich muss sie mir einfach als »Blumen, Kerzenlicht und gedämpfte Musik«-Käfer vorstellen. Jedenfalls bin ich von dem abgekommen, auf das ich ursprünglich hinauswollte, als ich diesen Brief begann, was immer es war, und ich bin sicher, Du hast auch wichtigere Dinge zu tun. Ich wollte nur sagen, dass dieser Brief hoffentlich nicht zu übermäßig romantisch und schmalzig ist, weil ich weiß, dass einen das so früh in einem Verhältnis manchmal eher abturnen kann. Ich kann's kaum erwarten, Dich wiederzusehen.
Alles Liebe, Bob

Mary faltete den Brief zusammen und steckte ihn wieder in den Umschlag zurück. Mit einem Lächeln und etwas Wehmut erinnerte sie sich an die erste Zeit des Verliebtseins mit ihrem komischen Käfermann. Sie legte den Brief in die Truhe zurück und überlegte sich, warum sie sich verliebt hatte und wieso sie geschworen hatte, auf ewig an seiner Seite zu bleiben. Dann machte sie die Truhe zu und schloss sie ab und fragte sich, wieso sie nicht bei ihm war.

Klaus erwachte in guter Stimmung. Am Abend zuvor hatten die Pacers die Knicks besiegt, und so hatte Klaus mit seiner hohen Wette auf die Underdogs zum ersten Mal seit langer Zeit eine schöne Stange Geld gewonnen.

Nach dem Frühstück machte sich Klaus auf den Weg zur West 31st Street und 6th Avenue, um seinen Posten auf der Wartungsetage der Atlantic Bank of New York zu beziehen.

Bob traf genau um die Zeit ein, die der Detektiv vorausgesagt hatte. Er trug eine verwaschene Mütze und Jacke der New York Yankees. Klaus sah auf seine Uhr. »Wenn du in dem Stil weitermachst, wirst du nicht mehr lange leben, mein Freund«, sagte er. »Viel zu berechenbar.«

Mit dem Fernglas suchte er beiläufig die Straße nach Ramón ab, seinem südamerikanischen Kollegen. Und da war er, in einem offensichtlich gemieteten Dodge Spirit, den er in der 32nd Street in einem Parkverbot abgestellt hatte, und beobachtete Bob.

Nachdem dieser das alte Kaufhausgebäude betreten hatte, beobachtete Klaus, wie Ramón aus dem Kofferraum seines Wagens eine schwere Kette holte. Er überquerte die 6th Avenue zum sechzehnstöckigen Gebäude und verschloss die Tür mit der Kette. Danach ging er wieder zurück über die Straße und betrat den Coffee Shop an der 6th Avenue, der sich fast direkt unter Klaus' Standort befand. Er setzte sich auf einen Fensterplatz.

Bob wanderte in dem Gebäude herum und wartete auf Sy, der sich mit ihm treffen wollte, um zu sehen, was bis jetzt erreicht worden war. »Mr. Silverstein? Sind Sie da?«, rief er.

Klaus sah zu und wunderte sich, wieso Ramón den Sprengstoff noch nicht gezündet hatte. »Worauf wartest du? Mach schon«, dachte er.

Und hätte er gekonnt, hätte Ramón genau das gemacht. Aber gerade in diesem Moment wurde der arme Kerl im Coffee Shop von einer besonders barschen alten Kellnerin genervt.

»Und was soll's sein, Pepe?«, knurrte sie fremdenfeindlich. »Die *huevos rancheros* oder was? Ich hab nicht den ganzen Tag Zeit, kapiert?«
Ramón bedachte sie mit einem steinernen Blick.
»Glotz mich nicht so an, Pedro! Haste jetzt Hunger oder nicht? Das ist hier kein Platz für 'ne Siesta! Was willste? Fisch oder klein gehackten Köder?«
Draußen auf der 32nd Street interpretierte ein effizientes Mitglied von New Yorks Straßenverkehrsbehörde das Verbotsschild neben Ramóns Dodge Spirit. Der Wagen stand eindeutig verkehrswidrig, und so schrieb sie einen Strafzettel und steckte ihn unter den Scheibenwischer, bevor sie über Funk den Abschleppdienst bestellte.
Währenddessen war Klaus zu dem Schluss gekommen, dass entweder Ramóns Zündmechanismus versagt hatte oder er Opfer eines Straßenüberfalls geworden war, bevor er ihn aktivieren konnte. Das bewies nur, wie schwierig es heutzutage war, anständige Hilfe zu bekommen. Er beobachtete, wie Bob seine Yankees-Jacke und -Mütze einer nackten Schaufensterpuppe überzog, die mit dem Rücken zum Fenster stand, und dann zum Telefon griff.
Der Apparat auf der Verkaufstheke klingelte zweimal, bevor Bob abhob. »Hallo? … Ja, Mr. Silverstein ….ja, ich bin bereit. Sind Sie schon unterwegs?«
Sy war an seinem Handy und rief von seinem Tisch im Deli an, das sich gegenüber dem sechzehnstöckigen Gebäude auf der Broadway-Seite befand. »Hören Sie, mein Junge, das hat einen Moment Zeit, ich bin hier gerade im ›Broadway Deli‹ und esse ein Sandwich. Kommen Sie doch erst mal hier rüber.«
Die mürrische Kellnerin in dem Coffee Shop an der 6th Avenue drängte Ramón eine Speisekarte auf. »Na komm, ich hab nicht den ganzen Tag Zeit, José«, keifte sie.
Die Gehsteigkonstruktion auf der Broadway-Seite des alten

Kaufhauses bestand aus einem aufwendigen Gerüst mit einer Art überdachtem Fußgängerdurchgang, der den Eingang auf dieser Seite des Gebäudes völlig verdeckte. Weder Klaus noch Ramón waren sich bewusst, dass die Tür überhaupt existierte, geschweige denn, dass Bob sie benutzt hatte, um das Gebäude zu verlassen, und jetzt den Broadway überquerte.

Bob gesellte sich zu Sy im »Broadway Deli« und sah zu, wie er sich die letzten Bissen eines schmackhaften Brötchens in den Schlund stopfte. Nachdem Sy die Rechnung bezahlt hatte, gingen sie hinaus auf die Straße.

Im Coffee Shop zeigte Ramón auf die Speisekarte. Die Kellnerin sah hin. »Auf was zeigst du da, um Himmels willen? Das spanische Omelett? Hätt ich mir denken können.« Sie riss ihm die Karte aus der Hand. »Ist auch verdammt noch mal Zeit«, murmelte sie, während sie davonstapfte.

Klaus, der nicht sehen konnte, was Ramón machte, suchte das sechzehnstöckige Gebäude ab, während er darauf wartete, dass Bob wieder erschien. Das Einzige, was er sehen konnte, war die Schaufensterpuppe, die wie ein Baseball-Spieler gekleidet war.

Währenddessen warteten Bob und Sy am Broadway auf eine Lücke im Verkehr, um die Straße zu überqueren, und mit Sy brauchte man eine große Lücke.

Endlich von der nervtötenden Kellnerin befreit, stellte Ramón schnell sein Fernglas auf die Fenster des Kaufhauses ein, um Bob zu suchen. Als er die Yankees-Mütze und Jacke sah, lächelte er und murmelte: »Scheiß-*Yanquis.*«

Unauffällig legte Ramón seinen Aktenkoffer auf den Platz neben sich, beim Fenster. Er öffnete den Koffer, schaltete seinen Signalgeber an und drückte den Schalter.

Die Anzeige blinkte: AKTIVIERT.

Eine Sekunde später drückte er den ZÜNDEN-Knopf.

Während sie auf eine Lücke im Verkehr warteten, sagte Bob zu

Sy: »Mr. Silverstein, ich hab bei dem hier ein wirklich gutes Gefühl.«
Ungefähr zur gleichen Zeit setzte ein tiefes Grollen ein. Bob und Sy stutzten, als sie das seltsame Geräusch hörten, aber bevor einer von beiden etwas sagen konnte, implodierte das gesamte sechzehnstöckige Gebäude und brach anmutig in sich zusammen, so säuberlich, als hätte eine professionelle Abbruchfirma die Arbeit gemacht.
Bob starrte ungläubig. In Sys Blick lag so etwas wie gefasste Faszination. Klaus sah ungerührt zu und fragte sich, warum es so lange gedauert hatte.
Hilflos und benommen musste Bob mit ansehen, wie sein Traum auf der wilden Staubwolke davonritt, die sich wie ein Pilz in den Himmel wölbte. Sy nahm einen langen, nachdenklichen Zug an seiner Zigarre und schickte seine eigene kleine Wolke gen Himmel.
Einen Augenblick später stammelte Bob: »Ich … äh … das ist nicht … ich hab nicht …«
Philosophisch wedelte Sy mit seiner großen Belvedere. »Hören Sie, mein Junge, ich zweifle wirklich nicht an der Wirksamkeit Ihrer Methode, aber ich hatte das so verstanden, dass das Gebäude stehen bleiben würde.«
Unfähig, mit Subjekt, Verb und direktem Objekt umzugehen, stotterte Bob bloß: »Aber … ich … es …«
Sy versuchte, Bob Mut zu machen. »Also gut, vielleicht waren es ja Termiten. Ich glaube immer noch, dass Sie da was haben, mit Ihrer Idee. Und keine Sorge, es ist versichert.« Sy sah auf die Uhr. »Hören Sie, ich muss jetzt weiter.«
»Aber … es … ich …«
Nur wenige Leute im Coffee Shop schienen zu bemerken, dass das sechzehnstöckige Gebäude auf der anderen Straßenseite gerade eingestürzt war, denn sie erlebten schon seit Jahren, wie die Stadt um sie herum zerfiel.

Ramón schloss seinen Koffer, gerade als die Kellnerin ihm sein Omelett und die Rechnung hinknallte.
»Lass es dir schmecken, Gomez«, zischte sie.
Während Sys Limousine auf dem Broadway verschwand, stand Bob auf dem Bürgersteig und starrte auf die andere Straßenseite, als würde sein Leben auf eine Riesenleinwand projiziert und sich als eine Filmrolle voller Schnitzer herausstellen.
Schließlich gelang es ihm, die motorischen Fähigkeiten aufzubringen, die Straße zu überqueren, ohne sich der kreischenden Reifen und fluchenden Taxifahrer bewusst zu sein. Völlig gefesselt schlängelte er sich langsam zu dem riesigen Haufen Schutt, der noch wenige Augenblicke zuvor ein sechzehnstöckiges Gebäude gewesen war. Er blieb stehen und glotzte den Schutt an, aus dem ein Arm von einer der heimatlosen Schaufensterpuppen wie Hilfe suchend herausragte. Mit dem rechten Fuß stocherte Bob traurig in dem Schutt herum und war erschrocken, mehrere Küchenschaben in Deckung flitzen zu sehen.
Das wär's dann also mit Rasse Eins, dachte er. Die Anwesenheit so vieler Schaben deutete darauf hin, dass seine Mordwanzen versagt hatten, aber warum? Er hob noch ein paar Backsteine hoch, in der Hoffnung, einige seiner Hybriden zu finden, irgendeinen Hinweis. Aber mit jedem umgedrehten Stein fand er nur noch mehr Schaben. Seine Hybriden waren nirgends zu sehen, und ohne sie würde er nie wissen, was schiefgelaufen war.
Bob versuchte es durchzudenken: Rasse Eins war die Kreuzung von Kotwanze und Radwanze, die, nachträglich betrachtet, nie sein Favorit gewesen war, das musste er jetzt zugeben. Es war ein dickschädliger kleiner Dreckskerl, eine Eigenschaft, die, so hatte Bob anfangs gehofft, einen hartnäckigen Jäger aus ihm machen würde, aber bei Licht betrachtet, hätte er es sich ebenso gut in den kleinen Wanzenkopf setzen können, nicht über den

begrenzten Wandzwischenraum hinaus zu expandieren, in dem er sich befand.

Möglicherweise hatte sich dieser störrische Hybride nicht einmal die Mühe gemacht, das gesamte Gebäude zu bevölkern, und hatte stattdessen für kleine Gemeinschaften optiert, die sich an einer Politik des Nullwachstums orientierten.

Rasse Eins war also eine Niete, so viel wusste Bob jetzt. Und obwohl das eine entmutigende Information war, war es doch hilfreich. Auch ohne zu wissen, *wieso* Rasse Eins versagt hatte, einfach zu wissen, *dass* sie versagt hatte, war für Bob Beweis genug, dass die Kombination der Eigenschaften von Kotwanzen und Radwanzen für die Aufgabe inkompatibel oder zumindest unzureichend war.

Doch was zum Teufel hatte das Gebäude zum Einstürzen gebracht? Das schien eine gute Frage zu sein. Aber Bob hatte null Ahnung von Statik, und außerdem konnte er es sich nicht leisten, lange über solche Dinge nachzudenken. Er musste noch Rasse Drei und Rasse Vier installieren und dann alle Gebäude überprüfen. Langsam ging Bob den Broadway hinunter und bog in die 31st Street ein Richtung 6th Avenue. Ab und zu blieb er stehen, um in dem Schutt zu stochern, wobei er nur noch mehr Schaben entdeckte. Ihm wurde klar, dass er hier nichts mehr ausrichten konnte, und so machte er sich auf den Weg zur Subway.

Als er bei Rot die 6th Avenue überqueren wollte, wäre er beinahe von dem Abschleppwagen überfahren worden, der Ramóns gemieteten Dodge abtransportierte.

Klaus war überzeugt, dass Bob, was immer er auch war, kein Problem mehr darstellte. Er freute sich auch, dass er die Tat nicht hatte selbst ausführen müssen. Das und das Geld, das er gewonnen hatte, machte Klaus fröhlicher, als er es seit langem gewesen war, und während er die Treppe hinunterging, begann er sogar zu singen: *»Start spreading the news …«*

Derweil stopfte sich Ramón eine schlappe Scheibe gebutterten Toast zusammen mit etwas Omelett in den Mund. Zäh kauend betrachtete er sein Werk auf der anderen Straßenseite – mit einem selbstzufriedenen Lächeln, das den Blick auf Eistückchen und Paprika zwischen seinen Zähnen freigab.
Doch als Bob an dem Coffee Shop vorbeiging, registrierten ihn die Augen des gedankenverlorenen südamerikanischen Killers, der stutzte, ein zweites Mal hinsah und entsetzt matschige Stückchen spanischen Omeletts über die ganze Fensterscheibe prustete.
Bob, immer noch verdattert, bemerkte nichts.
Aber die Kellnerin! Sie kam herübergewetzt und ohrfeigte Ramón mit ihrem Handtuch. »Was soll das denn, Poncho? Das Scheißfenster mit Omelett vollzuspucken! Mach die Scheiße sauber, du dämlicher Chilifresser!«
Ramón versuchte, die Kellnerin wegzustoßen, doch sie war ein zähes altes Mädchen und nagelte ihn in der Nische fest.
»Hey, Paco, du gehst nirgendwohin, bevor du nicht diese gottverdammte Sauerei da aufgewischt hast, du kleiner Dreckskerl!«
Schnell wischte er es auf und steuerte auf die Tür zu, aber die rabiate Kellnerin stellte ihm ein Bein und sprang ihm wie ein läufiges Wiesel auf den Rücken.
»Umphfff!«, keuchte der Narbengesichtige, als die stämmige Bedienung ihm ihr Gesamtkörpergewicht auf die Brust drückte. »Hör mal, du dämlicher Schleimer, wenn du hier die Zeche prellen willst, dann prell ich dir was anderes, kapiert?«
Während sie seine Taschen durchsuchte, zappelte er erfolglos hin und her, etwa wie eine Larve des Mexikanischen Bohnenkäfers *(Epilachna varivestis),* die gerade aus ihrem Ei schlüpft. Schließlich fand sie ein Bündel Scheine.
»Was haben wir denn da, Carlos, wie wär's mit 'nem großzügigen Trinkgeld?«

Sie erleichterte Ramón um etwa fünfzig Dollar und ließ dann von ihm ab. Bei seinem Abgang hätte er beinahe die Glastür zertrümmert und draußen den Brezel-Stand eines Straßenverkäufers umgerannt.
Ramón blickte den Bürgersteig entlang, aber Bob war nirgends zu sehen. Er war verschwunden. Hatte sich verflüchtigt, in Luft aufgelöst, einfach so. Und dann, auf ebenso magische Weise, erschien er wieder, hinter zwei beweglichen Kleiderständern mit Pannesamt-Oberteilen und Patchwork-Röcken mit echten Perlmuttknöpfen, die gerade vom Kleidungsviertel kamen und in östliche Richtung unterwegs waren.
Bob hatte gerade die 34th Street überquert und war jetzt auf der Höhe von Macy's. Ramón riss eine Pistole aus der Jacke und raste seinem Opfer hinterher, galoppierte die Straße entlang und rempelte dabei einen Mann an, der eben auf der 6th Avenue erschien.
»Hey, passen Sie auf, wo Sie langgehen, mein Freund«, riet Klaus, ohne zu merken, wen er da ansprach. Dann erkannte er das entstellte Gesicht – Ramón mit gezogener Waffe und einem überaus wilden Blick. Das konnte nur bedeuten, dass Bob die Explosion irgendwie überlebt hatte und Ramón jetzt versuchte, den Mist, den er gebaut hatte, zu beseitigen.
Klaus hielt nach Bob Ausschau, konnte ihn aber in dem dichten Pulk harter, beschädigter Menschen auf dem Bürgersteig nicht entdecken, und so folgte er Ramón, der wohl wissen würde, wo Bob war. Während seines Sprints fragte sich Klaus, wer zum Teufel dieser Bob Dillon war und wie in aller Welt er lebendig aus diesem Gebäude herausgekommen war.
Vor ihm suchte Ramón nach einer guten Schussposition, aber der Bürgersteig war zu voll, um feuern zu können. Frustriert trat Ramón auf die Straße, legte an und nahm Bob aufs Korn. Gerade als er abdrücken wollte, wurde er von einem Fahrradkurier gerammt, der wie ein Verrückter die Avenue entlangradelte,

mit einem wichtigen Vertrag für BBC Worldwide America im Rucksack.

Ramón schlug auf dem Pflaster auf, und – PENG! – ging seine Pistole los.

Auf dem Bürgersteig zuckte niemand mit der Wimper, aber einen halben Block entfernt schiss eine Taube etwas Weißes auf den grünen Kopf von Horace Greelys Statue, die auf dem nach ihm benannten Platz stand.

Bob schüttelte den Kopf, als er den Schuss hörte, aber wie all die anderen harten, beschädigten Menschen ging er weiter, da er nicht getroffen worden war.

Ramón rappelte sich auf und rannte zu der Stelle, wo er seinen Dodge geparkt hatte. Als er sah, dass er verschwunden war, begann er, lateinamerikanische Obszönitäten zu brüllen und die Faust gen Himmel zu schütteln.

Belustigt sah Klaus zu, wie der unfähige Bolivianer sich anstrengte, ein Mindestmaß an Fassung wiederzugewinnen. In der Nähe setzte gerade ein Taxi seinen Fahrgast ab, und Ramón nutzte die Gelegenheit. Unsanft beförderte er den Fahrer vom Steuer weg auf den Asphalt, sprang selber ins Taxi und bretterte die Avenue hoch.

Es hatte den Anschein, als wollte Ramón Bob einfach auf dem Bürgersteig überfahren. Schmutzig, aber effektiv. Er beschleunigte, gewagte Ausweichmanöver veranstaltend, bei denen er heftig ins Schleudern geriet.

Während Bob am Herald Square vorbeischlenderte, ohne zu ahnen, was sich hinter ihm alles abspielte, überlegte er sich, ob er seine Rasse Drei in das Gebäude in SoHo oder in das Lagerhaus in Queens bringen solle.

Er trat auf den Zebrastreifen, um die 35th Street zu überqueren. Ramóns Taxi legte noch einen Gang zu und donnerte rücksichtslos zwischen zwei Spuren Verkehr hindurch. Schon raste er auf Bob zu, als plötzlich – wie aus dem Nichts – ein anderes

Taxi ihm in die Quere kam und mit quietschenden Reifen schon halb auf dem Zebrastreifen zum Stillstand kam.
Bob wich dem zweiten Taxi geschickt aus, und theatralisch bollerte er auf den Kühler und brüllte: »Hey, kannst du nicht aufpassen, du Arschloch! Ich gehe hier. Willst du mich umbringen oder was?«
Ramón brüllte dem Taxifahrer, der ihm den Weg abgeschnitten hatte, wüste Beschimpfungen zu. Dieser reagierte mit seinem eigenen Fluss skatologischer Bemerkungen und einer farbigen einheimischen Handbewegung.
Und das war des Guten eindeutig zu viel. In diesem Augenblick, nicht in der Lage, noch mehr von dem alltäglichen Wahnsinn Manhattans zu ertragen, drehte Ramón durch. Er zog seine Pistole und schoss auf den Taxifahrer. Er schoss daneben.
Mit einer schnellen und natürlichen Bewegung zog der Taxifahrer eine .45er Automatik und erwischte Ramón genau zwischen den Augen. Der bolivianische Killer sackte auf die Hupe seines Taxis.
Der Fahrgast, der hinter dem Waffe schwingenden Taxifahrer saß, sah kein einziges Mal von seiner Zeitschrift *Spy* auf, sondern drängte ihn nur: »Komm, Freundchen, gib Gas. Ich hab eine Verabredung.« Das Taxi brauste davon.
Voller Ehrfurcht sah Klaus zu, während sich diese fantastische Kette von Ereignissen vor ihm entfaltete.
In der Absicht, den Broadway Local an der 7th zu erwischen, ging Bob weiter Richtung Westen die 35th Street entlang, immer noch nicht ahnend, was sich hinter seinem Rücken abgespielt hatte.
Klaus fand, dass etwas an diesem Bild ganz und gar nicht stimmte. So einen Killer wie Bob hatte er noch nie erlebt. Seine Bewegungen waren gefährlich berechenbar, und selbst nachdem jemand versucht hatte, ihn in einem Gebäude in die Luft zu sprengen, und auf offener Straße auf ihn geschossen hatte,

zuckte er nicht einmal zusammen. Entweder hatte er Frigen in den Adern, oder er war ein rettungslos dummer Glückspilz. Vielleicht fehlte in dem Puzzle ein Stück – ein Stück, das der dunkeläugige Mann nicht gefunden hatte – ein Stück, das Klaus selbst finden müsste.
Während Bob die Treppe zur Subway hinunterging, murmelte er: »Gott, ich hasse diese Stadt.«
Klaus beschloss, ins Hotel zurückzukehren und sich noch einmal Bobs Akte anzusehen. In dem Moment erschienen die ersten Polizisten am Tatort. Schließlich war die Straße mit Streifenwagen, einem Leichenwagen und murmelnden Schaulustigen hoffnungslos verstopft.
Ein Sozialkritiker vor Ort bemerkte zu seinem Freund: »Das Leben ist billig in dieser Stadt.«
Der Freund stimmte zu: »Ja, und der Tod ist gewöhnlich auch günstig zu haben.«
Und er hatte Recht. Statistiken der New Yorker Polizei zufolge konnte man in Brooklyn einen Auftragsmord schon für fünfhundert Dollar bekommen. Aber in der Regel wurden Menschen in New York kostenlos getötet.
Ein Zivilfahnder ging Ramóns Habseligkeiten durch: zwei hochmoderne Handfeuerwaffen, ein paar Zündkappen, drei Pässe. Nicht gerade typisch, nicht einmal für New York.
Er wandte sich an seinen Kollegen. »Dieser Typ hat gefälschte Pässe und genug Waffen, um ein Scheißwaffenhändler zu sein. Und er fährt ein geklautes Taxi. Eine oberfaule Sauerei, wenn du mich fragst.«
»Niemand fragt Sie«, erwiderte eine arrogante Stimme.
Die dazugehörige Hand schnappte die Pässe aus der Hand des Zivilfahnders, die andere Hand ließ kurz einen Ausweis aufblitzen. Hände, Stimme und Ausweis gehörten einem Mann hinter einer Sonnenbrille.
»Parker«, sagte er, »CIA. Wir machen hier weiter.«

Die Nachricht von Ramóns Scheitern und seinem prompten Ableben kam bei Miguel DeJesus Riviera nicht gut an.
»Dieser Dreckskerl! Dieser Hund!«, kreischte er, während mehrere seiner Männer kriecherisch dabeistanden. »Ich werde ihm die Leber rausschneiden lassen, sie in Schinken wickeln und meinen Soldaten servieren lassen!«
Die Männer warfen einander unbehagliche Blicke zu; keiner von ihnen mochte Leber besonders.
»Wie ist das möglich?«, geiferte Miguel weiter. »Ramón war mein bester Mann! Ich werde diesen Hundesohn von einem ›Schädlingsvernichter‹ schon noch kriegen!«
Seine Tirade wurde von einem Summen der Sprechanlage unterbrochen. »Sie sind da«, sagte eine körperlose Stimme.
»Gut, schick sie rein«, knurrte Miguel.
Die Tür ging auf, und drei Männer so hart wie Ziegenknie traten ein. Es waren gemeine Dreckskerle aus einer fehlgeleiteten Welt. Die letzten beiden Jahre hatten sie damit verbracht, Todesschwadronen in Säo Paulo zu leiten, die von wohlhabenden Geschäftsleuten angeheuert wurden, um die *meninos de rua* zu beseitigen, die obdachlosen Straßenkinder, denen sie die Schuld für schlechte Geschäfte gaben. Ihre Herzen waren härter als eine Auster, die man mit einem nassen Busfahrschein zu öffnen versucht.
Miguel ließ seinen Blick über sie schweifen und lächelte.
Ein Assistent verteilte den Männern Kopien des inzwischen berühmten Fax von Bobs Foto.
»Dies ist der *cabrón,* der meinen geliebten Bruder umgebracht hat.« Der Wirkung halber spuckte Miguel auf das Foto. »Tötet dieses Schwein, und ich bezahle euch …« Er hielt inne, um ein paar Kalkulationen anzustellen. »… eine Million Dollar!«
Die drei Mörder blickten sich gegenseitig aus kalten Augen an. Dann begannen sie, im Geiste ihren Anteil an der Million auszugeben. Der *cabrón* war schon so gut wie ein toter *cabrón.*

An jenem Nachmittag herrschte im CIA-Büro eine spürbare Aufregung. Sein neuester Abschuss hatte dem Ruf des »Schädlingsvernichters« einen beträchtlichen Schub verliehen. Zwei junge Agenten standen beim Trinkwasserbehälter und diskutierten das Ereignis in ehrfürchtigem Ton.

»Hat den Burschen genau zwischen den Augen erwischt«, sagte der Erste. »Ein Schuss. Bam!« Er klatschte die Hände zusammen, um dem »Bam« mehr Wirkung zu verleihen.

»Dieser Typ ist der Beste«, meinte der zweite Agent. »Erst erledigt er diesen Job in Istanbul, dann macht er Madari und Pescadores kalt. Dann lässt er Huweiler ›verunglücken‹ und zieht Riviera und Ramón aus dem Verkehr, und das alles innerhalb von, was, sechs Monaten? Und niemand weiß, wo er herkommt?«

Mike Wolfe erschien, beiläufig eine Tasse Tee umrührend. »Fast niemand«, verbesserte er.

»Sie kennen ihn, Sir?«, staunte einer der Agenten.

»Ist er wirklich so gefährlich, wie alle behaupten?«, fragte der andere.

»Schlimmer. Viel schlimmer«, erwiderte er dramatisch. »Hat einer von euch Anfängern schon mal was von Dan Mitrione gehört?«

Die mit ihrem Geschichtswissen herausgeforderten Agenten schüttelten etwas betreten die Köpfe. »Nein.«

»Passt«, sagte Wolfe verächtlich. »Wisst ihr, das Problem mit euch Techno-Welpen ist, dass ihr keine Bücher mehr lest. Aus einem guten Buch kriegt ihr mehr nützliche Informationen als aus hundert abgefangenen Satellitenübertragungen. Mitrione hat für uns gearbeitet, und ihr könnt mir glauben, er war kein Messdiener. Aber ich sage euch, neben diesem Dillon-Typen sieht er aus wie ein luschiges kleines Pfadfindermädchen.«

»Ich hab gehört, er nennt sich ›der Schädlingsvernichter‹. Das gefällt mir«, nickte der erste Agent anerkennend. »Ich finde, das ergäbe eine tolle Fernsehserie.«

»Oder einen Film«, sagte der zweite.
»Na ja, ihr könnt euren kleinen grünen Arsch drauf wetten, dass das Drehbuch auf meinem Buch basieren wird. Und ich werd dafür sorgen, dass Sean Connery meine Rolle spielt.«

Klaus blätterte gerade *Racing Form* durch. Das Klopfen an der Tür erschreckte ihn, wie es jeden Killer erschrecken würde, der keinen Besuch erwartet. Er zog eine Pistole unterm Kopfkissen hervor und ging zur Tür.
»Ja?«, fragte Klaus.
»Zimmerservice«, antwortete eine Männerstimme.
»Ich habe keinen Zimmerservice bestellt.«
»Gratis-Frühstück und Zeitung, Sir.«
Klaus versteckte seine Waffe hinter dem Rücken und riss die Tür auf. Als er aus dem Augenwinkel das Blitzen von Chrom sah, wurden seine Instinkte aktiviert. Er versetzte dem glänzenden Gegenstand einen blitzschnellen seitlichen Tritt und ließ sein Gratis-Frühstück zu Boden segeln, wobei der Toast natürlich mit der Marmeladenseite nach unten landete.
»Scheiße!!«, kommentierte der Kellner, dessen Waffe ein silberner Sahnekrug war. »Sie scheinen ein bisschen nervös zu sein, Sir, ich besorg Ihnen etwas Koffeinfreien.«
Klaus entschuldigte sich ausführlich und half beim Saubermachen. Er gab dem Kellner ein großzügiges Trinkgeld und bestellte fürs nächste Mal Vollweizentoast.
Dann ging er wieder in sein Zimmer und überflog die *Times,* während er auf den Koffeinfreien wartete. Tief im Lokalteil vergraben entdeckte Klaus eine kleine Schlagzeile:

BOLIVIANISCHER KILLER NIEDERGESCHOSSEN

Aus dem Text ging hervor, dass offizielle Stellen einen amerikanischen Killer, der als »der Schädlingsvernichter« bekannt war, für den Mord verantwortlich machten. Die offiziellen Stellen bestritten, irgendetwas über diesen Killer zu wissen, und betonten, dass der Staat weder ihn noch irgendeinen anderen Profikiller jemals engagiert habe, irgendetwas Illegales in diesem oder einem fremden Land zu tun, und dass man so etwas nie tun oder auch nur erwägen würde, und wer das Gegenteil behaupte, sei ein unpatriotischer Lügner.

Klaus ließ die Zeitung langsam auf den Schoß sinken. Irgendwas an diesem Bild war eindeutig falsch, und er musste herausfinden, was es genau war, bevor er die Entscheidung traf, ob dieser »Schädlingsvernichter« verdiente, getötet zu werden.

10

Als Bob am nächsten Morgen erwachte, fühlte er sich besonders hoffnungsvoll. In seinen Träumen hatte er am Steuer eines glänzenden neuen Kombis gesessen, mit einer wunderbaren Termite aus Glasfaser *(Reticulitermes flavipes),* die stolz auf dem Dach hockte und aufgeregt mit den Flügeln schlug, während Bob von einem Auftrag zum nächsten eilte.

Er war gerade im Begriff, mit Sy einen Multimillionen-Dollar-Vertrag für seine Vollbiologische Schädlingsvernichtung abzuschließen, als der Wecker klingelte.

Bob interpretierte den Traum als ein gutes Zeichen. Er spürte es in seinen Knochen, dass der Erfolg unmittelbar bevorstand. Heute wollte er Rasse Drei installieren und damit seinem Traum wieder einen Schritt näher kommen. Aber der Glanz seines bevorstehenden Erfolges verblasste bei der Vorstellung, mit Werkzeugkasten und Wanzenkästen in die Subway zu steigen.

Scheiß drauf, dachte er. Heute würde er mit dem Auto in die Stadt fahren.

Nach einer dünnen Tasse Instant-Kaffee stieg Bob in den alten qualmenden Pinto und fuhr damit bis in die Nähe, wo er hinmusste. Die Adresse hatte er auf einem Zettel gehabt, aber das verdammte Ding verloren. Er erinnerte sich nur noch, dass er nach einem dichtgemachten Restaurant suchen musste, das nach seinem Standort in North SoHo benannt worden war.

Es war keine einzige Parkuhr zu sehen. Eine halbe Stunde lang fuhr Bob die Mercer hoch, die Greene hinunter und dann wieder die Wooster hoch. Schließlich fand er eine Lücke in einer 9-bis-19-Uhr-Zone auf der Sullivan gegenüber dem »Napoli Bar & Grill«. Er hatte keine Ahnung, wie weit er von seinem Arbeitsplatz entfernt war, aber ein ganztägiger Parkplatz war ein seltenes und wunderbares Gut, und so griff er zu.

Er schnappte sich sein Werkzeug und seine Schachteln mit der Aufschrift MÖRDER, RASSE 3 und machte sich auf die Suche nach … wie zum Teufel hieß dieser Laden doch gleich?! Es hatte irgendwas mit seinem Standort zu tun. Das war's! No-SoHo, wie in North SoHo, ein Schnell-Imbiss, der, so stellte Bob sich vor, von sinnlosen und an dieser schrecklichen Stadt zerbrochenen Menschen frequentiert worden war.

Trotzdem, während der Name – »NoSoHo« – mies war, war das Essen (eine Mischung aus Französisch-Vietnamesisch, Cajun und Tex-Mex) noch viel mieser gewesen, und so musste das Restaurant dichtmachen. Irgendwie waren Bayou-geschwärzte Schnecken in Cilantro-Maulwurf-Soße im Big Apple nicht angekommen.

Zwanzig Minuten lang wanderte Bob ziellos durch die Straßen und fragte sich schon, ob er durch SoSoHo wanderte anstatt durch NoSoHo. Schließlich akzeptierte er die Tatsache, dass er sich verlaufen hatte, und begann jemanden zu suchen, den er nach den Weg fragen könnte.

Aus der Ecke hörte er ein Geräusch näher kommen. Aus dem Geräusch wurde ein Obdachloser, der einen Einkaufswagen schob. Wie viele Menschen dachte Bob, dass jeder, der einen Einkaufswagen den Bürgersteig entlangschob, obdachlos sein musste.

Der Wagen ratterte vor Dosen und Flaschen, und von den Seiten hingen wie Satteltaschen große Plastiktüten, die mit Weiß-Gott-was voll gestopft waren.

Der Mann am Steuer hatte einen langen, rasputinhaften Bart, der ihm vom Kinn nieselte und dessen Ende säuberlich im

Oberteil eines schmuddeligen und stil- wie farbmäßig schwer definierbaren Kostüms steckte. Es sah aus wie eine zerlumpte Uniform, wie sie in einem nuklearen Entseuchungszentrum nach dem Dritten Weltkrieg benötigt werden könnte. Ein weißer Schutzhelm saß ihm so tief auf dem Kopf, dass die gelben Augen kaum zu sehen waren. Die Ohren waren von Ohrenschützern bedeckt, wie man sie normalerweise trägt, wenn man Jets auf der Rollbahn herumdirigiert. Ein schmutziger weißer Schal um den Hals sorgte dafür, dass die einzig sichtbare Haut seine Nase war. Die vergilbende Hose schien aus irgendeinem Plastikmaterial zu bestehen und war mit Gummibändern fest um die Knöchel befestigt. Ein Paar verdreckte weiße Basketballschuhe vervollständigte das postnukleare Ensemble.
Bob ging auf den Mann zu, um ihn nach dem Weg zu fragen, aber gerade als er zu sprechen ansetzte, hob der Mann mit einer heftigen Bewegung einen behandschuhten weißen Finger hoch. Stumm starrte Bob auf den Finger. Die Augen des Mannes öffneten sich weit und blickten um sich auf Dinge, die Bob verborgen blieben. Dann machte der Mann einen Schritt nach vorn, furzte laut, lachte los und brüllte: »Ich bin auf eine Ente getreten! Ich bin auf eine Ente getreten!«
Dann wurde er ebenso plötzlich wieder still und starrte Bob an, als wollte er ihn herausfordern, irgendetwas zu sagen.
Was soll's, dachte Bob. »Sie wissen nicht zufällig, wo das Restaurant ›NoSoHo‹ früher mal war, oder?«, fragte er.
Der Mann begann wieder zu lachen, als er seinen Einkaufswagen an Bob vorbeischob, als hätte er die Frage nicht gehört. Weiter oben an der Thompson Street bemerkte Bob ein einsames Backsteingebäude auf der anderen Straßenseite. Auf einem Schild in seiner zerbrochenen Fensterscheibe stand »NotSoHot«. War es das? Auf dem Schild stand, dass es sich um ein Gebäude von SILVERSTEIN ENTERPRISES handele, aber Bob konnte sich an den Namen nicht erinnern. Einen Augenblick

später erkannte er, dass irgendein lokaler Künstler die beiden »t« als eine Post-mortem-Restaurant-Kritik zugefügt hatte. Dies war der Ort.

Bob schaffte sein Werkzeug und seine Mörder Rasse Drei in das »NotSoHot«-Gebäude. Sowie er eintrat, wurden seine Geruchsnerven von dem bösartigen Gestank alter Aschenbecher und teerigen Zigarettenrauchs attackiert. Nikotinrückstände sickerten in klebrigen braunen Strömen wie giftiger Pancakesirup die Wände herunter.

Tapfer kämpfte Bob gegen seinen Würgereflex an. Er dachte, wenn dieses Lokal nicht schon wegen des schlechten Essens hätte dichtmachen müssen, wäre es früher oder später sowieso eingegangen, weil es seine Stammkundschaft vorzeitig an verschiedene unheilbare Formen von Krebs verloren hätte. Er band sich ein Tuch vor Nase und Mund, um den penetranten Gestank auszufiltern, und machte sich daran, seine Wanzen zu installieren.

Rasse Drei war die Kreuzung von Westlichem Korsar und Bienenmörder, die während der Experimente im Wanzsaal einen unheimlichen Einfallsreichtum darin bewiesen hatte, große geflügelte Insekten zu fangen, wie die verschiedenen Sorten von Kakerlaken und die geflügelten Kasten der Termiten. Dieser Hybride hatte auch einen unersättlichen Appetit für die Eier und Larven der meisten Haushaltsschädlinge, und so bot er, fand Bob, sowohl Vorbeugung wie auch Heilung für verseuchte Behausungen. Bei Rasse Drei war Bob besonders optimistisch.

Dann machte er sich an die Arbeit. Er bohrte Loch um Loch, ließ seine Mutanten-Mörder durch den durchsichtigen Schlauch in die verseuchten Wandzwischenräume laufen, wonach er die Löcher wieder zumachte.

Am Ende eines langen Tags voller Bücken, Kriechen und Bohren fühlte Bob sich steif und wund. Sein Körper leistete Widerstand, als er sich erhob, um sich zu strecken. Seine Gelenke protestierten, als er versuchte, die Hände über den Kopf zu heben. Schließlich schaffte er es, den Rücken durchzudrücken, und holte tief Luft, wobei er einen Hauch von seinem Körpergeruch mitbekam. Sofort tränten ihm die Augen. Er stank wie eine schwitzende braune Zwiebel, und – was noch schlimmer war – es war ihm egal.

Seit Tagen hatte Bob nicht geduscht, überhaupt waren seit Marys Weggang alle seine persönlichen Pflegegewohnheiten, vor allem die Reinigung seiner Zähne mit Zahnseide, den Bach runtergegangen. Die Tatsache, dass Bob nicht daran dachte, sich zu waschen, verriet schlechtes Urteilsvermögen, wenn nicht gar eine klinische Depression.

Langsam packte er sein Werkzeug zusammen und verließ das Krebs erregende Gebäude, ohne sich die Mühe zu machen, die leeren Schachteln vom Boden aufzusammeln, in denen sich Rasse Drei befunden hatte.

Er schlurfte zum zerdellten Pinto und sah den Strafzettel an der Scheibe. Es war 19.07 Uhr, und dies war die liebenswürdige Art der Stadtverwaltung, Bob daran zu erinnern, dass er die Zeit vergessen hatte. Er schnappte sich den Zettel und schlüpfte hinters Lenkrad. »Verdammt«, stöhnte er. Noch eine Ausgabe, die er sich nicht leisten konnte.

Bob steckte den Zündschlüssel ins Schloss, aber ihm fehlte die Kraft, ihn herumzudrehen. Die Hand fiel ihm schwer in den Schoß. Wo zum Teufel wollte er überhaupt hin, fragte er sich trübsinnig. Nach Hause? Es gab nichts, weswegen er nach Hause fahren sollte. Keine Frau, kein Kind, keine Liebe, bloß ein Raum voller lärmiger, stinkiger Wanzen.

Völlig niedergeschlagen sackte er auf seinem Sitz zusammen. Er blickte mit glasigem Blick in die leere Nacht, so wie früher bei den Ausflügen mit seinem Vater zum Big Moose Lake, wenn er in das Lagerfeuer gestarrt hatte, nur dass diesmal nie-

mand »Glühwürmchen« rufen würde, um ihn aus seiner Trance zu reißen. Ihm war nach Weinen zumute.
Zum ersten Mal in seinem Leben senkte sich eine riesige schwarze Wolke der Depression auf ihn nieder. Hoffnungslosigkeit zerrte seinen Optimismus in eine dunkle Gasse und schnitt ihm die Kehle durch. Er hatte es nicht geschafft, für seine Familie zu sorgen, und sie waren gegangen – wer konnte es ihnen übel nehmen? Pratt hatte Recht, Bob war ein Versager. Er war unfähig und wertlos und machte sich nur selbst was vor mit diesem dämlichen Wanzenprojekt. Er hatte es verdient, dass man auf ihn draufschiss und ihm die Schuld für alle Probleme der Welt gab. Er hatte sich gegen die Natur versündigt …
»Sachte, sachte! Reiß dich zusammen«, ermahnte sich Bob, »so schlimm steht's auch wieder nicht.« Er sammelte seine umherschwärmenden Gedanken und dachte einen Augenblick über sein Leben nach.
Zunächst einmal war Mary nur sauer; sie würde irgendwann zurückkommen. Zweitens, zu viele Leute, deren Meinung Bob schätzte, hatten ihm geraten, seine Idee weiterzuverfolgen. Er verdiente es bestimmt nicht, dass man auf ihn schiss, und wenn hier irgendjemand ein Versager war und sich gegen die Natur versündigt hatte, dann Pratt, nicht Bob.
Verdammt, Bob war ein Träumer, vielleicht ein Visionär! Ohne solche Menschen wie Bob gäbe es keine Glühbirnen oder Glasfaseroptik oder Computerspiele. Allein schon für seine Hartnäckigkeit hatte Bob ein Schulterklopfen verdient.
Siebenmal gefallen, achtmal aufgestanden, wie das Sprichwort besagt. Sei hartnäckig. Zeig Entschlossenheit. Bob lächelte. Alles würde gut werden. Er musste einfach weitermachen. Geduld haben und hoffen, dass der Erfolg vor der nächsten Dosis Depression kam.
Bob sah auf und bemerkte die Bar auf der anderen Straßenseite. Warum nicht, dachte er. Er griff in seine Tasche – zwei Dollar

und ein bisschen Kleingeld. Das könnte für ein Bier reichen, und niemand hatte eins mehr verdient als Bob.

Als er aus dem Wagen stieg, merkte Bob nicht, dass er von einem Mann in einer dunklen Limousine beobachtet wurde. Der Mann schraubte einen Schalldämpfer auf eine H&K 9 mm, steckte sie sich in den Schultergurt und folgte Bob in die Bar. Eine alte Kiezkneipe, gefüllt mit Stammgästen und roten Plastikbezügen. Im Fernseher über der Theke lief ein Giants-Spiel.

Als Bob auf die Theke zuging, erhob sich gerade ein Paar zum Gehen. Die Frau verzog das Gesicht, als Bobs schwitziger Zwiebeldunst sie streifte. Er schnappte sich den Hocker, den sie zurückgelassen hatte.

Einen Augenblick später kam der Mann mit der 9 mm hereingeschlendert und steuerte direkt auf den freien Hocker neben Bob zu.

Er prüfte die Luft und fragte sich, was wohl gerade hinter der Theke krepiert sein könnte. Bob blickte nach links, um zu sehen, was das ganze Herumgeschnüffel sollte, und fand sich Auge in Auge mit Klaus, einem Killer auf einer Angelpartie.

Er nickte dem gut aussehenden Fremden zu, legte dann sein Geld auf die Theke und zählte das Kleingeld. Der Kassensturz ergab eine Gesamtsumme von zwei Dollar und achtundvierzig Cent. Und wenn ein Bier zwei fünfzig kostete? Es wäre schlimm genug, den Barkeeper mit null Trinkgeld zu brüskieren, aber zwei Cents zu wenig für ein Bier zu haben, na ja, das wäre einfach nicht richtig. Vielleicht sollte er lieber wieder gehen und irgendwo reinschauen, wo man schon für weniger Geld ein Bier bekam.

Der Barkeeper näherte sich. Bob überlegte sich, ob er aufstehen sollte. Auf diese Peinlichkeit konnte er verzichten. Er erhob sich gerade in dem Moment, als der Barkeeper zu ihm kam.

»Was kann ich Ihnen bringen?«, fragte er.

Bob kratzte sein Geld zusammen und stopfte es sich in die Tasche. »Äh, schon gut, ich hab gerade gemerkt, dass …« Er wollte sich eben mit einer lahmen Ausrede verdrücken, als der gut aussehende Fremde das Wort ergriff.

»Kann ich Ihnen einen Drink spendieren, mein Freund?«

Bob sah den Mann an. Vielleicht war er ein Exzentriker, der Leuten aufgrund ihres Körpergeruchs Drinks spendierte. Das wäre reichlich sonderbar, dachte Bob, aber scheiß drauf, New York ist ein reichlich sonderbarer Ort, und ein Freibier ist ein Freibier.

»Sicher«, entgegnete Bob schließlich. »Warum nicht? Vielen Dank.«

Klaus bestellte einen Bombay-Martini. Bob bestellte ein Budweiser. Klaus streckte seine Hand aus. »Ich heiße Kurt Schickling«, log er.

»Ich bin Bob Dillon.« Bob wartete auf den Scherz, ermunterte Klaus mit einer Handbewegung, schon zu machen und es loszuwerden, aber Klaus hatte keine Ahnung, was Bob meinte.

»Okay«, meinte Bob schließlich, »was wollen Sie hören? ›Like a Rolling Stone‹? Nein? Wie wär's mit *›Lay, Lady, lay …‹*?« Und Bob sang: »*… lay across my big brass bed* … – leg dich auf mein großes Bett …«

Klaus sah verwirrt aus. »Ich verstehe nicht«, sagte er.

»Bob Dylan. So heiße ich, aber ich bin D-I-L-L-O-N statt D-Y-L-A-N.«

»Es tut mir Leid, ich bin nicht mit Bob Dylan vertraut. Ich bin nicht aus Ihrem Land.«

»Dylan ist der Typ, der … ach, egal.«

Der Barkeeper brachte ihre Drinks.

»Hey, danke für das Bier«, sagte Bob.

»Gern geschehen.« Klaus hob seinen Martini. *»Salud.«* Sie stießen an und tranken.

»Sie heißen also Schickling … was ist das, deutsch?«

»Richtig«, sagte Klaus. »Mein Vater war Deutscher. Meine Mutter Griechin.«
Es gab eine plötzliche Aufregung in der Bar, als alle ein Breakaway in dem Giants-Spiel bejubelten. Bob und Klaus sahen zu.
Bob unterstützte die Heimmannschaft: »Los, Giants!«
»Die Giants werden nie ohne Turnover gewinnen, und ihr Turnover-Verhältnis ist im Keller, seit Conrad und Harkins abgeworben wurden.«
Bob sah überrascht drein. »Das ist ziemlich gut für jemand, der nicht von hier kommt.«
Klaus tat es mit einem Schulterzucken ab, bis das Großmaul neben ihnen einen neuen Hundert-Dollar-Schein auf die Theke knallte und Klaus anfauchte: »Wie wär's, wenn du für deine großen Sprüche ein bisschen Kohle zeigst, Kumpel? Die Giants sind Nummer eins.«
Seelenruhig zog Klaus etwas Bargeld aus der Tasche und legte säuberlich acht Ben Franklins auf die Theke. »Machen wir es wenigstens interessant, mein Freund.«
Das Großmaul beäugte Klaus einen Moment lang, bevor er sein Geld wieder in die Brieftasche steckte. »Na ja, wenn sie nicht schon vierzehn im Rückstand wären, würde ich mitgehen.«
Bob starrte auf das Bargeld, als Klaus es wieder zusammenschob. Das war mehr Geld, als er seit langem gesehen hatte. »Was machen Sie als Beruf?«, fragte er und wünschte, das Geld würde ihm gehören.
»Ich bin ein … Unternehmens-Kopfjäger. Und Sie?« Klaus' Schnur war im Wasser, seine Angelpartie im Gange.
Als Bob munter verkündete, er töte Schädlinge, versprühte Klaus einen Mund voll Gin über die Theke. Bob klopfte ihm auf den Rücken, während er hustete und spuckte.
»Alles in Ordnung?«
»Ja«, keuchte Klaus. »Ich habe nur was in die falsche Kehle ge-

kriegt.« Mein Gott, dachte er, dieser Typ ist gefährlich. Weiß Gott, was so einer wie der hier tun würde, wenn er Klaus durchschaute.

»Ja, also jedenfalls bin ich ein Schädlingsvernichter, und ich mach mich grade selbstständig.«

Klaus blieb auf der Hut, aber er hatte immer noch etwas Köder am Haken. Würde dieser Typ einem Fremden gegenüber einfach zugeben, dass er ein Auftragsmörder war? »Sie sind also freier Unternehmer?«

»Jawohl«, sagte Bob. »Aber im Moment bin ich dabei, ein spezielles Verfahren zu verfeinern. Dabei geht's um diese Insekten aus der Ordnung *Reduviidae,* die heißen –«

»Moment«, unterbrach Klaus. »Sie töten … Insekten?« Klaus nahm an, das war ein Euphemismus für Opfer.

»Wenn es krabbelt, dann töte ich es«, verkündete Bob stolz. »Ich fange mit Insekten an wegen den natürlich vorhandenen Feinden. Irgendwann möchte ich das Gleiche mit Säugetieren versuchen, aber ich fange mit Wanzen an, weil sie leichter zu hybridisieren sind«, erklärte er, das Substantiv verbalisierend.

Klaus war sich nicht sicher, ob Bob sich einfach auf seine Kosten amüsierte, indem er in erweiterten Metaphern redete, und so warf er erneut seine Leine. »In dieser ›Branche‹ lässt sich ziemlich viel Geld verdienen, habe ich gehört.« Er hob eine Augenbraue, als könnte er damit Bob die Wahrheit entlocken.

»Schön wär's«, seufzte dieser. »Tatsache ist, dass ich völlig pleite bin. Ich hab diesen einen miesen Job verloren, und jetzt versuch ich, etwas Startgeld aufzutreiben, um das Geschäft in Gang zu bringen, es ist also ziemlich eng im Moment.«

»Harte Zeiten, ha?«, sagte Klaus mitfühlend.

»Das kann man wohl sagen«, erwiderte Bob.

Klaus versuchte, Bobs Worte in Kategorien von professionellem Mord zu interpretieren, aber das funktionierte nicht. Er konnte nicht feststellen, ob dieser Typ das, was er sagte, wörtlich oder in übertragener Bedeutung meinte, und so versuchte er es mit einem neuen Köder. »Und geht's mit Ihrem ›Geschäft‹ voran? Hatten Sie schon irgendwelche … Aufträge?«

»Ja und nein«, antwortete Bob. »Ich mache gerade diesen einen Job, den ich bezahlt kriege, wenn meine Idee funktioniert. Wenn nicht, bin ich geliefert. Ich sag Ihnen, die seelische Belastung ist enorm.«

»Ja, ich kenne das Gefühl«, meinte Klaus vorsichtig.

»Aber Sie würden nicht glauben, was in letzter Zeit hier so passiert ist, irgendwas Oberfaules, einschließlich dieses Typen aus Frankreich. Marcel hieß er glaub ich –«

»Marcel?!« Klaus dachte, da hätte etwas angebissen. »Erzählen Sie mir von ihm.«

»Ja, na ja, er und ein Typ von der CIA, er behauptet jedenfalls, dass er von der CIA ist … die denken, ich bin ein …« Bob blickte sich verstohlen um. »… ein Profikiller.«

»Nein«, sagte Klaus. Allmählich hatte er den Eindruck, dass das, was er an der Leine hatte, tatsächlich ein Typ war, der berufsmäßig Insekten tötete.

Bob lachte. »Ja, und das ist so gekommen: Ich bin mal mit einem Kumpel einen trinken gegangen, und da hat er mich dazu überredet, auf diese Anzeige zu antworten, in der ein Schädlingsvernichter gesucht wurde …«

Während er erzählte, fiel der Untersetzer von Bobs Bierflasche herunter. Er schnappte danach. Instinktiv griff Klaus nach seiner Waffe, hielt aber inne, als Bob sich den Kopf an der Messingstange der Theke anschlug.

»Autsch!« Bob rieb sich den Schädel. »Jedenfalls, können Sie sich das vorstellen? Ich ein Killer?«

»Nein, kann ich nicht.« Plötzlich war Klaus alles klar. Dieser Typ war genauso wenig ein Killer wie seine eigene Großmutter.

Draußen kroch ein schwarzer Cadillac langsam die Straße entlang. Er hielt neben Bobs glücklosem Pinto. Die Türen öffneten sich und spuckten Miguels herzlose Killer auf den Asphalt. Mit gezogenen Waffen überprüften sie den Pinto und suchten dann die Straße nach Bob ab.

Einer bellte etwas auf Spanisch; die anderen stiegen wieder ein. Langsam fuhren sie die Straße weiter.

Währenddessen fuhr Bob drinnen fort, dem neuen Freund sein Leid zu klagen. »Die ganze Sache könnte sogar etwas Komisches haben, wenn Mary und Katy mich nicht irgendwie … verlassen hätten.«

»Wer ist das?«, fragte Klaus, ohne richtig zu merken, dass er nach seinem zweiten Martini Bob ins Herz zu schließen begann.

»Meine Frau und meine Tochter«, sagte Bob. Er zog seine Brieftasche hervor und zeigte Klaus ihr Bild. »Und Sie, Kurt, sind Sie verheiratet? Haben Sie Kinder?«

Klaus zögerte. »Nein, ich habe keine.« Nachdenklich betrachtete er seinen Drink. »Wieso sind sie gegangen, Ihre Frau und Ihre Tochter?«

»Na ja, eigentlich kann ich's ihr nicht übel nehmen. Mary ist ziemlich sauer geworden, weil ich kein Gift benutzt habe.«

»Gift?« Es war Klaus peinlich, dass er vielleicht einen voreiligen Schluss gezogen hatte. Jetzt, mit drei Bier intus, begann dieser Mann über Gift zu reden. Vielleicht war er doch ein Killer. »Ja«, fuhr Bob fort, »sie wollte, dass ich bei dem Auftrag für den Franzosen Gift benutze.«

»Ein Auftrag von Marcel?« Das war's, dachte Klaus, Bob hatte sich verplappert.

»Nein, nein … Ahn-rii«, artikulierte Bob sarkastisch. »Ich hatte den Auftrag, sein Restaurant zu bearbeiten. Ich hab dort meinen ersten Hybriden ausprobiert, anstatt Gift zu benutzen, wie ich's Mary versprochen hatte, und, na ja, der Laden hat sich als ein verdammter Kakerlaken-Kongress entpuppt, und Ahn-rii hat sein Geld zurückverlangt, und Mary hat Katy mit zu ihrer Mutter genommen, die außerhalb lebt.«

Nee, dachte Klaus, jetzt geht's wieder um Viecher.

»Verstehen Sie, Mary ist ein bisschen nervös, weil wir schon so lange pleite sind. Seit sie ihren Job bei der Bank verloren hat, standen wir immer zwei Monatslöhne vor der totalen Katastrophe. Also hat sie Doppelschicht gearbeitet … sie ist Kellnerin …« Bobs Stimme verstummte, als er das Interesse an der Geschichte verlor. Er nahm einen Schluck aus seiner Flasche.

»Das Leben ist also ein bisschen hart zur Zeit?«, fragte Klaus.

»Ja«, sagte Bob, dessen Optimismus mit jedem Schluck größer wurde. »Aber wissen Sie, das könnte sich bald ändern. Ich hab gerade einen großen Auftrag von diesem Immobilientypen bekommen, vier Gebäude, na ja, es waren mal vier, jetzt sind's nur noch drei. Das eine ist, ich weiß nicht, irgendwie eingestürzt. Ich hab keinen blassen Schimmer, wie das passiert ist. Na ja, ich hab noch drei Gebäude und drei Hybridenrassen zum Ausprobieren. Wenn eine von ihnen funktioniert, bin ich aus dem Schneider.«

»Das Leben besteht aus einer Menge ›wenns‹, nicht?« Klaus nahm einen letzten Schluck von seinem Martini und erhob sich, jetzt endgültig überzeugt, dass Bob keine Bedrohung für seine Karriere darstellte. »Nun, mein Freund, es war ein langer Tag. Ich muss los. Ich wünsche Ihnen, dass es für Sie bald wieder besser läuft.«

Sie gaben sich die Hand, und ihre Blicke trafen sich. Ein bisschen männliche Verbrüderung, aber nicht allzu peinlich.

»Ja, ich Ihnen auch«, sagte Bob und rülpste. »Hören Sie, Kurt, noch mal vielen Dank. Für die Biere und dass Sie sich mein ganzes Gejammer angehört haben. Das rechne ich Ihnen hoch an.«

Klaus wünschte noch einmal viel Glück und ging.

Bob leerte seine Flasche, und als er feststellte, dass Klaus sei-

nen Martini nicht ausgetrunken hatte, machte er den auch noch alle.
Von der männlichen Verbrüderung und dem Alkohol fühlte er sich schwindlig. Als er sich zum Gehen erhob, blickte er zum Fernseher und sah, wie die Giants dreiunddreißig Sekunden vor Ende des Spiels in einem überraschenden Comeback ein spielentscheidendes Feldtor erzielten. Während das Großmaul irgendwas murmelte von einer verpassten Gelegenheit, auf die Schnelle achthundert Dollar zu verdienen, wankte Bob mit wahrscheinlich zwei Promille zu seinem Wagen hinaus. Da ihm im Moment ein Freund fehlte, der einen Freund nicht betrunken fahren lassen würde, schob er sich hinter das Steuer seines potenziell explosiven Pinto und fuhr los, ohne daran zu denken, was passieren würde, wenn er von hinten gerammt würde.
Kurz nachdem er in die Spring Street eingebogen war, setzte sich der schwarze Cadillac mit Miguels drei Killern neben ihn auf gleiche Höhe. Bob behielt die Augen auf der Straße, bis er den Cadillac hupen hörte. Er sah die drei dunkelhäutigen Killer, die Waffen im Anschlag.
In der Annahme, es handele sich nur um einen Überfallversuch, gab Bob den Männern mit dem Zeigefinger der rechten Hand ein Zeichen, womit er meinte: »Einen Moment Geduld bitte.« Mit der Linken lenkend, griff er mit der Rechten in seine Gesäßtasche, zog die Brieftasche hervor und zeigte den Männern, dass sie leer war. Er zuckte die Achseln und formte mit den Lippen ein deutliches »Tut mir Leid, Jungs«. Und fuhr weiter.
Die Killer sahen sich an, als Bob völlig unbeeindruckt blieb. Bald darauf, kurz hinter Broadway, kreischte der Caddy mit achtzig Sachen an Bob vorbei. Etwa fünfzig Meter vor ihm vollführte er eine Drehung um hundertachtzig Grad, blieb mitten auf der Straße stehen und blendete Bob mit dem Fernlicht. Das Einzige, was er sich jetzt noch vorstellen konnte, war eine Autoentführung, aber ihm war schleierhaft, wieso drei Typen in

einem schönen Cadillac seinen alten Pinto haben wollten. Doch nach all diesen Jahren musste er wohl akzeptieren, dass in dieser Stadt fast alles möglich war. Trotzdem war Bob überrascht, als die Killer aus ihrem Auto stiegen und die Waffen auf ihn richteten, als er näher kam. Er machte sich fast in die Hose vor Angst, als er das grelle Mündungsfeuer sah und seine Scheibe zertrümmert wurde und er die herumfliegenden Scherben spürte.

»Heilige Scheiße!«, schrie Bob, während er auf die Bremse trat und auf dem Boden in Deckung ging. Das machte keinen Sinn. Autoentführer pflegten, soviel Bob wusste, den Fahrer zu entfernen, bevor sie schossen. Dies sah eher wie ein direkter, wenn auch mysteriöser Anschlag auf sein Leben aus. Er dachte daran zu beten, aber wo sollte er anfangen?

»Äh, lieber Gott, sieht aus, als würde ich hier gleich kaltgemacht. Wenn nicht vorher dieses Auto in die Luft fliegt, wird wohl eine dieser Kugeln mich treffen, und könnte ich eine Reservierung machen oder muss ich mich direkt mit Petrus in Verbindung setzen?«

Das klang nicht sehr fromm, und so bekreuzigte er sich und sagte: »Mary, Katy … ich liebe euch.«

Hörte drei gedämpfte Plopps in schneller Reihenfolge und dann Stille.

Ein kurzer Moment verging, ein leises Zischen, als einer der Reifen Luft verlor, und dann brüllte ein Mann aus einem Fenster im ersten Stock herunter, wenn sie nicht endlich mit dem gottverdammten Lärm aufhörten, würde er runterkommen und ihnen zeigen, was eine richtige Knarre ist.

Vorsichtig spähte Bob durch das, was einmal seine Windschutzscheibe gewesen war. Da er niemanden sah, stieg er langsam aus seinem Wagen, erstaunt, dass er nicht in dem Kugelhagel explodiert war. Bob war zu geschockt, um sich zu überlegen, dass die Killer das, was ihnen mit ihren Waffen nicht

gelungen war, viel leichter hätten erreichen können, wenn sie einfach seinen Pinto von hinten gerammt hätten.
Als er ausgestiegen war, sah er die Männer auf der Straße liegen, tot und aus ähnlich platzierten Löchern in der Stirn blutend. Von der Größe der Wunden und der Art, wie die Haut zurückgeschält war, wusste Bob, dass er hier Austrittswunden vor sich hatte, was bedeutete, dass sie von hinten erschossen worden waren.
Das Geräusch von Leder auf dem Asphalt ließ ihn aufblicken. Bob kniff die Augen zusammen, und im Gegenlicht des Autoscheinwerfers sowie in dem Dampf, der aus einem Kanaldeckel emporwaberte, sah er die Gestalt eines Mannes auf sich zukommen. Der Mann hielt eine Waffe in der Hand.
Bob wusste nicht, ob er sich in die Hose machen oder angeln gehen sollte, und so erstarrte er, fiel dann auf die Knie, überzeugt, dass er im Begriff war, aus Gründen zu sterben, die er nicht verstand.
»Bitte, bitte, töten Sie mich nicht«, flehte Bob. »Ich weiß nicht, was hier los ist, aber bitte …« Er verstummte und legte die Hände über den Kopf, in der verzweifelten Geste eines Menschen, der damit rechnet, jeden Moment getötet zu werden. Der Mann blieb direkt vor Bob stehen.
»Du bist wirklich nur ein Schädlingsvernichter, stimmt's?«
Bob erkannte die Stimme und spähte zwischen seinen Fingern hindurch. »Kurt? Bist du das?«
Klaus half Bob auf die Beine. »Ich heiße Klaus. Ich bin auch ein Schädlingsvernichter.«
Die ganze Bedeutung dessen, was Klaus sagte, war Bob nicht sofort klar. Klaus wechselte das Thema zu schnell, sagte, sie müssten verschwinden, bevor die Polizei eintraf. Daraufhin erklärte Bob, es würde mindestens noch eine halbe Stunde dauern, bis irgendwelche Polizei käme, vorausgesetzt, dass jemand die Ruhestörung überhaupt gemeldet hatte.

Klaus bestand darauf, vom Tatort zu flüchten, bis Bob ihm von Kitty Genovese erzählte, als achtunddreißig Menschen Zeugen des langsamen und grauenhaften Mordes an einer Frau waren, der sich über einen Zeitraum von dreißig Minuten in drei Angriffen abspielte. Trotz ihres Flehens um Hilfe, erklärte Bob dem nachdenklich gewordenen Killer, hatte keiner der achtunddreißig New Yorker irgendetwas unternommen, die Angriffe zu verhindern, es hatte sich nicht einmal jemand die Mühe gemacht, zum Telefon zu gehen und die Polizei zu rufen.

Klaus fragte sich, wie Bob oder überhaupt irgendein anständiger Mensch in so einer Stadt leben konnte. Aber anstatt sich darüber weiter Gedanken zu machen, nutzte er die Situation und kümmerte sich um die hässlichen Einzelheiten, die auf der Straße herumlagen. Sie wechselten Bobs Platten, und Klaus legte dar, weshalb er in New York und Bob in die Bar gefolgt war. Er erklärte auch, wieso das Gebäude vor Bobs Augen eingestürzt war.

»Hab ich das richtig verstanden?«, fragte Bob, als er die letzte Mutter festzog. »Du bist hierher gekommen, um mich umzubringen, weil du gedacht hast, ich verdräng dich aus dem Attentatsgeschäft?«

Klaus nickte. Bob hielt inne und ließ sich das kurz durch den Kopf gehen. »Ich brauch noch einen Drink.«

»Ich finde, wir sollten erst mal aus Manhattan raus.«

Bob war einverstanden. Er stieg in den kugeldurchsiebten Pinto und fuhr Klaus zum Queens-Midtown-Tunnel. Auf der anderen Seite des East River kamen sie wieder raus und landeten bei einem Mom-and-Pop-Getränkeladen in der Nähe des Wassers an der Kent Avenue. Sie gingen hinein, um sich eine Flasche zu holen, und trafen Mom und Pop hinterm Verkaufstresen an.

Obwohl er in der Regel Martini bevorzugte, weigerte sich

Klaus, warmen Gin zu trinken, und bestellte eine Flasche Glenlivet, was Bob mehr als recht war. Gerade als Pop nach dem Whisky griff, ging die Tür auf, und zwei miese Gauner mit tätowierten Lippen und billigen Knarren schlüpften herein.
Gauner Nummer eins stellte klar: »Keine Bewegung, sonst seid ihr alle tot wie Scheiße!«
Der zweite Gauner sprang über die Theke und schlug Pop mit seiner Pistole ins Gesicht. Der alte Mann flog mit dem Gesicht zuerst in einen Stapel Kästen, die Wange bis zum Knochen aufgeplatzt. Mom eilte ihm zu Hilfe und bekam von dem ersten Gauner so einen Schlag, dass ihr das Blut aus dem welken Mundwinkel rann. Sie klammerte sich an ihren Mann, während einer der Gauner die Kasse leerte.
Jetzt reichte es Klaus. Er trat zu dem größeren der beiden Scheißer.
»Das hättest du nicht tun sollen«, informierte Klaus ihn.
Der Typ sah Klaus ungläubig an, bevor er ihm seine Knarre mitten auf den Mund drückte.
»Maul auf für Happi, Arschloch!« Der Gauner drehte sich lachend zu seinem Kumpel um. Das erwies sich als gravierender Fehler.
In dem Moment, im Bruchteil einer Sekunde, entwaffnete Klaus den kleinen Scheißer, packte seinen fettigen Haarschopf und bescherte ihm einen Schädelbruch an der Kühltruhe.
Der andere Schwachkopf reagierte mit seiner Knarre, aber nicht schnell genug. Klaus zog seine eigene Waffe und jagte zwei Patronen mitten durch das Handgelenk des Gauners. Der Schwachkopf schrie hysterisch und starrte auf seinen blutenden Arm.
»O Scheiße! Du Dreckskerl! Gottverdammt!«, jaulte er. »Wieso hast du das denn gemacht?! O Scheiße, das tut ja widerlich weh!«
Klaus näherte sich ihm und sagte leise: »Du bist schwer ver-

letzt. Du musst dich ganz ruhig verhalten, bis Hilfe kommt.« Mit diesen Worten hämmerte er ihm den Handballen in die Nase und zog ihn vorläufig aus dem Verkehr. Klaus erkundigte sich bei Mom und Pop, wie es ihnen gehe.

Sie waren etwas mitgenommen, aber sonst okay.

»Gut, und jetzt zu dem Whisky.«

Mom sagte, der gehe auf Kosten des Hauses, was Klaus gnädig annahm. Dann fiel ihm noch etwas ein.

»Könnte ich Sie um zwei Lotterielose bitten?«

Nachdem sie 911 gewählt hatten, gingen Bob und Klaus zu einem Platz am Wasser gegenüber East River Park und Manhattans Skyline. Dort setzten sie sich hin und saugten den warmen Whisky und den strengen Duft des Flusses ein.

Es war ein ziemlich anstrengender Abend gewesen, selbst für einen Profikiller, und so versuchte Klaus Bob zu beruhigen, indem er ihm erschütternde Geschichten von einigen seiner Fast-Begegnungen mit dem Tod erzählte.

Einmal befand sich Klaus um die Osterzeit in Juarez im Regen und verfolgte einen Botschaftsrat der Deutschen Botschaft, der mit einigen Computer-Disketten vertraulichen Inhalts entschwunden war. Natürlich erwischte Klaus seinen Mann, aber nicht bevor er ein Rendezvous mit einem kleinen, sich schnell bewegenden Stück Blei hatte. Die Kugel hatte Klaus etwas Haut vom Schädel geschält und das Keilbein bloßgelegt.

»Schau her«, sagte Klaus und hob die Haare auf der Seite des Kopfes an. »Da ist noch eine Narbe.« Bob sah die kleine weiße Linie und pfiff. Mann.

Klaus tat das Abenteuer mit einer Handbewegung ab und hatte gerade angefangen, Bob von einem höchst komplizierten Auftrag zu erzählen, bei dem es um die Exekution des Geheimpolizeichefs der Philippinen ging, als die Unterhaltung plötzlich, ohne Vorwarnung, eine völlig unerwartete Linkswende nahm. Bevor einer von ihnen wusste, was passiert war, waren sie knie-

tief in der Scheiße – angeführt von fehlerhaften Erinnerungen –, als sie sich dem uralten Streit hingaben, wer der beste Schwergewichtsboxer aller Zeiten gewesen sei.
»Eindeutig Muhammad Ali. Schwebt wie ein Schmetterling, sticht wie eine Biene«, schwärmte Bob, wie man es von jedem guten Entomologen erwarten konnte.
Klaus war anderer Meinung. »Nein. Ganz klar Iron Mike Tyson.«
»Nie«, beharrte Bob. »Ali hatte die Reichweite, die Schnelligkeit.«
»Tyson«, erinnerte Klaus Bob, »ist auch schnell, und er hat mehr Power. Den härtesten Schlag in der Boxgeschichte. Ich habe eine Menge Geld gewonnen, indem ich auf Iron Mike gesetzt habe.«
»Ja, aber er hatte keine Verteidigung.«
»Was? Er hatte die beste Verteidigung, die für Geld zu haben war«, witzelte Klaus mit einem Nicken und einem Zwinkern. »Wie hieß sein Anwalt doch gleich?«
Sie sahen sich an und lachten. Klaus fielen die Lotterielose wieder ein. Er gab Bob eines. Klaus rubbelte seinen Schein und blies das weiche graue Zeug weg, das die Preise überdeckte. »Mist«, meinte er, bevor er seinen Schein beiläufig auf den Boden warf. Bob hob ihn auf.
»Hey, Kumpel, keinen Müll wegwerfen. Kann sein, dass ich diese Stadt hasse, aber leben muss ich trotzdem drin.« Er kratzte auf seinem Schein. »Hey, ich hab zwei Dollar gewonnen! Ist auch höchste Zeit, dass ich mal was gewinne.«
Klaus schüttelte den Kopf und nahm einen Schluck aus der Flasche. »Weißt du was, du bist in Ordnung.« Klaus reichte die Flasche an Bob weiter. »Ich bin froh, dass ich dich nicht getötet habe.«
»Ich auch«, sagte Bob.
Seit langem zum ersten Mal war Klaus betrunken und verspürte

eine innere Wärme. »Du bist ein guter Mensch. Du bist echt. Ich begegne nicht vielen Menschen, die so sind.«
Bob sah seinen neuen Freund an. »Du bist auch in Ordnung, vor allem für einen Profikiller.«
»Weißt du«, sinnierte Klaus, »so etwas wie das hier vermisse ich in meinem Leben. An so einem Abend mit einem Freund zusammenzusitzen und was zu trinken und den Fluss vorbeifließen zu sehen.«
»Na ja, beim East River ist es eher so, als würde man ihn vorbeisickern sehen, aber ich weiß, was du meinst.«
Es entstand eine Pause, während Bob über etwas nachdachte. »Sag mal, Klaus, wieso hast du die Scheißer da im Laden eigentlich nicht umgelegt?«
Klaus antwortete, ohne zu zögern. »Sie haben es nicht verdient, zu sterben.«
»Mag sein«, entgegnete Bob, »aber die sind Abschaum, die kümmern sich einen Dreck um andere. Früher oder später werden die jemand umbringen.«
»Dann verdienen sie es vielleicht, zu sterben, aber heute Abend noch nicht.« Klaus war resolut.
»Du hättest sie allemachen sollen«, sagte Bob. »Diese Stadt hat mehr als genug Arschlöcher.«
Klaus sah Bob an. »Ich habe meine Regeln, wen ich töte und wen nicht.«
»Regeln?«, fragte Bob.
Klaus umriss seine Philosophie. Bob war beeindruckt. Er stimmte zu, dass es eine lange Liste von Leuten gab, die der Welt einen großen Gefallen tun würden, wenn sie sich in die Ewigkeit schießen lassen würden.
»Hast du jemals Schiss?«, fragte Bob.
»Ich habe immer Schiss«, erwiderte Klaus.
Das Geständnis überraschte Bob. »Na komm, was ist mit James Bond und der Gefahr ins Gesicht lachen und so ’n Zeugs?«

»Bond war ein Spion, kein Killer«, sagte Klaus und blickte über den Fluss. »Außerdem sind wir hier nicht im Kino.«
Er wandte sich zu Bob. »Weißt du, ich beneide dich. Du hast eine Familie. Das ist etwas, was ich nie haben kann.« Er zog seine Brieftasche hervor und zeigte Bob das Foto einer Frau und eines kleinen Mädchens.
»Ich dachte, du hast gesagt, du hättest keine Familie«, meinte Bob.
»Hab ich auch nicht. Das ist das Bild, das in der Brieftasche drin war, als ich sie gekauft habe. Ich erzähle den Leuten nur, dass es meine Familie ist. Verstehst du, wenn ich wirklich Frau und Kinder hätte, könnten sie gegen mich benutzt werden. Das wäre ihnen gegenüber nicht fair.«
Wie rührend, dachte Bob. Klaus tat ihm Leid.
Lange starrten sie schweigend über den Fluss auf die blinkenden Lichter Manhattans.
Schließlich sagte Klaus: »Nachts ist es ganz schön.«
»Stell dir vor, wie es für eine Libelle aussehen muss«, erwiderte Bob.
»Warum?«, fragte Klaus.
»Ihre Netzaugen haben fünfzigtausend Facetten. Das ist wahrscheinlich so, wie wenn man vollgeknallt mit Acid durch ein Kaleidoskop blickt und dabei am vierten Juli mit einem Drachenflieger mitten durch ein Feuerwerk segelt.«
»Ich glaub's dir gerne.« Klaus sah Bob einen Moment lang an, bevor er aufstand. »Also, mein Freund, ich muss gehen.«
»Wohin gehen? Was passiert jetzt?«, fragte Bob.
»Höchstwahrscheinlich wirst du deines Weges gehen und ich meines. Ich muss nach Hause zurück und eine alte Rechnung begleichen. Und du musst deine Familie zurückholen und mit deinen Experimenten weitermachen.«
Bob stand auf und schwankte etwas. »Äh, jetzt wo du mich nicht, äh, eliminiert hast … kriegst du deswegen Probleme?«

Klaus legte den Arm um Bobs Schulter und sagte ernst: »Nein, aber wenn ich höre, dass du irgendjemand ›unschädlich‹ gemacht hast, werde ich wiederkommen und dich töten müssen.«

11

Miguel Riviera war außer sich vor Wut, als er erfuhr, dass seine drei Killer von diesem Mann niedergeschossen worden waren, der sich »der Schädlingsvernichter« nannte.

»Wer ist dieser Dreckskerl?«, schrie er, ohne die Frage an jemand Bestimmten zu richten. Während er seinen nächsten Zug plante, trat er ein Loch in die Wand seines frisch renovierten Büros.

Anfangs war Bobs Ermordung bloß ein Teil von Miguels Plan gewesen, um die Tatsache zu verschleiern, dass er seinen eigenen Bruder umgebracht hatte, ein reines Ablenkungsmanöver, um Unruhe in seiner Truppe zu verhindern. Aber jetzt wurde daraus eine entscheidende berufliche Angelegenheit sowie eine Frage von persönlichem Stolz. Niemand würde mehr vor Miguel Angst haben, wenn er es nicht einmal schaffte, den Mann umlegen zu lassen, der seinen Bruder getötet hatte. Und wenn niemand Angst vor ihm hatte, würde auch er früher oder später den Knoblauch schälen.

Aber vielleicht war es doch nicht so ein einfaches Attentat. Vielleicht war dieser »Schädlingsvernichter«, dieser Mann mit dem Blick des Todes in den Augen, tatsächlich ein besserer Killer als Klaus. Das war die Theorie, die in letzter Zeit unter jenen diskutiert wurde, die über solche Dinge diskutierten.

Miguel brauchte eine Garantie, dass der »Schädlingsvernichter« starb, und nach reiflicher Überlegung kam ihm eine, wie er meinte, ziemlich gute Idee. Dafür war es nötig, dass umgehend gewisse Informationen weltweit verbreitet wurden, und so tat er das, was jeder tat, der der Welt seine Gedanken mitteilen wollte – er berief eine weitere Pressekonferenz ein.

Die Medienleute trafen am gleichen Nachmittag in Rivieras Palast ein, hungrig nach gutem Bild- und Tonmaterial. Miguel stand am Pult hinter einem Wald von Mikrofonen und spielte seine Rolle extrem emotional.

»… und während mein geliebter Bruder sterbend in meinen Armen lag, schwor ich, seinen Tod zu rächen!«

Bei diesem Stichwort trugen zwei Männer ein großes Plakat herein, das an drei Meter langen Stangen zusammengerollt war, und enthüllten eine stark vergrößerte Version von Bobs Foto, das an jenem Abend bei »Freddie's« aufgenommen worden war. Auf dem Foto befand sich ein roter durchgestrichener Kreis. Einen Augenblick später kam ein elektrischer Gabelstapler in den Raum hereingesummt und platzte in präziser Choreographie durch die Papierwand. Sechs schwer bewaffnete Männer trabten neben dem Gabelstapler her, der eine große, mit einem riesigen Haufen Bargeld vollgestapelte Palette transportierte.

Ooohs, Aaaahs und höflicher Applaus hallten durch den Raum. Miguel hatte sich diesen Theaterzauber in der Annahme ausgedacht, dass besseres Video eine bessere Chance hatte, in die Nachrichten zu kommen, und je mehr Leute es sahen, desto mehr würden darauf reagieren.

Miguel deutete auf das Bargeld und hämmerte auf das Pult. »Zehn Millionen amerikanische Dollar! Das werde ich demjenigen zahlen, der diesen ›Schädlingsvernichter‹ tötet.« Sich in fiebrige Erregung hineinsteigernd, kreischte er: »Ich will Blut sehen! Mein Bruder wird gerächt!«

Als der Zirkus vorbei war, machten die Reporter für alle amerikanischen, europäischen und südostasiatischen Fernsehanstalten ihre berechenbar standardisierte Nummer und leiteten das Material brav an ihre Arbeitgeber weiter. An jenem Abend wurde, genau wie Miguel es sich erhofft hatte, seine Darstellung im ganzen globalen Dorf gesendet. CNN brachte die Story als Erste, und schon wenige Minuten nach der Sendung setzten sich gemeingefährliche Typen auf jedem Kontinent mit ihrem Reisebüro in Verbindung und trafen die nötigen Vorkehrungen, um in die Jagd einzusteigen.

Klaus war der einzige Profikiller, der die Nachricht verpasste. Er war gerade mit der Maschine aus den Vereinigten Staaten gelandet, und die Nachrichtensendung an Bord war vorher aufgezeichnet worden, sodass Klaus von dem Zehn-Millionen-Dollar-Auftrag für die Ermordung seines neuen Freundes Bob nichts ahnte.

Der Taxifahrer setzte Klaus bei seiner Villa ab und fuhr schnell weiter, als wüsste er, dass es einen guten Grund gab, nicht länger als nötig herumzuhängen. Bevor er die Haustür aufmachte, blieb Klaus stehen, um ausgiebig zu gähnen. Er war müde von dem langen Flug und brauchte dringend Erholung.

Er schloss die Tür auf, und sowie er in die Diele trat, packten ihn zwei starke Männer von hinten. Elastisch wie eine Feder vollführte Klaus einen erstaunlichen Rückwärtssalto und landete hinter ihnen. Sie drehten sich um, um ihn zu packen, und er hämmerte eine Faust gegen eine Luftröhre und einen Ellbogen gegen einen Kiefer. Beide kippten um. Klaus machte sich für mehr bereit.

Schattenmann sprach aus dem Wohnzimmer. »Warum so angespannt, Klaus? Vielleicht sollten Sie sich überlegen, auf Koffeinfreien umzusteigen.«

Sofort starrten vier Knarren auf Klaus.

»Haben wir ein Kommunikationsproblem?«, fragte Schattenmann.

»Eher ein Kapitalflussproblem«, sagte Klaus.

»Ich glaube, Sie werden uns zustimmen, dass wir sehr viel Geduld gezeigt haben, aber wir können es uns nicht leisten, Sie noch viel länger mitzuschleppen. Es ist an der Zeit, dass Sie Ihre Schulden zahlen.«

Klaus deutete auf ein Gemälde an der Wand. »Nehmen Sie meinen Gauguin. Er wird meine Schulden mehr als decken.«

Schattenmann nahm das Gemälde von der Wand, prüfte es, zog einen juwelenbesetzten Butan-Zigarrenanzünder hervor und setzte das Bild in Brand, bevor er es in den Kamin warf. »Ich fürchte, sein Marktwert ist gerade rapide gesunken.«

»Ja, stimmt, jetzt schon«, sagte Klaus.

»Wir sind an Geld interessiert, nicht an postmodernen Gemälden.«

»Erstens«, dozierte Klaus, »war Gauguin postimpressionistisch. Zweitens war der Postmodernismus eine Architekturbewegung.«

Der Schattenmann hasste es, belehrt zu werden. Ein Zeichen, und seine Schläger nahmen Klaus fester in die Zange. »Sie schulden uns noch eine beträchtliche Summe.«

»Habe ich Sie jemals nicht bezahlt?«, fragte Klaus. Er hoffte, der Verweis auf seine beispielhafte Zahlungsmoral könnte ihm einigen Schmerz ersparen.

»Klaus, mein Freund, Sie haben ein einfaches Problem, für das es eine einfache Lösung gibt«, meinte der Schattenmann.

Klaus fragte, was die einfachen Dinge seien, obwohl er sich ziemlich gut vorstellen konnte, was der Schattenmann meinte; er glaubte daran, dass es immer klug war, in derartigen Situationen Zeit zu schinden. Damals in Pakistan war das beste Beispiel dafür.

Eine Frage kam aus der Dunkelheit. »Sie haben von diesem Mann gehört, der sich ›der Schädlingsvernichter‹ nennt?«

Das Bild von Bob, wie er sich in der Bar in SoHo den Kopf an dem Messinggeländer anschlug, jagte Klaus durch den Kopf. »Der Mann ist ein Gerücht«, sagte er verächtlich. »Er ist nichts weiter als ein –«

»Mag sein«, unterbrach der Schattenmann. »Aber dieses ›Gerücht‹ ist jetzt tot zehn Millionen Dollar wert.« Er erklärte Klaus die Sache mit Rivieras Auftrag.

»Das ist lächerlich«, bemerkte Klaus.

»Ganz Ihrer Meinung, der Preis für diesen Job ist völlig überhöht«, sagte der Schattenmann. »Diese Kokain-Typen haben viel mehr Geld als Verstand. Trotzdem, indem Sie diesen ›Schädlingsvernichter‹ töten, können Sie Ihre Schulden uns gegenüber begleichen, Ihr Prestige wieder herstellen und, was am wichtigsten ist, am Leben bleiben.«

In letzter Zeit hatte Klaus viel darüber nachgedacht, ob er wirklich noch am Leben bleiben wollte. Die lähmenden Anfälle von Depression wurden immer unerträglicher, und was ihm früher als Lebensziel galt, war jetzt nicht mehr zu rechtfertigen. Außerdem war die Welt, die ihm einst zu Gebote stand, völlig außer Kontrolle geraten. Bob Dillon, ein einfacher Familienvater aus Queens, New York, hatte Klaus unbeabsichtigt arbeitslos gemacht. Und jetzt bot irgend so ein voll gekokster Bolivianer zehn Millionen Dollar für seine Ermordung.

Klaus war innerlich zerrissen. Er mochte Bob, aber er schuldete ihm nichts. Andererseits verdiente Bob es nicht, zu sterben. Bevor Klaus noch weiter darüber nachdenken konnte, presste einer der Schläger eine Waffe gegen seinen Kopf und spannte den Hahn.

Des Spielchens müde, verdrehte Klaus die Augen. »O bitte«, sagte er sarkastisch, »als würden Sie mich einfach so töten. Tote finden nicht leicht Arbeit, wissen Sie, und sie bezahlen selten ihre Schulden.«

»Da haben Sie natürlich Recht«, erwiderte der Schattenmann, »aber nur teilweise.« Er gab seinem Mann ein Zeichen, die Waffe wegzustecken. »Das Geschäft der Kreditvergabe kann nur funktionieren, wenn es eine hinreichende Strafe für jene gibt, die nicht zurückzahlen. Habe ich Recht?«

»Zugegeben«, stimmte Klaus zu.
»Also«, fuhr der Schattenmann fort, »nachdem wir Sie einige Male ernsthaft verwarnt haben, bleiben uns nur noch zwei Optionen. Die erste ist die, dass wir Ihnen Ihre Kreditwürdigkeit vermiesen.«
Die Entourage des Schattenmanns kommentierte das mit einem sarkastischen »Ooooooooh«.
»Meine zweite Option«, sagte er, »und diejenige, die meiner Meinung nach eine überzeugendere Botschaft an alle jene sendet, die mit dem Gedanken spielen, sich um die Rückzahlung ihrer Schulden zu drücken, ist die, Sie zu töten.«
»Das kann ich nicht bestreiten.« Klaus wandte sich zu den Schlägern des Schattenmannes. »Was meint ihr Typen dazu?«
Unisono schüttelten die Schläger die Köpfe.
»Gut«, stellte der Schattenmann zufrieden fest, »dann sind wir uns einig. Also, sollte es notwendig werden, Sie zu töten, dann werden Sie sicherlich Verständnis dafür haben, dass wir es uns nicht leisten können, es auf … humane Weise zu tun.«
»Nicht wenn Sie ernst genommen werden wollen«, ergänzte Klaus.
»Danke. Also, wenn Sie nichts dagegen haben, will ich Ihnen das in einer kleinen Demonstration veranschaulichen.«
Ein weiteres Zeichen aus dem Schatten, und einer der Schläger hielt ihm ein Elektroschockgerät auf die Brust, sodass Klaus krampfhaft zuckend zu Boden geschleudert wurde. Einen Moment später war er so gut wie gelähmt.
Zwei der Kerle hoben ihn auf und setzten ihn auf einen Stuhl. Sie zogen ein Paar rosafarbene Stricknadeln und zwei kleine Holzhämmer hervor. Darauf hielt einer Klaus an den Haaren fest, während zwei andere ihm die Spitzen der Nadeln in die Ohren steckten und mit den Hämmern ausholten.
»Wie heißt es doch?«, fragte der Schattenmann. »Manche Dinge sind schlimmer als der Tod? Ein Mann mit Ihrem Beruf

sollte das besser als jeder andere wissen. Also, Klaus, ich habe das hier schon einmal machen müssen, und es ist nicht angenehm. Erstaunlicherweise stirbt man nicht sofort, sondern erleidet zuerst eine ganze Zeit lang extreme Schmerzen. Nachdem ich das gesagt habe, werden Sie mir sicherlich zuhören.«

»Ich bin ganz Ohr«, kalauerte Klaus.

Schließlich erhob sich der Schattenmann und trat langsam aus dem Dunkel heraus. Klaus war neugierig, das Gesicht dieses Mannes zu sehen. War er fürchterlich entstellt? Hatte irgendein widerlicher Geburtsfehler sein Antlitz so grotesk verunstaltet, dass erwachsene Männer vor ihm zurückschreckten?

Mit jedem Schritt, den der Schattenmann in Richtung Licht machte, stieg Klaus' Unruhe. Als schließlich das Gesicht des Schattenmanns erhellt wurde, wich Klaus sichtlich zurück, sprachlos angesichts der Entdeckung, dass dieser Mensch Buddy Hackett wie aus dem Gesicht geschnitten war.

»Töten Sie diesen Mann«, zischte der Schattenmann mit einem leichten Lispeln, »Ihr ›Gerücht‹, diesen ›Schädlingsvernichter‹, und kriegen Sie – allermindestens – Ihr finanzielles Leben wieder auf die Reihe, sonst verspreche ich Ihnen, werden Sie auf eine Weise sterben, die selbst Sie sich nicht vorstellen können.«

Ohne zu übertreiben, hätte man Marys Schrei als Grauen erregend bezeichnen können. Es war ein Schrei, wie man ihn von einer Frau erwarten könnte, die einem Irren mit einem blutigen Sägemesser gegenübersteht. Tatsächlich war Mary bloß durch hohes Gras gelaufen und hatte dabei einige Laubheuschrecken *(Pterophylla camellifolia)* aufgeschreckt.

Da ihnen ausgeklügelte Flugfähigkeiten fehlen, waren die großen grünen Insekten schwerfällig Mary ins Gesicht geflogen, was sie veranlasste, zu schreien und komisch mit den Händen um sich zu schlagen.

Katy hörte schließlich auf zu lachen, als Mary sie mit einem eisigen Blick bedachte, der so viel sagte wie: »Das ist nicht komisch.«
»Tut mir Leid«, log Katy. »Aber die tun dir nichts. Die versuchen nur abzuhauen.«
»Woher soll ich denn wissen, was die versuchen?«, fragte Mary. »Die sind direkt auf mich zugeflogen, um Himmels willen! Ich hab gedacht, sie greifen mich an.«
»Oh, sicher, Mom«, verdrehte Katy die Augen. »Böse, Menschen fressende Laubheuschrecken, klar, wer kennt sie nicht.«
Sie stapfte vor ihrer Mutter her in den stillen Wald hinein, ein paar Kilometer nördlich des Hauses von Marys Mutter in Tarrytown.
»Was machen wir überhaupt hier draußen?«, fragte Katy, während sie zusah, wie ein Distelfalter *(Cynthia cardui)* vorbeiflatterte.
Das war eine gute Frage, auf die Mary gerne die Antwort gewusst hätte. Sicher, sie hatte ein Ziel, das sie erreichen wollte, solange sie im Wald waren, aber was bedeutete es in ihrem Gesamtlebensplan?
Wieso waren sie hier draußen? Was bedeutete es, dass Mary im Begriff war zu tun, was sie im Begriff war zu tun? Bedeutete es, dass sie Bob wieder in ihre Gunst aufnehmen wollte? Glaubte sie, dass Bob seine Lektion gelernt hatte? Bedeutete es überhaupt irgendwas?
»Also«, begann Mary. »Ich brauche deine Hilfe bei etwas.«
»Geil«, sagte Katy. »Bei was denn so?«
»Ja, na ja, ähmmm …« Mary wollte nicht zugeben, dass sie Bobs kleine Maskottchen zu Wanzenstaub zertreten hatte. Nicht nur würde sie damit ein schlechtes Beispiel geben, sondern Katy würde sie endlos damit nerven, und darauf konnte sie gut verzichten.
»Na ja, erinnerst du dich an diese Wanzen, die dein Dad auf sei-

nem PC stehen hatte?«, fragte Mary. »Seine kleinen Maskottchen?«
»Du meinst Jiminy, Ringo und Slim?«
»Genau«, sagte Mary. »Was waren das eigentlich für welche?«
Katy stutzte. »Wieso … ›waren‹?«
»Tu mir einen Gefallen, Katy. Kümmer dich nicht um das Tempus meiner Verben. Beantworte einfach meine Fragen, okay? Also, was waren das für welche?«
»Also, mal sehen«, überlegte Katy, während sie sie an ihren Fingern abzählte, »Jiminy *war* eine Maulwurfsgrille, Ringo war ein Hain-Laufkäfer, und Slim *war* eine Gespenstheuschrecke.«
»Vielen Dank für diese subtile Antwort.«
»Kein Problem«, grinste Katy.
»Und wo finden wir noch mehr von denen?«, fragte Mary.
»Mo-om«, sagte Katy, aus der einen Silbe zwei machend. »Das ist doch kein Kaufhaus, von wegen Grillen und Käfer sind im zweiten Stock, und Gespenstheuschrecken bei den Haushaltsgeräten …«
»Bitte beantworte einfach meine Frage.«
»Aber ich will wissen, wozu du die brauchst«, beharrte Katy.
»Na gut, wenn es das Verfahren beschleunigt, dann sag ich's dir. Wir, äh, sie, na ja, wir müssen die Viecher von deinem Dad ersetzen.«
»Wieso?«, fragte Katy. »Was ist mit denen passiert?«
»Das ist eigentlich nicht so wichtig, Liebling.«
Der Liebling ließ sich das durch den Kopf gehen. »Ich wette, es wäre wichtig, wenn ich das getan hätte, was du garantiert getan hast.« Katys Ton deutete an, dass sie ein zweifaches Maß erkannte, wenn sie eins sah. »Also, was hast du getan?«
»Ich habe dir doch gesagt, das ist nicht wichtig.«
»Das sag ich Daaaaad«, drohte Katy zu petzen.
»Er weiß es schon«, sagte Mary. »Du brauchst also gar nicht

erst weiterzumachen mit deinem kleinen Erpressungsplan, den du da ausheckst. Jetzt müssen wir einfach noch ein paar von diesen Wanzen finden.«

»Also«, dozierte Katy, während sie die Hände energisch in die Hüfte stemmte, »genau genommen waren das überhaupt keine Wanzen. Verstehst du, richtige Wanzen sind nämlich eine spezielle Gruppe von Insekten mit pieksenden und saugenden Rüsseln, wie Daddys Mordwanzen. Käfer und Grillen und …«

Während Katy mit wenig Bezug zu den Fakten ihre Vorstellung von dem Unterschied zwischen Insekten im Allgemeinen und Wanzen im Besonderen erläuterte, verkniff sich Mary weitere Worte und hörte zu, nachdem sie beschlossen hatte, dass dies ihre Buße dafür wäre, dass sie Katy auf so traumatische Art und Weise von ihrem Vater getrennt hatte. Außerdem rechnete sie sich aus, wenn Katy sich lange genug selbst reden hörte, würde sie die ursprüngliche Frage vergessen, und Mary wäre aus dem Schneider.

Aus der Anzeigentafel am JFK ging hervor, dass die Maschine aus Nigeria mit zwanzigminütiger Verspätung gelandet war. Und jetzt ging gerade ein äußerst großer, gut gekleideter Schwarzer durch den amerikanischen Zoll.

Der Nigerianer war erst einmal zuvor in New York gewesen, und sein Wissen über Amerika insgesamt war ziemlich begrenzt, ausschließlich aus dem bestehend, was er im Fernsehen gesehen hatte, einschließlich eines Dokumentarfilms über amerikanischen Rassismus.

Obwohl er gegenwärtig Platz vier auf der Weltrangliste der besten Auftragskiller belegte, war der Nigerianer also etwas unsicher.

Nachdem er den Zoll passiert hatte, holte er sein Gepäck und steuerte auf den Ausgang zu. Aber bevor er den Taxistand erreichte, wurde er von einer Gruppe lärmiger Jugendlicher umringt, die »Shaq-Attack«-T-Shirts trugen und ihn um Autogramme anbettelten. In der Annahme, er sei mit jemand anderem verwechselt worden, und nicht ahnend, dass es sein Landsmann und NBA-Star Hakeem Olajuwon war, von dem er noch nie gehört hatte, signierte er schnell ein paar Papierfetzen und ein Paar Reeboks, bevor er in ein Taxi flüchtete und den Fahrer anwies, ihn schleunigst von diesem Ort wegzubringen.

Die vier riesengroßen Backsteinschornsteine der alten Schwartz Chemical Company ragten in den Himmel und kamen Bob wie die Beine eines riesigen umgedrehten Tischs vor. Es war früher Morgen, und Bob befand sich an der Ecke 51st Avenue und 2nd Street am westlichen Rand von Queens, in der Nähe, wo der Newton Creek vom East River abzweigt und Richtung Calvary Cemetery fließt. Dieses einstmals blühende Industrieviertel befand sich jetzt in vollständigem Verfall, jede Nacht aufs Neue provoziert, wenn es über sein schuttverstopftes Schicksal und den Fluss hinweg zu den Lichtern der Großstadt blickte.

Unkraut stand stolz in den Rissen der vernachlässigten Bürgersteige. Die Gullys waren mit zerschlissenen alten Arbeitshandschuhen und rostenden Wasserhähnen übersät, die von den Lkws heruntergefallen waren, wenn diese aus der inzwischen dichtgemachten Keystone Iron & Wire Works Company gegenüber herauspreschten.

Bob war auf dem Weg zu Sys heruntergekommenem Lagerhaus. Er betrachtete das verlassene dreistöckige rote Backsteingebäude zu seiner Rechten. Alle Scheiben waren zerbrochen, die im Erdgeschoss verrammelt. Am Sperrholzbrett, mit dem der Eingang zugenagelt war, hing ein kleiner Strauß verwelkter rosa Blumen – eine rührende Erinnerung an … was? Das Gebäude? Irgendeinen armen Teufel, der sich hier den goldenen Schuss gesetzt hatte? Einen weiteren Bandenmord?

Kürzlich hatte Bob in der *Times* gelesen, dass in New York im Durchschnitt alle achtundachtzig Minuten jemand durch Schüsse verletzt oder getötet wurde. Fast fünftausend Menschen jedes Jahr. Sage und schreibe jeder zehnte Mord in den Vereinigten Staaten wurde hier in New York begangen.
Bob begann, den Text von »New York, New York« umzudichten, um diese Wirklichkeit zu berücksichtigen, während er mit seinen mit MÖRDER, RASSE 4 beschrifteten Kästen den Bürgersteig entlangging.
Dies war die Kreuzung von Fadenbeinwanze und Blutsaugender Kegelnase, der hinterhältigste und gefräßigste der Hybriden. Ohne zu zögern, kannibalisierten sie ihre eigene Art, wenn keine andere Nahrungsquelle zur Verfügung stand. Es waren kleine Haie mit Gelenkfühlern, die selten schliefen – wahre Nonstop-Fressmaschinen.
Ihre Beutezüge waren grausame, blutige Orgien, zu denen die unnötige Verstümmelung ihrer Opfer gehörte, bevor sie sie mit Verdauungsenzymen voll pumpten und ihnen ihre Körpersäfte aussaugten. Bob hatte bei dieser Rasse ein gutes Gefühl und fand, dass die Industrielandschaft gut zu ihrem Tötungsstil passte.
In Sys Lagerhaus traf Bob Walter an, den Wachmann, der in einem Klappstuhl saß und Zeitung las. Sie hatten sich eine Woche zuvor kennen gelernt, als Bob vorbeigekommen war, um sich die Lokalität anzusehen.
Walter war ein verhutzelter alter Kerl von achtundachtzig Jahren, der an Gicht litt, stets eine große Pistole mit sich führte und einen Hut trug, der seinen Kopf verschluckte. Er hatte ein Hörgerät, hatte aber nicht mitgekriegt, dass die Batterien alle waren, sodass man ihn anbrüllen musste, wenn man mit ihm reden wollte.
Auf seine bevorstehende Aufgabe konzentriert, vergaß Bob Walters besondere Hörsituation und operierte unter der irr-

tümlichen Annahme, der Wachmann hätte ihn kommen hören.

»Hey, Walter«, sagte er.

Erschreckt und verwirrt ließ Walter die Zeitung fallen und grapschte nach seiner Pistole, bevor er begriff, dass es Bob war.

»Oh, Bruce, Sie sind's bloß. Sie sollten sich lieber nicht so anschleichen, ich bin nämlich schnell mit dem Finger am Abzug. Also, im Ersten Weltkrieg – oder war das der Zweite? Ich bring die immer durcheinander …« Er verstummte, während er sich zu erinnern versuchte. »Jedenfalls, wie geht's so?«

Nach einem Austausch von Höflichkeiten widmete sich Walter wieder seiner Zeitung, und Bob machte sich an die Arbeit, bohrte Loch um Loch, schuf vollkommen runde Portale für seine Mörder-Rasse Vier.

Stunden später sah Bob mit väterlichem Stolz zu, wie der durchsichtige Schlauch den letzten Wanzenkasten mit dem Wandzwischenraum verband. Ein Strom von Wanzen-Mutanten marschierte die Plastik-Gangway hinunter, bis die Schachtel fast leer war. Bob klopfte gegen den Schachtelboden, und eine letzte Wanze flitzte durch den Schlauch. Schnell kittete er das Loch zu, stand auf und klopfte sich die Hände ab, zufrieden nach getaner Arbeit.

Walter war gerade auf seinem Kontrollgang, als Bob sich ihm von hinten näherte. »Bis dann, Walter«, sagte Bob laut.

Es sah aus, als könnte Walter einen Schlaganfall erleiden, aber der widerstandsfähige alte Wachmann erholte sich von seinem Schrecken, ging langsam seine geistige Kartei durch und erwiderte: »In Ordnung, Bart, schönen Abend noch.«

Bob war erschöpft von dem stundenlangen Herumkriechen auf den Knien, dem Bohren, Wanzentransfer und Zukitten der Wände sowie der Brüllerei mit Walter bei ihren häufigen Gesprächen, während der Wachmann seine Runde machte. Jetzt wollte Bob nichts anderes als einen Sitzplatz in der Subway für die Fahrt nach Hause.

Der schlaksige Typ war des Sitzens müde, und als er im Port Authority Bus Terminal ausgestiegen war, streckte er erst mal seine Einsneunzig, als hätte er die letzten zweieinhalb Tage in einem Bus aus Oklahoma verbracht, was tatsächlich genau zutraf. Er überprüfte seinen Cowboyhut, um sich zu vergewissern, dass der Rand steif war und der Falz genau richtig, dann drückte er ihn sich wieder auf seinen fettigen Kopf. Hemd und Gürtel waren reines Rodeo, irgendwo zwischen John Wayne und dem Marlboro-Mann. Seine Gürtelschnalle war tatsächlich eine schwer verdiente Rodeo-Trophäe, ein Andenken daran, dass er achteinhalb höllische Sekunden auf einem Bullen namens Butt Pucker überstanden hatte.

Der Cowboy war ziemlich bald dahinter gekommen, dass verglichen mit dem, was man leisten musste, Rodeo-Reiten nicht allzu gut bezahlt wurde, und so sah er sich nach anderer, besser honorierter Arbeit um und fand bald welche als Auftragsmörder.

Mit fünfzehn war er von zu Hause weggegangen, vertrieben von der Armut und Misshandlung seiner Eltern, und hatte seine Jugend damit verbracht, am Rand der Black Kettle National Grasslands Herden zu betreuen. Die meisten Männer, die derartige Arbeit machten, waren asoziale Typen, die Probleme mit Autoritätspersonen hatten. Dort jedenfalls lernte er bei einem Freund des abnehmenden Kiowa-Apachen-Stammes, gerade zu schießen und Tabak zu kauen.

Die wenigen Leute, die ihn kannten, nannten ihn »Cowboy«, und sie legten sich nie mit ihm an, weil er hundsgemein war. Nachdem er das Rodeo-Geschäft verlassen hatte, verdiente er mit seinem ersten Job tausend Dollar für den Mord an einem Rancher in Montana, der sich hartnäckig weigerte, einige Bodenrechte abzugeben, die er besaß. Bald danach kam ein frustrierter Doktorand von der Oklahoma State University auf ihn zu mit dem Auftrag, seinen Doktorvater umzubringen, der in der Doktorarbeit des Studenten über Tierzucht einige Plagiate entdeckt hatte. Achthundert Dollar später suchte die Oklahoma State einen neuen Professor, der die Unterschiede zwischen den verschiedenen Rinderrassen erklären konnte.

Der Cowboy verbrachte einige Jahre in den Regionalligen mit dem Töten von fremdgehenden Ehemännern und überversicherten Ehefrauen, bevor er seine große Chance bekam. Ein Freund eines Freundes kannte einen Mann, der bereit war, zehntausend Dollar für den Mord an einem Anthony »Artischockenarsch« Puttanesca zu bezahlen, ein hohes Tier in Vegas, der dem Auftraggeber einmal zu oft in die Quere gekommen war.

Zwei Tage nachdem er davon erfahren hatte, fuhr der Cowboy nach Vegas, marschierte in Mr. Puttanescas Büro, steckte ihm eine abgesägte Schrotflinte in den Mund und verpasste den Wänden einen neuen Anstrich mit Mr. Puttanescas Gehirn.

Hauptsächlich aufgrund dieses Auftrages war der Cowboy die Weltrangliste hochgeschossen und wurde jetzt von vielen als der sechstbeste Auftragsmörder der Welt betrachtet. Aber die meisten alten Profis schätzten ihn als ein Strohfeuer ein, ein falsches Wunderkind, dem ein paar Zufallstreffer gelungen waren. Sie fanden, ihm fehlten die Subtilität und Raffinesse, die nötig waren, um es wirklich weit zu bringen.

Aber der Cowboy achtete nicht darauf, was andere dachten. Er hatte das Gefühl, dass er hier seine Berufung gefunden hatte, und vor einigen Tagen hatte er ein Zeichen bekommen, das dies bestätigte.

Er trank gerade ein Bier in einem Schuppen in Anadarko, Oklahoma. Der Barbesitzer hatte kürzlich eine Satellitenschüssel montiert und versuchte, einen alten Western auf TBS reinzubekommen, als er auf die Meldung von CNN stieß über Miguel Rivieras Angebot von zehn Millionen Dollar für den Kopf des »Schädlingsvernichters«. Der Cowboy erkannte ein gutes Geschäft, wenn er eins sah, und so kaufte er sich einen Busfahrschein und machte sich auf Richtung Osten.

Nun schlenderte er in den Geschenkladen der Port Authority, wo er einen Stadtplan und eine Packung Kautabak kaufte. Auf dem Weg nach draußen fiel sein Blick auf eine blaue Mets-Satinjacke. Ihm gefiel es, wie sich der Stoff anfühlte, wenn er ihn zwischen den Fingern rieb, aber als er das Preisschild sah, schüttelte er den Kopf und zog weiter. So viel Geld hatte er nicht, jedenfalls nicht, um es für eine Jacke auszugeben, zumindest noch nicht.

Obwohl er fast zweihunderttausend Dollar in einer engen, insektenverseuchten Höhle im Badlands National Park in South Dakota versteckt hatte, saß die Brieftasche ihm ungefähr so locker wie Roseanne ein Kleinmädchenslip.

Er bat einen Passanten, ihm auf seinem neu erworbenen Stadtplan zu zeigen, wo er sich befand und wo Norden war. Nach gefundener Orientierung dankte der Cowboy dem Fremden und trat auf die 42nd Street hinaus, grimmige Entschlossenheit in seinem Blick und einen Priem zwischen Wange und Zahnfleisch.

Unsicher, wie er in dieser großen Stadt sein Ziel finden sollte, hielt der Cowboy es für das Beste, sich ein Motelzimmer zu suchen und einen Plan zu machen.

Ein Stück weiter in der 42nd Street Richtung 9th Avenue befand sich das triste backsteingraue zweistöckige Elk Motel. Der Cowboy blickte zum zweiten Stock hoch und sah einen Mann sich splitternackt aus dem Fenster lehnen und lässig hinunter auf die Straße blicken. Etwas entnervt starrte der Mann aus dem Westen, während der eindrucksvolle Penis des Motelgastes in der Brise baumelte. Was ist das denn für eine gottverdammte Stadt, echauffierte er sich.

In dem Moment merkte er, dass er beim Betrachten des Nackten selbst erregt worden war, wie die Schwellung in seinen

Jeans verriet. Das regte den guten Cowboy noch viel mehr auf und ließ ihn zur 8th Avenue zurückeilen, um sich ein anderes Nachtquartier zu suchen.

Ungefähr auf halbem Weg zwischen der 8th und 9th Avenue entdeckten ein paar Großstadträuber den Mann aus Oklahoma und blieben stehen, um ihn in eine Unterhaltung zu verwickeln, mit der Absicht, ihm sein Urlaubsgeld abzuknöpfen. Einer der Gauner trug eine Mets-Satinjacke, genauso eine wie die, die der Cowboy erst einige Minuten zuvor bewundert hatte. Der andere Gauner redete mit dem Cowboy in einem Ton, als wäre er gerade eben von einem Rübentransporter heruntergefallen, verarschte ihn in dem Stil, wie Städter Besucher aus der Pampa zu verarschen pflegen.

Der Cowboy hasste nichts mehr, als für blöd gehalten zu werden. Und so lächelte er die beiden an und bewunderte die Jacke, spielte die Rolle, die, wie er wusste, sie von ihm erwarteten.

»Hör mal, Hoss«, sagte einer der Typen, »ich weiß, wo so ein gut aussehender Bronco-Buster wie du an diese supergeilen New Yorker Mösen rankommen kann, von denen du bestimmt schon gehört hast, Mädchen, die Sachen mit dir machen, von denen du nicht mal geträumt hast.«

»Is' das 'ne Tatsache?«, fragte der Cowboy.

»Und ob«, erwiderte der Typ. »Du brauchst nur ein bisschen Kohle.«

Der Cowboy sagte, das klinge nach seiner Vorstellung von Spaß, und so folgte er den Gaunern in eine Gasse hinein, wo das Tor zu diesem Lustpalast liegen sollte. Niemand achtete auf die Schreie und die gedämpften Plopps, die aus der Gasse kamen – wahrscheinlich waren es nur ein paar Jugendliche, die mit einer Pistole spielten, oder vielleicht eine Pro-Life-Aktivistin, die wieder einen Embryo zerstückelnden Arzt ermordete.

Eine Minute später tauchte der Cowboy aus der Dunkelheit auf und wischte sich Tabakspeichel auf den Ärmel seiner neuen Mets-Satinjacke.

Der Flushing Local war voll gepackt mit schäbigen kleinen Geschäftsleuten, die nach einem langen schmutzigen Arbeitstag schnell heim wollten, um zu duschen. Andere, die sich abrackerten, um genug Kohle für die nächste Hypothekenrate zu verdienen, schluckten Speed und fuhren zu ihren nächtlichen Nebenjobs. Jene, die von der Schufterei schon besiegt waren, starrten mit leerem Blick vor sich hin, träumten unterwegs zu ihren tristen Wohnungen von Fernsehen und Alkohol, auf den Gesichtern den ausgelaugten dummen Ausdruck, der durch tägliche, erbarmungslos dröge Arbeit entsteht.

Durch diese fröhliche Menge schob sich Bob auf der Suche nach einem freien Sitzplatz. Vor ihm war ein solcher, und einen Augenblick später wusste er warum. Er befand sich direkt neben dem Irren, dem er das letzte Mal begegnet war.

Bob nannte ihn Norman, wie in Bates, und es hatte den Anschein, dass Norman Tag und Nacht Subway fuhr und darauf wartete, dass ihn jemand ausrauben wollte oder irgendetwas tat, das ihm einen Grund gab, ihn niederzuschießen. Auf diese Weise könnte er seinen Namen in die Zeitung bekommen und, noch wichtiger, sein Gesicht ins Fernsehen, und das, da war er sich sicher, würde seine Mutter stolz machen. Schließlich hatte dieser verdammte Andy Warhol jedem fünfzehn Minuten Ruhm versprochen, und Norman wollte nur das haben, was ihm zustand. Und wenn der Ruhm ihn nicht fand, würde er ihn verdammt noch mal suchen gehen.

Norman sah, wie Bob einen begehrlichen Blick auf den leeren Platz warf. Er machte seine Jacke gerade so weit auf, dass der Knauf einer billigen Pistole sichtbar wurde. Normans aufgeplatzte und krustige Lippen teilten sich schmerzhaft zu einem gestörten Lächeln.

Nach einem kurzen Blick in Normans blutunterlaufene Augen – rosa Fenster zu einer schwachsinnigen Seele – entschied Bob, dass Stehen gut für den Charakter wäre. Er ging an Norman vorbei, bis er eine Stange fand, die er sein Eigen nennen konnte.

Da er keinen Blickkontakt mit irgendjemandem riskieren wollte, überflog Bob die Werbung an der Decke. Da war eine Anzeige für die Behandlung akuter Depressionen, die er kurz erwog. Eine andere warb für die Hotline für missbrauchte bisexuelle Kinder älterer Alkoholiker; eine weitere bot Hilfe für ko-abhängige transsexuelle Koksabhängige an; eine vierte wandte sich an asexuelle Herumtreiber mit einem Zuwendungsdefizit-Syndrom. Selbst wenn er versuchte, sich in der Traumwelt der Werbung zu verlieren, konnte Bob nicht vergessen, weshalb er aus New York wegwollte.

Die umwerfende Frau, die in der Park Avenue aus dem Taxi stieg, war hübsch genug, dass ein Priester aufhören konnte, an Messdiener zu denken. Tatsächlich wurde einmal gesagt, Chantalle könne eine ganze Bank von Bischöfen dazu bringen, auf die Decke der Sixtinischen Kapelle zu pinkeln.

Sie hatte kurz geschnittene, europäisch gestylte Haare und einen weichen, erotischen Mund, der aber eine Saugkraft ausstrahlte, als könne er eine Harley starten. Ihr Körper schien das Ergebnis eines phänomenalen Gen-Pools oder von Jahren olympischen Trainings oder von beidem. Es überraschte, sie direkt in ein Süßwarengeschäft verschwinden zu sehen.

Der widerlich süße Duft von Schokolade und Toffees, der schwer in der Luft hing, ließ sie kalt. Sie rauschte an den Reihen von Marzipan und Tropifrutti vorbei, als wären es die abgefallenen Finger bunter Leprakranker. Die Jamaikarumkugeln und mexikanischen Orangendrops bettelten um Aufmerksamkeit, aber sie ignorierte sie.

Chantalle wusste ganz genau, was sie wollte. Sie trat an die Vitrine und inspizierte eingehend ein Tablett mit erlesenen weißen Schokoladentrüffeln, von denen nur drei die Prüfung bestanden.
Sie ließ sich von dem Verkäufer die drei vollkommenen Exemplare in einer mit weißem Papier gepolsterten Schachtel einpacken und verließ den Laden dann ebenso zielstrebig, wie sie ihn betreten hatte. Chantalle waren die zehn Millionen Dollar wichtiger als alles andere, außer vielleicht, als diejenige in die Geschichte einzugehen, die den berüchtigten »Schädlingsvernichter« getötet hatte.

Die Lampen von den Insektarien badeten den Wanzsaal in ihrem violetten Licht und spendeten allen Anwesenden Trost. Bob saß in seinem ächzenden Drehstuhl und machte sich ausführliche Notizen über die Arbeit des Tages. Die Grillen zirpten wieder in den Wandzwischenräumen, aber Bob war zu beschäftigt, um sich darum zu kümmern.
Nach stundenlanger Arbeit klappte Bob sein Notizbuch zu und streckte sich in seinem Stuhl so weit nach hinten, dass er mit seinen Armen eine Flasche von den voll gestellten Regalen herunterschmiss. Sie gehörte zu einem Sechsersatz, den Bob bei einer Nachlassversteigerung erworben hatte – altmodische Parfüm-Sprühflaschen mit eleganten Schläuchen, die mit Goldlamé-beschichteten Ballons verbunden und früher einmal benutzt worden waren, die Alabasterhaut von verwöhnten Frauen mit kostbaren Duftwässern einzusprühen.
Bob, keinesfalls funktional fixiert, benutzte die Sprüher zur Aufbewahrung verschiedener Insektenpheromone, die er für seine Experimente brauchte. Diese kostbaren chemischen Substanzen waren ziemlich teuer, und Bob fand, dass sie sich in den Behältern gut hielten. Die Flaschen enthielten verschiedene Sekrete der Küchenschabe, eine starke Schutzflüssigkeit der lang-

näsigen Kaste unterirdischer Termiten *(Reticulitermes hesperus)* und einen Geschlechtslockstoff für Ameisen, den Bob immer wieder versucht war, bei einem unspezifischen Racheplan gegen Dick Pratt einzusetzen.

Er stellte den Sprüher wieder auf das Regal und warf einen Blick in das große Glas daneben. Zwischen den Blättern und Zweigen in dem Glas kletterte ein Dutzend Afrikanische Blattkäfer *(Polyclada bohemani)* herum. Diese harmlos aussehenden mittelgroßen Käfer waren braun mit einem ausgewogenen Muster schwarzer Punkte auf den Elytren.

Wie die Pheromone waren exotische Insekten ziemlich teuer. Die Käfer hatte Bob (als er noch einen Vollzeitjob hatte) über einen entomologischen Versandkatalog für zehn Dollar pro Stück gekauft. Er hatte sie ganz am Anfang seiner Experimente erworben, wegen einer Eigenschaft, die südafrikanische Buschmänner schon vor langer Zeit entdeckt hatten, nämlich dass diese harmlos aussehenden Kerbtiere, wenn sie berührt wurden, ein bemerkenswert starkes Gift ausschieden.

Wie gewiefte Sonderangebotsjäger benutzten die Buschmänner (immer auf der Suche nach einem Vorteil, wenn es darum ging, das Essen auf den Tisch zu bekommen) winzige Mengen dieses Stoffes, um die Spitzen ihrer Jagdpfeile damit aufzumotzen. Derart bewaffnet, konnte ein hungriger Buschmann eine dreihundert Pfund schwere Gazelle mit lediglich einem Streifschuss erlegen, und dann hieß es einen Monat lang Gazellengulasch.

Ursprünglich hatte Bob gehofft, diese beeindruckende Waffe in seine Mörder-Mutanten hineinzuzüchten, aber leider waren die Arten genetisch zu weit voneinander entfernt. Er behielt die Käfer jetzt als Kuriosität und erwog nur manchmal, sie in seinen Anschlag gegen Pratt einzubauen.

Bob kehrte zur Wärme des Drehstuhls zurück und nahm das gerahmte Bild von sich selbst mit Mary und Katy in die Hand. Er

überlegte sich, ob er Mary anrufen und ihr von seinem Fortschritt erzählen sollte, aber in letzter Zeit war ihre Mutter dazu übergegangen, ihm zu sagen, dass sie beschäftigt sei und nicht ans Telefon kommen könne.
Gott, wie er sie vermisste! Mit ihr zu schmusen, einfach mit ihr zusammen zu sein. Er liebte Mary nicht nur, er war verrückt nach ihr. Sie brachte ihn zum Lachen, und er sehnte sich danach, seinen Finger in ihren Bauchnabel zu stecken und sie zu kitzeln, auch wenn sie manchmal protestierte, dass sie nicht so bestochert werden wollte.
Vielleicht wäre schreiben besser als anrufen. Bob hatte immer gefunden, dass er sich auf Papier besser ausdrücken konnte, weil er seine Worte mit mehr Bedacht wählen konnte. Er nahm einen Notizblock, schrieb »Liebe Mary« und kam dann mit seinem Eröffnungssatz nicht weiter. Eine Weile kaute er auf seinem Bleistift herum, bevor er die Erleuchtung hatte. Er würde ein Gedicht schreiben:

Ein junger Mann namens Bob, er liebte
seine Mary so sehr, dass es piepte.
Aber seine Schwäche für Wanzen
war Gift für seine Chancen
bei Mary, sodass er ihr schriebte.

Okay, es war also kein Gedicht, es war ein Limerick, und dazu noch kein besonders guter, also versuchte er es noch mal:

Der Bob Dillon war so'n Entomologe,
aber dann war da diese saudumme Lüge.
Seine Mary reist ab,
extrem sauer auf Bob.
Und jetzt versprech ich, dass ich dich nie mehr betrüge.

Auch das war ziemlich mies, also versuchte er es noch einmal:

Ein Mordwanzenfreund mit 'nem Traum
wegen seinem Plan verlor seine Frau'n.
Ein Gedicht ihnen schrieb er:
Kommt nach Haus, denn euch liebt er.
Und als Team kann uns drei nichts umhau'n.

Sie wurden immer schlimmer, fand er. Vielleicht strengte er sich zu sehr an. Es war schon spät, und er war müde. Bob lehnte sich in dem knarrenden alten Stuhl zurück, legte die Füße hoch und war bald fest eingeschlafen, das Foto ans Herz gedrückt.

Auf dem Flug von Athen suchte Klaus nach etwas, um sich von seinen Sorgen abzulenken. Der Bord-Film war ein Thriller über einen Auftragsmörder, der zum Abschuss freigegeben worden war – nicht unbedingt etwas, was Klaus sehen wollte, während er unterwegs war, jemanden zu töten, den er mochte.
Er bestellte noch einen Martini und sinnierte über die Ironie, dass jemand, der als der beste Killer der Welt betrachtet wurde, so verletzlich sein konnte. Aber ein guter Killer zu sein bedeutete nicht, dass man besonders geschickt darin war, am Leben zu bleiben. Das waren zwei verschiedene Spiele, und Klaus war nur Experte im ersteren. Als er sich diese unerfreuliche Realität klar machte, kippte er den Martini hinunter und bestellte einen dritten.
Klaus verachtete seine Lage, aber an dem, was der Schattenmann gesagt hatte, war etwas Wahres. Wenn er weiter in dem Stil leben wollte, an den er sich gewöhnt hatte – wenn er überhaupt weiterleben wollte (was allerdings fraglich war) –, musste er Bob töten, und das verstieß gegen jedes Prinzip, das Klaus hatte.
Moment! Es gab eine Lösung.

Bob umzubringen würde seine wichtigste Regel verletzen. Und das, kam es Klaus jetzt plötzlich, könnte genau das Richtige sein.

Wenn er jemanden tötete, der dieses Schicksal nicht verdiente, könnte er sich vielleicht dazu bringen, Selbstmord zu begehen. Sein eigener Tod wäre die Sühne für den Mord an Bob, und es würde gleichzeitig seiner eigenen jämmerlichen Existenz ein Ende bereiten. Er würde die zehn Millionen Mary und Katy geben und sich dann mit reinem Gewissen in die Ewigkeit katapultieren.

Mein Gott, wunderte er sich, wie konnte es nur so weit kommen?

Klaus bestellte noch einen Martini und verbrachte die restliche Zeit des Fluges damit, sich zu überlegen, wie er Bob töten konnte.

12

Nachdem er dem Pagen ein großzügiges Trinkgeld gegeben und dieser den Raum verlassen hatte, machte der kleinwüchsige Mann die Tür zu und schloss sie hinter sich ab. Ein lüsternes Grinsen breitete sich über sein winziges Gesicht aus, während er sich bis auf sein liliputanisches Adamskostüm auszog, und dann begann er einen exzentrischen und anzüglichen Tanz, der aus den gruseligen Traumsequenzen in *Twin Peaks* geklaut worden sein könnte. Das gnomenhafte Kreisen bot einen höchst unerfreulichen Anblick. Der freakige Tanz verlagerte sich aufs Bett, wodurch seine Miniaturteile auf eine Weise hin und her wackelten, die diesen pervertierten Däumling anscheinend befriedigte.

Mit affektierten Tänzelschritten umkreiste er mehrmals seinen Koffer, wobei in seinen unteren Regionen deutliche Erregung zu erkennen war. Er verdrehte die Augen, als sich der Orgasmus unaufhaltsam näherte, und plötzlich kollabierte er zu einem winzigen Haufen und fing an, sein steifes elfisches Glied heftig zu massieren.

Nach Vollendung dieser seltsamen Herumtollerei rollte der nackte wachstumsbenachteiligte Mann herum und klappte schwer atmend seinen Koffer auf, wodurch mehrere puppenhafte Kleider zum Vorschein kamen, drei Paar rüschenbesetzte rosa Höschen, eine abgesägte Schrotflinte und eine stumpfnasige Pistole Kaliber 38.

Dies war kein gewöhnliches Produkt endokriner Fehlfunktion und dysfunktionaler Familie. Dies war ein Killer-Pygmäe, eine

mordende Meise, ein perverser Söldner mit einer Knarre so groß wie er selbst.
Sein Name war Reginald. Er war unter den ersten fünf der Weltrangliste platziert. Und er war hier, um Bob zu töten.

Genüsslich sog Bob den Geruch der dampfenden Bratkartoffeln ein, die gerade an ihm vorbeigetragen wurden. Er war in der Lower East Side in dem Coffee Shop, wo Mary früher gearbeitet hatte, ein Palast aus weißem Linoleum mit blauen und grünen Spritzern und von den kurzen braunen Spuren unbeaufsichtigter Zigaretten verunziert. Bob legte die Hände um den Kaffeebecher, während er mit einer Kellnerin sprach.
»Wann hast du mit ihr geredet?«, fragte er.
»Sie hat angerufen und mich gebeten, ihr ihren letzten Lohnscheck zu schicken. Mehr hat sie nicht gesagt, Bob.«
»Hat sie gesagt, wann sie wiederkommt?« Tiefe Einsamkeit lag in seiner Stimme.
»Bob, ich bin mir nicht sicher, ob sie daran denkt, tut mir Leid. Hör zu, ich muss wieder an die Arbeit. Willst du noch einen Kaffee?«
»Koffeinfreien.«
Von einer teilweise verkleideten Außentreppe am Gebäude gegenüber beobachtete Klaus durch sein Fernglas Bob. Er würde warten, bis Bob den Coffee Shop verließ und irgendwo alleine war, und ihn dann töten. Es sollte nicht noch jemand anders dabei zu Schaden kommen.
Geistesabwesend starrte Bob aus dem Fenster. Er bemerkte nicht den Mann, der neben ihm stehen blieb. Klaus jedoch kannte Mike Wolfe gut, sie hatten schon mehr als einmal geschäftlich miteinander zu tun gehabt. Aber wieso war Wolfe hier? Hatte Bob ihn doch gelinkt? War er doch der »Schädlingsvernichter«? Klaus fragte sich, ob er allmählich nachließ.

Bob erschrak, als Wolfe ihn ansprach.
»Hey, Zimmerman.«
Bob verschüttete heißen Kaffee in seinen Schoß. »Jau! Autsch! Jajaja!« Bob sprang auf und erschreckte Wolfe, der die Hände hochhielt.
»Langsam langsam, ich bin's bloß.«
»Ach du Scheiße«, sagte Bob, als er den angeblichen Staatsbeamten erkannte.
»Ich schätze, es ist Ihr gutes Recht, nervös zu sein, nach Rivieras kleiner Pressekonferenz. Ich hoffe, das ist Koffeinfreier, was Sie da trinken. Was dagegen, wenn ich mich setze?«
»Was wollen Sie?«, fragte Bob, der für so was nicht in Stimmung war.
Wolfe setzte sich Bob gegenüber. »Was dagegen, wenn ich Sie frage, wie Sie dazu kommen, am Fenster zu sitzen?«
Bob sah das Fenster an, dann Wolfe. »Könnten Sie das wiederholen? Vielleicht habe ich die Frage nicht verstanden.«
»Ooohhh, Momentchen«, meinte Wolfe und hielt sich einen Finger an die Nase, bevor er damit auf Bob zeigte. »Ich hab's kapiert. Wenn Sie so eindeutig zu sehen sind, können die Sie nicht sehen. Das ist aus der *Kunst der Tarnung,* wenn ich mich nicht irre. Das hätte ich wissen müssen, dass Sie die Klassiker lesen.«
»Sie können nicht zufällig etwas allgemein verständlicher reden?«
»Hören Sie, Bob«, ignorierte Wolfe die Frage, »ich möchte Sie um einen Gefallen bitten.«
»Einen Moment«, sagte Bob, »jetzt hören Sie mir mal zu. Ich hab mit Klaus gesprochen, er hat alles erklärt.«
»Sie haben mit Klaus gesprochen?« Wolfe war überrascht.
»Ja, jetzt weiß ich –«
»Von den zehn Millionen Dollar, die auf Ihren Kopf ausgelobt wurden? Das glaube ich. Was hat Klaus sonst noch gesagt? Wie

geht's ihm überhaupt? Ich habe ihn schon lange nicht mehr gesehen, seit. na ja, das sollte ich wohl lieber nicht sagen.«
»Die zehn Millionen … was?«, fragte Bob, der nicht sicher war, ob er Wolfe richtig verstanden hatte.
»Ahh. Genau wie ich erwartet habe.« Bobs Verhalten bestätigte, dass er genau wusste, was los war.
»Gut«, sagte Wolfe. »Ich wollte nur sichergehen. Oh, und tun Sie mir einen Gefallen, ja? Versuchen Sie die Schießerei auf ein Minimum zu begrenzen, wenn es geht … Mr. Zimmerman.« Wolfe zwinkerte Bob zu.
»Wovon reden Sie?«, fragte Bob. »Wer ist Zimmerman? Und hören Sie mit dem Zwinkern auf, das macht mich nervös.«
»Na kommen Sie … ›Bob‹.« Wolfe zwinkerte wieder.
»Haben Sie irgendwas im Auge?«
»Hören Sie«, fuhr Wolfe fort, »wir schätzen, so viel Geld wird alle Top-Mechaniker anlocken.«
»Was ist das?«, fragte Bob. »Irgendeine obskure Warnung vor einem Klempner-Kongress?«
Wolfe lächelte. »Ja, Klempner-Kongress, das ist gut. Sie sind wirklich eine coole Nummer, wenn ich das mal sagen darf.«
Bob dachte, der angebliche CIA-Mann würde vielleicht weggehen, wenn er ihm einfach seinen Willen ließ. »Hören Sie, ich werd tun, was ich kann, wegen den Mechanikern und der Schießerei«, erklärte er. »Zeit, dass Sie jetzt gehen. Nett, dass Sie vorbeigeschaut haben. Schönen Gruß an die Gattin.«
Wolfe erhob sich. »Danke, Bob. Und viel Glück.«
»Hey, ich brauch kein Glück«, sagte Bob. »Ich bin doch Zimmerman.«
Wolfe drehte sich um und zwinkerte Bob ein letztes Mal zu, bevor er ging.
Auf der anderen Straßenseite ging Klaus die Möglichkeiten durch. Er war sich nicht sicher, was er von diesem Treffen zwischen seinem Freund Bob und seinem früheren CIA-Kontakt

halten sollte. Gehörte Bob zu ihnen? Hatte Wolfe Bob über Klaus' Geldprobleme informiert und über die Tatsache, dass er wieder eingereist war? War es möglich, dass Bob doch der Killer war, für den ihn alle hielten? Konnte er es sich leisten, so lange zu warten, bis er es wusste? Vielleicht sollte er Bob lieber jetzt töten, anstatt noch länger zu warten.
Er öffnete den kleinen Koffer, den er neben sich stehen hatte. Während Bob durch das fettige Fenster des Coffee Shop starrte, baute Klaus die Steyr AUG .223 mit dem Laserfernrohr zusammen.
Bob war im Begriff, die größte Entscheidung seines Lebens zu treffen. Würde er seinen Traum verlieren oder würde er alleine weiterträumen? Was wäre schlimmer? Waren dies seine einzigen Alternativen?
Während Bob über Wahlmöglichkeiten und die Suche nach dem Glück nachdachte, dachte Klaus über Flugbahn und Querwinde nach, obwohl diese Faktoren bei der kurzen Distanz minimale Sorge bereiteten. Nachdem seine Waffe zusammengebaut war, stellte Klaus das Fernrohr ein und bereitete einen Schuss vor, der Bob mitten in die Stirn treffen würde.
Die Wahl war klar. Gezwungen, zwischen seinem Traum und seiner Familie zu wählen, würde Bob seinen Traum aufgeben. Mary hatte Recht. Die Zeit in seinem Leben war vorbei, wo er sich etwas so Unsicherem widmen konnte. Vielleicht würde er irgendwann noch einmal eine Chance bekommen, und wenn nicht, dann hatte er das nur sich selbst vorzuwerfen.
Die Worte aus einem alten Song fielen ihm wieder ein: »Ist ein Traum eine Lüge, wenn er nicht wahr wird, oder ist es etwas Schlimmeres?« Wer hat das geschrieben?, fragte sich Bob. Ach ja, Bruce Springsteen, der Mann, der mal als der neue Bob Dylan gegolten hatte.
»Verzeih mir, Bob, aber es wird schmerzlos sein.« Klaus' Zeigefinger krümmte sich um den Abzug, als ein dunkler Fleck

sein Visier ausfüllte. Ein junger Mann war direkt in der Schusslinie stehen geblieben, um in der Fensterscheibe seine Frisur zu überprüfen.
»Verdammt!«, murmelte Klaus.
Bob stand auf und ging zum Münztelefon. Er wollte Mary anrufen, ihr sagen, wofür er sich entschieden hatte, und sie bitten, nach Hause zu kommen. Er würde sich irgendwo nach einer Dozentenstelle umsehen.
Als der egozentrische Fußgänger sich schließlich wieder bewegte, war Bob nicht mehr in Klaus' Visier. »Scheiße!«, sagte Klaus. Er wollte das hier endlich hinter sich bringen und fühlte sich allmählich ungewöhnlich frustriert.
Bob warf einen Vierteldollar ins Telefon und wählte. Er wartete, dass abgehoben wurde, wollte schon fast auflegen und seine Entscheidung überdenken. Dann sagte eine Stimme hinter ihm: »Schriebte?«
Nicht nur erkannte Bob die Stimme wieder, sondern auch das Wort, das er in einem der nicht sehr gelungenen Limericks geschaffen hatte. Er ließ den Hörer fallen und wirbelte herum.
Es waren Mary und Katy, übers ganze Gesicht strahlend und gerade rechtzeitig erschienen, um Bobs Traum zu retten. »Daddy!«, quietschte Katy und sprang ihm in die Arme. Mary stand daneben und lächelte ihren verrückten Professor an.
Auf seinem Posten wirkte Klaus wie irgendein Trottel an einer Jahrmarkt-Schießbude, der mit seinem Gewehr hin und her schwenkt, auf der Suche nach Enten zum Abschießen. Schließlich fand er seine Beute in der Nähe des Münztelefons, Katy um den Hals. Dann sah er Mary, mit einem breiten Lächeln. Klaus erkannte sie von dem Foto, das Bob ihm gezeigt hatte.
Scheiße, vielleicht war Bob wirklich bloß ein Typ, dessen Frau ihn nach einem kleinen Streit verlassen hatte. Und wenn dem so war, dann roch diese Szene penetrant nach Versöhnung.
»Das muss ich mir nicht antun«, stöhnte Klaus, dessen Finger

am Abzug schlaff wurde. »Das ist ja wie eine gottverdammte Kitschkarte.«

Katy ließ Mary endlich auch ran. Sie und Bob sahen sich einen Moment an und schmissen sich dann in eine Umarmung, dass sich ihnen die Rippen bogen.

»Hi, Liebling«, flüsterte Mary. »Tut mir Leid, dass ich dich enttäuscht habe.«

»Nein. Es war meine Schuld«, gestand Bob. »Ich hatte gelogen. Ich muss mich entschuldigen.«

»Du hast Recht«, sagte Mary. »Du hast gelogen.«

»Reit nicht drauf rum, Mom«, meinte Katy.

»Ihr seid wieder da, das ist das Einzige, was zählt. Weißt du, das ist komisch, ich wollte dich gerade anrufen, um …«

Eine weitere Lüge zwängte sich auf einmal in Bobs Kopf. Wieso Mary erzählen, dass er bereit gewesen war, seinen Traum aufzugeben, wenn sie schon wieder da war? Die Wahrheit zu sagen würde in der Tat das Opfer, das Mary gebracht hatte, nur vermindern. Es wäre egoistisch von Bob, die Wahrheit zu sagen, nur damit er den Märtyrer spielen konnte. Lügen war in diesem Fall rücksichtsvoller.

»… um dir zu sagen, dass ich alle Hybriden installiert habe und ich sie jetzt nur noch überprüfen muss. Ich bin sicher, einer von ihnen wird funktionieren.« Bob hielt kurz inne. »Mein Gott, ich bin so froh, dass ihr wieder da seid!«

»Ich auch.« Mary umarmte Bob. Katy legte die Arme um ihre Eltern, und sie zogen sie an sich.

»Hey, Mom«, sagte Katy und entzog sich der Umarmung wieder, »zeig Dad, was wir ihm mitgebracht haben.«

»Ach, das hätte ich ja fast vergessen.« Sie öffnete den Reißverschluss ihrer Handtasche und nahm ein kleines Glas mit drei Luftlöchern im Deckel heraus. Auf dem Boden des Glases krabbelten vier glitzernde Exemplare von *Cotalpa lanigerae* herum, schwer und eiförmig.

»Goldkäfer!«, jauchzte Bob. »Die sind wunderschön!«
Er hatte Recht. Mit ihrem metallisch glänzenden leuchtend gelben Chitinpanzer sahen die Skarabäuskäfer wie Juwelen aus. Das weiche weiße wollige Haar, das von ihrer Unterseite hervorstand, sah wie das Winterfell des Hermelins aus, das die Krönungsroben der großen Könige der Alten Welt säumte. Es verlieh den Tieren etwas Adliges, als sie ihre keulenförmigen Fühler ausfächerten, um die Düfte des Coffee Shop einzusaugen.
Bob kannte den Goldkäfer aus dem Literaturunterricht in der High-School. Während sein Lehrer mit einer Rezitation von Poes »Raben« tödliche Langeweile verbreitete, hatte Bob ein paar Seiten zurückgeblättert und eine nette kleine Kurzgeschichte mit dem Titel »The Gold Bug« gefunden, in der eines dieser Insekten eine wichtige Rolle spielte.
Er war gerührt, dass Mary sich die Mühe gemacht hatte, diese Käfer zu finden.
»Wir haben vier davon«, erklärte Katy. Sie zeigte auf zwei Käfer, die sich aneinanderschmiegten. »Die beiden hier verbringen viel Zeit miteinander, deswegen hab ich sie John und Paul genannt. Der, der gegen seinen Tarsus klopft, ist Ringo, und der andere ist dann George.«
»Um die zu ersetzen, auf die ich getreten bin«, sagte Mary zur Erinnerung.
»Du bist auf sie getreten?!«, fragte Katy ungläubig.
»Sie hat sie eigentlich eher unter ihrem Stiefelabsatz zerdrückt«, meinte Bob zu Katy. »Aber wir müssen jetzt nicht ins Detail gehen.«
»Ich kann nicht glauben, dass du sie zertreten hast!«, insistierte Katy.
»Wieso denn nicht?«, sagte Mary etwas barsch. »Ich meine, es sind doch bloß Wanzen, um Gottes willen!«
»Na ja«, philosophierte Bob, »genau genommen sind es keine richtigen Wanzen.«

»Siehst du?«, sagte Katy.
Mary lachte. »Eigentlich hab ich das gewusst. Katy hat mir schon alles erklärt über die saugenden Rüssel und so. Ich wollte nur sehen, ob du mir auch Aufmerksamkeit schenkst.«
»Komm her«, breitete Bob die Arme aus, »ich schenke dir ein bisschen Aufmerksamkeit.« Er nahm Mary und Katy wieder in die Arme. »Ich liebe euch beide.«
Während Klaus die Wiedervereinigung der Familie Dillon durch sein Zielfernrohr mitverfolgte, verschwamm die Szene vor seinem geistigen Auge zum Bild einer eigenen Familie. Einer Familie, die nie existiert hatte.
Einen Augenblick lang stellte sich Klaus glücklichere Zeiten vor – Tage, die mit einer kleinen süßen Tochter spielend und herumtollend an weißen Stränden verbracht wurden, und laue Liebesnächte mit einer wunderschönen, leidenschaftlichen Ehefrau. Dies waren die Tage und Nächte, die sich Klaus nie gestattet hatte und nie gestatten könnte.
Mit einem Augenblinzeln hatte er wieder die Szene mit der glücklich vereinten Familie Dillon vor sich. Und Klaus wusste, dass er Bob nicht töten konnte. Er warf den ganzen pseudorationalen Kram über Bord und folgte seinem Gefühl. Bob war bloß ein Typ mit einer Familie und einem Traum. Er verdiente es nicht, zu sterben, und Klaus würde ihn nicht töten, egal welche Konsequenzen es für ihn hatte.
Klaus wollte, dass Bob behielt, was ihm selbst nie vergönnt gewesen war: die Liebe einer Familie. Dieser Augenblick entlarvte Klaus als nichts anderes denn einen hoffnungslosen Romantiker mit einem laserzielfernrohrbestückten Hochleistungsgewehr.
Als dieses Fernrohr von Bobs Kopf wegschwenkte, glitt es zufällig auf ein Duo ruchlos aussehender Burschen, die bei Bobs Auto standen. Sie schienen wegen irgendeines kleinen Päckchens zu diskutieren, das anscheinend mit dem Pinto zu tun

hatte. Klaus beobachtete, wie der eine mit dem kleinen Päckchen unter das Auto schlüpfte, während der andere eine Pistole mit Schalldämpfer zog und auf dem Bürgersteig Richtung Coffee Shop schlich. Ihre Gesichter waren Klaus nicht bekannt, aber ihre Absichten sehr wohl.

Es war eine leichte Entscheidung. Schließlich heißt es, dass jeder Mann Schutz braucht. Sorgfältig zielte Klaus und drückte ab.

FUMP! Eine Kniescheibe wurde zertrümmert. Der Typ unter Bobs Wagen schrie auf, knallte mit dem Kopf gegen die Achse und schlug sich selbst k.o.

Klaus drückte noch mal ab. FUMP! Das Geräusch, wie das Blei die zweite Kniescheibe zertrümmerte, war widerlich. Der Typ hätte wieder geschrien, aber gnädigerweise hatte er das Bewusstsein noch nicht wiedererlangt. Er lag unter dem Pinto, das Päckchen auf der Brust. Währenddessen peilte Klaus sein zweites Ziel an. Der Typ mit der Waffe am Fenster des Coffee Shop hob gerade die Pistole, als Klaus wieder abdrückte.

FUMP! Stirnbein. Ein roter Nebel von Blut und winzigen Splittern der Stirnbein- und Scheitelbeinknochen wurde vom Winde verweht. Alle Impulse, die unwillkürliche Aktivität steuern, wurden permanent unterbrochen. Aber bevor er zu einem schlaffen Haufen auf dem Bürgersteig zusammensackte, gab der Typ – PENG! – noch einen Schuss ab. Dann beschmutzte er sich.

Der Schuss zertrümmerte die Scheibe und eine Ketchupflasche, die tomatige Scherben über einige in der Nähe sitzende Gäste explodieren ließ.

Bob, der sich nicht sicher war und sich auch nicht viel darum scherte, ob es ein Postbote war oder eine Mafia-Angelegenheit, packte Katy, Mary und die Goldkäfer und gesellte sich zu den anderen Gästen auf dem Boden.

Nach mehreren Sekunden Stille wandte sich Bob an Mary. »Los, komm! Der Wagen ist draußen!«

»Die Schießerei auch!«, sagte Mary pragmatisch.

»Stimmt«, gab Bob zu. »Warten wir einen Moment hier drin.«

Während sie auf das Ende der Schießerei warteten, sahen sie zu, wie eine weibliche Deutsche Schabe *(Blatella germanica)* vorbeihuschte.

An der Art, wie sie dicht über dem Boden huschte, erkannte Bob, dass sie im Begriff war, ihr Eipaket abzulegen, die ledrige Kapsel, in der diese Schaben ihr Leben begannen. Nach zwei Tagen würden dreißig deutsche Nymphen ausschlüpfen und im Big Apple willkommen geheißen.

Nachdem zwei oder drei Minuten ohne weitere Schüsse verstrichen waren, standen viele Gäste wieder auf und fingen an, sich über die Unterbrechung der Bedienung und die Scherben in ihrem Essen zu beschweren. Da die Lage sich wieder normalisierte, nahm Bob Katy auf den Arm, packte Marys Hand und eilte zur Tür.

»Hey, was ist mit den Beatles?«, fragte Katy.

»Die lassen wir als Trinkgeld hier«, entschied Bob.

Während sie den Coffee Shop verließen und den Bürgersteig entlangrannten, stellte sich Katy die Miene der überglücklichen Kellnerin vor, wenn sie ihr Trinkgeld fand.

Sie hasteten zum Pinto. Schnell bemerkte Mary die fehlende Windschutzscheibe, die Kugellöcher und den Mann mit den beiden zertrümmerten Kniescheiben darunter.

»Bob, was zum Teufel ist mit dem Wagen passiert, und was macht der Typ mit den kaputten Knien da?«

Bevor Bob antworten konnte, kreischte eine große Limousine heran und versperrte ihnen den Weg. Der Fahrer griff über den Sitz und warf die Beifahrertür auf. Mit einer großen Handfeuerwaffe fuchtelnd, brüllte er: »Steigt ein! Wir sind hier nicht sicher!«

»Wir sind von hier«, erwiderte Mary. »Wir wissen, dass wir hier nicht sicher sind.«
»Steigt ein!«, brüllte er.
»Wir haben unser eigenes Auto, vielen Dank«, erklärte Mary.
Er hob die Waffe und brüllte: »Sofort, Bob!«
»Woher weiß dieser Typ, wie du heißt?«, fragte Mary.
»Tu einfach, was er sagt«, riet Bob ihr.
»Beeilung!«, brüllte der »Typ«.
Als sie im Wagen waren, ließ der Mann die starke Achtzylindermaschine die Straße hochdonnern. Hinter ihnen – KABUUUUUM! – ging der Pinto himmelhoch in die Luft.
Katy wirbelte herum und sah durchs Hinterfenster zu, fasziniert von dem aufsteigenden Feuerball. »Wau! Geil! Kriegen wir jetzt endlich ein neues Auto?«
Niemand antwortete.
Der Mann fuhr wie eine gesengte Sau, alles wirbelte gefährlich verschwommen an ihnen vorbei.
»Was zum Teufel ist hier los?«, fragte Mary, während sie sich verzweifelt festhielt. »Was ist mit unserm Auto passiert? Wer zum Teufel sind Sie?«
»Sag mir, wo ich lang muss!«, schrie der Mann.
»Hier links und dann gleich wieder rechts!«, schrie Bob zurück.
»Hier gibt's Leute, die Bob umbringen wollen. Es war wahrscheinlich Plastiksprengstoff. Ich bin Klaus.« Er langte über den Sitz und schüttelte Marys Hand, während er gleichzeitig mit achtzig Sachen eine Neunzig-Grad-Kurve fuhr. Mary kreischte.
»Yeaaaaaah!«, grölte Katy begeistert.
»Wovon zum Teufel redet er, Bob? Und wo zum Teufel hat er fahren gelernt?«
»Nächste rechts!«, schrie Bob. »Na ja, Liebling, da gibt's ein paar Dinge, die ich dir noch nicht erzählt habe.«

»Hey, fahren wir zurück und gucken zu, wie das Auto brennt«, schlug Katy vor. Niemand reagierte. Sie wünschte, Erwachsene würden sie nicht immer einfach ignorieren. Sie setzte sich auf dem Rücksitz zurück und vergnügte sich damit, Toneffekte von Explosionen und Zusammenstößen zu machen: »Kabuuum!«
Bob schrie weiter: »Bei der Ampel links! Ich dachte, du wärst nach Hause gefahren. Was ist passiert?«
Klaus bog links ein, wobei er die Fußgänger auf dem Zebrastreifen fast mitnahm. Er warf einen Blick in den Rückspiegel. »Das hab ich auch getan, aber ich bin wiedergekommen, als ich von Miguels Auftrag erfuhr, der dich betrifft.«
»Miguel?«, fragte Mary. »Ein Auftrag? Du hast endlich einen Auftrag bekommen?! O Liebling!«
»Du bist zurückgekommen, um mich zu beschützen?« Bob war gerührt.
»Nein, ich bin zurückgekommen, um dich zu töten«, sagte Klaus.
»Du bist was?!«, kreischte Bob.
»Keine Angst, ich hab's mir anders überlegt.«
»Kann mir mal jemand erklären, was hier los ist?«, bellte Mary.
»Miguel Riviera hat seinen Bruder Ronaldo getötet, um das Kartell zu übernehmen«, erklärte ihr Klaus, »dann hat er es Bob in die Schuhe geschoben wegen Wolfes Auftrag, Ronaldo zu beseitigen.«
»Was für ein Kartell? Wer zum Teufel ist Wolfe?«, verzweifelte Mary.
Es begann ein leichter Regen zu fallen, als Bob sich an einer Erklärung versuchte. »Wolfe ist von der CIA, behauptet er jedenfalls. 4th Street, Klaus! Ronaldo und Miguel sind Koks-Dealer, glaube ich.«
»4th? Bist du sicher?«, fragte Klaus.
»Todsicher! 4th Street!«, wiederholte Bob.

»Wolfe ist eindeutig von der CIA«, sagte Klaus, als er die Limousine um die regennasse Ecke herumschleuderte.
»Ka-buum!«, schrie Katy vom Rücksitz. »Das ist echt geil!«

Der düstere Asiate ging im Regen durch die belebten Straßen von SoHo, auf der Suche nach einem Ort, wo er etwas essen konnte. Er hielt Ausschau nach einem Restaurant namens Lee Ho Fooks, wo er sich einen großen Teller Chow Mein bestellen würde. An diesem ersten Tag seiner Jagd auf den »Schädlingsvernichter« hatte er sich einen herzhaften Appetit angelaufen.
Während er an einer Ampel stand und darauf wartete, dass es grün wurde, tauchte ein frecher Achtjähriger wie aus dem Nichts auf und stopfte dem hungrigen Killer eine alte Ninja-Turtle-Figur ins Gesicht.
Eine blitzschnelle Bewegung des Handgelenks, ein Aufblitzen von Stahl, und plötzlich hatte der Mann ein Rasiermesser in der Hand. Im Bruchteil einer Sekunde trennte er mit einem chirurgischen Schnitt den Plastikkopf der Schildkröte ab und vergoss auf den Bürgersteig ihr imaginäres Schildkrötenblut.
Das Kind brüllte fürchterlich, als es versuchte, den guillotinierten Kopf wieder dranzubekommen. Im nächsten Augenblick war die Klinge verschwunden, die Ampel schaltete auf Grün, und der Asiate lächelte sadistisch, als er die Straße auf der Suche nach etwas Essbarem überquerte.

Klaus fuhr jetzt etwas zivilisierter als am Anfang. Mittlerweile hatte er genügend Distanz zwischen ihnen und dem rauchenden Haufen Ford gelegt, der einstmals Bobs Pinto gewesen war.
»Also, mal sehen, ob ich das richtig verstanden habe«, sagte Mary. »Wolfe wusste, dass jemand diesen Huweiler-Typen umbringen lassen wollte.«
»Richtig«, meinte Klaus, »wahrscheinlich Mrs. Huweiler, in

Anbetracht der Tatsache, wie diese Dinge normalerweise funktionieren.«

»Mrs. Huweiler hat also Marcel engagiert, jemand anderen zu engagieren, ihren Mr. Huweiler zu töten. Dann hat Marcel aus irgendeinem Grund gedacht, dass er Bob dafür engagiert hat.«

»Weil ich auf diese Anzeige in der *Times* geantwortet habe«, bemerkte Bob.

»Okay, richtig, an diesem Abend bei ›Freddie's‹. Richtig. Dann ist Huweiler bei einem Autounfall tödlich verunglückt, und sowohl Marcel als auch Wolfe schlossen daraus, dass Bob ihn so getötet hatte, dass es wie ein Unfall aussah.«

»Das ist klassische Wolfe-Logik«, warf Klaus ein. *»Post hoc, ergo propter hoc.«*

»Lassen Sie mich weitermachen. Ich will sichergehen, dass ich das verstanden habe. Dann tötet ein Taxifahrer Miguels Mann Ramón. Das hat Miguel noch saurer gemacht, deswegen schickt er Bob ein Killer-Trio auf den Hals. Und Klaus hat die Typen an dem Abend umgelegt, wo ihr euch kennen gelernt habt.«

»Ich glaube, Sie haben es kapiert«, sagte Klaus.

»Also, Miguel glaubt, dass Bob Ramón und die Todesschwadron getötet hat, was Miguel in den Augen der internationalen kriminellen Gemeinschaft demütigt, also setzt er eine Belohnung von zehn Millionen Dollar aus, um sicherzugehen, dass irgendjemand Bob umbringt. Das ist der Teil, den ich nicht verstehe. Wieso macht er das, wenn er doch weiß, dass Bob seinen Bruder gar nicht getötet hat?«

»Das war am Anfang wahrscheinlich bloß ein Ablenkungsmanöver, aber als seine Killer versagten, übernahm der Machismo die Regie, und jetzt will er es einfach erledigt haben, um sein Gesicht zu wahren«, erklärte Klaus.

»Wau!«, rief Katy aus. »Das ist geil. Jemand bezahlt zehn Millionen Dollar, damit man Dad umbringt?«

»Ich hatte mir schon überlegt, es kostenlos zu machen, als du mich angelogen hast«, meinte Mary, obwohl sie es nur zur Hälfte ernst meinte – damals hätte sie eindeutig das Geld genommen.

»Jetzt wo Sie die Geschichte kennen, wissen Sie, dass wir nicht hierbleiben können. Wir sind in ernster Gefahr.« Klaus' Ton war streng. »Diese Belohnung wird die besten Spieler herlocken. Ein paar Amateure, wie die beim Coffee Shop, werden auch mitmachen, doch die werden sich auch nicht als lästiger erweisen als die normalen Bürger dieser verdammten Stadt. Aber die anderen … Sie werden gut informiert und gut bewaffnet sein und nicht so gute Absichten haben.«

»Mit den besten Spielern der Welt meinst du wahrscheinlich Killer?«, fragte Bob.

»Ja, höchstwahrscheinlich werden wir es mit dem Nigerianer zu tun bekommen«, erklärte Klaus. »Er ist ein vorzüglicher Schütze, der Kugeln mit Zyankalispitzen benutzt.«

»Ist eine Giftkugel nicht etwas redundant?«, fragte Mary.

»Nicht wenn sie einen nur streift. Er überlässt nichts dem Zufall«, sagte Klaus.

»Oh, das ist gut«, nickte Bob beeindruckt.

»Ein anderer, der wahrscheinlich auftauchen wird, ist der Cowboy, ein unbarmherziger Killer. Geld bedeutet diesem Mann alles. Er tötet auch für einen Dollar, also werden zehn Millionen ihn sicher motivieren. Ich hatte schon mal mit ihm zu tun. Er gibt nicht auf und ist derb und bekommt gewöhnlich das, worauf er aus ist. Nach getaner Arbeit markiert er seine Opfer mit Tabakspeichel.«

»Oh, ätzend«, sagte Katy.

Während sie Klaus zuhörte, sah Mary Bob an und fragte mit stummen Mundbewegungen: »Ist dieser Typ echt?« Bob nickte.

»Dann ist da Chantalle aus Marseille«, seufzte Klaus sehnsüchtig. »Ich glaube, sie ist derzeit auf Platz vier. Ihr unterläuft nie ein Fehler. Man kann ihr nichts nachweisen. Sie ist wie eine Leopardin, großartig und Furcht erregend. Ich habe sie schon mit Lippenstift töten sehen.«

»Wau, geil!« Jetzt war Katy wirklich beeindruckt.

»Bei der Arbeit trägt sie einen ägyptischen Ring und hinterlässt eine weiße Schokoladentrüffel im Mund ihres Opfers. Einmal hat sie in Madrid eine ganze Woche damit verbracht, ein vollkommenes Stück Konfekt zu finden.«

»Woher weißt du das denn?«, fragte Bob.

»Das hat mir jemand erzählt«, erklärte Klaus kategorisch. Dann, nach einer kurzen Pause, brüllte er: »Ich war mit ihr zusammen, verdammt noch mal! Es ist doch klar, woher ich das weiß. Es ist nicht so, dass ich irgendetwas hiervon erfunden hätte!«

»Verzeihung.« Bob errötete.

»Dann gibt es noch Reginald, den Zwerg«, fuhr Klaus fort. »Er ist ein hinterlistiger kleiner Henker, der gern Kleider trägt. Manchmal verkleidet er sich als Kind – wenn auch ein hässliches, um seinen Opfern nahe zu kommen. Er hat noch nie versagt.«

»Was für eine Kleidergröße hat er?«, wollte Katy wissen. »War er schon mal im Fernsehen?« Die Erwachsenen ignorierten sie immer noch.

»Mit Sicherheit werden wir es mit Ch'ing zu tun haben«, zählte Klaus weiter auf. »Er ist ein Fachmann für das Töten mit bloßen Händen, obwohl er bei der Arbeit den Einsatz von scharfkantigen Waffen bevorzugt. Er ist vielleicht der Beste, nach mir, natürlich.«

»Was soll eigentlich die Geschichte mit den Markenzeichen?«, fragte Katy.

»Das ist wie eine Unterschrift. Das belegt, wer den Job ausgeführt hat. Ich hab mir nie die Mühe gemacht mit solchen Sachen. Für mich ist tot tot«, meinte Klaus achselzuckend.

»Das ist ein tröstlicher Gedanke, Klaus«, sagte Bob und wies ihn darauf hin, dass grün war.
»Können wir diesen Leuten nicht einfach sagen, dass Bob gar nicht getan hat, was sie meinen, dass er getan hat?«, fragte Mary.
»Sicher«, entgegnete Bob. »Und du kannst all den netten Leuten erzählen, dass wir immer unsere Rechnungen rechtzeitig bezahlen wollten …«
»Er hat Recht, das ist denen völlig egal. Die sind nur hinter dem Geld her. Die Sache ist die, wir sind in schrecklicher Gefahr. Wir müssen die Stadt sofort verlassen.«
»Okay«, stimmte Bob zu. »Ich überprüf die letzten drei Gebäude, dann sind wir hier weg.«
»Nein. Du verstehst nicht. Wir müssen sofort weg. Was ist näher, La Guardia oder JFK?« Klaus war hartnäckig.
Mary war der bekennende Killer nicht geheuer, der jetzt plötzlich den Reiseleiter spielte. »Flughafen? Wo gehen wir hin? Wann kommen wir zurück?«
»Sie kommen nicht zurück, wenn Sie am Leben bleiben wollen«, sagte Klaus trocken.
»Aber das ist doch lächerlich«, erwiderte Mary. »Ich muss vorher noch nach Hause und ein paar Sachen holen. Man fährt nicht einfach zum Flughafen und hüpft ohne Gepäck ins Flugzeug. So was macht man nicht.«
»Sie können sich neue Kleider kaufen«, meinte Klaus
»Ich rede nicht nur von Kleidung, es gibt andere Sachen.«
»Kommt nicht in Frage«, beharrte Klaus. »Diese Leute werden euer Haus genauso leicht finden wie ich.«
»Wie hast du unser Haus gefunden?«, fragte Bob.
»Dad, wir stehen im Telefonbuch«, sagte Katy.
»Ach ja, stimmt.«
Mary legte mit einem Blick zu Bob eine Hand an die Kehle und sagte mit stummen Mundbewegungen: »Mein Anhänger.« Bob nickte.

»Ja, Klaus, hör mal, wir würden wirklich ganz gerne noch mal schnell eine kleine Runde bei uns zu Hause vorbei machen, wenn du nichts dagegen hättest.«

»Ihr seid wirklich übergeschnappt!« Klaus verlor allmählich die Geduld. »Habt ihr nicht aufgepasst bei dem Teil über die Killer?!« Plötzlich machte Klaus eine Vollbremsung, um nicht einem Taxi hinten reinzufahren. Er sah sich um und stellte fest, dass sie nicht weiterkamen. »Hier kann uns jeder abknallen.«

»Wir müssen nach Hause«, insistierte Mary.

»Unmöglich«, blieb Klaus hartnäckig. »Ihr könnt nicht nach Hause. Was immer es ist, was ihr so dringend haben wollt, so viel kann es nicht wert sein, dass es sich dafür zu sterben lohnt.«

»Hören Sie«, sagte Mary, »es dauert keine fünf Minuten. Verstehen Sie, Bobs Großvater hat mir an unserem Hochzeitstag einen Anhänger geschenkt. Er gehörte Bobs Großmutter, und irgendwann wird Katy ihn ihrer Tochter geben, und ja, für mich ist er es wert, dass ich dafür mein Leben riskiere.«

Nach einem ganzen Leben in New York hatten flotte Sprüche von wegen sein Leben riskieren ihre wahre Bedeutung für Mary verloren. Sie hatte keine klare Vorstellung von der Gefahr, in der sie sich befanden.

Im Rückspiegel sah Klaus einen großen Schwarzen, der einen halben Block hinter ihnen aus einem Taxi stieg. Es war der Nigerianer.

»Also los!«, rief Klaus.

»Wirklich?«, meinte Mary überrascht. »Das ist schon besser.«

»Bob, raus aus dem Auto! Sofort!« Klaus wandte sich dringlich an Mary. »Ein Treffpunkt in der Nähe des Flughafens?«

»Welcher?«, fragte Mary.

»Äh, JFK«, entschied Klaus.

»Hmmm, na ja, da ist Howard Beach«, sagte Mary, »aber da sollten Sie lieber nicht hinfahren.«

»Aqueduct!«, platzte Klaus heraus. »Wir treffen uns dort in vier Stunden. Gehen Sie nicht nach Hause! Schwören Sie mir, dass Sie nicht nach Hause gehen! Ich hol Ihren verdammten Anhänger später!«
»Schon gut, schon gut«, beschwichtigte Mary. »Regen Sie sich nicht so auf. Wir treffen uns bei der Rennbahn.«
Mary kletterte auf den Vordersitz, während Bob und Klaus ausstiegen.
Der Nigerianer, der noch fünfzig Meter entfernt war, zog seine Waffe. Klaus ergriff Bobs Arm und zog ihn eine Gasse hinunter, weg vom Auto.
Einen Block weiter, auf der 1st Avenue, rannten sie immer noch. Bob sah sich um. »Vor wem laufen wir weg?«
»Da hinten«, keuchte Klaus, ohne sich umzusehen.
»Ich sehe keinen …« Schließlich erblickte Bob den schwarzen Hünen mit seiner Waffe. »Moment mal, der Typ, der etwa zwei Meter zwanzig ist? Der mit der Pistole? Meinst du den?«
Klaus nickte.
»Hier vorne links. Ich kenne ein Gebäude, wo wir durchlaufen und ihn abschütteln können.«
Ein paar Augenblicke später standen Bob und Klaus nach Atem ringend vor dem Eingang des verlassenen Wohnblocks in der Lower East Side. Bob hatte Mühe, das rostige Schloss zu öffnen.
»Hier teste ich meine Rasse Zwei«, erzählte Bob, während er mit dem Schlüssel hantierte. »Es ist eine Kreuzung zwischen einer Gezackten Raubwanze und einer Dornen-Mordwanze. Du hast bestimmt nicht gewusst, dass das Mordwanzen sind, stimmt's?«
»Beeil dich«, drängte Klaus und sah sich nervös um.
»Aber es stimmt«, sagte Bob. »Es gibt ungefähr ein Dutzend verschiedene Arten.«
Klaus konnte nicht länger warten. Mit einer kraftvollen Bewegung trat er die Tür ein.

»Hey, und wer bezahlt das?«, jammerte Bob, während er den gesplitterten Türrahmen befühlte.

Klaus schob Bob beiseite, knallte die Tür zu und spähte dann zum Fenster hinaus, um zu sehen, ob der Nigerianer sie entdeckt hatte, aber der riesige schwarze Killer war nirgends zu sehen.

Bob begann den Boden des Gebäudes zu inspizieren. Er bemerkte etwas und hob es auf. »Hey, sieh mal!«, sagte Bob viel zu heftig.

Klaus wirbelte mit gezogener Waffe herum, sah aber bloß Bob vor sich, der eine tote Schabe an den Fühlern hochhielt.

»Verdammt«, zischte Klaus. »Sag nicht solche Sachen.«

»Ich muss mir das hier ansehen«, sagte Bob, ganz aufgeregt über die Möglichkeit, endlich einen Erfolg verbuchen zu können.

»Bist du verrückt?«, fragte Klaus. »Hast du den Verstand verloren? Wenn der Nigerianer gesehen hat, wie wir hier reingerannt sind, dann haben wir ein ernstes Problem. Wir werden nämlich tot sein.«

»Nur dreißig Sekunden«, bettelte Bob.

»Wir haben keine dreißig …« Aber es war zu spät, Bob rannte schon die Treppe hoch. Klaus folgte ihm ungläubig.

In einem großen Raum mit Fenstern in einer Erdgeschosswohnung, die sich renoviert wahrscheinlich für dreitausendfünfhundert Dollar vermieten lassen würde, stellte sich Bob auf eine Kiste und versuchte, eine Deckenplatte wegzustemmen.

Nervös sah Klaus zu, bis er hinter sich ein Geräusch hörte. Instinktiv wirbelte er herum und feuerte – FUMP! FUMP! – zwei schallgedämpfte Schüsse ab. Es war eine Ratte. Jetzt eine tote Ratte.

Bob sah herunter. »Nicht schlecht. Ich wette, mit so was könntest du bei der Stadt einen festen Job bekommen.« Nachdem er noch ein bisschen daran herumgerüttelt hatte, konnte Bob die

Deckenplatte lösen und hineinspähen. Als er die Platte anhob, fielen mehrere Schaben und Hybriden auf den Boden.
»Du heiliger Bimbam!« Bob hatte so etwas in seinem ganzen Leben noch nicht gesehen. »Was zum Teufel ist hier passiert?«
Er konnte kaum seinen Augen trauen. So weit er sehen konnte, wuselte es in dem Krabbelplatz in einer zehn Zentimeter dicken schwarzen Matte von Schaben und Hybriden, die über- und untereinander herumglitten, in einer Art Insektenorgie à la Caligula. In dem Mischmasch schien sich noch eine dritte Wanzenart zu befinden, aber im Moment konnte Bob sie noch nicht identifizieren.
Nach dem, was er sehen konnte, schätzte Bob, dass Rasse Zwei mit ihrem unablässigen Sextrieb so beschäftigt damit gewesen war, sich zu paaren, dass sie sich nicht die Zeit genommen hatte, sich als Killer zu betätigen. Das hatte zu einer erstaunlichen und grotesken Bevölkerungsexplosion sowohl der Schaben als auch der Hybriden der Rasse Zwei geführt.
Als das so weit klar war, rechnete sich Bob aus, was das dritte Insekt war. Es war eine Vierte-Generation-Kreuzung zwischen den Schaben und der Rasse Zwei – ein Hybride, dessen DNS der Wanze sagte, dass sie sowohl eine Schabe als auch ein Schabenmörder war. Es war ein Insekt so voller Selbsthass, dass es sich selbst tötete und Nahrung für Rasse Zwei wurde.
»Ich bin so ein Idiot«, murmelte Bob.
Er gestand seine Niederlage ein und arbeitete jetzt daran, die Deckenplatte wieder in ihre ursprüngliche Lage zu bringen. Plötzlich explodierte eines der Fenster in einem Sprühregen von Glas, und der Nigerianer kam ins Zimmer gehechtet, wobei er Klaus umwarf und seine Waffe über den Boden wirbelte, bis sie neben der toten Ratte zu liegen kam. Blitzschnell rollte der Nigerianer zu dem verendeten Nagetier hinüber und schnappte sich Klaus' Waffe.
Bob stand noch auf der Kiste, die Hände oben, und hielt die De-

ckenplatte. Der große Schwarze lächelte, eine Waffe auf Bob gerichtet, die andere auf Klaus. Er befahl Bob, die Hände oben zu lassen. Dann, zu Klaus gewandt: »Mein Freund, du lässt nach.«

»Ich lasse nicht nach«, meinte Klaus, »ich bin nur müde. Sehr müde.«

»Egal«, sagte der Nigerianer. »Ich muss euch beide töten.« Er ging seitlich zu Bob hinüber und entsicherte beide Waffen. »Aber zuerst muss ich dich fragen, wieso du diesen hier beschützt?«

»Das spielt keine Rolle«, erwiderte Klaus.

Selbst wenn es keine Rolle spielte, wünschte sich Bob, Klaus wäre wenigstens mit irgendeiner langatmigen Erklärung gekommen, um Zeit zu schinden.

Der schwarze Riese zuckte die Achseln. »Na gut.« Er wandte sich um, um Bob zu erschießen.

»Moment«, bettelte Bob. »Es spielt wohl eine Rolle, Klaus. Ich meine, wo er das Thema schon angeschnitten hat, könntest du es ihm eigentlich sagen.«

In dem Moment, wo der Nigerianer zu Klaus sah, ließ Bob die Deckenplatte fallen und verschüttete Tausende von Schaben, Rasse-Zwei-Hybriden und Vierte-Generation-Mutanten über ihn.

Der schwarze Killer brüllte und warf in seiner Panik eine der Pistolen aus dem Fenster. Mit der anderen Waffe begann er ziellos herumzuschießen, während der widerliche Pulk flachkörperiger Kerbtiere über ihn ausschwärmte. Derweil die Mordwanzen dem Nigerianer an Hals und Gesicht schmerzhafte Bisse zufügten, suchten die Schaben das nächste dunkle Plätzchen und fanden schnell ihren Weg unter das Hemd und ins Hosenbein. Es krabbelte und kitzelte auf seiner schwarzen Haut, als die spitzen Beine und tastenden Fühler nach Wärme suchten.

Der Nigerianer war so angewidert, als Tausende von kitzelnden Füßchen sich ihren Weg zur wärmsten Stelle zwischen seinen Beinen bahnten, dass er einen Moment lang mit dem Gedanken an Selbstmord spielte, um sich dieser grotesken Situation zu entziehen. Aber die Vorstellung von zehn Millionen Dollar ließ ihn seine Krise bewältigen. Und während der gequälte Nigerianer die Hände fest gegen seine Kleidung drückte, in dem Versuch, die widerlichen kleinen Viecher zu zerdrücken, sah er Klaus und Bob durch die Hintertür hinausrennen und auf die Straße sprinten.

Kurz darauf knallte die Tür zum Wohngebäude auf, und der Nigerianer kam hinterhergerast, wobei er versuchte, sich seiner Hose zu entledigen.

In einer nahe gelegenen Gasse versteckten sich Bob und Klaus nach Atem ringend hinter einer großen grünen Tonne.

»Das war brillant!«, lobte Klaus, während er nach Luft schnappte. »Ich hätte wetten können, dass er sich niemals ablenken lassen würde, aber du hast es geschafft.«

»O ja, von wegen brillant, hast du nicht die ganzen Viecher gesehen?! Ich hab nur noch zwei Rassen übrig! Ich krieg das nie hin.«

»Wenn wir nicht abgeknallt werden, wirst du genug Zeit haben, deine Fehler zu korrigieren. Machen wir uns jetzt Gedanken darüber, wie wir am Leben bleiben. Er ist uns auf den Fersen, und wir sind unbewaffnet.«

Während Klaus hinausspähte, um zu sehen, ob der unbehoste Nigerianer sich näherte, dachte Bob darüber nach, was Klaus gesagt hatte. Unbewaffnet? In New York?

Irgendetwas schwebte um die Peripherie von Bobs Bewusstsein herum, eine Idee, die die Frage beantwortete. Unbewaffnet? Eine Waffe? Synapsen zündeten wie wild, und Neuronen saugten Neurotransmitter ein, während Bob versuchte, den Gedanken einzufangen. Schließlich traf ihn ein elektrochemi-

scher Schlag, als hätte er eine feuchte Gabel in einen Toaster gerammt, und er fing den Gedanken ein.
Klaus sah, wie Bob sich plötzlich aufraffte, von neuer Entschlossenheit erfüllt.
»Nein. Das ist fantastisch«, sprach Bob in einem Ton, der auf inneren Frieden hindeutete. »Wir sind überhaupt nicht unbewaffnet.« Seine Stimme wurde erregter. »Tatsächlich haben wir die gefährlichste gottverdammte Waffe des Planeten zu unserer Verfügung!«
Klaus hatte das ungute Gefühl, dass sein Freund nicht mehr ganz richtig gepolt war. »Bob, wovon redest du?«, fragte er sanft.
Bob breitete die Arme aus. »Sieh dich um.« Klaus tat es, sah aber nichts.
»Diese Stadt – New York – ist eine immense Tötungsmaschine«, intonierte Bob mit der Überzeugungskraft eines Menschen, der die Wahrheit kennt. »Sie ist unsere Waffe. Sie tötet Dutzende jeden Tag, ohne ins Schwitzen zu geraten. Sie ist eine geladene Pistole auf einem Nachttisch, die darauf wartet, von einem neugierigen Knirps abgefeuert zu werden. Wir brauchen sie bloß zu benutzen. Los!«
Bob schoss hinter der Tonne hervor, und Klaus folgte, mitgerissen im Sog von Bobs ungeheurer Überzeugung. Sie rannten die Broome entlang zur Bowery und dann Richtung Süden.
Als sie sich im Laufen umblickten, sahen sie den Nigerianer offen mit der Waffe herumfuchtelnd hundert Meter hinter sich. Passanten machten völlig beiläufig Platz, während der schwarze Killer die Straßen von Little Italy entlangsprintete. Dass er keine Hosen trug, fand ebenfalls niemand besonders ungewöhnlich.
»Was tun wir?«, fragte Klaus keuchend. »Er wird uns umbringen!«
»Vertrau mir«, sagte Bob, »ich weiß, was ich tue.«

Klaus folgte Bob, als er zuerst in die Grand einbog, dann in die Mulberry Street und dann plötzlich ins »Café Palermo«.
Ohne Platzreservierung rasten sie am Chefkellner vorbei weiter durch den Speiseraum, vorbei an einem Teller *peperonata* und in die Küche, wo das Aroma aus einem Kochtopf mit *bagna cauda* wie eine Sirene lockte, ein süßes Lied von scharfen Sardellen und Knoblauch singend. Aber Bob und Klaus weigerten sich zuzuhören und stürmten hinten wieder raus, ohne auch nur einmal das Tempo zu drosseln.
Einen Augenblick später raste der Nigerianer mit gezogener Waffe durch das Bistro. Eine Frau spuckte eine Olive durch den Raum, als sie den großen, bewaffneten Schwarzen in seinen Shorts aus reiner Baumwolle erblickte. Ein anderer Gast schrie, als die Olive in ihrer Minestrone landete.
Bob und Klaus rannten die Gasse hinter dem Restaurant hinunter und kamen auf der Hester Street raus. Bobs Augen hielten nach irgendetwas Ausschau.
»Was zum Teufel machen wir?!«, fragte Klaus wieder.
»Da!«, deutete Bob über die Straße. »Mir nach!«
Er düste auf das »La Bella Ferrara« zu, Klaus hinterher. Das gleiche Spiel: Bob und Klaus rasten durch den Speiseraum, widerstanden den *trotelle alla savoiarda* und den *parmigiani di melanzane,* obwohl die Kellner beides schon den ganzen Tag empfohlen hatten.
Der Nigerianer folgte, wie ein Entree dem Antipasto.
Dann wieder in die Hintergasse hinaus, auf die Mulberry Street, suchend. Und wieder führte Bob Klaus zu einem weiteren Restaurant auf der anderen Straßenseite, diesmal »Angelo's« (seit 1902).
Die ganze Rennerei hatte Appetit gemacht, und Klaus dachte, er würde gern noch ein Häppchen essen, bevor er starb – die traditionelle Henkersmahlzeit sozusagen. Während sie durch »Angelo's« blitzten, wo die Luft schwer war von dem Aroma

von geschmortem Kalb mit schwarzen Oliven, fiel Klaus auf, dass die Gäste dort erheblich härter aussahen, wie Statisten bei *Goodfellas.*

»Was soll das?«, keuchte Klaus ein letztes Mal. »Er wird uns erwischen, und wir werden sterben … hungrig!«

»Vertrau mir«, schrie Bob zuversichtlich, als er zur Rückseite des Restaurants rannte.

Während er durch die Küche raste, gab Klaus schließlich seinem Hunger nach und schnappte sich ein Stück Pizza, dann verschwand er ebenfalls durch die Hintertür.

Schwitzend und keuchend von der Verfolgungsjagd, stürmte der Nigerianer mit gut sichtbarer Waffe und Mannespracht in »Angelo's« herein.

Ein aufmerksamer Klugscheißer sprang auf und zeigte auf ihn. »Ein Überfall!!«, brüllte er.

Mafia-Dons wurden auf den Boden geworfen. Männer in Zweireihern zogen ihre Waffen. Und bevor der Nigerianer begriff, was ihn erwischt hatte, lag er mit dem Gesicht in einem Teller *fegato alla veneziana,* seine eigene Leber mit Blei gefüllt und ebenso wenig zu gebrauchen wie die auf dem Teller.

In der Gasse hörten Bob und Klaus die Schüsse. Eine Menge. Sie blieben stehen, und nachdem er Atem geschöpft hatte, biss Bob von Klaus' Pizza ab.

»Mmmm, lecker«, meinte Bob mit vollem Mund. »Ist das Cilantro? Ungewöhnlich, aber es schmeckt.« Er nahm noch einen Bissen.

Drinnen nahmen die Schützen seelenruhig wieder Platz und widmeten sich ihren *fettuccine al burro,* als wäre nichts passiert. Der Restaurantbesitzer schnalzte mit den Fingern, und Kellner schleppten den Nigerianer fort und bereiteten ihn auf einen langsamen Törn zum Grund des Hudson River vor.

Klaus, der immer noch um Atem rang, teilte seine Pizza mit Bob, während sie die Gasse entlang zur Baxter Street gingen, im Moment außer Gefahr. Bob zupfte an einem Stück Peperoni, das ihm zwischen den Zähnen steckte.

»Das war eindrucksvoll«, keuchte Klaus. »Ich nehme an, du hast gewusst, was passieren würde?«

Bob, der sich übermütig fühlte, antwortete in seiner besten Edward-G.-Robinson-Imitation: »Hör mal, Kumpel, jeder kennt hier die Schuppen, wo man sich eine Bleivergiftung holen kann.« Er zog die Schulter hoch, so wie sie es in den alten Gangster-Filmen machten.

Klaus lächelte und zeigte dann auf Bob. »Humphrey Bogart?«

»Ziemlich nah dran«, erwiderte Bob mit einem Lächeln.

13

Mike Wolfe saß allein in seinem Büro und machte sich Sorgen. Seitdem er Bob in dem Coffee Shop getroffen hatte, störte ihn etwas, was Bob gesagt hatte: »Schönen Gruß an die Gattin«, hatte er gesagt, oder? Wolfe hatte aber keine Gattin, und wenn Bob der Vollprofi war, für den ihn alle einschließlich Wolfe hielten, dann hätte er das gewusst.

Geistesabwesend ging Wolfe den Haufen Kassetten, der auf seiner Ablage stand, eine nach der anderen durch. »Blonde an Blonde«, »John Wesley Harding«, »Highway 61 Revisited« – die Titel weckten Erinnerungen an Spionageabwehr-Operationen, die die Agency in Zusammenarbeit mit Hoovers Bureau in den sechziger Jahren durchgeführt und nach verschiedenen Platten von Bob Dylan benannt hatte.

In dieser Zeit hatte Hoover sich gerne »Quinn the Eskimo« oder »The Mighty Quinn« nennen lassen und einmal einen Agenten summarisch gefeuert, der ihn, wie er gemeint hatte, »The Mighty Queen« genannt hatte. Diese Art von Verleumdung ließ sich Hoover nie von seinen Untergebenen gefallen, und so hatten für fünfzehn der unbehaglichsten Minuten in der Geschichte des FBI ein Dutzend peinlich berührter Agenten zuhören müssen, während Hoover vom Leder zog, dass alle Homosexuellen Kommunisten seien und Kleider trügen und an dunklen Orten widerliche Dinge täten.

Hoovers Augen waren noch weiter als üblich aus seinem aufgedunsenen roten Gesicht getreten, als er ausführlich vormachte, wie sie lispelten, die Hüften schwenkten und die Handgelenke verdrehten. Er schwor, falls er jemals vor ein Senatskomitee zitiert würde, könne er, um seine Heterosexualität zu beweisen, Fotografien vorlegen, die ihn »in Aktion« mit verschiedenen Frauen zeigten.

Dann, als er plötzlich erkannte, dass er vielleicht zu stark protestierte, erklärte Hoover die gesamte Tirade zur Geheimsache und bot allen Anwesenden an, sie auf die Positionen ihrer Wahl zu versetzen, in der Hoffnung, damit ihr Schweigen zu erkaufen.

Das waren noch Zeiten, dachte Wolfe. Er wählte aufs Geratewohl eine Kassette aus und steckte sie in den Rekorder. Dann wandte er sich wieder dem zu, womit er sich schon die ganzen letzten Tage beschäftigt hatte, nämlich den riesigen Stapel Unterlagen zu sichten, der die Akte über Bob Dillon darstellte.

Er studierte ein Dokument, dann ein weiteres, sah dann zur Seite und runzelte die Stirn. Irgendwas stimmte nicht, aber was? Die Kassette spielte Gitarre und Mundharmonika und sang: *»Yes, 'n' how many times can a man turn his head, / Pretending he just doesn't see?* – Und wie lange kann einer taub sich stellen / Und so tun, als ob er nichts hört?«

Wolfe blickte wieder auf Bobs Bankauszüge, seine Steuerbescheide, seine unbezahlten Strafzettel. Was war es? War ihm etwas entgangen? Was sagten ihm seine Instinkte?

»*... The answer, my friend, is blowin' in the wind, / The answer is blowin' in the wind ...* – Die Antwort, mein Freund, die kennt allein der Wind, / Die Antwort kennt ganz allein der Wind ...«

Klaus sah sich schon zum hundertsten Mal an diesem Nachmittag mit besorgtem Blick um, während Bob Richtung Osten auf der West Houston vor ihm herging und auf das »NotSoHot« zusteuerte.

»Das ist absolut fahrlässig!«, sagte Klaus schließlich. »Wir müssen Mary und Katy abholen und zum Flughafen fahren.

Vergiss deine verdammten Wanzen und dieses absurde Experiment. Willst du leben oder nicht?«
Bob drehte sich mit einem durchdringenden starren Blick zu Klaus um.
»Hör mal, Mr. Weltberühmter-Killer-mit-Schwenkkopfautomatik, das kapierst du vielleicht nicht, weil du bei dem, was du machst, als Bester der Welt giltst, aber verstehst du, ich gelte nicht einmal in meinem eigenen gottverdammten Viertel als besonders gut! Ich hab mein ganzes Leben lang verdammt hart gearbeitet, aber ich hab nie besonders gut für meine Familie sorgen können. Verdammt, ich hab bei gar nichts besonders Erfolg gehabt.
Aber gerade jetzt, wo jeder gottverdammte Profikiller in der Welt hinter meinem kleinen haarigen Arsch her ist, stehe ich vielleicht kurz vor einem Sieg – vielleicht dem einzigen, den ich jemals erleben werde. Wenn du also willst, dass ich aufhöre, dann musst du mich schon selbst erschießen. Ich mach's nicht von mir aus. Kapiert?«
»Deine Familie ist dein Erfolg«, argumentierte Klaus.
»Ja, kann sein«, meinte Bob, »und wenn das das Einzige ist, was ich jemals mache, dann sollte ich wahrscheinlich glücklich sein. Aber ich hab die Nase gestrichen voll davon, pleite zu sein und ein Spinner oder Versager genannt zu werden. Und ich hab es gottverdammt satt, in dieser Stadt Scheiße zu fressen. Ich will einfach nur mit etwas Eigenem Erfolg haben, nur ein einziges gottverdammtes Mal.«
»Selbst wenn es bedeutet, dabei umgebracht zu werden?«, fragte Klaus.
»Vielleicht. Weil ich verdammt sein will, wenn ich den Löffel aus der Hand lege, bevor ich nicht weiß, ob meine Idee funktioniert oder nicht. Wenn schon sonst nichts, können sie mir dann wenigstens ›Er hat es zumindest versucht‹ auf meinen Grabstein meißeln.«

Gerührt von Bobs Ton, wenn nicht von der Rede selbst, folgte Klaus seinem Freund in Richtung Thompson Street.

Sowie sie um die Ecke kamen, richteten fünf Männer ihre Waffen auf sie und eröffneten das Feuer. Klaus war fast sofort geblendet, als der Türpfosten zu Bobs Rechten zersplitterte und die Schaufensterscheibe links von Klaus zertrümmert wurde. Die beiden wussten, dass sie so gut wie tot waren und dass es nichts gab, was sie dagegen tun konnten.

Dann erschien hinter den fünf Schützen ein kurzer Schwarzer mit einem Ziegenbärtchen und einer Attitüde und brüllte zornig: »Cut! Cut, hab ich gesagt, verdammt noch mal!« Und das Schießen hörte ebenso plötzlich wieder auf, wie es begonnen hatte.

Klaus war völlig verwirrt. Er legte die Hand schützend vor die Augen gegen die blendenden Scheinwerfer, sodass er allmählich wieder etwas sehen konnte. Die Kameras und Mikrofone waren Seltsamkeiten einer Welt, über die er nichts wusste. Die Beistehenden wuselten völlig gleichgültig mit verschränkten Armen umher. Es schien nicht zusammenzupassen, nicht einmal in New York, wo Leute mit einiger Regelmäßigkeit Zeugen von Schießereien wurden.

Bob hingegen verstand die Situation. Schnell erholte er sich von dem Schock des Überfalls und zeigte begeistert auf den zornigen Schwarzen, der ihnen mit böser Miene entgegenkam.

»Hey, Klaus, guck. Das ist Spike Lee!«

»Was?«

»Der Regisseur«, sagte Bob. »Klasse!«

Nachdem man sie vom Drehort wegkomplimentiert hatte, gingen Bob und Klaus ein paar Blocks weiter die Thompson Street hinunter zum »NotSoHot«, das gegenwärtig von Rasse Drei, der Kreuzung von Bienenmörder und Westlichem Korsar, bewohnt wurde.

Klaus rümpfte die Nase, als sie das Gebäude betraten. Der Ge-

ruch von Tabak, verfaulter Lunge, Tumoren und Auswurf erfüllte die Luft. »Puuh!«, rief er aus, als er aus dem Fenster sah, ob ihnen jemand gefolgt war. Hoffnungsvoll stocherte Bob in den Wandzwischenräumen herum.
Während er die Straße absuchte, fragte Klaus sich, wieso er das alles mitmachte. Warum nur beschützte er einen exzentrischen Entomologen vor einer Legion hochmotivierter Söldner? Vielleicht stimmten die Theorien, vielleicht hatte er wirklich einen Todeswunsch.
»Wie konnte ich bloß so blöd sein?!«, fragte Bob laut.
»Musst du die ganze Zeit so brüllen?« Klaus wandte sich vom Fenster weg und sah den lärmigen Entomologen an. »Was ist denn jetzt schon wieder?«
»Sieh dir das an.«
Angewidert deutete Bob auf einen Aschenbecher, in dem mehrere Zigarettenkippen in einer stinkenden braunen Flüssigkeit schwammen. In und um den Aschenbecher lagen sieben oder acht seltsam aussehende Insekten auf dem Rücken. Die Wanzen waren schwarz mit dunkelroten Ringen um den Abdomen, und alle ihre Glieder waren mit dünnem krausen Haar gesäumt.
»Das«, sagte Bob nüchtern, »sind Hybriden der Rasse Drei.«
»Was ist mit denen?«, fragte Klaus.
»Nur die unwesentliche Kleinigkeit, dass sie so tot sind wie die Kennedys!«, entgegnete Bob demokratisch. »Das Wasser im Aschenbecher hat das Nikotin aus dem Tabak gefiltert, und sie haben es getrunken.«
Klaus starrte Bob an. »Und wieso sind sie tot?«, fragte er.
Bob verdrehte die Augen wie ein verzweifelter Biologielehrer. »Nikotin ist ein giftiges, wasserlösliches Alkaloid, verdammt noch mal! In der wässrigen Lösung seines Sulfats ist es ein Insektizid! Das weiß jeder Idiot! Da ... siehst du das klebrige braune Zeug an den Wänden? Das ist Nikotin! Es ist ein extrem

süchtig machendes Gift, und dieser Laden ist damit voll gekleistert!«

»Und wieso hat es nicht die Kakerlaken umgebracht?«

Bob sah verdutzt aus. »Hast du denn nicht zugehört, was ich gesagt habe? Schaben sind fast gegen jeden chemischen Stoff immun geworden, den der Mensch hergestellt hat. Sieh dir das an ...«

Zu Klaus' Überraschung trat Bob ein Loch in die Wand, und mehrere aufgeregte schwarze und muschelförmige Küchenschaben *(Blatta orientalis)* flitzten über den Boden.

Bob schnappte sich eine. An ihren Flügelstummeln war zu erkennen, dass es ein Weibchen war. Er brachte sie zum Aschenbecher, und aufgeregt wedelte sie mit den Fühlern, als sie das potente Gebräu roch. Bob setzte die Kakerlake am Rand des Aschenbechers ab, und sie tunkte ihr Mundwerkzeug in die braune Flüssigkeit und trank. Im nächsten Moment bewegte sich das eben noch ganz aufgedrehte Kerbtier in einer narkotisierten, benebelten Zeitlupe – seine ehemals hektischen Fühler entspannten sich und hingen auf die Tischplatte herab.

»Siehst du? Schaben lieben das Zeug«, dozierte Bob. »Lieben es? Mann, was sage ich? Sie sind süchtig danach. Aber meine Hybriden sind solchem Stoff nie ausgesetzt worden. Ich wette, mein gesamtes Tausend Wanzen war innerhalb von zwei Tagen tot.«

»Na ja, darüber musst du dir ein andermal Sorgen machen«, sagte Klaus. »Sehen wir zu, dass wir hier verschwinden.«

»Mein Gott, ich bin so ein Dämel!«, platzte Bob heraus. Er hielt inne, als ihm ein Gedanke kam. »Einen Moment. Ich weiß nicht, ob diese Rasse funktioniert hat oder nicht. Ich weiß nur, dass sie nicht mit Nikotin umgehen können.«

»Können wir jetzt gehen?«, fragte Klaus.

»Ja.« Bob klang verletzt. »Mein Gott, was für eine dumme Zeitverschwendung. Ich hätte das voraussehen müssen.«

Die Straßen schienen im Moment sicher zu sein. Die einzigen Leute in Sichtweite waren eigentlich nur ein kleiner Stamm sich kratzender Obdachloser – glücklose Typen, die uns an unsere Vergangenheit als Jäger und Sammler erinnern. Klaus blieb stehen und beobachtete mit makabrem Interesse, wie die dem Untergang geweihten Atavisten eine Reihe Mülltonnen nach verdorbenem Essen und Recyclingprodukten abgrasten. Zwischendurch hielten sie inne, um sich zu kratzen.
»Wahrscheinlich haben sie Brills Krankheit«, sagte Bob.
»Und wahrscheinlich hat Brill ihre«, witzelte Klaus. »Tut mir Leid, ich sollte mich über ihr Unglück nicht lustig machen. Was ist diese ›Brills Krankheit‹?«, erkundigte er sich.
»Es ist eine durch Läuse übertragene rezidivierende Form von Typhus, die gewöhnlich zusammen mit dem so genannten wolhynischen Fieber auftritt, auch unter dem Namen Schützengrabenfieber bekannt.«
»Du weißt ein paar sehr merkwürdige Dinge«, bemerkte Klaus.
»Ja, die Krankheit wird übertragen, wenn die Läuse auf der Haut zerdrückt werden und verseuchtes Blut mit einer offenen Wunde in Berührung kommt.«
Klaus kratzte sich auf der Brust und warf einen mitfühlenden Blick zu diesen im Müll kramenden armen Schluckern. Er folgte Bob den Bürgersteig entlang, während er weiter dem ungebetenen Vortrag lauschte.
Bob kratzte sich hinterm Ohr.
»Die Kopfläuse befestigen ihre Eier an menschlichen Haaren, gewöhnlich im Nacken. Bei jeder neuen Nahrungsaufnahme machen sie einen neuen Stich. Das verursacht das Jucken. Ihr Mundwerkzeug ist für Stechen und Saugen eingerichtet.« Bob imitierte das Mundwerkzeug mit den Fingern, während er es beschrieb. »Die haben diese drei Griffel, die in den Kopf eingezogen werden, wenn sie nicht benutzt werden. Eigentlich ein wunderschönes Design.«

Bob kratzte sich etwas tiefer, als sie sich der Spring Street näherten.
»Wahrscheinlich haben die auch Filzläuse, äh, *Phthirus pubis.* Sie befestigen ihre Eier an Schamhaaren oder in den Achselhöhlen oder Augenbrauen.«
Klaus sah sich um und kratzte sich diskret zwischen den Beinen. Er hatte das Gefühl, dass ihnen jemand folgte. Er war sich nicht sicher, aber er spürte etwas.
Als sie um die Ecke in die Spring Street bogen – BAM! –, stolperte Klaus voll in Bob rein, der ohne Vorwarnung stehen geblieben war. Mitten im Gehen erstarrt. Mit aufgerissenem Mund.
Verzweifelt sah sich Klaus um, weil er dachte, jemand hätte sie entdeckt. Aber anstatt eines Killers sah er einen Chevy-Halbtonner Baujahr '94 am Bordstein stehen. Er hatte eine riesige, grinsende Glasfaserwanze auf dem Dach.
Bob war von dem Anblick so tief beeindruckt, dass in seinem Schädel ein Chor thoraxlastiger Cherubim einen Halleluja-Refrain anstimmte, auf dessen Wogen sich Bob über den Bürgersteig spülen ließ, bis er seinen heiligen Gral berührte.
Klaus beobachtete, wie Bob andächtig die Hände über das Glasfaserinsekt wandern ließ, das eine Zusammensetzung zu sein schien – ein vom Designer geschaffener Hybride aus dem Körper des Rattenflohs *(Xenopsylla cheopis),* dem Kopf einer Fruchtfliege *(Ceratitis capitata)* und den elegant nach hinten geschwungenen Fühlern der Amerikanischen Schabe.
Es war Klaus peinlich zuzusehen, wie Bob die Facettenaugen der Riesenwanze streichelte.
»Es ist … wunderschön …« Bob war hingerissen.
Klaus starrte Bob an. »Weißt du, ich glaube, du hast vielleicht eine Art, äh, wie soll ich das sagen … Ein Problem.«
»Das ist es«, sagte Bob ehrfürchtig. »Das ist das, worum es geht.« Bob streichelte den polierten Kotflügel und sah aus, als

könnte er gleich auf die Knie sinken, um den Göttern der Schädlingsvernichtung ein Stoßgebet zu schicken.
Klaus war von Bobs Reaktion derart fasziniert, dass er für einen Augenblick den Ernst ihrer Situation vergaß. Er verharrte, den Kopf gebeugt, in demütigem Schweigen, während Bob dem Insekt seine Ehre erwies.
Die relative Stille von Bobs Gottesdienst wurde durch einen glänzenden stählernen Wurfstern zerrissen, der – SSSSING! – an Bobs Kopf vorbeisirrte und im Facettenauge der Fruchtfliege stecken blieb.
»Scheiße«, sagte Bob, während Klaus den Stern als eine tödliche Waffe fernöstlichen Ursprungs identifizierte.
Die beiden rannten schnell auf die andere Seite des Kombis, eng nebeneinander geduckt.
»Wer zum Teufel hat das geworfen?«, fragte Bob den Experten.
»Wahrscheinlich Ch'ing«, sagte Klaus. »Obwohl er früher treffsicherer war.«
Klaus hielt nach einem Fluchtweg Ausschau, aber es schien nicht viele Optionen zu geben. Er deutete zu einem nahe gelegenen Subway-Eingang. »Sollten wir die U-Bahn nehmen?«
»Bloß nicht«, erwiderte Bob. »Da unten kann man sich den Tod holen.«
»Aber es muss irgendeinen Weg hier raus geben«, sagte der Killer zu dem Schädlingsvernichter.
»Na gut, rennen wir zu der Gasse gleich hinter dem Subway-Eingang«, schlug Bob vor.
Er wollte schon hinter dem Wagen losflitzen, aber Klaus packte ihn am Hemd und zog ihn zurück, wobei Bob sich den Kopf an der Seite des Wagens anschlug. »Auuu!«
»Tut mir Leid«, meinte Klaus. »Wenn wir loslaufen, dann renn nicht in einer geraden Linie, sonst bist du ein zu leichtes Ziel.«
»Gute Idee«, rieb Bob sich den Kopf. »Ich glaube, ich könnte jetzt sowieso nicht gerade laufen.«

Auf Klaus' Kommando rasten sie hinter dem Wagen hervor wie olympische Sprinter von ihren Startblöcken. Bob, in einem komischen Zickzack rennend, bildete die Vorhut.
Ch'ing schleuderte einen weiteren Wurfstern, aber dieser segelte weit nach rechts und blieb im Wagen eines Straßenverkäufers stecken, der mit Kufta-Sandwiches und Fleischbällchen gefüllt war. Bob und Klaus waren schon beinahe an der Treppe zur Subway vorbei, als aus der Gasse vor ihnen ein Müllwagen herausgeschlingert kam und ihnen den Weg abschnitt, wodurch ihnen nur noch die Subway als einziger Fluchtweg blieb.
Sie stürmten die Treppe hinunter, drei Stufen auf einmal, dicht gefolgt von Ch'ing.
Sie rannten zum Bahnsteig. Bob kramte in seinen Taschen nach Kleingeld. Als sie über die Drehkreuze hechteten, warf Bob die Münzen zum Schalter. Die Geldstücke klimperten auf dem Beton, als – SSSSING! – ein weiterer Wurfstern vorbeizischte. Der 8th Avenue Local war im Begriff abzufahren. Bob riss die sich schließende Tür wieder auf, und er und Klaus drückten sich hinein.
Ch'ing, ein U-Bahn-Veteran aus seiner Zeit in Japan, schaffte es gerade noch, aufzuspringen, bevor der Zug losfuhr.
»Scheiße«, sagte Bob wieder einmal, als er Klaus von ihrem Verfolger weglotste.
»Ich dachte, diese Stadt ist eine Waffe«, bemerkte Klaus. »Was schlägst du jetzt vor?«
»Na gut, kein Grund zur Panik«, grübelte Bob. »Ich denk mir was aus. Aber wenn dir zuerst was einfällt, zögere nicht, es auszusprechen.«
Bob führte Klaus zum nächsten Wagen. Ch'ing folgte, und seine bereits düstere Stimmung wurde mit jeder Unannehmlichkeit hässlicher.
Allmählich ging Bob der Zug aus und Ch'ing schon längst die

Geduld, als die Antwort auf Bobs Gebet plötzlich vor ihnen erschien. Denn dort – ganz am Ende des Wagens – saß Bobs alter Freund, der schwachsinnige, fummelnde, schießwütige Norman.

Bob warf einen Blick auf den bedrohlich näher kommenden Killer und einen auf Norman. Er überlegte einen Moment. Dann beugte er sich vor und flüsterte Norman etwas zu, während er mit dem Kopf den Gang hinunter zu dem Asiaten deutete. Offenbar wählte er seine Worte klug, denn Normans Miene nahm einen Ausdruck aufrichtiger Erregung an. Seine blutunterlaufenen Augen richteten sich mit Wahnsinn im Blick auf den heranstürmenden Ch'ing.

Als Ch'ing sie erreicht hatte, war Normans Augenblick des Ruhms endlich gekommen. Er stand auf, griff unter seinen Mantel, starrte den Mann aus dem Fernen Osten wütend an und brüllte: »Du gehst nirgendwohin!«

Als der Zug sich der Station West 4th Street näherte, hörten die Wartenden auf dem Bahnsteig das vertraute BAM! BAM! BAM! einer großkalibrigen Handfeuerwaffe.

Wenige Augenblicke später kam der Zug zum Stehen. Die Passagiere strömten heraus und traten beiläufig über den leblosen und gut durchlüfteten Körper des Ninja-Killers.

Auf dem Weg nach draußen trat Norman seinem Opfer in die Seite und kreischte: »Der Name ist Elston Gunn! Das waren Schüsse der Liebe! Ungläubiger!« Dann stürmte er die Stufen hinauf auf die Straße.

»Wir müssen uns unbedingt eine Waffe besorgen«, meinte Klaus.

»Hey, ich habe gerade einen Mann mit einer Subway-Fahrt getötet«, sagte Bob. »Ich glaube, wir brauchen keine Knarre.« Dann führte er Klaus zum Bahnsteig des 6th Avenue Local für ihre Fahrt nach Queens.

Mary lenkte Klaus' Mietwagen in die, wie Katy wusste, falsche Richtung. »Hey«, protestierte Katy, »ich dachte, wir sollten direkt zur Rennbahn fahren.«
»Da kommen wir schon noch rechtzeitig hin«, sagte Mary. »Wir fahren vorher kurz noch mal zu Hause vorbei.«
»Mom«, meinte Katy gereizt, »Klaus ist ein Profikiller, ich finde wirklich, du solltest tun, was er sagt.«
»Keine Sorge, ich pass schon auf.«
»O Mann«, seufzte Katy, »du wirst aber Riesenärger kriegen!«
Mary bog um die Ecke und fuhr an dem Waldbaum-Laden des Viertels vorbei, wo Katys mollige Freundin Ann und ihre stämmige Mutter Lillian, die Zirkusliebhaberin, Pfadfinderkekse verkauften.
Plötzlich griff Katy über den Sitz und hupte laut und lang, womit sie Mary einen gewaltigen Schreck einjagte. Dann lehnte sie sich aus dem Fenster und brüllte ihrer Freundin zu: »Hey, Mom sorgt grade dafür, dass wir umgebracht werden. Ganz schön geil, was?«

An der kompliziert gekachelten Wand war zu erkennen, dass Bob und Klaus auf dem Bahnsteig 23rd Street / Ely Avenue ausstiegen. Sie gingen die Treppe zur Straße hoch und den Vernon Boulevard entlang am Rand einer verkommenen Industriezone in Queens. Glasscherben knirschten unter ihren Füßen, als sie an graffitiverschmierten Mauern vorbeikamen.
»Wir sind meilenweit von Aqueduct entfernt«, sagte Klaus vorwurfsvoll. »Ich hab dort auf die Ponys gewettet. Ich weiß, wovon ich rede.«
»Behalt die Hosen an«, entgegnete Bob. »Wir kommen schon noch rechtzeitig hin.«
»Wo gehen wir hin?« Klaus sah sich nervös um.
»Ich muss schnell noch ein letztes Gebäude überprüfen, dann sind wir fertig.«

»Was?! Das gibt's doch nicht! Du hast uns zweimal fast ans Messer geliefert. Hat das keinen Eindruck auf dich gemacht?« Klaus blieb stehen. »Hörst du mir überhaupt zu?«
»Nein«, erwiderte Bob. »Eigentlich nicht.« Er ging weiter den Bürgersteig entlang.
Klaus war ungewöhnlich nervös, sah sich um, blickte um jede Ecke, nach vorne, nach hinten, seitwärts, in jede vorstellbare Richtung, aus der jemand angreifen könnte.
»Dein Kopf wird sich noch abschrauben, wenn du so weitermachst«, sagte Bob.
Sie kamen an einem ausgebrannten Getränkeladen vorbei, einer Pfandleihe und einer Methadonklinik. Als sie zu einem kleinen Geschäft mit einem großen Lotto-Schild im Fenster kamen, ging Klaus hinein. Bob folgte ihm. Einen Augenblick später rubbelte Klaus Lotterielose und warf sie nacheinander weg – alles Nieten. Bob hob die Lose verärgert wieder auf. »Hey, was hab ich dir gesagt?«
»Oh, Verzeihung.« Klaus gab Bob das letzte Los.
»Weißt du was«, sagte Bob, »ich glaube, du hast möglicherweise ein ernstes Spielerproblem. Hast du es schon mal mit einer Therapie probiert?«
»Du solltest mal ganz still sein, mein Freund. Du bist auch ein Spieler, weißt du das? Der Unterschied ist, dass ich nur mit Geld spiele, du aber spielst mit der Zukunft deiner Familie.«
Bob blieb stehen. »Das ist gemein, so was zu sagen.«
»Es stimmt, aber ich verstehe, warum du es nicht zugibst.«
»Na ja, ich habe es noch nie so gesehen«, meinte Bob.
»Wir brauchen immer noch eine Waffe«, drängte Klaus.
»Na gut, na gut«, lenkte Bob ein. »Wir beschaffen dir eine Waffe.«
Er ging zu einer nahe gelegenen Telefonzelle. Sie war ein Wust von Graffiti und roch nach Urin und Erbrochenem, auf dem Bo-

den lag eine benutzte Spritze neben einem blutigen Lappen. Im Telefonbuch fand Bob einen Händler in der Nähe.

Auf dem Schild draußen stand: HANSENS WELT DER WAFFEN.

Fachmännisch hantierte Klaus mit den Pistolen und fachsimpelte mit dem Ladenbesitzer, einem großen freundlichen Mann mit einem dichten Schnurrbart, der ganz aufgeregt zu sein schien, mit jemandem zu reden, der alle richtigen Fragen stellte.

Während Klaus sich mit dem Ladenbesitzer unterhielt, sah sich Bob ein wenig um. Nach einigen Minuten packte Klaus seinen Arm und führte ihn unbewaffnet aus dem Laden. Er war perplex. »Ich versteh's nicht«, sagte er. »Was ist das … eine Abkühlphase?«

»Oh, Scheiße, das hatte ich ganz vergessen«, antwortete Bob. »Das ist so, dass Typen wie wir, die spontan auf die Idee kommen, jemanden umzubringen, nicht einfach da reingehen und eine Waffe kaufen können.« Bob überlegte kurz. »Ich fand immer, dass das eine gute Idee ist.«

»Wir brauchen unbedingt eine Waffe«, beharrte Klaus. »Ich dachte, in dieser Stadt kann man alles auf der Straße kaufen.«

»Na ja, schon, aber dafür muss man in ziemlich ruppige Viertel gehen. Und wir wollen wirklich nicht –«

Bevor Bob seinen Vortrag über die Gefahren von East New York beenden konnte, hatte Klaus schon einem Taxi gewunken.

Der Cowboy sah ländlich-schick aus in Mets-Satinjacke, Blue Jeans und Stiefeln. Er blickte zwischen den Hausnummern und dem Zettel hin und her, auf dem er Bobs Adresse stehen hatte.

Irgendwie konnte er nicht die richtige Hausnummer finden. Da war ein Haus mit einer geraden Zahl auf der Straßenseite, wo die ungeraden waren, eine Sechs, wo eine Neun sein sollte. Während der Cowboy sich umsah, bemerkte er einen neugierigen Nachbarn, der ihn von seiner Veranda beobachtete, und so ging er hinüber, um mit ihm zu plaudern. Der Typ hatte ein Bier in der einen und eine widerliche kleine Zigarre in der anderen Hand.

»Hey, mein Sohn«, sagte der Cowboy in seinem gedehnten Oklahoma-Akzent, »kennen Sie einen Burschen namens Bob Dillon? Und ich meine nicht diesen alten Folk-Sänger.«

Pratt musterte den Cowboy. »Hören Sie zu, Sie Springinsfeld, wenn Sie von diesem Scheißkopf Geld haben wollen, dann können Sie sich hinten anstellen. Ich bin zuerst dran. Kapiert?«

»Was denn, mein Freund«, sagte der Cowboy so süß, wie er konnte, zu jemandem, den er am liebsten auf der Stelle umgebracht hätte. »Ich will ihm etwas Geld bringen. Wer sind Sie denn überhaupt?«

Pratt paffte auf seiner Zigarre. »Ich bin sein Vermieter. Wie viel kriegt er von Ihnen?«

»Wissen Sie«, meinte der Cowboy und beugte sich verschwörerisch zu Pratt vor. »Ich hab den guten alten Bob seit Jahren nicht mehr gesehen, und ich wär Ihnen wirklich dankbar, wenn Sie mir helfen könnten.« Er sah sich um und weihte Pratt ein. »Hören Sie mal, wie wär's, wenn Sie mich in seine Wohnung lassen, damit ich ihn überraschen kann, wenn er nach Hause kommt?«

»Yo, ich lass doch keinen Fremden auf mein Eigentum«, knurrte Pratt. »Außerdem schuldet er mir Geld, wie gesagt.«

Der Cowboy zwinkerte und griff nach seiner Brieftasche. »Ohhhh, schon kapiert … Genau wie viel schuldet er Ihnen denn?«

»Ähhh, sechshundert Mäuse«, sagte Pratt, der nicht schnell genug dachte, um eine Tausend-Dollar-Lüge zu erzählen.

»Wie wär's, wenn ich Ihnen dreihundert gebe?« Der Cowboy zwinkerte wieder.

»Wer bin ich denn, ein Scheiß-Autohändler?!« Pratt überlegte einen Moment. »Machen Sie drei zwanzig, und Sie haben den Schlüssel.«

Der Cowboy gab Pratt das Geld.

»Er wohnt da drüben.« Pratt zeigte auf die andere Straßenseite. »Ich hol den Schlüssel, oh, und Moment mal … da sind noch zwei Päckchen für diesen Scheißkopf, die können Sie gleich mitnehmen.«

Der Zigeuner-Taxifahrer, der sich zögernd bereit erklärt hatte, Bob und Klaus nach East New York zu fahren, war zwei Jahre zuvor aus seinem heimatlichen Kurdistan geflohen. Die erbärmlichen Lebensbedingungen, Dreck, Krankheit und Armut waren überwältigend. Heimatlos in einem schroffen Niemandsland herumzuirren, umzingelt von hinterhältigen Syrern und antagonistischen Armeniern, belastet die Seele eines Mannes und vernichtet ihn schließlich. Doch nach zwei Jahren in New York am Lenkrad eines Taxis hatte er begonnen, sich nach seiner Heimat zurückzusehnen.

Bob und Klaus schwiegen während der Fahrt, bis Ersterer seine Neugier nicht mehr zügeln konnte. »Was dagegen, wenn ich dich was frage?«

»Nur zu«, sagte Klaus mit müder Stimme.

»Na ja, wie genau bist du zu …« Bob senkte die Stimme. »… deinem Beruf gekommen?«

Klaus hatte erwartet, dass Bob das früher oder später fragen würde. Einen Moment lang sah er aus dem Fenster.

»Das habe ich noch nie jemandem erzählt«, sagte er tonlos. »Aber mein Vater war ein schrecklicher Mann. Er hat meine Mutter an meinem fünfzehnten Geburtstag zu Tode geprügelt. Am nächsten Tag hab ich ihn umgelegt.«

Klaus sah, wie aus Bobs entsetztem Gesicht alle Farbe wich.

»Das war nur ein Scherz«, meinte er mit einem schwachen Lächeln. »Ich war Waise. Ich habe meine Eltern nie gekannt.«

Bob war sauer, dass mit seinen Gefühlen gespielt worden war. »Aha«, zischte er. »Dann bist du also ins Mordgeschäft eingestiegen, nachdem du als Alleinunterhalter gescheitert warst?«

»Es war doch nur ein Witz«, beschwichtigte ihn Klaus. »Wie sagt man bei euch – nichts für ungut?«

»Vergiss, dass ich gefragt habe.«

»Nein, willst du es wirklich wissen? Ich werde es dir sagen. Schon als kleiner Junge wollte ich die Welt verbessern. Ich las in der Zeitung von den Gräueltaten, die jeden Tag begangen wurden, und ich konnte nie begreifen, wieso so viele Menschen so sehr unter den Händen böser und korrupter Politiker leiden müssen.«

»So ging's mir auch als kleiner Junge«, sagte Bob.

»Ja, aber aus dir ist kein Killer geworden.«

»Na ja, kommt drauf an, wen du fragst«, erwiderte Bob.

»Als ich älter wurde, verstärkte sich mein Idealismus. Ich wollte nur die Welt verbessern, aber ich wusste nicht wie. Ich verbrachte einige Zeit beim Militär und stellte fest, dass ich sehr gut mit Waffen umgehen konnte. Und da war mir klar, wie ich mich in meinem Leben nützlich machen konnte. Mein eigener Staat engagierte mich für meinen ersten Auftrag. Danach habe ich allein gearbeitet. Ich war geschickt im Töten, und ich glaubte, damit etwas zu bewirken. Weißt du, eine Menge Leute klagen über die Despoten der Welt, aber ich tue tatsächlich etwas dagegen.«

»Weißt du, Klaus«, sagte Bob, »die meisten Leute spenden bloß für Amnesty International.«

Wolfe drehte die Dylan-Kassette um, drückte auf PLAY und wandte sich dann wieder der Dillon-Akte zu. Etwas störte ihn, aber er konnte es nicht festnageln.

Während er überlegte, ließ ihn ein Text aufhorchen: »*Do you take me for such a fool …* – Hältst du mich wirklich für so dumm …?«

Vielleicht war Bob Dillon genau das, was aus seiner Akte hervorging – jemand, der Insektenschädlinge unschädlich machte. Aber wenn das stimmte, wie war dann dieser Mord in Istanbul zu erklären, und die Attentate auf Madari und Pescadores, und Riviera, und die Zehn-Millionen-Dollar-Belohnung auf Bobs Kopf?

Geistesabwesend drückte Wolfe auf FFWD und hielt aufs Geratewohl bei einem anderen Song an. *»He's not selling any alibis …* – Der verkauft dir keine Alibis …« sang der Troubadour in seiner vertrauten nasalen Stimme. *»How does it feel?* – Wie findest du das?«

Warum sollte Riviera eine Belohnung von zehn Millionen Dollar für jemanden aussetzen, der Insekten beseitigte?

»How does it feel? – Wie findest du das?«

In dem Moment blitzte eine Zehn-Millionen-Watt-Birne über Wolfes ansonsten trübem Kopf auf.

»To be an your own? – So hilflos zu sein?«

Er packte die Dillon-Akte und steuerte mit großer Entschlossenheit den Flur hinunter.

»With no direction home? – Keiner bringt dich heim?«

Er schob Bobs Unterlagen durch einen Aktenvernichter und nahm die Treppe ins Untergeschoss, zwei Stufen auf einmal.

»Like a complete unknown? – So anonym zu sein?«

Er stürmte in die Waffenkammer, ließ seinen Ausweis aufblitzen und sich ein Scharfschützengewehr aushändigen.

»Like a rolling stone … – Wie ein rollender Stein …«

14

Während das Taxi in der Putnam Avenue an den Bordstein fuhr, im tiefsten Bed-Stuy, gab Klaus Bob die letzten Anweisungen zur Verhandlungstechnik für den Erwerb einer Mordwaffe.

»Feilsche«, sagte er.

Er gab Bob zweihundert Dollar und drängte ihn auf den Bürgersteig. Bob gestand, dass er nicht einmal den Unterschied zwischen einer mit Blei gefüllten Magnum und einer mit alkoholisiertem Sprudelwasser kannte, und fragte Klaus, ob er nicht lieber gehen wolle.

»Zunächst einmal«, erklärte Klaus, sich aus dem Fenster des Taxis lehnend, »gehe ich keinen Schritt mehr ohne Waffe. Zweitens scheinst du auf den Straßen dieser gottverlassenen Stadt ganz gut zurechtzukommen, und drittens sind mein kurdischer Freund hier und ich an einem entscheidenden Punkt in unserer Diskussion über die Gräueltaten angelangt, die Abd-el-Hamid II. kurz vor seinem Sturz durch die Jungtürken begangen hatte.«

»Na schön«, meinte Bob etwas eingeschnappt. »Aber gib nicht mir die Schuld, wenn ich zu viel bezahle.« Er ging die Straße entlang, als um die Ecke ein mächtiger Lärm ausbrach. Er folgte dem bummernden Rhythmus und erblickte ein halbes Dutzend Gangstas mit heißen Sonnenbrillen und coolen Visagen. Bob sah zu, wie einer von ihnen ein Geschäft mit jemandem in einem Auto abschloss, das sich dann schnell entfernte.

In dem Moment entdeckten sie ihn, dessen lilienweißes Gesicht auffiel wie ein intelligenter Kommentar in der erzkonservativen Rush Limbaugh Show. Bob überlegte sich kurz, ob er wegrennen sollte, aber dann erkannte er sein Glück. Er war genau über das gestolpert, was er gesucht hatte – eine Gruppe ehrgeiziger junger Männer, die außerhalb von dem arbeiteten, was man allgemeinhin als den konventionellen Rahmen des Systems des freien Unternehmertums bezeichnen würde.

Bob wollte einen Schritt nach vorne tun, aber sein Schuh klebte an irgendetwas fest. Als er auf den Boden sah, erkannte er, dass die rötlich-braune Schmiere, in der er stand, nicht ein Klumpen gebrauchten Kaugummis war, sondern eine vierundzwanzig Stunden alte Lache geronnenen Bluts, die sich über den Kopf einer Kreidesilhouette eines menschlichen Körpers ergoss.

Mehrere Gemeine Stechmücken *(Culex pipiens)* schlürften am Rand der Lache. Die Segmente ihrer Abdomen waren mit breiten gelbweißen Streifen markiert. Diese Apikalstreifen kennzeichneten sie als weibliche Vektoren der St.-Louis-Gehirnhautentzündung.

Bobs Schuh machte ein klebriges saugendes Geräusch, als er von dem geronnenen Blut abhob, und dann bewegte er sich auf die bummernde urbane Sinfonie zu, die vor ihm abgespielt wurde.

Die Gangstas ließen eine Flasche mit Hochprozentigem kreisen und krümmten sich zu den Überschallknallen und den aufpeitschenden Texten, die aus dem Ghetto-Blaster dröhnten.

In ein paar Metern Entfernung blieb Bob stehen und stellte Blickkontakt mit dem größten und am gefährlichsten aussehenden Mitglied der Gruppe her. Er probierte eine, wie er fand, coole Kopfbewegung, die signalisierte, dass er reden wollte. Es funktionierte. Der große Gentleman kam die Stufen herunter und Bobs Gesicht unbehaglich nahe und erkundigte sich liebenswürdig nach dem Grund von Bobs Besuch.

»Yo! Was hast du in meinem Viertel zu suchen, Arschwichser?«
In Anbetracht der nachmittäglichen Ereignisse konnte dieser Typ Bob wirklich keine Angst mehr machen. Ihm fiel auf, dass in einem der Vorderzähne des Mannes ein glänzender goldener Stern eingelegt war. »Yo«, sagte Bob und deutete auf den Zahn. »Hübsches Zähnchen, was du da hast, Jim.«
Der Gangleader staunte über Bobs Vertraulichkeit. Jemand, der zu diesem Zeitpunkt noch keinen Schiss hatte, war entweder bewaffnet oder hatte Geld und wollte was kaufen. »Yeah, fick dich, Wichser! Willste irgendwas, oder was is'?«
Bob sah sich um und senkte die Stimme. »Äh, ich hab vor, 'n paar Stücke zu kaufen, verstehst du?«
»Ein paar Stücke von was, Mann?! Rock? Willst du Scheiß-Rock haben, White Boy?« Die anderen johlten und lachten, während Bob erklärte, dass er bloß eine Waffe haben wollte.
»Oh, du willst dir was zulegen, ha?! Was soll's denn sein, 'ne A-K oder 'ne TEC-9? Das ist ein oberheißes Teil, Wichser. Is' das 'n Angebot?«
»Ja, was auch immer«, sagte Bob zaghaft.
»He, du musst ein Cop sein. Du kommst mir wie so'n Scheiß-Cop vor. Und weißt du was? Cops können wir nicht sonderlich gut leiden hier im Kiez!« Der Goldzahn wandte sich zu dem Herrn, der die Regler der Hifi-Anlage bediente. »Yo, Eazy-D! Spiel ein Oldie-Goldie. Leg den Ice-T auf, damit er mal hört, was wir mit arschwichsenden Cops machen!«
Der Music Director kam dem Hörerwunsch prompt nach und legte – BUM! BUM! BUM! – »Cop Killer« auf.
Bob versuchte, im Lichte der gar nicht so verhüllten Morddrohungen cool zu bleiben. »Ich ein Cop? Aber woher denn«, sagte er. »Wenn ich ein Cop wäre, hätte ich doch schon eine Knarre, oder?« Er setzte ein nervöses Lächeln auf. »Nein, die Sache ist die, na ja, es ist Folgendes passiert, aber du wirst das

wahrscheinlich nicht glauben. Tatsache ist, dass ein Haufen Profikiller hinter mir her sind, ich stecke ganz übel in der Scheiße, und, na ja, ich brauch wirklich eine Knarre.«

Der Goldstern spähte mitten aus einem Grinsen hervor. »Yeah, na gut, Kleiner! Vielleicht hab ich was. Wie viel Geld hast du? Ich muss Geld sehen!« Er streckte die Hand aus.

Bob war überrascht. Er hatte sich zwar schon gedacht, dass er eine Waffe auf der Straße kaufen könnte, aber nicht, dass es so leicht sein würde. »Wirklich? Äh, na ja, ich hab, ähm, fünfzig Mäuse. Was kannst du für mich tun?«

»Ach ja? Du hast fünfzig Mäuse? Dann fick dich selbst! Ich hab nix für fünfzig verfickte Mäuse, Wichser!«

Nervös lachte Bob und überlegte sich seine nächste Nummer. »Was sag ich da, fünfzig Mäuse? Nein, ich hab hundert. Was kannst du mir für hundert geben?«

»Ich sag dir, was ich für dich tun kann. Ich kann deinen dünnen weißen Arsch für hundert Mäuse kaltmachen, wie wär's damit?«

Bob fragte sich, ob das ein Bluff war. Ein Verhandlungstrick? Oder wurde er für seine eigene Kreidesilhouette taxiert? Er dachte an Klaus' Ermahnung zu feilschen, bevor er einfach sein gesamtes Geldbündel hervorzog.

»He, sieh dir das mal an!«, sagte er und versuchte, überrascht zu wirken. »Ich meine natürlich zweihundert. Das hab ich gemeint. Was hab ich gesagt, hundert? Ich hab zwei gemeint. Aber ich brauch wirklich eine schöne Knarre dafür. Was meinst du, Jim?«

»Yeah, Kleiner, das ist cool.« Der Goldzahn riss Bob das Geld aus der Hand und stopfte es sich in die Hemdtasche, bevor er hinter seinen Rücken griff und eine alte Beretta aus dem Hosenbund zog.

Erwartungsvoll griff Bob nach seiner Neuerwerbung, in der Meinung, er hätte ein ganz gutes Geschäft gemacht.

Aber der Mann hinter dem Stern spannte den Hahn und drückte den Lauf der Waffe auf Bobs Nasenspitze.
»Und jetzt raus aus meinem Kiez, Wichser!«
Klaus und der Taxifahrer diskutierten immer noch über das geopolitische Imbroglio Kurdistans, als Bob mit eingezogenem Schwanz wiederkam.
»Und, wie ist es gelaufen?«, fragte Klaus.
»Super – für den, der mich ausgeraubt hat«, erwiderte Bob.
BUM! BUM! BUM! Tupac Shakur verherrlichte gerade die Vorzüge von willkürlichem Mord, als Klaus erschien und auf den Mann zuging, den Bob als den Verkaufsleiter beschrieben hatte.
»Ich würde gerne eine Waffe kaufen«, sagte Klaus.
»Scheiße, das ist dein Glückstag, Arschwichser!«, erwiderte der Gangsta mit dem Goldstern. »Nur heute machen wir einen Ausverkauf für jeden, wo ins Kiez kommt! Was willst du dafür lockermachen?! Ich muss Grünes sehen, Arschwichser!«
»Sie haben schon mein Geld. Jetzt hätte ich gern meine Waffe.«
Der Gangsta spürte Ärger und griff nach seinem Hosenbund. Aber bevor er dort ankam, zertrümmerte Klaus' rechtes Knie seine Voraussetzungen für Familiengründung und Vaterschaft. Der Verkaufsleiter ging auf die Knie und betete um einen schnellen Tod. Mit einem Kreistritt wurde ein Kiefer zertrümmert und ein sich nähernder Kollege so in Bewegung gesetzt, dass er mit einem anderen hirnerschütternd kollidierte. Eine Sekunde später fiel ein Messer aus einer Hand, die jetzt nur noch locker mit einem gebrochenen Handgelenk verbunden war.
Die beiden verbleibenden Mitglieder des Verkaufspersonals kalkulierten ihre Erfolgsaussichten und entschieden sich für einen überstürzten Standortwechsel.
Der Obergangsta war auf allen vieren, versuchte zu Atem zu kommen und hoffte, dass dieser Kungfu-Typ ihm einen Kopf-

schuss geben und ihn von seiner Qual erlösen würde. Aber Klaus fand nicht, dass er verdiente zu sterben, und so hob er einfach die Waffe auf, klappte sie fachkundig auf und untersuchte sie. Dann nahm er das Bargeld aus der Tasche des jungen Mannes und warf ein paar Scheine auf den Boden. »Die Mechanik ist schmutzig«, sagte Klaus, »ich kann Ihnen nur fünfzig dafür geben.«

»Abgemacht«, keuchte der Verkäufer.

Endlich mit mehr als nur New Yorks inhärenten Gefahren bewaffnet, eilten Klaus und Bob zurück nach Queens.

Der Taxifahrer fluchte, gestikulierte und wich anderen Autos aus, versuchte, so schnell wie möglich voranzukommen, während er sich abmühte, um diese Zeit am Nachmittag über die Triborough Bridge zu kommen.

Auf dem Rücksitz öffnete Chantalle ihre Handtasche und schraubte verstohlen einen Schalldämpfer auf eine kleine automatische Pistole Schweizer Fabrikats. Tatsächlich war ihre Handtasche ein Gurt, speziell für diese Waffe, ihren Schalldämpfer und zwei Magazine hergestellt. Da war kein loses Kleingeld, das auf einem mit Gesichtspuder bedeckten Boden herumklimperte, keine alten zerknüllten Rechnungen, keine parfümierten Stücke Kaugummi ohne Zucker und mit Zimtgeschmack in zerfledderter Verpackung. Chantalle hatte noch ihre American Express Platinum Card in ihrer Tasche, und das war's.

Als der Schalldämpfer draufgeschraubt war, steckte sie seine Spitze in eine runde Vertiefung auf dem Boden der Handtasche und schloss diese, sodass der Griff der Pistole auch als Griff der Handtasche diente.

Aus der Papiertüte neben sich holte Chantalle die kleine Schachtel aus dem Konfektgeschäft, die ihre drei vollkommenen Trüffel enthielt. Sie band das schlichte Goldbändchen auf, welches das Päckchen zusammenhielt, und faltete vorsichtig die aufgebauschten Lagen weißen Papiers zurück, die die zarten Pralinen vor den Turbulenzen schützen sollten, in die man bei einer Menschenjagd durch New York geraten konnte. Die letzte Lage ließ sich nicht bewegen.

Eine genauere Untersuchung ergab, dass die Süßigkeiten zu einer formlosen Masse zusammengeschmolzen waren. Sie war sauer. *»Merde«,* fluchte sie. »Fahrer, bringen Sie mich zu einem Süßwarenladen.«

Der Fahrer, ein Einheimischer von Staten Island und somit eine Seltenheit, die Chantalle nicht voll zu würdigen wusste, erwiderte mit einem verächtlichen Schnauben und einem schnellen Blick in den Spiegel: »Na klar, sicher. Ein Süßwarenladen in Astoria. Genau.«

Er warf einen neuerlichen Blick in den Rückspiegel, um zu sehen, ob sein Sarkasmus angekommen war. In dem Moment bemerkte er die Pistole in Chantalles zierlich geschwungener Hand.

»Ohhh!«, ergänzte er schnell. »Ein Süßwarenladen. Kein Problem. Kleinen Moment, wir besorgen Ihnen was Süßes, Süße.«

Es war später Nachmittag, als das Taxi Bob und Klaus bei dem verlassenen Lagerhaus absetzte. Bob hielt inne, um das zerfallende Gebäude zu betrachten, das seine Rasse-Vier-Hybriden beherbergte, und hatte plötzlich Angst, nicht weil sein Leben in Gefahr war, sondern weil sein Traum es war. Das war's. Seine letzte Chance. Sein Herz schlug schneller.

Klaus sah sich um und bemerkte die Sorge in Bobs Miene. »Was ist los?«, fragte er.

»Es ist so weit, mein Freund. Der Augenblick der Wahrheit. Ich muss zugeben, ich hab Schiss.«

»Du bist der entschlossenste Mensch, der mir je begegnet ist«, sagte Klaus. »Aber auch der verrückteste.«

»Da magst du Recht haben«, erwiderte Bob geistesabwesend. Nachdem er Bob so viel und mit so viel Zärtlichkeit von seinen Wanzen hatte reden hören, hatten die Hybriden und Bobs Experiment begonnen, Klaus zu faszinieren. Er war überrascht festzustellen, wie viel er schon emotional in die ganze Sache investiert hatte. Einen Augenblick lang vergaß auch er vollständig die Killer, die hinter ihnen her waren. Er konzentrierte sich ganz auf Bob und seinen Traum.
»Welche sind hier drin?«, fragte Klaus.
»Rasse Vier, die Kreuzung von Fadenbeinwanze und Blutsaugender Kegelnase«, antwortete Bob. Seine Hände wurden klamm.
»Das sind die, auf die ich setze. Wettest du dagegen?«
Bob lächelte. Er spürte, dass Klaus' Interesse aufrichtig war. Mit klopfendem Herzen und einem Blutdruck, der in gefährliche Regionen anstieg, führte Bob Klaus in das riesige Lagerhaus.
Bob holte eine Schachtel Streichhölzer aus seiner Tasche, während er die große Halle durchquerte, deren Boden mit alten Kisten und kaputten Maschinen aus Amerikas goldenem Industriezeitalter übersät war. Schweiß bildete sich auf seiner Stirn. Er bückte sich, hob eine kurze Eisenstange vom Boden auf und ging dann weiter zur gegenüberliegenden Wand.
»Was machst du?«, fragte Klaus.
»Das wirst du gleich sehen«, erwiderte Bob und setzte sich auf den Boden neben eines der zugekitteten Löcher. Seine Eingeweide verknäuelten sich zu einem grauenhaften Knoten, als er mit der Eisenstange die gekittete Stelle aufbrach. Er zündete ein Streichholz an und legte sich auf die Seite, ein Auge geschlossen, das andere inspektionsbereit. Er hielt das brennende Streichholz an das Loch in der Wand und spähte hinein.
Klaus sah zu, genauso aufgeregt und in seinem Traum gefangen wie Bob. »Und, wie sieht's aus?«, fragte er.

»Weiß nicht. Ich kann nichts sehen.« Mit der freien Hand packte Bob den Rand des Lochs und brach noch mehr von der Wandverschalung heraus, um sich mehr Sicht zu verschaffen, spähte, nach links und rechts blickend, wieder eine Weile in das Loch. »Autsch!« Bob verbrannte sich den Finger an dem heruntergebrannten Streichholz.
»Beeil dich!«, sagte Klaus.
»Hetz mich nicht!« Bob hämmerte das Herz. Sein Blutdruck lag um 210 über 120. Hypertonie und Schlaganfall lauerten in unbehaglicher Nähe, während er ein weiteres Streichholz anzündete. Wenn Rasse Vier versagt hatte, dachte Bob, dann hatte er auch versagt.
Er blickte nach links, sah aber nichts, und so blickte er nach rechts. Schließlich sah er etwas. »Scheiße«, sagte Bob. »Scheiße, Scheiße, Scheiße.«
»Was ist los?«
»Verdammt noch mal!«
»Was ist los? Was gibt's?« Klaus nahm an, das bedeutete, dass Rasse Vier versagt hatte, und er machte sich Sorgen, wie Bob darauf reagieren würde. Er hielt es für ratsam, irgendwas zu sagen, um Bob aufzumuntern. »Hör zu, das ist nicht das Ende der Welt und … pass auf, wenn wir lebend aus New York rauskommen, dann helf ich dir, andere Gebäude für deine Experimente zu finden.«
Bob stopfte seinen linken Arm tief in das Loch und machte Grunzgeräusche, als er in dem Hohlraum herumtastete.
Klaus wurde es mulmig, als Bob die gutturalen Geräusche ausstieß, das Gesicht fest gegen die Wand gepresst, wodurch Nase und Mund wie auf einem Picasso verzerrt wurden.
Schließlich zog Bob seine gehöhlte Hand aus der Wand, stand auf und ging zu einem sorgenvollen Klaus. »Sieh dir das an!«
»Was ist das?«, fragte Klaus, ein paar Schritte zurückweichend.
»Wie sieht's denn aus?!« Bob schob Klaus die geöffnete Hand-

fläche entgegen, auf der die verschrumpelten, dehydrierten, zerstückelten Leichen von Dutzenden toter Viecher lagen.
»Das sieht aus wie die verschrumpelten, dehydrierten, zerstückelten Leichen von Dutzenden toter Viecher«, sagte Klaus. »Ich dachte, das hattest du von dieser Rasse erwartet.«
»Sehen die hier etwa wie Schaben aus? Ha?! Nein! Das sind meine Hybriden, verdammt noch mal!«
»Was ist mit ihnen passiert?«
»Weiß der Teufel! Vielleicht haben sie den Schaben so einen Schrecken eingejagt, dass sie alle in den Untergrund gegangen sind. Wenn das passiert ist, dann haben sie wahrscheinlich angefangen, um die begrenzten Nahrungsreserven zu kämpfen, und sich gegenseitig kannibalisiert.« Wehmütig sah Bob auf die Hand voll beinloser Körper. »Die Hundesöhne haben sich wahrscheinlich selbst vernichtet. Genau wie ich.«
Klaus befürchtete, dass die Enttäuschung vielleicht zu viel sein könnte für seinen Freund.
»Ich bin am Ende«, sagte Bob, als die zerkrümelnden Kadaver zwischen seinen Fingern hindurchfielen. Sein Optimismus war endgültig zerbrochen. Es war der Augenblick, der, wie Bob gehofft hatte, nie kommen würde. In einem schmerzhaften Moment blitzte es ihm durch den Kopf: Seine ganze Arbeit, und vielleicht auch sein Leben, waren verschwendet. Er jagte einem Traum hinterher, den er nie einfangen würde. Er war ein jämmerlicher Träumer, der seine Familie im Stich gelassen hatte. Pratt hatte Recht – so ein Versager!
»Ist alles in Ordnung?«, fragte Klaus sanft.
»Ja, ich schätze schon. Es ist einfach so verdammt frustrierend«, seufzte Bob, »aber es ist kein Weltuntergang.«
Klaus war erleichtert, dass Bob es so gut aufnahm.
Plötzlich entriss Bob Klaus die Pistole und rammte sich den Lauf in den Mund. »Adang! Ein Raung ech grage getorgen, un i urde eine kein egnengtiertn Einchen ung Örker ge-ichn!«

»Tut mir Leid, aber ich versteh kein Wort von dem, was du sagst«, bedauerte Klaus.
Bob zog die Pistole aus dem Mund und hielt sie sich an den Kopf. »Ich hab gesagt: ›Verdammt! Mein Traum ist gerade gestorben, und ihm wurden seine kleinen segmentierten Beinchen vom Körper gerissen!‹«
»Das ist schon viel besser«, lobte Klaus. »Jetzt kann ich dich verstehen.«
»Mary und Katy haben es nicht verdient, einen Versager am Hals zu haben.«
Klaus sah Bob in die Augen. »Mary wäre nicht wiedergekommen, wenn sie so gedacht hätte.« Er streckte die Hand aus. »Und jetzt gib mir die Pistole.«
Bob umklammerte sie nur noch fester. »Nein!« Bob hielt kurz inne und blickte seitlich auf die Pistole, während er sie sich gegen die Schläfe drückte. »Wo ist die Sicherung an diesem Ding? Ist es etwa entsichert?«
Klaus nickte. »Ja. Wenn du jetzt abdrückst, wirst du wahrscheinlich sterben. Oder mit Sicherheit für den Rest deines Lebens dahinvegetieren.«
Den Gedanken, dauerhaft dahinzuvegetieren, fand Bob abstoßend. »Nein! Keine lebensverlängernden Apparate! Sag ihnen, ich will nicht mit einem Haufen Maschinen verkabelt sein, in Ordnung?«
»Na gut, hör zu, du hast vielleicht Recht«, sagte Klaus. »Vielleicht bist du ein Versager, aber dich umbringen ist nicht deine beste Option, wenn dir Katy und Mary wirklich was bedeuten.«
»Nicht?«, fragte Bob.
»Nein. Wenn du wirklich das Beste aus dieser Situation herausholen willst, dann gib mir die Pistole zurück, und ich sag dir, wie wir unser Geld verdoppeln können.«
Bob senkte die Pistole und gab sie Klaus, der sich kurz überlegte, ob er selber eine Kugel fressen und sein eigenes jämmer-

liches Leben beenden sollte. Aber der Gedanke ging schnell vorüber. Aus irgendeinem Grund fühlte er sich verpflichtet, Bob zu helfen, lebendig durch dieses Schlamassel zu kommen.

»Also, Killer-Boy«, sagte Bob, »lass deinen genialen Plan hören.«

»Ganz einfach. Wir kaufen dir eine Lebensversicherung über fünf Millionen Dollar mit doppeltem Versicherungsschutz. Dann bring ich dich um, benachrichtige die Medien, kassiere die zehn Millionen von Riviera, und Mary kriegt das Versicherungsgeld.«

»Hey, das gefällt mir«, meinte Bob mit morbider Begeisterung. »Das ist gut!«

»Danke. Ich hab die Idee von einem Film mit Barbara Stanwyck.« Klaus hatte keine Absicht, den Plan durchzuführen, aber wenigstens hatte er damit Bob die Pistole abgenommen.

»Nur ein Problem, Klugscheißer. Ich besitze keinen einzigen verdammten Cent. Kannst du mir mal sagen, wo ich das Geld herbekommen soll, um eine Fünf-Millionen-Dollar-Versicherung zu bezahlen? Ich weiß, dass du's nicht hast, weil wir dein letztes Geld für diese Knarre da ausgegeben haben.«

»Hmmm, du hast Recht. Das ist wirklich ein Problem. Na ja, da müssen wir noch mal drüber nachdenken.«

Plötzlich hatte Bob einen Gedankenblitz. Er ruckte zurück, als hätte er sich den Pimmel im Reißverschluss eingeklemmt. »Ach du Scheiße! Moment mal!«

»Was? Was ist los?«

»Marcel«, sagte Bob. »Dieser Franzose.«

»Was ist mit ihm?«, fragte Klaus.

»Er denkt doch, ich hätte – wie heißt er doch gleich – getötet? Huweiler, stimmt's? Und Wolfe denkt, ich hab den Bolivianer umgelegt, richtig?«

»Ja, aber worauf willst du hinaus?«

»Na ja, meine Frage an dich, Mr. Profi-Killer-dort-gewesen-

das-getan-und-dicke-dafür-bezahlt-bekommen, ist ... wo ist mein Geld?!« Bobs Ton war anklagend.
»Das ist eine gute Frage«, gab Klaus zu.
»Verdammt richtig! Jemand schuldet mir Kohle! Wie viel steht mir zu? Wie machen die das, schicken sie die Zahlungen auf ein Nummernkonto in der Schweiz? Wie funktioniert diese Scheiße?«
Klaus war von sich selbst enttäuscht. Die Sache war ziemlich nahe liegend, wenn man darüber nachdachte. »Das kommt drauf an«, sagte Klaus. »Hast du verhandelt?«
»Worüber verhandelt?«, plärrte Bob. »Ich hab doch gar nicht gewusst, was los ist!«
»Ich hab zwei fünfzig für den Huweiler-Auftrag abgelehnt«, überlegte Klaus. »Und ich glaube, Wolfe war bereit, für Riviera bis zu einer Million zu gehen, obwohl mir der Job nie angeboten wurde, was ich dir zu verdanken habe.«
»Himmelarsch! Das sind eineinviertel Millionen! Also wo steckt mein Geld?!«
»Na ja«, sagte Klaus, »wenn du keine anderen Vereinbarungen triffst, werden die Zahlungen gewöhnlich in bar oder mit bestätigtem Scheck bezahlt.«
»Pratt!«, plärrte Bob.
»Wie bitte?«
»Mein Vermieter. Er hat gesagt, er hätte ein Päckchen von UPS für mich. Das muss es sein.«
»Dann bist du ein wohlhabender Mann, und wir können endlich hier raus. Wo wohnt dieser Pratt?«
»Bei mir gegenüber. O Mann, das ist ja unglaublich!« Bob sinnierte über seine strahlende und stark besteuerte Zukunft, als – KAPWINNGG! – ein Schuss schlug über ihren Köpfen auf. Wegen der Überakustik der riesigen Halle war Klaus nicht in der Lage, den Standort des Schützen auszumachen.
Die beiden warfen sich auf den Boden. Erst dann bemerkte

Bob, dass die Kugel ihn am Arm gestreift hatte. Ein kleiner Blutstropfen rann aus der Wunde.
»Ich bin getroffen!«, schrie Bob.
Klaus sah sich den Kratzer an. »Beruhig dich, du wirst es überleben.«
BAM! BAM! BAM! Lichtblitze in der Ecke verrieten den Standort des Schützen. Sie sahen eine kleine dunkle Gestalt sich in der Ferne hin und her bewegen.
Bob wandte sich zu Klaus. »Der Zwerg?«
»Sieht so aus«, sagte Klaus. »Ich werde mich von hinten ranschleichen und versuchen, ihn zu erwischen. Aber denk dran, er ist ein schlauer kleiner Dreckskerl, also pass auf.«
Klaus feuerte ein paarmal, um sich Deckung zu verschaffen, und jagte dann um ein paar Kisten herum.
BAM! BAM! Dann hinter einer Kiste in der Nähe klick … klick … klick …
»Ich glaube, er hat keine Munition mehr«, brüllte Bob zu Klaus.
»Ich weiß, dass er keine Munition mehr hat«, erwiderte dieser ruhig. »Du kannst jetzt rauskommen.«
Bob tauchte hinter der Kiste auf, eine Hand gegen den verwundeten Arm gepresst. Er ging den Weg, den Klaus genommen hatte, und fand ihn, wie er Walter, den verhutzelten alten Wachmann, am Kragen hielt. Dieser wand sich wie ein zweiundsiebzig Pfund schwerer Thunfisch.
»Hallo da, Bruce«, sagte Walter.
»Hallo, Walter.«
»Hör mal, tut mir Leid, dass ich auf euch geschossen hab. Die alten Augen sind nicht mehr das, was sie mal waren. Alles okay?«
»Nichts passiert.« Bob wandte sich zu Klaus. »Du kannst ihn loslassen.«
»Danke, Bruce«, sagte Walter.

Jetzt da die Situation wieder unter Kontrolle war, zog Klaus eine Zwischenbilanz. »Also, die beiden beim Coffee Shop haben wir eliminiert, den Nigerianer und Ch'ing. Mal abgesehen von irgendwelchen Amateuren, die noch mitmachen, haben wir es jetzt noch mit Reginald, Chantalle und dem Cowboy zu tun.« Klaus überprüfte seine Uhr. »Wir müssen aus dieser Stadt raus.«

»Und das Geld«, erinnerte Bob ihn, »nicht das Geld vergessen.«

»Ja, du hast Recht, auch noch das Geld«, stimmte Klaus zu.

Während sie das Lagerhaus verließen, begann Bob laut nachzudenken: »Weißt du, es ist eigentlich gut, dass keine von den Rassen funktioniert hat. Wäre das der Fall gewesen, hätte ich die Gewinne mit Silverstein teilen müssen. Jetzt kann ich mich selbst finanzieren. Weißt du, ich wette, wenn ich die Hybriden von Rasse Zwei und Rasse Vier kreuzen kann und noch ein paar Gebäude bekomme – ich kann ja jetzt selber welche kaufen – ich wette, dann schaffe ich es.«

Als sie sich dem Taxi näherten, dämpfte Klaus Bobs Begeisterung ein wenig. »Natürlich kannst du auch schon vor Sonnenuntergang mausetot sein.«

»Na ja«, meinte Bob, »das ist eine Möglichkeit.«

Während sie nach Aqueduct rasten, hörte Bob zu, wie Klaus und der Taxifahrer über einen obskuren Punkt des Vertrags von Brest-Litowsk von 1918 diskutierten. Klaus fand die Bedingungen unnötig demütigend für die Russen, während der Fahrer fand, dass die ledigliche Anerkennung der Unabhängigkeit der Balkanstaaten und der Ukraine nicht genug war; die Russen hätten vollständig gedemütigt werden müssen.

Bevor sie in dem Punkt zu einer bilateralen Übereinstimmung kamen, erreichten sie den Parkplatz bei Aqueduct, der, bis auf einen einsamen Straßenfeger, der seine Runden machte, leer war.

»Wo sind sie?«, fragte Klaus.
Bob sah auf die Uhr. »Na ja, wir sind spät dran. Das tut mir Mary manchmal an. Sie wartet ein paar Minuten, aber dann ist sie weg, meint, es wird mir eine Lehre sein, von wegen verantwortungsvoller mit anderer Leute Zeit umgehen … Bei Mary ist es natürlich auch möglich, dass sie überhaupt nicht gekommen ist.«
»Du meinst, sie ist vielleicht diesen verdammten Anhänger holen gegangen?«, zischte Klaus. Er stieß einen unartikulierten Laut des Abscheus und der Frustration aus. »Das ist typisch Frau! Macht sie immer das Gegenteil von dem, was man ihr sagt?«
»Na ja, nicht immer«, sagte Bob. »Aber sie ist nicht dafür bekannt, dass sie sich von so etwas abhalten ließe. Sie ist ziemlich dickköpfig. Ich glaube, Katy hat das von ihr.«
»Um Himmels willen, sie und Katy könnten ums Leben kommen!« Klaus bollerte gegen die Trennwand zwischen Rücksitz und Fahrer. »Astoria! Gib Gas!«
Während das Taxi sich mit kreischenden Reifen von der Rennbahn entfernte, wurde die Debatte über die Behandlung der kurdischen Minderheit durch die syrische Ba'ath-Partei wieder aufgenommen.

15

Reginalds Quellen hatten ihm einen peinlich hohen Betrag für die Herausgabe von Bobs Adresse abgeknöpft. Wenn dieser kleinwüchsige Engländer jemals erfahren sollte, dass sie diese überteuerte Information aus dem Telefonbuch bekommen hatten, würde er sie sicherlich umlegen.

Er befand sich im Long-Island-Teil von Queens, einem Viertel, das an Astoria angrenzte, und suchte eine Verkleidung, vorzugsweise etwas Eingeborenes, bevor er zu Bobs Haus ging. Und einige Augenblicke zuvor, als er auf den Waldbaum-Parkplatz gefahren war, hatte Reginald genau das gesehen, was er haben wollte.

Katys Freundin Ann und ihre Mutter Lillian, denen beiden die Verheerungen der Anorexia nervosa erspart geblieben waren, saßen hinter einem Tisch draußen vor dem Laden. Sie verkauften Schachteln mit den Backwaren, für die Pfadfinderinnen berühmt sind.

Hoffnungsvoll sah Ann zu Reginald, dem kleinwüchsigen Mann, der sich ihnen hungrig näherte. Sie hatte keine Ahnung, dass er unter der Hose rosa Rüschenhöschen trug; sie wusste nur, dass sie ihm Kekse verkaufen wollte.

Reginald taxierte Ann aus einiger Entfernung. Er fragte sich, wie er bekommen könnte, was er wollte. Er wollte dem kleinen Mädchen nichts tun, geschweige denn es töten, würde aber nicht zögern, wenn es nötig wäre. Dann bemerkte Reginald Anns vollarschige Mutter, die ihn lüstern beäugte, und er begriff, dass er genau das bekommen konnte, was er haben wollte.

»Guten Tag, die Damen«, sagte Reginald in seinem besten Oxford-Akzent, »verkaufen wir leckere kleine Kekse, ja?«
Wie sich herausstellte, liebte Lillian Männer mit englischem Akzent. Verstohlen öffnete sie den obersten Knopf ihrer Bluse und zeigte verlockende Teile ihrer weichen, fleischigen Brüste. Ein subtiler, registrierender Ausdruck glitt über Reginalds Gesicht. Er wusste, er würde bekommen, was er brauchte.
Wie es das Schicksal wollte, stammte Lillian aus einer ziemlich kalten, lieblosen Familie, und ihre schönsten Kindheitserinnerungen waren die an den Zirkus. Besonders liebte sie die »kleinen Leute«, wie sie hießen. Sie sahen so kuschelig aus, und Kuscheln war das, was Lillian als Kind am allermeisten wollte.
Als junges Mädchen hatte sie auf einem ihrer vielen Ausflüge zum großen Zelt etwas Neues, Aufregendes und Warmes entdeckt. Sie hatte eine große Tüte salziger Erdnüsse zwischen den Beinen, während sie zusah, wie eine Schar winziger Clowns ein paar aufregende akrobatische Kunststücke vollführten, bei denen es sie vor Begeisterung kribbelte. Sie steckte die Hand in die Tüte zwischen ihren Beinen und tastete nach einer Erdnuss, als sie etwas spürte, was sie noch nie zuvor gespürt hatte. Es war ein Gefühl, das sie immer und immer wieder haben wollte, sodass sie jedes Mal, wenn sie in die Tüte griff, fester und fester drückte.
Die Vorstellung der winzigen Akrobaten wurde immer wilder, und bald blieb Lillians Hand in der Tüte und drückte die harten Nüsse gegen ihre Scham, klemmte die Beine fest um die salzige Tüte der Lust. Ihre Augen schlossen sich verträumt, während sie die gesalzenen Samen der Schmetterlingsblütler an sich presste, nicht ahnend, dass sie bald von einem neuen Gefühl überwältigt würde.
Seit jenem Tag hatte Lillian an einer komplexen sexuellen Fantasie gearbeitet, die sich zusammensetzte aus einer Tüte Erdnüsse, etwas Sägespänen und einem zwergwüchsigen Erwach-

senen, der sich seltsamerweise wie John Cleese anhörte. Und hier war sie, eine allein stehende Mutter von neununddreißig Jahren, deren Bedürfnisse nicht befriedigt wurden, und stand von Angesicht zu Angesicht einem außergewöhnlichen kleinen Mann gegenüber, der einen englischen Akzent und ein teuflisches Leuchten in den Augen hatte.

»Du bist aber ein hübsches Mädchen«, säuselte Reginald und strich Ann über den Kopf. »Und wie ich sehe, bist du genauso bildhübsch wie deine ... ältere Schwester?«, sagte er mit einem Kopfnicken und einem Zwinkern.

»Das ist nicht meine Schwester, das ist meine Mutter«, verbesserte Ann begeistert.

Lillian beugte sich vor und legte die Hände auf den Tisch, damit der Engländer einen guten Blick voll von ihren riesigen Brüsten zu sehen bekam.

»Sehen Sie irgendetwas, was Ihnen gefällt?«, fragte sie.

»Oje«, seufzte er. »Ich glaube, ich werde alle Pfefferminzkekse kaufen, die ihr habt.«

»Super!«, jubelte Ann, als Reginald ihr einen frischen Fünfziger gab.

»Aber wie um Himmels willen soll ich das alles tragen?«, fragte er. »Ich werde eine Schachtel oder so was brauchen, nicht wahr?«

Die Mutter schnappte ihre Handtasche. »Ann, Liebling, bleib du hier, ich geh schnell heim und hol eine Schachtel für den netten Mann.«

»Hätten Sie gern, dass ich mitkomme?«, fragte Reginald in unschuldigem Ton.

»Nun, ja. Würden Sie das? Das wäre fürchterlich nett«, entgegnete Lillian, als wäre ihr der Gedanke nie in den Sinn gekommen.

Die Wohnung war bloß zwei Blocks entfernt, und in wenigen Minuten waren sie dort. Lillian verriegelte die Tür und führte

Reginald schnell in ihr Schlafzimmer, ohne auch nur ein Wort zu sagen, was auch nicht nötig war. Fieberhaft entledigte sie sich ihrer Kleidungsstücke, während Reginald sich aufs Bett legte und langsam seine Hose auszog, worunter zuerst das rosa Höschen zum Vorschein kam und dann ein geschwollenes Organ, dessen Größe die begeisterte Zirkusbesucherin überraschte.

Lillian öffnete die Schublade des Nachttischs und nahm eine große Tüte gesalzener Erdnüsse heraus, einen kleinen Beutel mit Sägespänen und eine große Clowns-Nase.

Reginald wusste nicht, was das sollte, aber es war ihm egal. Er streifte sich die Nase über und winkte Lillian zu sich. Als würde sie ein uraltes Ritual vollführen, leerte Lillian die Sägespäne über der Bettdecke aus und schlüpfte zu Reginald hinein. Nach zehn Minuten schweißtreibenden Rammelns platzte die Erdnusstüte unter der üppigen Clown-Liebhaberin auf.

Befriedigt und schwitzend wurde Lillian zwischen den Gerüchen von Sägespänen und feuchten gesalzenen Erdnüssen zurückgelassen. Und während Reginald zu dem Ort fand, wo Ann ihre Kleider aufbewahrte, versank Lillian in einen tiefen Schlummer.

Das Taxi hielt ein paar Blocks von Bobs Haus entfernt. Bob und Klaus sagten ihrem kurdischen Freund Lebewohl und gingen schnell den Bürgersteig entlang. Während sie durch das Viertel schlichen, versuchte Klaus Bob auf einige der unangenehmen Möglichkeiten vorzubereiten.

Das wahrscheinlichste Szenarium – falls einer der Killer Bobs Haus bereits gefunden hatte und Mary dumm genug gewesen war, wegen des Anhängers zurückzukehren – war, dass Mary und Katy als Geiseln benutzt würden, um an Bob ranzukommen. Bob würde sich natürlich im Austausch für ihre Freilas-

sung ergeben, und danach würden sie alle umgebracht. So funktionierte das einfach.
Da es aber unwahrscheinlich war, dass irgendeiner der Killer wusste, dass Klaus bei Bob war, hatten sie zumindest diesen Vorteil. Sie würden alles improvisieren müssen und auf das Beste hoffen.
Sie hielten nach Klaus' Wagen Ausschau.
»Da ist er!«, sagte Bob.
Sie fanden Katy auf dem Fahrersitz, wo sie Fahren spielte, während aus dem Radio irgendwas von Hootie and the Blowfish dröhnte.
»Katy!«, rief Bob über den Lärm von »Only Wanna Be With You«. »Wo ist deine Mama?«
Katy stellte das Radio leiser. »Wo habt ihr beide denn gesteckt?«
»Das ist jetzt nicht wichtig«, sagte Bob. »Wo ist sie?«
»Wo wohl? Sie ist ins Haus gegangen.«
In Bob stieg langsam eine Stinkwut auf.
»Hey, ich hab versucht, es ihr auszureden, aber sie wollte nicht auf mich hören … du kennst sie ja. Hat gesagt, sie ist in fünf Minuten wieder da.«
»Wann war das?«, fragte Klaus.
»Äh, so vor einer Stunde.«
Klaus nahm die Schlüssel, öffnete den Kofferraum und holte eine kleine Leinentasche heraus. Sie schien schwer zu sein.
»Bob, komm mit«, sagte Klaus im Geschäftston. »Katy, du bleibst hier.«
»Okay, Klaus.« Katy stellte das Radio wieder lauter und spielte, dass sie zurückfuhr, um den Pinto in den Straßen von Lower Manhattan brennen zu sehen.
Bald duckten sich Bob und Klaus hinter Dick Pratts altem blauen Cadillac mit seinen rostenden Heckflossen. In Bobs Haus auf der anderen Straßenseite brannte Licht, und sie sahen

die Silhouette eines großen Typen mit einem Cowboy-Hut im Wohnzimmer auf und ab gehen.

»Es ist der Cowboy«, folgerte Klaus nüchtern.

Bob war zornentbrannt. »Gib mir die Pistole. Ich bring diesen Dreckskerl um! Wenn er Mary irgendwas angetan hat, dann …«

»Entspann dich. Er wird ihr nichts antun, solange du noch nicht tot bist«, sagte Klaus wenig taktvoll. »Lass mich einfach meine Arbeit machen, und sie dürfte bald außer Gefahr sein.«

»Dürfte?«, fragte Bob.

»Es gibt keine Garantien.«

Klaus öffnete den Reißverschluss der Leinentasche und holte ein herrlich gearbeitetes Stück Tötungsmaschinerie hervor. Es war die neue Fifty-Magnum Desert Eagle, eine Elite-Waffe von Israel Military Industries, denselben Leuten, die der Welt die Uzi schenkten.

Jetzt brauchte Klaus nur noch eine List. Irgendwie musste er dem Cowboy Auge in Auge gegenüberstehen.

»Was Besseres kann ich Ihnen in diesem Viertel nicht anbieten, Lady«, entschuldigte sich der Taxifahrer, als er bei dem kleinen Supermarkt vorfuhr. Er hoffte, die schöne Frau würde ihn nicht erschießen, weil es kein Süßwarenladen war.

Chantalle funkelte ihn an, langte über den Vordersitz und zog den Schlüssel aus dem Zündschloss. Dann stieg sie aus und verschwand in dem Laden.

Sie ging an dem Regal mit den Erdnüssen, den Minisalamis und den leuchtend orangeroten Kräckern mit Käsegeschmack und Erdnussbutterfüllung vorbei. Sie brauchte Trüffel, und sie brauchte sie sofort.

Sie ging die Gänge auf und ab, wobei ihre exquisiten Augen die Regale absuchten. Sie ging an Duschhauben und Herrenduft vorbei, dann an einer eindrucksvollen Sammlung von Papierprodukten, blieb kurz stehen, um den Preis der ultrasuperluftdurchlässigen Slipeinlagen zu prüfen. Der nächste Gang war Hundefutter, Katzenstreu und Vogelkörner. Schließlich stürmte sie auf den Mann hinter der Theke zu und verlangte, was sie haben wollte.

»Trüffel!«

Der verwirrte Mann überlegte kurz und schüttelte dann den Kopf. Er zuckte zusammen, als sie es noch einmal brüllte. Schließlich deutete er unsicher auf das Regal, das sich hinter dieser Verrückten befand.

Chantalle drehte sich um, dann, verärgert, schrie sie noch lauter: »Ich hab gesagt ›Trüffel‹, du Idiot! Nicht ›Löffel‹!«

Der Mann wirkte wie ein verlorenes Kind, als er den Kopf schüttelte und weiter auf die Löffel-Biskuits deutete.

»Also gut«, sagte sie, sich krampfhaft wieder beruhigend. »Schweizer Bonbons?«

Der Kopf schüttelte weiter.

»Österreichische Sahneschokolade?«

Kopfschütteln.

Chantalle hielt inne. Sie wusste, dass auch andere hinter dem Zehn-Millionen-Dollar-Mann her waren. Die Uhr tickte, und sie wusste, dass keine Zeit mehr war, in die City zurückzukehren auf der Suche nach der vollkommenen Schokokugel, und so ging sie zum Süßigkeitenregal, schnappte sich ein Kit-Kat und verließ den Laden in einer Mordslaune.

Mary saß auf dem Sofa und sah sich die Fernsehnachrichten an, allerdings mit gefesselten Händen, die sie im Schoß hielt. Sie hatte immer noch nicht die beiden UPS-Päckchen bemerkt, die der Cowboy von Pratt mitgebracht hatte, obwohl sie direkt vor ihr auf dem Couchtisch lagen.

Die Lokalnachrichten brachten eine Story, die auf den ersten Blick nicht mehr zu sein schien als ein Bericht über irgendeinen blonden Typen, der oben in den West 140ern umgebracht worden war. Doch nach weiteren Recherchen hatte Action News erfahren, dass das Opfer tatsächlich ein bekannter schwedischer Profikiller war, der sich als letzte Tat seines Lebens nach Harlem verirrt hatte. Sprecher von FBI und CIA bestritten, irgendetwas darüber zu wissen, warum sich der Mann in der Stadt aufhielt.

Plötzlich legte einer der schönen Nachrichtensprecher die Hand an seinen Kopfhörer und wandte sich zur Kamera mit diesem Blick aufrichtiger Dringlichkeit, den sie einem auf der Schule für elektronische Medien beibringen. »In diesem Moment«, intonierte er mit ernstem Ton, »gehen wir hoch zu Roger im Augenzeugen-Action-Hubschrauber, der, wie wir soeben erfahren, eine Einbruchs-Story verfolgt. Roger?«

Vom Hubschrauber aus zeigte die Kamera einen Lynch-Mob junger Italo-Amerikaner, der Holzschläger und Ketten schwingend jemanden verfolgte, der sich als ein Profikiller aus Trinidad entpuppen sollte.

Roger übernahm. »Danke, Bill. Wir sind gerade über Bensonhurst, und wie Sie sehen können …«

»Es gibt A&E, USA, Bravo, HBO …« Bob überlegte, was es noch für welche gab.

»Ich weiß, ich weiß, und ESPN und CNN und fünfzig andere«, sagte Klaus in erregtem Ton. »Ich habe Kabel.«

»Verzeihung. Ich will nur sichergehen. Ich meine, das ist meine Frau da drin.«

»Ich weiß«, wiederholte Klaus und versuchte, seinen Freund zu beruhigen. »Du wirst mir einfach vertrauen müssen.« Überzeugt, die List würde ihn Auge in Auge mit dem Cowboy konfrontieren, ging Klaus mit seiner Leinentasche über die Straße. Er stieg die Stufen zu Bobs Haustür hoch, die Desert Eagle hinterm Rücken versteckt.

Der Cowboy stopfte sich gerade einen neuen Priem in die Backe, als er die Schritte auf der Veranda hörte. Er packte Mary und riss sie hoch, zog seinen Revolver mit Perlmuttgriff aus dem Gürtel und hielt ihn Mary an den Hinterkopf. Bobs Ehefrau als Schutzschild benutzend, ging der Cowboy zur Tür.
Es wurde geklopft, und der Cowboy stieß Mary an, dass sie antworten solle. »Wer ist da?«, fragte sie nervös.
Die Stimme von draußen antwortete: »Queens Cablevision.«
»Haben wir schon, Partner«, erwiderte der Cowboy.
»Wir bieten Ihnen einen kostenlosen Monat HBO«, sagte Klaus, ohne zu zögern.
»Wir haben kein Interesse!«, brüllte der Cowboy den lästigen Verkäufer an. »Verschwinde!«
»Wie wär's, wenn ich Ihnen einen zweiten Anschluss kostenlos dazugebe? Überlegen Sie sich mal, was Sie da sparen.«
»Verpiss dich, Kumpel! Kein Interesse, hab ich gesagt, verdammt noch mal!«
Klaus merkte am Ton des Cowboys, dass sein Plan funktionierte, und so machte er seine Waffe schussbereit.
»Möchten Sie vielleicht ein kostenloses T-Shirt vom Discovery Channel haben?«
»Nein, möcht ich nicht, du dummer kleiner Scheißer, und verschwinde von meiner Veranda, bevor ich meinen Hund auf dich hetze!«
»Wie wär's mit einem Beavis-and-Butthead-Poster für die Kleinen?«
Total entnervt stieß der Cowboy Mary mit dem Gesicht voran auf den Boden des Wohnzimmers. Er riss die Tür auf und brüllte: »Hör zu, du blödes Arschloch, ich hab gesagt –«
Das waren die letzten Worte des Cowboys, bevor der Desert Eagle seine großen Flügel schwang und ein großes Loch in das kleine Gehirn des Cowboys blies. Er hätte das T-Shirt nehmen sollen.

Während die Leiche im Flur zu einem Haufen zusammenfiel, gab Klaus Bob ein Zeichen, der von seinem Versteck losraste. Klaus legte die Desert Eagle auf den Tisch, trat den blutigen Cowboy-Hut aus dem Weg und schloss schnell die Tür hinter ihnen.

»Gottverdammt, was war das denn?«, plärrte Dick Pratt, als er den Schuss auf der anderen Straßenseite hörte. Er schlurfte über den schmutzigen erbsengrünen Florteppich und riss die Vorhänge zurück, um zu sehen, was der ganze Lärm sollte.
»Was macht dieses Arschloch bloß da drüben? Mir reicht das jetzt allmählich mit diesem miesen Wichser! Zuerst ist es ein Zimmer voller Wanzen, und jetzt diese Scheiße!« Er drehte sich um und brüllte: »Ich sag dir, Doris, ich werde diesen Dreckskerl von einem Schlappschwanz vor die Tür setzen! Hörst du mir überhaupt zu, Doris?!«
Doris konnte ihren Mann gut hören, aber allzu gut sehen konnte sie ihn im Moment nicht, da sie einen Eisbeutel auf ihr kürzlich blau geschlagenes Auge hielt. Das andere Auge lieferte nur verschwommene Bilder ab wegen der Tränen.
»Hör mir lieber zu, wenn ich mit dir rede, Doris.«
Pratt spähte wieder aus dem Fenster, sah aber nichts, und so schlurfte er zurück in die Küche, um sich noch ein Bier zu holen.

Nach einer langen, süßen, liebevollen Umarmung blickte Bob Mary tief in die Augen. »Du hast mir einen Riesenschrecken eingejagt, Liebling«, flüsterte er. »Was hast du dir bloß dabei gedacht?«
Beschämt zog Mary den Anhänger aus ihrer Tasche. »Tut mir Leid, aber ich konnte nicht ohne das hier weg. Ich bin ein bisschen drauf fixiert.«

»Verzeihung«, sagte Klaus, »aber wie unser Cowboy-Freund hier sagen würde, wenn er könnte, wir sollten schnellstens türmen.«
»Wo ist Katy?«, fragte Mary.
»Sie ist in Sicherheit«, beruhigte Bob seine Frau. »Sie ist noch im Auto.«
Er sah die beiden UPS-Päckchen auf dem Tisch, grapschte sie sich und gab sie Mary.
»Was ist das?«, fragte sie.
»Gute Neuigkeiten, Schatz«, verkündete Bob. »Wir sind reich.«
Als sie das erste Päckchen aufhatte, fand Mary die Mitteilung von Marcel zusammen mit den hunderttausend Dollar Bargeld. Einen Moment starrte sie drauf, als könnte sie ihren Augen nicht trauen.
»Du heiliger Bimbam!«, sagte sie schließlich. »Sieh dir das an!«
»Hoffen wir, dass ihr lange genug lebt, um einiges davon auszugeben«, meinte Klaus, während er die Leiche des Cowboys in den zerschlissenen Fernsehsessel legte.
Bob sagte Mary, sie solle zum Auto gehen und mit Katy dort warten. Er müsse noch ein paar Sachen holen, aber er und Klaus würden bald nachkommen und dann würden sie endlich aus New York raus.
Mary küsste Bob, und ihren Anhänger und die wertvollen UPS-Päckchen an sich drückend, rannte sie zur Hintertür hinaus.
Klaus ließ die Leinentasche in den Schoß des Cowboys fallen.
»Halt das mal kurz für mich, ja?«, bat er die Leiche.
Bob ging in den Wanzsaal, zündete ein paar Sackleinenfetzen an und stopfte sie in den Bienen-Smoker. Als die Fetzen zu brennen begannen, stapelte er drei Insektarien übereinander. Sie enthielten Blutsaugende Kegelnasen, Radwanzen und Gezackte Raubwanzen. Er schleppte sie in den Flur und ging zurück, um eine weitere Ladung zu holen.

Klaus bemerkte nicht, was Bob machte, da er mit aller Konzentration aus dem Fenster spähte, um zu sehen, ob noch weitere Killer vorne vorfuhren.

Noch nicht an die Tatsache gewöhnt, dass er jetzt ein wohlhabender Mann war, kehrte Bob zum Wanzsaal zurück, mit der Absicht, seinen Satz Sprühflaschen zu holen, sein Glas mit den Afrikanischen Blattkäfern und die Königin aus dem Stock der Killerbienen, die alle, wie er fand, zu wertvoll waren, um zurückgelassen zu werden. Er zog den weißen Bienenstock aus dem Fenster und stellte ihn auf die Werkbank. Sanft schob er den Deckel zurück, sodass mehrere hundert aufgeregte Killerbienen zum Vorschein kamen. Er nahm den Smoker, der inzwischen eine dicke, weiße, beruhigende Sackleinenwolke verbreitete. Fachmännisch verteilte er den Rauch über den Stock und beruhigte die Bienen, was ihm gestattete, die Königin zu kidnappen, zusammen mit etwas Gelee Royale, damit sie was zu knabbern hatte.

Bob ließ die Königin in seine Hemdtasche gleiten, schnappte sich dann die Sprühflaschen und das Glas mit den Afrikanischen Blattkäfern. Als er wieder in den Flur kam, betrachtete Klaus die Insektarien. »Was machst du da?«, fragte er.

»Hol meine Sachen. Wie sieht's denn aus?«

»Du kannst nichts davon mitnehmen. Du musst ohne großes Gepäck reisen, wenn du –«

Die Türklingel unterbrach Klaus mitten im Satz. Automatisch sah Bob durch den Türspion.

Klaus flüsterte drängend: »Nicht aufmachen!«

Bob trat vom Spion zurück und griff nach der Klinke. »Es ist bloß eine Pfadfinderin. Nicht jeder auf dieser Welt hat vor, uns umzubringen.«

Bob machte auf, und eine hässliche, ziemlich stämmige Pfadfinderin trat ein und hielt ihm eine Schachtel Pfefferminzkekse hin. »Möchten Sie gerne eine Schachtel kaufen?«, fragte sie.

Die Stimme des Mädchens war ziemlich tief und hatte einen seltsamen, englisch klingenden Akzent.
»Tut mir Leid«, entschuldigte sich Bob. »Im Moment passt es mir nicht. Könntest du später noch mal wiederkommen?«
»Nicht nötig, du Wichser!«, sagte die Pfadfinderin, als sie die Kekse fallen ließ und ihre stahlblaue .38er zog.
Trotz der Verdienstabzeichen wusste Klaus, dass Reginald keine Pfadfinderin war. Leider lag seine Waffe auf dem Tisch im Flur, direkt neben dem kurzen britischen Killer, da ließ sich also nichts mehr machen.
Reginald deutete auf die Insektarien. »Was soll das denn alles?«, fragte er, wobei er sehr wie John Cleese in *Silverado* klang.
»Insekten«, sagte Bob.
»Ich finde Insekten ziemlich unausstehlich«, erwiderte Reginald.
Unbewaffnet und nicht in der Lage, die Situation zu kontrollieren, verrieten Klaus' Worte seine Frustration. »Warum erschießt du uns nicht einfach und bringst es hinter dich, Fräulein Däumling?«
Reginald schwenkte die Waffe auf Klaus. »Richtig! Eine große Klappe und nichts dahinter, das bist du, Klaus. Versuch nicht, mich zu verhohnepiepeln, du Saftarsch. Du hast dich in ein Schlamassel manövriert, und kein noch so raffinierter Drehball wird mein Wicket herniederbugsieren und dir aus deiner Popelpatsche helfen.«
Bob hatte nicht die leiseste Ahnung, was das bedeutete, und im Moment war ihm das auch egal, weil ihm gerade ein Gedanke gekommen war. Er erhaschte Klaus' Blick und zwinkerte, Zuversicht vermittelnd.
Reginald drehte sich wieder zu Bob. »He, was machst du da?«
Bob tastete in seiner Hemdtasche herum. »Ich möchte Ihnen etwas zeigen.« Er zog die Bienenkönigin aus der Tasche und hielt

sie Reginald auf der ausgestreckten Hand hin. Sie war mit Gelee Royale verschmiert, ihre Flügel klebten ihr am Hinterleib, sodass sie nicht fliegen konnte.
»Das ist ja ein hässlicher kleiner Zwerg«, schüttelte es Reginald.
»Das musst gerade du sagen«, erwiderte Klaus, der versuchte, sich an Bobs Plan zu beteiligen, obwohl er nicht wusste, was dieser beinhaltete.
Als Reginald sich nach Klaus umdrehte, um zu antworten, warf Bob die Königin in seine Richtung. »Hier, sehen Sie sich das mal näher an!«, sagte Bob.
Gerade noch rechtzeitig drehte sich Reginald um, um zu sehen, wie die Königin auf seinem Hemd landete und hinter seiner Leiste von Verdienstabzeichen verschwand. Er fing an, sich auf die Brust zu schlagen, versuchte, das Ding zu töten oder es abzustreifen, aber die Königin war in einem gerissenen Saum der Leiste gelandet und ging nirgendwohin.
Reginald hielt Bob mehr oder weniger in Schach, während er mit der freien Hand auf sich herumschlug, wobei er nicht ahnte, dass er die Königin in Panik versetzte und sie veranlasste, enorme Mengen ihres Alarm-Pheromons zu produzieren.
»Ich glaube, Sie haben sie getötet«, meinte Bob ruhig. »Was meinst du, Klaus?«
»Ja, das würde ich auch denken«, entgegnete dieser schulterzuckend.
»Das will ich auch verdammt noch mal hoffen, du Pickelarsch!«, sagte Reginald. »Da bist du ja ordentlich ins Fettnäpfchen getreten, alter Knabe. Und jetzt, wenn ihr nichts dagegen habt, werde ich euch beide umlegen.«
In dem Moment hörte Reginald ein ominöses, zorniges Summen. »Was ist das für ein Geräusch?«
So etwas hatte er noch nie gesehen oder sich auch nur vorgestellt – eine dichte gold-schwarze Wolke, die so schnell auf ihn

zuflog, dass er nicht mehr ausweichen konnte. Er fing an zu schreien, und als der erste Stachel mit Widerhaken sein Ziel fand, feuerte Reginald einen Schuss direkt auf Bob ab.

Fast ließ Pratt sein Bier fallen, als er wieder zum vorderen Fenster rannte. »Gottverdammich, Doris«, brüllte er, »da geht's schon wieder los! Was läuft da drüben bloß? Hört sich an wie der gottverdammte vierte Juli! Ich sag dir, wenn dieser Dreckskerl von einem Schlappschwanz und sein Cowboy-Freund da Feuerwerkskörper abschießen, dann hetz ich denen die Bullen auf den Arsch! Ich schwör, mir reicht's mit diesem Arschloch. Hörst du mir zu, Doris?! Kann ich dir nur raten, du blöde Kuh, sonst haue ich dir so eine runter, dass du in Jackson Heights wieder aufwachst!«
Pratt presste seine schmierige Stirn an die Scheibe und schielte, um besser zu sehen. »Gottverdammich, Doris, sieh dir mal an, was da drüben für eine Scheiße abläuft! Irgend so eine gottverdammte Party mit einem Haufen von seinen besoffenen Schädlingsvernichter-Freunden! Sieht aus, wie wenn einer von denen im Flur den Veitstanz veranstaltet.«
Der besorgte Hausvermieter bemerkte noch etwas. »Und was ist das für eine Scheiße?! Sieht aus, als hockt da 'ne Frau in den verfickten Büschen! Ich sag dir, wenn die mir meine Rabatten versauen, dann ist der Typ dran! Ich ruf gleich die Cops. Wart's nur ab, Doris. Diesmal tu ich's wirklich! So 'ne Scheiße muss ich mir nicht gefallen lassen, das weißt du ganz genau!«

Reginald hörte schließlich mit seinem spastischen Zittern auf und versuchte einen letzten Schrei, aber vierzig oder fünfzig Killerbienen waren ihm in den Hals geflogen und hatten seine Stimmbänder so oft gestochen, dass sie zugeschwollen waren. Seine Hypersensibilität gegenüber den Proteinen in dem Bie-

nengift hatte ihn tief in den Abgrund des anaphylaktischen Schocks gestürzt.
Natürlich half es nicht gerade, dass Reginald ein kleiner Mensch war. Der Phospholipase-A-Bestandteil des Gifts, der normalerweise einige Sekunden brauchte, um die Neuronen eines erwachsenen Menschen zu stören, hatte sein miniaturisiertes Nervensystem auf der Stelle zum Stillstand gebracht, was dazu führte, dass sein Schuss Bob um einen guten Meter verfehlte.
Klaus und Bob schlugen nach den paar Bienen, die sie angriffen, aber da die Pheromon-Botschaft von Reginalds Verdienstleiste kam, befanden sich die meisten der rund fünfhundert Mitglieder des Stocks auf oder in dem zwergwüchsigen Killer, wobei einige sogar durch seine Kehle in den winzigen Magen geflogen waren.
»Was sollen wir tun?«, fragte Klaus, während er nach einer besonders hartnäckigen Arbeitsbiene schlug. »Werden sie uns nicht als nächstes umbringen?«
»Keine Sorge, das können sie nicht.« Bob erklärte, dass eine Biene sich entleibt, wenn sie ihren Stachel benutzt. »Deswegen stechen sie nicht einfach zum Spaß drauflos. Es ist eine Selbstmord-Mission, eine letzte Maßnahme, die nur benutzt wird, um den Stock oder die Königin zu schützen.«
Und mit einem letzten Keuchen war alles vorüber. Reginalds von Stichen bedeckter Körper schwoll dramatisch an, drohte die Nähte der Pfadfinder-Uniform zu bersten, und die Körper der entleibten Bienen, entweder tot oder zuckend, bedeckten keusch jegliches Stück Haut, das entblößt werden könnte, falls die Uniform nachgab.
Zwei erledigt, dachte Klaus, aber wie viele würden noch kommen? »Können wir endlich hier raus?«, fragte er verzweifelt.
»Noch nicht sofort, *mon chéri*«, sagte eine Stimme aus den Schatten der Veranda. Eine erstaunliche Gestalt trat ins Haus,

mit den Beinen zuerst, sozusagen. Es war Chantalle, ihre Waffe auf Klaus gerichtet. Sie machte die Tür hinter sich zu.
Bob konnte es nicht fassen. »Oh, das darf doch nicht wahr sein! Wieso stellen wir hier nicht einfach ein Drehkreuz hin und verkaufen Eintrittskarten?!«
Klaus lächelte, als er die Hände hob. *»Ahhh, Chantalle, beaux yeux mais arrivée comme un cheveu sur la soupe.«*
»Merci«, lächelte sie zurück.
»Klaus, was hast du da gerade gesagt?«, fragte Bob.
Klaus sah zu Chantalle, die leicht nickte.
»Ich habe gesagt, äh, sie ist schön, aber sie ist angekommen wie ein Haar in der Suppe.«
Bobs leerer Blick veranlasste Klaus zu ausführlicherer Erläuterung. »Das ist eine Redensart, die ungefähr eurem, äh, ›Auftauchen wie ein falscher Fuffziger‹ entspricht, die ich, ehrlich gesagt, nie richtig verstanden habe.«
»Die hab ich auch nie verstanden«, gab Bob zu. »Aber ich glaube, es ist das Gleiche wie ›willkommen sein wie ein Stück Scheiße in einer Punschschale‹.«
»Ja, ich glaube, das ist die Bedeutung«, bemerkte Chantalle gereizt. »Und jetzt habt ihr hoffentlich nichts dagegen, wenn wir weitermachen.« Sie warf einen schnellen Blick auf ihre Uhr. »Ich würde euch beide jetzt gerne töten und eine Maschine um acht erwischen, falls sich das machen lässt.«
Plötzlich stürzte sich Bob auf Klaus' Waffe, die immer noch auf dem Tisch lag. Aber Chantalle schnappte sie sich zuerst, und so griff sich Bob den nächstbesten Gegenstand, was zufälligerweise, nicht allzu bedrohlich, einer der altmodischen Sprühflakons war. Er trug den Aufkleber BLATTODEA, was bedeutete, dass er eine Spezies-unspezifische Kakerlakenessenz enthielt. Verzweifelt richtete Bob trotzdem die Sprühflasche auf Chantalle, wie eine .45er-Flasche Chanel No. 5.
Chantalle sah ihrer vollkommenen Nase entlang auf Bob herab,

wie die Franzosen es so unvergleichlich können. »Was schlägst du vor, Tod durch Kölnischwasser?«
In Ermangelung besserer Optionen spritzte Bob sie mehrmals mit Eau de Caquerlaque voll, was Chantalle veranlasste, zu lachen und ihre Waffe auf ihn zu richten. »Du bist ein sehr dummer kleiner Mann«, höhnte sie.
Niemand merkte es, aber sowie Bob Chantalle eingesprüht hatte, flogen die etwa sechshundert Mordwanzen, die Bob nach vorne in den Flur gebracht hatte, sofort an die Netzfenster, die ihre jeweiligen Insektarien bedeckten. Seit drei Tagen hatte Bob sie nicht mehr gefüttert. Für diese hungrigen *Reduviidae,* die nur auf Geruch reagierten, war Chantalle eine einsdreiundsechzig große zweibeinige Kakerlake mit wohl geformten Brüsten und ohne Fühler.
Chantalle musterte Bob von oben bis unten. »Ich finde es schwer zu glauben, dass dies der berühmte ›Schädlingsvernichter‹ sein soll.« Und dann verkündete sie auf diese irritierende rotzige Weise, in der die Franzosen so vieles sagen: *»Écrasez l'infame!«*
»Was heißt denn das schon wieder?«, fragte Bob.
»Das heißt, zerdrückt das infame Ding«, übersetzte Klaus. Er wandte sich zu Chantalle. »Er ist nicht einer von uns, Chantalle. Lass ihn leben.«
Sie wandte sich zu Bob. »Stimmt das?«
»Würde ich Sie jemals anlügen?«, fragte Bob.
Sie tat die Frage mit einer Handbewegung ab. *»C'est la vie«,* sagte sie und warf Bob kurz und bündig den Kit-Kat-Riegel zu. »So, möchtest du lieber als Erster oder als Zweiter sterben?«
»Na ja, das ist eine ziemlich große Entscheidung. Kann ich mal kurz drüber nachdenken?« Bob wickelte den Riegel aus und biss ein Stück ab.
Die Wanzen in den Käfigen waren außer Rand und Band und

versuchten, mit ihren kräftigen Mundwerkzeugen die Gitter durchzubeißen. Winzige Spuren von Insektenspeichel befeuchteten ihre rasiermesserscharfen Mandibeln, während sie nach einer Chance gierten, an die französische Riesenkakerlake heranzukommen, die keine zwei Meter entfernt stand.

»Du wirst weich, Chantalle«, sagte Klaus.

»Mitleid, ich?« Sie spuckte die Worte aus. *»C'est plus qu'un crime, c'est une faute.«* Chantalle nahm Bobs Stirn aufs Korn, um ihre Worte zu beweisen. *»A bientôt,* Monsieur ›Schädlingsvernichter‹.«

»Moment!«, rief Bob, Krümel von Kit-Kat auf den Boden spuckend. »Wenn Sie mich schon umlegen, dann erklären Sie mir wenigstens, was Sie mir gerade gesagt haben. Das sind Sie mir schuldig.«

Wieder übersetzte Klaus: »Sie hat gesagt, Mitleid ist schlimmer als ein Verbrechen, es ist ein Fehler.«

»Oh. Vielen Dank«, sagte Bob. »Wissen Sie, meine Eltern haben mich gezwungen, auf der High-School Latein zu lernen, weil es mir bei den romanischen Sprachen helfen sollte, aber es hat eigentlich überhaupt nichts gebracht, wenn man die ganzen Namen und Klassifizierungen der Insekten nicht mitzählt.«

Bob handelte unter der irrigen Auffassung, dass er am Leben bleiben würde, solange er redete. »Bienen und Wespen sind zum Beispiel in der Ordnung *Hymenoptera,* was ›Membranflügel‹ bedeutet.«

Gelangweilt von Bobs prosaischer Verzögerungstaktik, begann Chantalle den Finger am Abzug zu krümmen. Der Hahn bäumte sich auf wie eine Kobra, kurz bevor sie zuschlägt.

Überzeugt, dass er im Begriff war, an die Himmelspforte zu klopfen, stand Bob erstarrt und hilflos da. Das nächste, was er hörte, war kein Pistolenschuss, sondern eher ein Quietschen, das aus den Insektarien kam. Er sah nach unten und erkannte

sofort, dass er noch eine Chance hatte, aus diesem Schlamassel herauszukommen, und so rief er: »Warten Sie!«
»Was ist denn jetzt noch?!«, fragte Chantalle gereizt. Ihr Arm wurde allmählich müde, weil sie die Pistole schon so lange auf Bob gerichtet hielt.
»Ich möchte Ihnen noch eine letzte Frage stellen«, bat Bob.
»Ach, in Herrgottsnamen … ach … na los!«, sagte Chantalle, *ne sachant à quel saint se vouer,* was bedeutet, dass sie nicht wusste, zu welchem Heiligen sie beten sollte, was die französische Entsprechung ist für »mit seiner Geduld am Ende sein«, was Chantalle in diesem Augenblick war. Während sie darauf wartete, dass Bob seine Frage stellte, ließ sie ihren müden Arm herabhängen.
»Was meinen Sie, wie Sie reagieren würden, wenn ich *das* hier mache?« Bob stieß alle drei Insektarien um, sodass die Scheiben zerbrachen und etwa sechshundert verhungernde Mordwanzen freikamen.
Chantalles Fehler bestand darin, dass sie den Blick auf Bob und Klaus gerichtet hielt, um sicherzugehen, dass sie nicht zu fliehen versuchten. Und normalerweise wäre das auch für eine Person in ihrer Lage das richtige Verhalten gewesen, da Ablenkungen gewöhnlich nicht mehr als das sind. Aber wenn du zufälligerweise wie eine Kakerlake riechst und sechshundert Mordwanzen in deine Richtung wetzen, wie es hier der Fall war, dann ist das ein grober Fehler.
Während Chantalle ihre Pistole zwischen Bob und Klaus hin und her schwenkte, verständigten sich die Gezackten Raubwanzen, Radwanzen und Blutsaugenden Kegelnasen mit ihren Fühlern. Sie orientierten sich und bereiteten sich vor, ihre riesige Beute anzugreifen.
»Hast du wirklich gedacht, ich würde meine Konzentration verlieren und dich entkommen lassen?«, fragte Chantalle. Sie lachte spöttisch.

Und dann, urplötzlich, griffen die Insekten in einer, wie es schien, wohlkonzertierten Aktion an.
Die Radwanzen – stämmige grau-schwarze Kerle und kräftige Springer – katapultierten sich Chantalle ins Gesicht. Sie interessierten sich besonders für das weiche Gewebe ihrer Augen und durchstachen mit ihren Rüsseln die Lederhaut und Augapfelgefäßhaut. Rasch injizierten sie ihren toxischen Speichel und fingen an, den Glaskörper herauszusaugen, womit sie Chantalle fast umgehend erblinden ließen.
Während sich die Radwanzen durch Chantalles Kornea kauten, fanden die Blutsaugenden Kegelnasen mit ihren spitzen, nadelartigen Rüsseln das weiche Fleisch ihres Nackens und ihre dicke pulsierende Schlagader und begannen die üppigste Blutmahlzeit ihres kurzen Lebens.
Die Gezackten Raubwanzen klammerten sich mit ihren muskelbepackten Vorderbeinen an das einzige andere zugängliche Fleisch von Chantalles Körper. Die schmerzhaften Stiche ihrer Mundwerkzeuge gingen der Flut von Verdauungsenzymen voraus, die die Oberflächenmuskeln und Nervenenden unter der Haut von Chantalles Händen und Unterarmen verflüssigten und sie daran hinderten, abzudrücken.
Da ihnen nicht klar war, dass Chantalle bewegungsunfähig gemacht worden war, suchten Bob und Klaus Schutz hinter dem Mobiliar im Wohnzimmer, falls sie anfangen sollte zu schießen. Aber Chantalle, inzwischen blind und gelähmt, konnte nur noch schreien, womit sie mehreren Dutzend Radwanzen Zugang in ihren Mund gewährte, was merkwürdigerweise die Laute dämpfte.
Nun hatten die Insekten auch den Weg unter Chantalles Kleidung gefunden und bedeckten neunzig Prozent ihres Körpers. Sechshundert Mundwerkzeuge hatten Haut oder andere Membranen durchbohrt und saugten das Leben, ganz zu schweigen von den Körpersäften, aus der französischen Schönheit. Die

Sintflut von Enzymen und Proteinen der Wanzen bewirkte, dass Chantalles Körper völlig steif wurde. Starr stand sie in der Diele wie eine Leiche, die sie auch bald sein würde.
Dann, während Chantalle anfing, vor Bobs und Klaus' Augen buchstäblich zu verwelken, jagte ein halbbeschichtetes AP-Projektil mit Teflonspitze mit neunhundertsechsundsechzig Metern pro Sekunde durch das Wohnzimmerfenster. Jeder außer Chantalle hörte das Splittern von Glas und das dumpfe Wummern, das eine Kugel verursacht, wenn sie in die Schläfe einer Französin eintritt. Das, was von Chantalles *beaux yeux* noch übrig war, wölbte sich aus ihrem ehemals schönen, jetzt gequälten Gesicht hervor – was so etwas Ähnliches wie eine spontane Marty-Feldman-Imitation ergab.
Die Wucht des Schusses wanderte durch ihren Körper und schlug die Pistole aus ihrer schrumpfenden Hand. Sie wankte leicht, blieb aber stehen, tot auf ihren Beinen wie eine wanzenbedeckte Statue.

Pratt stand beim Kühlschrank und kaute an einem kalten Schweinerippchen, als er den Schuss hörte. »Gottverdammich!«, murmelte er, wobei er ein Stück zerkauten Knorpel auf das dreckige Linoleum fallen ließ.
Während er zum Wohnzimmer zurückwankte, brüllte er: »Haste das gehört, Doris?! Ist das noch zu fassen? Hört sich an, als würden sie da drüben ein Gewehr abschießen oder so was!«
Im Wohnzimmer zog er den Vorhang zurück und starrte aus dem Fenster. »Ich sag dir, ich ruf die Cops. Und weißt du, was noch?« Er hielt inne, um sein neuntes Bier des Abends zu leeren, dann fuchtelte er mit seinem Schweinerippchen und brüllte: »Wenn die Cops nichts unternehmen, dann schwör ich dir, geh ich da rüber und stopf ihm seine gottverdammten Wanzen in den Arsch! Hörst du mir zu, Doris? Ich rede mit dir! Mir reicht's! Keine halben Sachen mehr!«

Bob streckte den Kopf über den Sofarand und betrachtete die bizarre Sauerei im Flur. Seine Gedanken rasten. Wie war er bloß in eine so abartige Lage gekommen? Wer hatte Chantalle die Kugel verpasst? Und wie sollte er jemals seine ganzen Mordwanzen wieder in die Insektarien kriegen?
»Runter!«, brüllte Klaus, Bob aus seiner kontemplativen Stimmung reißend. Klaus kroch dorthin, wo Bob war, und deutete auf Chantalle. »Das war brillant … ein bisschen makaber, aber brillant.«
»Meinst du, sie ist tot?«, fragte Bob.
Klaus schnaubte. »Wie die Franzosen sagen würden: *Chantalle a cassé sa pipe.*«
»Klaus, das reicht jetzt mit dem Französisch.«
»Das bedeutet, sie hat ihre Pfeife zerbrochen. Das ist das französische Äquivalent für euer ›sie hat ins Gras gebissen‹.«
Während er neben Bob hockte, fragte sich Klaus, wer den Schuss abgefeuert hatte. Es war eindeutig jemand mit einem Hochleistungsgewehr, aber aus welcher Entfernung? Wollte der Schütze sie aus dreihundert Metern abschießen, oder würde er (oder sie, je nachdem) so kühn sein, ins Haus zu kommen, nachdem er/sie seine/ihre Anwesenheit bereits angekündigt hatte? Er deutete auf die Waffe zu Chantalles Füßen. »Wir müssen die Knarre kriegen, bevor –«
Plötzlich platzte die Tür auf, schlug gegen Chantalle und warf ihre starre Leiche um, die krachend auf dem Boden landete und dabei ein paar Mordwanzen zerquetschte und anderen so einen Schrecken einjagte, dass sie in ihre Insektarien zurückhuschten.
Ein grauenhafter Augenblick ging vorüber, während Bob und Klaus – unbewaffnet und schutzlos – sich bereit machten zu sterben.
Dann, abrupt und dramatisch, sprang Mike Wolfe in den Flur, ganz Mord und Totschlag. Er schlug die Tür hinter sich zu, wir-

belte herum, die Waffe im Anschlag, falls jemand sich dahinter verbarg. Er schwenkte mit seinem Scharfschützengewehr durch den Raum, schussbereit. Bob und Klaus sahen vom Boden aus zu, völlig fasziniert, wie Wolfe mit seiner Überfallkommando-Theatralik fortfuhr, sich duckte, herumwirbelte, um seinen Rücken zu decken, sich niederkauerte und aufrichtete, wie eine Art Maschinengewehr schwenkender Vogel.

»Okay, Sie können rauskommen«, sprach Wolfe, als wäre er die gute Hexe des Westens.

Bob erhob sich, hoch erfreut, seinen Freund von der CIA zu sehen. Klaus folgte seinem Beispiel.

»Gott sei Dank sind Sie noch am Leben«, sagte Wolfe heldenhaft.

»Ich hätte nie gedacht, dass ich das mal sagen würde«, meinte Bob, »aber ich freue mich richtig, Sie zu sehen.«

»Klaus«, begrüßte Wolfe seinen alten Kollegen. »Wie geht's denn so? Ist lange her.«

»Ja, seit dieser Nacht in Bengasi, wenn ich mich nicht täusche«, grinste Klaus. »Und, ist sie noch mal zu Ihnen ins Hotel gekommen?«

»Und ob! Das war eine Wahnsinnsnacht, mein Freund.« Er schüttelte den Kopf. »Mann, kommt mir wie eine Ewigkeit vor.« Wolfe kicherte über seine aufgebauschte Erinnerung. »Ehrlich gesagt, heute würde ich das nicht mehr schaffen, zu alt für so was, schätze ich.«

»Ja, ich kenne das Gefühl«, sagte Klaus. »In letzter Zeit habe ich auch viel darüber nachgedacht, in Pension zu gehen.«

»Komisch, dass Sie von Pensionierung sprechen, Klaus. Das ist mehr oder weniger der Grund, der mich hierher gebracht hat.«

Klaus gefiel der Blick in Wolfes Augen ganz und gar nicht, und so steuerte er auf den Flur zu, um seine Waffe zu holen.

Wolfe schwenkte seine FN-FAL .308, ein schlankes belgisches

Sturmgewehr, auf Klaus und schlug vor, dass er erst mal blieb, wo er war.
»Wissen Sie, Bob«, meinte Wolfe, »Sie hatten mich ganz schön irritiert mit dem Gerede von wegen Schädlingsvernichtung. Dann hab ich ein bisschen gegraben, bin meinem Gefühl gefolgt, verstehen Sie, und ich bin zu dem Schluss gekommen, dass Sie wirklich bloß ein Schädlingsvernichter sind.«
»Das hab ich doch die ganze Zeit gesagt.«
»Stimmt, das muss ich Ihnen lassen«, gab Wolfe zu, das Gewehr immer noch im Anschlag. »Und jetzt komm ich hier rüber, halb erwartend, dass Sie schon ins Gras gebissen haben, aber stattdessen sehe ich, dass Sie einige der größten Talente der Welt kaltgemacht haben. Ich muss sagen, ich bin ziemlich beeindruckt, noch etwas verwirrt, aber trotzdem beeindruckt.« Er lächelte und zwinkerte Bob zu. »Ich nehme an, man könnte sagen, wir sehen Bob Dillon mal von seiner anderen Seite, ha?«
»Hören Sie, Mike«, ignorierte Bob den alten Scherz. »Ich kann das alles erklären.«
»Spielt keine Rolle, Bob. Wirklich nicht«, sagte Wolfe. »Was aber eine Rolle spielt, sind zehn Millionen Dollar. Stimmt's, Klaus?«
»Was soll das heißen?«, fragte Bob. »Könnt ihr uns nicht irgendwie schützen? Neue Namen und Identitäten und dieses ganze Zeugs von wegen Zeugenschutz?«
»Nichts, worüber Sie sich Gedanken machen müssen«, schnarrte Wolfe und richtete kühl sein Scharfschützengewehr auf Bob. »Ich bin hier, um mich um Sie und alle Ihre Probleme zu kümmern.«
»Äh, Mike, hören Sie, ich wünschte, Sie würden das Ding da nicht so auf mich richten«, sagte Bob nervös. »Was werden wir tun?«
»Na ja, Bob, zehn Millionen Kröten ist eine Scheißladung mehr, als ich von meiner lausigen Rente bekommen würde, also

kann ich Ihnen sagen, was *ich* hundertprozentig machen werde … mich in ein hübsches Küstendorf zurückziehen in einem Land ohne Auslieferungsabkommen, ein Haus am Strand, ein bisschen Rum, das Leben genießen!«

»Aber was wird aus mir?«, fragte Bob. »Was wird aus meiner Familie?«

»Kommst du noch immer nicht drauf?«, fauchte Klaus. »Ihr werdet tot sein.«

»Guten Morgen«, sagte Wolfe.

»Was?!« Endlich ging Bob ein Licht auf. »O Mann, und ich hab Ihnen vertraut. Ich dachte, Sie wären auf meiner Seite!«

»Hoppla«, meinte Wolfe mit einem weiteren Zwinkern. Er betrachtete den Cowboy, der zusammengesunken in dem Fernsehsessel lag, dann die Leichen im Flur: Reginald, geschwollen und verfärbt, sah wie eine große rosa Wurst aus, kurz davor, aus ihrer Haut zu platzen. Und Chantalle, ihrer Säfte beraubt, wirkte korkig und spröde.

»Und was ist hier passiert?« Wolfe beugte sich vor, um sich Chantalle genauer anzusehen, was die Gezackten Raubwanzen veranlasste, ihre Krallen noch tiefer in die Haut ihrer Arme zu graben. Ihre großen orangefarbenen Augen, die einen schwarzen Punkt in der Mitte hatten, rotierten wie bei einem Chamäleon und fixierten Wolfe mit einem beunruhigenden mörderischen Blick.

»Das ist ja eine Mordswanze«, staunte Wolfe. »Wie heißt sie?«

»Das ist eine Gezackte Raubwanze«, sagte Bob.

»Wissen Sie, ich hab Insekten immer gemocht, vor allem Spinnen.«

»Spinnen sind keine Insekten«, stellte Bob knapp fest, »das sind Arachniden.«

»Wirklich? Was ist denn der Unterschied? Ich meine, ich frag lieber jetzt, da Sie mir ja keine Antwort mehr geben können, wenn ich Sie umgelegt habe, stimmt's?«

Eine Idee begann in Bobs Kopf heranzureifen. »Arachniden haben acht Beine und zwei Körpersegmente, Insekten haben sechs Beine und drei Körpersegmente. Außerdem haben Insekten Flügel und Fühler.«

»Verdammt. Man lernt nie aus, schätze ich«, sagte Wolfe.

»Hier, wollen Sie ein gutes Beispiel für einen dreifach segmentierten Körper sehen?« Bob steuerte langsam Richtung Flur.

»Sicher, warum nicht?«, erwiderte Wolfe. Er hielt das Gewehr auf Bob gerichtet, während er gleichzeitig Klaus nicht aus den Augen ließ.

Bob hob ein Glas auf und hielt es Wolfe hin, damit er sich die Viecher ansehen konnte.

»Hoo, das sind ja Prachtexemplare! Was sind das für welche?«

»Afrikanische Blattkäfer.« Bob deutete auf die Segmente. »Da ist der Kopf, der Thorax und der Abdomen, und sehen Sie die Beine? Es sind sechs, es ist ein Insekt. Wollen Sie mal einen halten? Aber ich muss Sie warnen, die beißen manchmal ein bisschen.«

»Uuuuuh, ich hab aber Angst. Hören Sie, Dillon, ich bin seit vierzig gottverdammten Jahren bei der CIA, und ich hab in meiner Zeit schon ganz schön widerliche Sachen gesehen. Glauben Sie, ich hab Schiss vor einem Scheiß-Wanzenbiss?«

»Verzeihung, das hab ich nicht so gemeint.« Bob drehte den Verschluss auf und kippte das Glas auf Wolfes wartende Hand aus.

Die Afrikanischen Blattkäfer begannen sofort, seine Handfläche mit ihren fedrigen Fühlern zu »erriechen«.

»Kitzelt ein bisschen«, sagte Wolfe, während er die Wanzen betrachtete. Dann: »Autsch! Die beißen ja wirklich! Autsch! Autsch! Dreckskerle!« Wolfe schleuderte die beißenden Tiere von seiner Hand. »Verdammt noch mal, das tut weh.«

»Das tut mir Leid«, log Bob.

Das menschliche Nervensystem besteht aus zwei Teilen, dem

zentralen und dem peripheren. Das periphere besteht aus dem Hirnnerv, dem Spinalnerv und dem autonomen Nerv. Wenn ein Neurotoxin, so wie das, welches von den Afrikanischen Blattkäfern abgesondert wird, in das autonome Nervensystem gelangt, können die Drüsen, die Lunge und – am wichtigsten – das Herz aufhören zu funktionieren.

Und genau das passierte mit Mike Wolfe, sehr plötzlich. Sein Herz blockierte wie ein Motor ohne Öl. Sein Körper ruckte von dem Schock, und er ließ das belgische Sturmgewehr wie eine heiße Waffel fallen. Als es auf den Boden aufschlug, löste sich – BAM! – ein Schuss.

Pratt lag auf seinem Sofa, unbekümmert in seinem Bierdusel, und sah sich eine Seifenoper an. Er überlegte gerade, wie sehr er die Brüste der verschiedenen Schauspielerinnen angrapschen wollte, als er den Schuss hörte.

»Himmelarsch!« Er stand so schnell auf, wie er konnte, aber das Blut schoss ihm aus dem Kopf, und er fiel in einem Haufen auf dem Boden zusammen. »Scheiße«, murmelte er.

Er rappelte sich wieder auf und eilte zum Fenster. »Jetzt reicht's! Ich hab keine Ahnung, was da drüben los ist, aber diesmal ruf ich die Scheiß-Cops! Ich brauch mir nicht die ganze Nacht diese Scheiße gefallen zu lassen. Haufen von gottverdammten betrunkenen Schädlingsvernichter-Dreckskerlen!«

Er hob den Hörer auf und wählte 912. Dann legte er auf und versuchte es noch einmal, und diesmal schaffte er die 911.

Seinen Knoblauch geschält und seine Pfeife zerbrochen, hatte Mike Wolfe ins Gras gebissen und lag mausetot auf dem Boden zwischen Chantalle und Reginald.

Bob sah zu Klaus. »Bist du so weit, dass wir gehen können?«

»Ja, es ist Zeit«, sagte Klaus. »Schnapp dir deine Sachen.«

Bob sah zu, wie Klaus sich auf das Sofa niederließ, trübsinnig

und erschöpft, dunkle Ringe unter den müden Augen. Er wirkte besiegt. Ein Ausdruck der Verzweiflung überspülte ihn.
»Alles in Ordnung?«
Klaus antwortete nicht. Stattdessen langte er hinüber und holte sich seine Leinentasche vom Schoß des Cowboys. Er öffnete den Reißverschluss, griff hinein und zog etwas heraus, was Bob als Plastiksprengstoff mit einem Zählwerk und einem Zünder identifizierte.
Bobs Verwirrung verwandelte sich in Schrecken, als Klaus den Sprengsatz aktivierte und das Zählwerk anstellte. Es begann von 10:00 Minuten rückwärts zu zählen … 9:59 … 9:58 …
»Was zum Teufel machst du da?«, fragte Bob heftig.
»Ist egal«, murmelte Klaus.
Ein grauenhafter Gedanke schoss Bob durch den Kopf. »Ich will verdammt sein. Du Dreckskerl. Du hast mich für dich aufgehoben! Du hast gewartet, bis alle anderen aus dem Weg geschafft waren, damit sie nicht das Geld beanspruchen konnten, und jetzt kassierst du mich.«
»Menschenkenntnis ist nicht deine Stärke, mein Freund«, sagte Klaus in einem enttäuschten Ton. »Entspann dich, ich möchte, dass du gehst.«
»Du bist ganz schön frech zu behaupten, du wärst mein Freund«, meinte Bob. Aber er sah Klaus noch einmal an und erkannte, dass er die Wahrheit sagte.
Bob verstand nicht, was los war. Er betrachtete das traurige Gesicht seines Freundes. Dies war nicht derselbe Mann, den Bob an jenem Abend in der Bar in SoHo kennen gelernt hatte, der Mann, der Rivieras Henker auf der Straße niedergeschossen hatte, der Mann, der ihm mehr als einmal das Leben gerettet hatte. Seine Selbstsicherheit und Haltung waren verschwunden. Er wirkte vollkommen resigniert.
»Ich kapier das nicht«, sagte Bob. »Kommst du nicht mit uns?«
»Ich bin zu müde«, wehrte Klaus ab. »Ich kann nicht mehr so

weitermachen. Ich halte es nicht mehr aus. Jedes Mal wenn ich mein Auto starte oder um eine Ecke gehe oder eine Tür öffne … weiß ich, dass ich eines plötzlichen und gewaltsamen Todes sterben kann.« Er holte tief Luft. »Nach einer Weile kriegt dich das unter.«

8:01 … 8:00 … 7:59 …

»Außerdem habe ich nichts mehr, für das es sich zu leben lohnt«, fügte er hinzu. »Das Letzte, was ich tun wollte, habe ich getan, nämlich dich und deine Familie retten.«

»Aber –« versuchte Bob zu unterbrechen.

»Kein Aber«, sagte Klaus. »Hör zu, mein Freund, wenn dir deine Familie so viel bedeutet, wie sie es tun sollte, dann gehst du jetzt.«

»Klaus, tu mir einen Gefallen. Stell dieses Bombending da ab und lass uns über die Sache reden.«

»Es lässt sich nicht abstellen.«

»Was soll das heißen, es lässt sich nicht abstellen?!«

»Es wäre keine besonders wirkungsvolle Bombe, wenn man sie einfach abstellen könnte, oder?«, erklärte Klaus. »Wenn sie erst einmal gestellt ist, ist sie gestellt. Jede Manipulierung bewirkt, dass sie explodiert. Und jetzt«, zeigte Klaus auf die Tür, »wenn du nicht sterben willst, schlage ich vor, dass du hier verschwindest. Die Zeit läuft ab.«

»Nein«, erwiderte Bob. »Ich gehe nicht ohne dich.«

5:10 … 5:09 … 5:08 …

»Bob, du hast eine Familie«, drängte Klaus. »Das ist das Wichtigste, was man haben kann, und es ist etwas, was ich nie haben werde.«

»Wir teilen sie uns«, sagte Bob. »Jetzt komm, reiß dich zusammen.«

Klaus schüttelte den Kopf. »Bob, ich habe einen großen Fehler in meinem Leben gemacht. Ich dachte, ich könnte die Welt verändern, indem ich das Böse eliminiere. Aber trotz all meiner

Bemühungen, die bösen Männer dieser Welt zu töten, ist sie kein bisschen besser als vorher. Und das ist der einzige Grund, warum ich getan habe, was ich getan habe, ich wollte einfach die Welt verbessern. Ich habe mein Leben vergeudet, und jetzt möchte ich es beenden.«

»Hey, du hast es wenigstens probiert, und das auch noch mit einem ordentlichen Schuss Idealismus«, versuchte Bob, ihm Mut zu machen. »Das ist mehr, als eine Menge Leute von sich behaupten können.«

»Aber verstehst du, weil ich der wurde, der ich wurde, konnte ich nie eine eigene Familie haben«, sagte Klaus.

»Es ist nie zu spät, Klaus. Ich weiß, sich ein Mädchen suchen ist ein bisschen peinlich in deinem Alter, aber …«

»Nein. Ich kann keine Familie haben, weil sie gegen mich verwendet werden könnte, und das wäre nicht fair ihnen gegenüber.«

Bob spürte Klaus' Resignation, wie ein Sportler am Ende seiner Karriere, der endlich erkennt, dass er nicht mehr mithalten kann. Aber er spürte auch eine Sehnsucht in Klaus, einen Funken, der noch nicht bereit war, sich löschen zu lassen. Bei diesem ganzen Gerede von Selbstmord war Klaus nicht mit dem Herzen dabei. Er suchte nach einem Grund zu leben.

Bob warf einen Blick auf den Zähler. 3:10 … 3:09 … 3:08 … Er ließ den Blick über den Raum gleiten. Leichen übersäten den Boden. Wieder rührte sich etwas in seinem Unterbewusstsein. Er betrachtete Klaus, die Bombe, das Familienfoto auf dem Sims, und in diesem Moment kam ihm die Idee.

Bob hatte eine Idee. Eine großartige Idee. Eine Idee, die alle Probleme lösen konnte, die es noch gab. Diese Idee war besser als die vollbiologische Schädlingsvernichtung. Und so drehte Bob sich um und rannte.

Er wetzte durch den Flur zum Wanzsaal. Als er wiederkam, hatte er seine TERMINATOR-Mütze In der Hand. Er setzte sie

dem Cowboy auf, der inzwischen durch die Gerinnung der Muskelproteine einen ziemlich steifen Hals hatte.
Sanft zog Bob einen Stuhl heran und setzte sich vor seinen deprimierten Freund.
»Weißt du, Klaus«, begann er ruhig. »Du hast Recht.«
»Ja«, sagte Klaus misstrauisch. »Und jetzt geh, es ist nicht mehr viel Zeit.«
2:20 … 2:19 … 2:18 …
»Nein, ich verstehe genau, was du meinst, von wegen ein Leben als Profikiller führen. Mein Problem ist, und ich bin sicher, du wirst mir zustimmen … mein Problem ist nicht nur, dass die ganze Welt denkt, ich wäre ein Profikiller, sondern es ist auch eine hohe Belohnung auf meinen Kopf ausgesetzt. Deswegen werde ich jeden wachen Augenblick Angst haben, dass man mich umbringt oder dass Katy und Mary getötet werden, um an mich ranzukommen. Solange ich lebe, werden sie immer in Gefahr sein.«
Klaus nickte, ohne die Verbindung zu sehen.
»Ich fürchte, wir werden alle sterben müssen«, sagte Bob.
»Bob, spiele keine Spiele«, knurrte Klaus. »Das ist nicht deine Zeit.«
»Aber sicher, Klaus. Meine. Marys. Katys. Und auch deine.«
»Aber es ist keine Zeit mehr, Mary und Katy zu holen, selbst wenn du wolltest, dass sie sterben«, meinte Klaus.
»Lass das meine Sorge sein«, entgegnete Bob. »Du sagst, wir können diese Bombe nicht abstellen, richtig? Dann schätze ich, werden wir alle in einem großen Feuerball in die Luft fliegen müssen.« Er hielt inne. »Es wird doch einen großen Feuerball geben, oder? Ich meine, das ist doch so eine Art von Bombe, oder?«
»Na ja«, sagte Klaus nachdenklich, »Plastiksprengstoff bewirkt schnelle Dekomposition im Gegensatz zu Verbrennung, aber, na ja, habt ihr einen Gasanschluss?«

»Wir haben einen Durchlauferhitzer«, erwiderte Bob.
»Dann wird es wohl einen großen Feuerball geben«, bejahte Klaus.
»Super«, sagte Bob. »Genau das Richtige.«
Klaus wusste, dass Bob irgendetwas im Schilde führte, aber trotz Bobs eindrucksvoll bewiesenem Erfindungsgeist, sie lebendig durch die Stadt zu bekommen und seine Viecher einzusetzen, um Reginald, Chantalle und Wolfe ins Jenseits zu befördern, hatte Klaus nicht allzu viel Vertrauen in die Genialität des Plans.
»Sag mal, Klaus?«, fragte Bob, während er seinen Stuhl näher heranzog. »Wie stark ist eigentlich deine Spielernatur?«

Pratt stand am Fenster und schwankte in einem alkoholisierten Nebel. Er sah zu Bobs Haus hinüber und wartete darauf, dass die Cops kamen.
»Das schwör ich dir, Doris«, brüllte er, »ist mir egal, ob sie nur Feuerwerkskörper abschießen oder nicht, ich schmeiß sie morgen raus!« Er goss sich noch mehr Bier in die Kehle. »Mir reicht es mit dieser Lusche. Ich will ihn raushaben! Hast du mich gehört, Doris? Gleich morgen früh werd ich diese Scheißköpfe los, und wir werden die Scheißmiete erhöhen und ein paar anständige Mieter reinholen! Das steht jetzt schon fest. Du kannst dich drauf verlassen!«
Pratt lächelte ein Zehn-Bier-Lächeln, während er sich überlegte, wie hoch er die Miete bei den neuen Mietern schrauben könnte.
»Jawolll, jetzt sieht's allmählich rosiger aus für Dick Pratt.« Er ging wieder zu den Vorhängen. »Verdammt, wo bleiben bloß diese verdammten Cops? Das letzte Mal waren sie verdammt schnell da, als du sie angerufen hast, von wegen dass ich dich geschlagen hätte! Das machst du bestimmt nie wieder, was, Doris? Dafür habe ich gesorgt!«

Er lächelte über die Tracht Prügel, die er Doris für diese Verfehlung verabreicht hatte.
»Was soll's, scheiß auf die Bullen! Wer braucht die schon?«
Er ging zum Couchtisch und holte eine billige Pistole aus der Schublade. »Wenn die wegen dem ganzen Lärm da nichts unternehmen wollen, dann geh ich rüber und kümmere mich selbst drum!«
Draußen spürte er eine starke Nachtbrise. Er hatte die Nase voll von Bob Dillon und seinen Wanzen. Die Zeit war gekommen für Dick Pratt, durchzugreifen.
Mit einem Bier in der einen und der Pistole in der anderen Hand stürmte er über die Straße, erklomm die Stufen von Bobs Veranda und hämmerte gegen die Tür. »Verdammt noch mal, Dillon, mir reicht's jetzt mit deiner Scheiße! Mach diese gottverdammte Tür auf, bevor ich sie eintrete!«
00:03 … 00:02 … 00:01 …
Pratt holte aus und trat mit aller Macht gegen die Tür.
Und KA-BUUUUUUUUMMMMM!!
Bobs Haus explodierte in einem riesigen Feuerball, der wie ein Special Effect aus einem überbudgetierten Schwarzenegger-Film aussah. Riesige Brocken brennender Trümmer und winzige Stückchen explodierter Insekten regneten auf die Straßen von Astoria herab.

Feuerwehrautos, Krankenwagen, Streifenwagen, Bombenentschärfer und drei Fleischwagen des Gerichtsmediziners verstopften die Straße. Die verschiedenfarbigen Blinklichter tanzten auf dem Rauch und Dampf, der sich von dort erhob, wo einst das Heim der Dillons gestanden hatte. Im Moment löschten die Feuerwehrautos die Glut. Das, was von dem Haus nach der Explosion übrig geblieben war, war samt Wanzen vollständig abgebrannt.
Doris Pratt, ein breites Lächeln auf dem Gesicht, stand auf der

Veranda ihres Hauses und unterhielt sich mit einem Polizisten. Die Leiche in der Straße hatte sie schon als die ihres verstorbenen Ehemannes identifiziert. Das Loch in seinem Hinterkopf war von seiner Parodi verursacht worden. Wie eine Kiefernnadel, die bei einem Hurrikan durch einen Telefonmast getrieben wird, war die Zigarre durch Pratts Hinterkopf geknallt, als die Bombe explodierte.

Zwei Männer näherten sich dem Gerichtsmediziner, als er eine Rollbahre zu seinem Wagen schob. Die Männer ließen ihre Ausweise blitzen. »Ich bin Parker, das ist Hawkins. CIA. Wir suchen unsern Boss Mike Wolfe. Haben Sie ihn gesehen?«

Parker hielt dem Gerichtsmediziner ein Foto von Wolfe unter die Nase, der zuerst einen Blick auf das Foto warf, dann einen auf die aufgeblasenen jungen Agenten. Er warf die Decke der Bahre zurück und enthüllte etwas, was wie ein sehr großes, sehr verbranntes Hähnchen aussah. Er grinste. »Ist er das?«

Parker und Hawkins würgten bei dem Anblick.

»Jungs, ich hab bloß etwas, was wie drei erwachsene Männer aussieht, eine erwachsene Frau und ein Kind. Der einzige, den wir identifizieren konnten, war ein Nachbar von gegenüber. Wollt ihr die andern sehen?«

Parker und Hawkins lehnten ab und zogen sich schnell zu ihrem Wagen zurück.

Parker kam als Erster dahinter. »Dieser alte Hundesohn war cleverer, als ich dachte.«

»Du meinst Wolfe?«, fragte Hawkins. »Du glaubst nicht, dass er das war, da auf dem Weg zum Fleischwagen?«

»Ach was, Junior«, sagte Parker herablassend. »Hast du nicht zugehört? Außer dem Nachbarn waren da noch zwei Männer, eine Frau und ein Kind. Denk mal drüber nach. Wolfe hat Dillon umgelegt, plus die Frau und das Kind, die er als Tarnung benutzt. Klaus erscheint zu spät, um den Job zu erledigen, und Wolfe legt ihn auch um. Zwei Männer, eine Frau und ein Kind.

Dann jagt er das Haus als Ablenkung in die Luft, nimmt die nächste Maschine nach Bolivien, um sich bei Riviera sein hübsches Honorar abzuholen, benutzt dafür wahrscheinlich ein Ticket, das Klaus unter einem dritten Namen gekauft hat.«

Er sah zu einem Jet hoch, der in den Nachthimmel flog. »Wahrscheinlich sitzt er da oben drin.«

Hawkins war sowohl von Wolfes Plan beeindruckt als auch von Parkers Kombinationsgabe. »Mann, das ist ein ganz hübsches Stück Arbeit für einen Tag«, sagte Hawkins bewundernd.

»Und ein Zehn-Millionen-Dollar-Zahltag«, fügte Parker hinzu, als sie einstiegen.

»Dreckskerl.« Parker knallte die Faust auf das Lenkrad. »Ich wünschte, ich hätte selbst dran gedacht.« Er startete den Wagen und fuhr mit kreischenden Reifen in die Nacht hinein.

Epilog

In der Beebe Avenue Mission traf ein UPS-Wagen mit einer Sendung für Gertrude ein.

Sie fragte den Fahrer, ob er sicher sei, dass er die richtige Adresse habe. Er lächelte und versicherte ihr, dass man bei UPS nicht oft Fehler mache.

Gertrude dankte ihm und ging hinein, wo sie den Begleitschein von dem klaren Plastik auf dem Päckchen entfernte.

Der ABSENDER-Teil war leer.

»Hmmm.«

Sie öffnete das Päckchen und fand einen bestätigten Scheck über fünfzigtausend Dollar, ausgestellt auf die Beebe Avenue Mission. Es lag auch eine Mitteilung bei:

> Liebe Gertrude,
> ich hoffe, das hilft Dir, ein paar von diesen zerbrochenen Träumen zu reparieren.
> Mit herzlichem Gruß, Dein Freund Bob
>
> P.S. Ich versuche immer noch, mein Vorhaben mit den Wanzen zum Erfolg zu bringen, und Mary und Katy sind wiedergekommen, genau wie Du gesagt hast. Noch mal vielen Dank und alles Gute.

Gertrude lächelte ein großes, zufriedenes Lächeln und sah zum Himmel hoch. »Gottchen, ja, damit können wir eine Menge Träume reparieren.«

Sonnenlicht strömte zwischen den Brettern des baufälligen Gebäudes hindurch und beleuchtete ein Paar Hände, die geschickt einen Schalldämpfer auf eine Pistole schraubten.
Die Pistole schwenkte schnell herum und FUMP!
Ein ungewöhnlich großer Fichtenrüsselkäfer *(Pissodes strobi)* löste sich in einer Wolke von Rauch und Insektensaft auf.
»Jeder Schuss ein Treffer!«, sagte Klaus.
Ein erschrockener Bob wandte sich zu Klaus. »Hey, was machst du da?!«
»Ich dachte, es wäre ein, äh, Kürbisbohrer«, meinte Klaus verlegen. »Ich wollte verhindern, dass er das Kürbisbeet angreift.«
»Also erstens weißt du ganz genau, dass es westlich der Rockies keine Kürbisbohrer gibt. Und zweitens, was haben wir wegen der Pistole ausgemacht?«
»Ich weiß«, sagte Klaus. »Nur Ratten.«
»Genau.«
Wie ein gerügtes Kind sperrte Klaus die Pistole in eine Stahlkassette weg, die auf dem Regal stand.
»Danke«, sagte Bob.
»Tut mir Leid, Boss, alte Gewohnheiten, weißt du.«
Bob gab ihm einen Klaps auf den Rücken und hob dann zwei große Kästen auf. »Jetzt hilf mir mal mit denen hier. Wir brauchen noch zwei.«
Klaus nahm zwei von den Kästen und folgte Bob aus dem Schuppen heraus zu einer Einfahrt. Im strahlenden Morgenlicht wurden die Worte auf den Kästen deutlich: MORDWANZEN, RASSE 5.
Mit der schneebedeckten Cascade-Bergkette im Hintergrund gingen sie auf einen glänzenden neuen Kombi zu, einen Chevy-Halbtonner. Auf dem Dach des Kombis hockte eine große Wanze mit komisch gekrümmten Fühlern. An der Seite des Wagens klebte ein schönes Magnetschild, auf dem stand:

Bobs und Klaus' Vollbiologische Schädlingsvernichtung

Sie setzten ihre brandneuen TERMINATOR-Mützen auf und schlugen die Heckklappe zu, als Mary mit Imbisspäckchen aus dem wunderschönen alten Bauernhaus herauskam. Einen Augenblick später kam Katy um die Seite des Hauses gerannt, kichernd und quietschend, wie es kleine Mädchen tun.

Sie rannte zu Klaus, die Hände hinterm Rücken versteckt. »Ich hab eine Überraschung für dich.«

»Was ist es?«, fragte Klaus.

»Du musst raten!«

»Also gut, eine Blume?«

»Nein, Dummkopf, es ist ein Pillendreher.« Sie streckte die Hand aus und zeigte ihm einen grünlich-schwarzen Käfer.

»Er ist wunderschön, Katy. Vielen Dank.« Klaus lächelte und umarmte sie. »Würdest du ihn für mich ins Terrarium tun?«

»Klar, aber vorher muss ich etwas Kuhscheiße suchen, wo er drauf spielen kann!«

»Katy!«, rief ihre Mutter. »Es heißt Dung. Kuhdung.«

»Egal.« Katy eilte ins Haus.

Bob lehnte sich aus dem Fenster auf der Fahrerseite und küsste Mary.

»Arbeitet nicht zu lange«, mahnte Mary. »Denk dran, Klaus, du gehst heute Abend zu der Single-Party.«

»Ich kann diese Sachen nicht ausstehen«, sagte Klaus. »Ich würde lieber bei den Kontaktanzeigen bleiben.«

»Mal sehen«, sinnierte Bob, »Ex-Profikiller sucht Wanzen liebendes Mädchen für lange Spaziergänge in den Wäldern auf der Suche nach räuberischen Insekten.«

»Nein«, protestierte Klaus, »das mit den Insekten müssen wir weglassen, ich glaube, die meisten Frauen finden so was eher abstoßend.«

»Geh doch einfach zu dem Ding heute Abend und warte ab, was passiert«, meinte Mary. »Als Nächstes können wir's mit Kontaktanzeigen probieren, wenn du niemand Nettes triffst.«
Klaus winkte, während Bob den Kombi mit der großen Glasfaserwanze auf dem Dach die staubige Auffahrt auf die asphaltierte Straße hinuntermanövrierte. Sie waren auf dem Weg zu einem neuen Auftrag, ihrem dritten in dieser Woche, und es war erst Dienstag.
Nach einem Kilometer drehte Bob den lokalen Rock-Sender an und wurde mit »Rainy Day Women # 12 & 35« begrüßt. Bob sang mit, scheußlich falsch, bis Klaus' Spöttelei und Gelächter ihn veranlassten, auf einen Nachrichtensender umzuschalten.
Nach den neuesten Meldungen über die Bürgerkriegssituation in der Afrikanischen Demokratischen Republik brachte der Nachrichtensprecher eine Meldung, die Bobs Aufmerksamkeit erregte. Es ging um das, was viele südamerikanische Honigproduzenten *abejas bravas* nannten.
Die amerikanischen Medien bezeichneten es lieber als Killerbienen, die afro-brasilianischen Hybriden, die sich seit Dr. Warwick Kerrs Debakel im Jahr 1956 Richtung Nordamerika hocharbeiteten.
Anscheinend hatten die Bienen wieder zugeschlagen, diesmal in Los Angeles, und Panik machte sich breit. Sie waren einige Jahre früher als erwartet im Süden der Vereinigten Staaten angekommen, und jetzt schienen sie nicht mehr aufzuhalten. Unter Bienenzüchtern und Honigherstellern herrschte Hysterie. Sie verlangten Sofortmaßnahmen. Die staatlichen Behörden suchten derweil verzweifelt nach einer Möglichkeit, mit diesen aggressiven Killern fertig zu werden, und waren mit ihrem Latein am Ende.
Pestizide, Flammenwerfer, Genetik?
In einem Interview wies ein Sprecher von Dow Chemical darauf hin, dass ihre Wissenschaftler in diesem Augenblick an ei-

nem tödlichen neuen Stoff arbeiteten. Aber Bob wusste, dass das nicht die Antwort war.

Er stellte das Radio lauter, als sie eine weitere Stellungnahme brachten, diesmal von einer verwirrten Mitarbeiterin des Landwirtschaftsministeriums.

»Diese Sache kann schnell außer Kontrolle geraten, wenn nicht jemand mit einer Idee kommt, wie man diese Bienen stoppen kann«, sagte sie.

Es traf Bob wie eine Botschaft Gottes. Das Radio hätte ebenso gut ein brennender Dornbusch sein können.

Und als er sich zu Klaus umdrehte, sah er das breiteste Schädlingsvernichtergrinsen, das er in seinem ganzen Leben zu Gesicht bekommen hatte.

Mord – die Alternative zum Stellenabbau

Donald Westlake

Der Freisteller

Roman

Burke Devore ist verzweifelt. Vor zwei Jahren flatterte ihm die Kündigung auf den Tisch. Die Firma floriert seitdem, und ihm, Burke, bleibt nichts außer einem feuchten Händedruck und Absagen über Absagen. Doch jetzt reicht es. Wenn ihm keiner einen Job geben will, dann muss er halt selbst dafür sorgen. Burke hat einen teuflischen Plan: Die Stelle auskundschaften, die er haben will, alle in Frage kommenden Konkurrenten herausfinden und ebenso wie die Jobinhaber eliminieren. Resultat: Bahn frei für Burke Devore!

»Sie werden wünschen, Burke Devore niemals
kennen gelernt zu haben …«
New York Times

Knaur